棋圣

仲生鹏 ◎ 著

当代世界出版社

图书在版编目（CIP）数据

棋圣/仲生鹏著. —北京：当代世界出版社，2013.3
ISBN 978-7-5090-0885-0

Ⅰ.①棋… Ⅱ.①仲… Ⅲ.①长篇小说—中国—当代 Ⅳ.①I247.5

中国版本图书馆 CIP 数据核字（2013）第 016722 号

书　　名：	棋圣
出版发行：	当代世界出版社
地　　址：	北京市复兴路 4 号（100860）
网　　址：	http：//www.worldpress.org.cn
编务电话：	（010）83908456
发行电话：	（010）83908409
	（010）83908377
	（010）83908423（邮购）
	（010）83908410（传真）
经　　销：	全国新华书店
印　　刷：	北京紫瑞利印刷有限公司
开　　本：	710 毫米×1000 毫米　1/16
印　　张：	20
字　　数：	296 千字
版　　次：	2013 年 3 月第 1 版
印　　次：	2013 年 3 月第 1 次
书　　号：	ISBN 978-7-5090-0885-0
定　　价：	34.00 元

如发现印装质量问题，请与承印厂联系调换。
版权所有，翻印必究；未经许可，不得转载！

目 录

01　人生不见参与商　　/ 1
02　梁园日暮乱飞鸦　　/ 17
03　惹得巫山梦里香　　/ 33
04　蹇驴得志鸣春风　　/ 49
05　胜固欣然败可喜　　/ 65
06　忍剪凌云一寸心　　/ 81
07　为营步步嗟何及　　/ 96
08　人间自是有情痴　　/ 111
09　明月不归沉碧海　　/ 127
10　雁行布阵众未晓　　/ 142

11	世上如今半是君	/ 158
12	竹死桐枯凤不来	/ 174
13	茂陵秋雨病相如	/ 189
14	李将军是故将军	/ 205
15	今人不见古时月	/ 221
16	楚天云雨尽堪疑	/ 236
17	我有迷魂招不得	/ 251
18	海外徒闻更九州	/ 267
19	草萤有耀终非火	/ 282
20	万里云罗一雁飞	/ 297

01　人生不见参与商

最后一抹阳光从东华观的塔顶消失了，寂静尾随着黑夜迅速吞没了北京西郊这片久负盛名的道教圣地。没有缭绕的香火，没有悠扬的鼓乐，没有祈福的清音，没有喧闹的道场。在20世纪70年代初的那些萧瑟日子里，东华观真正实现了"四大皆空"，连道士也不见了踪影。而寄住在这里的男女老少们，也处于朝不保夕的境地。

这一群人中，有皓首长者，有青春红颜，甚至乳臭未干的童子。他们不是香客，不是难民，甚至不是一伙儿人，口音南腔北调，服装土洋错杂。唯一将这群乌合之众纠集在一起的，是观门口一块写着"围棋集训队"字样的油着新漆的木牌。当然，与普通人理解的运动员相比，他们的健康状况普遍令人堪忧，个别人还是潜在的结核病患者。但即使如此，身处在这古观之中，青灯之下，不但没人抱怨，他们反而暗叹侥幸。因为道观里虽然缺水少电，但生活条件总比他们之前流落的北大荒农场、滇南橡胶林、乌蒙山苗寨、海西大草原强多了。在这里，除了他们衣食无忧之外，甚至还有津贴可拿。在多年的动荡过后，连刚恢复办公的体委都在紫禁城四周打游击，比冰窖还冷的小项围棋能够找到如此清雅的栖身之处，可真是托了太上老君的保佑了。

现在，他们真正看不顺眼的，却是彼此的身影。以前隔着千山万水，他们又都是风雷激荡中的惊弓之鸟，顶着"封建糟粕"和"风雅余孽"的罪名，在自身难保之际，那些盘内的芥蒂和盘外的龃龉，哪里还排得上号？现在同处一院，共对一枰；双目相视，黑白分明，想不勾起旧仇宿怨，可就没那么容易了！

说来也许没人相信，集训队中除领队、会计、厨子、门卫等一干行政服务人员和不入流的少年组小队员外，真正的棋手人数不过半百，门派却超过了两位数。喜欢屠大龙的四川黄家，好摆"玲珑图"的山西陆家，狂捞实地的"钻地鼠"九江冯家，不多不少只赢一目的"气死人"长沙戚家，全都一一到位。但是，真正能够称得上高手的，依然来自于久负盛名的两大围棋世家——"南薛北史"。

自清乾隆以来，京城棋坛的头把交椅就非史家莫属，连接出了几代"棋待诏"。传到了史胜东手里，棋风更加凌厉，绰号"大刀"。可是清朝覆灭之后，史胜东丢了饭碗，眼看只能到大栅栏摆摊了，幸好北洋政府的段大帅爱棋如命，召他入府为宾。不久，从日本来了一位名叫伊东道平的棋手，要向中原名家讨教。于是，原本仅限于咫尺纹枰上的争斗，立马就上升到了民族尊严的高度。

段大帅立即派遣史胜东出战。史大刀也磨刀霍霍，恨不能将伊东一劈两半。可是当他投子入盘，却像猛虎逮雀一样，处处扑空。眼看一局终了，连对方的衣袖都没有摸到，史胜东就莫名其妙地败下阵来。大帅不甘心，又找来了几个所谓的江湖逸士，结果更是惨不忍睹。见东家如此上火，府中一位绍兴师爷献计了，说杭州有一位名叫薛鉴水的医生是个围棋好手，他的诨名叫作神穴手，每一招都如针灸般切中要害，本事似乎不在史大刀之下。大帅一闻此言，立即发电报去请人。不久之后，薛鉴水果然来到了北京。甫一交手，薛鉴水就感到束手束脚，对方怎么走都看上去轻灵流畅，自己每下一子都滞涩呆板。不过，连输了两局之后，他凝神静气，发现伊东道平虽然精通棋理，但缠斗的功力似乎不怎么强，就决定满盘分断做劫，一心乱中求胜。伊东道平因连胜轻敌，加上久战疲倦，竟然将大好优势吐了出来。终盘一算，薛鉴水胜了两子。大帅见扳回了面子，顿时心花怒放，连连夸赞薛鉴水，连带着奉送给了伊东道平一顶高帽子："阁下水平如此神妙，真不愧是日本的第一高手！"

伊东道平听了却大为惶恐，说自己不过是个普通的六段而已，同一水准的棋手在日本至少有二三十人，之上还有几大宗派的八段掌门人，至于公认的最顶尖棋手，是当代"名人"（官方督办）本因坊秀正。秀正究竟高到了何等境界，自己不敢蠡测，但半年前曾有幸与他的高徒藤原正雄下过一次六番棋，在让子的情况下才勉强打成了平手。

众人听了心下不以为然，因为这种给自己脸上贴金的事儿，咱中国人早就干过了。据《旧唐书》记载，宣宗时期一位日本王子到了长安，要求与中国高手对弈。当时的第一国手顾师言与之下得难解难分，最后使出一记妙手"镇神头"，才勉强击败了对方。为了维护天朝体面，顾师言诈言自己不过是第三高手，要过了自己这一关，才能见识前两位高手。对此，日本王子只好悻悻而归。

而在伊东道平这边，却有一肚子倒不出来的苦水：他此行的目的根本不是来炫耀棋艺的，恰恰相反，是自感多年学棋进步不大，才远渡重洋，来向中华高手学几招的。早在一百多年前，琉球国的一位棋手曾经来到日本，击败了很多高手，就神气十足地去了中国显摆。当时的中国棋界，正是"绝代双骄"范西屏、施襄夏称雄的盛世。琉球棋手一上手就被中国棋手杀得七零八落，大败亏输。琉球棋手归国之后，有人问起中日围棋孰强孰弱，他叹息道："汉流浩荡，充塞天地；和风纤弱，怎堪一击？！"此言一传到日本，上下闻风色变，以为中华棋道深不可测，万不敢与之争锋。伊东道平没想到自己一路走来，竟然如入无人之境，真有啼笑皆非之感。

伊东道平在半憾半喜之中回国了。可是，他掀起了一阵东洋风，彻底改变了中国的围棋规则，尤其是废除了绵延两千多年的座子制。在很多人眼中，这可是祖宗家法，丝毫不可动摇啊！对此，段大帅这个乱世枭雄倒是个明白人，懂得棋势和国势一样，只认拳头大的道理：

"争什么？如今这世道，谁强就得按谁的规矩来！你们有本事让人家几个子，人家一样会按你们的规矩办！"

至此，事情就告一段落了吗？当然没有！与外国人争是争不过了，可是自己人还是要上斗一斗的。尤其对史胜东来说，薛鉴水既然踩到了自家的地盘，还在大帅面前抢了风头，不分个高下怎么能行？于是，双方在北海公园的龙泽亭摆开了擂台，约定七局定江山。一番龙争虎斗之后，打成了三平。最后一局，更是下得惊心动魄，一波三折。史胜东告负之后羞怒交加，竟然一病不起。薛鉴水通吃南北后，也没有得意多久，就匆匆返回了家乡，不久也离开人世。两人谢世之后，继承了史胜东衣钵的史瑞虎继续称霸京师，而薛鉴水的儿子薛平湖也独步江南。他们各守着自己的半壁江山，从未见过面，但也从未忘记父辈结下的宿怨。

一晃几十年过去了，到了新社会，那些陈芝麻烂谷子早该扫进历史的垃圾堆了。按照流行的说法，大家来自五湖四海，是为了一个共同的事业走到了一起，算是进了一个大熔炉。可是，把这样两个水火不容的干货丢了进去，却非炸了炉膛不可。

这天天刚亮，对弈课还没开始，史瑞虎就在戒律堂里拍桌打凳了：

"缸里怎么一滴水也没有了？这还让不让人活了？"

他这一嗓子吼起来，不要说正在埋头数子的队员们，连房檐下点卵的一对燕子也惊飞了。不过，看他一副咬牙切齿、挥舞着牙刷的模样，一点儿也不像上甘岭坑道中忍渴坚守阵地的战士，倒像阎王殿里那个一手拿笔一手执笏的赤眼绿髯鬼判官。

住在观中固然逍遥，但毕竟不是真神仙，也要食人间烟火。因此，集训队排定了运水人员，每天去山下二里外的泉眼处拉水。虽然队里为水车配了一头骡子，但山路崎岖，这个活计并不轻松。不过在那个以粗壮为美的时代，每个人都恨不得将自己的细皮嫩肉锉成砂纸。如果还有人偷懒耍滑，那可真该好好批斗一番了。

正打开教案准备讲课的薛平湖也吃了一惊，赶紧抬起头来，望向墙上的值日表。作为集训队的主教练，这样的体力活当然轮不到他干。但是，他的本能告诉自己，史瑞虎这次发飙肯定不是冲着别人。果然，他一查之下，今天当班挑水的正是自己的学生冯晓白。原来，按照集训队的教学计划，除了全员上大课之外，个别拔尖的好苗子，则由教练单独开小灶。如此一来，薛平湖和冯晓白就有了师徒的名分。不过，这个年轻人的棋风虽然偏好捞实地，身子骨可不大结实，一开春就咳个不停。可能是昨晚没睡好，早上又爬不起来了。

"怎么搞的？要是放在旧社会，官府的老爷们一旦伺候不好，要拖到衙门里打板子的！"薛平湖恨徒弟不争气，但更恨史瑞虎的小题大做，就含沙射影地拿对方的家庭成分开涮。

冯晓白本来就慌乱，两边火力一夹，更加瑟缩成一团。可是，史瑞虎似乎并不在乎被人掀家底——实际上，他甚至比薛平湖更喜欢翻旧账。对方的话音未落，他立即就顶了回去：

"哈哈，大家可都瞧见了！做师父的不好，全赖在徒弟身上；做师父的得了便宜，就不说沾徒弟的光了！"

这话太难听了，也有点儿让人摸不着头脑。可是薛平湖却像被毒蜂蜇了一样，脸色一变，匆忙拉着冯晓白走了出去。

主教练和裁判长斗嘴，就像龙虎争雄，谁招惹谁倒霉，因此现场的队员们都鸦雀无声。不过，每个人心中并非没有立场，个别人甚至希望吵得更厉害一些，最好闹到集训队的一把手——支部书记兼领队秦双河那里去。从集训队成立的第一天起，秦队长就收到了不少小报告，说史瑞虎蛮横霸道，浑身上下全是军阀作派，有的小队员学得慢一点儿，他竟然动手揪耳朵"爆栗子"；薛平湖的问题就更严重了，不但在课堂上讲阴阳风水什么的，皮箱里还藏有一本《玄元妙经》，光听这名字，就知道是"破四旧"的漏网之物，该搜出来一把火烧个干净才是。当然，秦队长是老八路出身，又是懂政策的人，虽然不明白国家为什么要发展这种让人一坐就一整天不动的运动，却知道斗争要讲策略，眼下围棋队确实离不开薛、史二人。因此，他绝不会因为几个小报告就大动干戈。当然，他的心头难免还是会生点儿疙瘩的。

此外，众人听出史瑞虎话中有话，似乎涉及多年前薛、史两家的一段旧事。谁都想知道究竟怎么回事，可是偏偏史瑞虎戛然而止了。没错，老史虽然为人豪放，但下围棋的人没有一个是真正的直筒子。把柄一旦在手，就要用在刀口上。

薛平湖一直走到了观门外才停下来数落了冯晓白几句，叫他赶紧下山把水补上，然后慢慢踱回了自己的房间。看来，上午的课只能听任史瑞虎一个人唱独角戏了。想到这里，他叹了半口气，后半口怎么也出不来，就憋在心头膨胀。薛平湖和很多南方的男人一样怕事却好计较，属于"嘴头上跑马拳头上跑汗"的那一种人。今天，他肯在众人面前吃瘪，不是没有原因的。其中之一，就是自己的儿子薛新雨就要来了。

一想到儿子，薛平湖就心疼加头疼。妻子去世得早，自己一手将孩子拉扯大，他不知道操了多少心。三代单传的独子，薛平湖自然宝贝得不得了，未免对他有点儿娇生惯养。如今，儿子已经十六岁了，也不正经上课，整天就在街上闲逛。社会上这个派那个派的，可是儿子连当个逍遥派都不合格。此时，"上山下乡"运动正进行得如火如荼，薛新雨这样的无业青年正是动员的最佳对象。薛平湖不过是一只春生秋死的蝼蚁，岂敢和大气候对抗？但是，出于父母的私心，总希望自己的孩子少吃点儿苦啊。

薛平湖觉得如果能把儿子接到集训队来，不奢望他能克绍箕裘，只要天天放在眼前，自己心头就安定了。可是冤家路窄，儿子要想进集训队，必须要过史瑞虎这一关。要知道，这个裁判长可不是光吹哨的，还负责全队的考核工作。儿子要入选，必须要他点头同意才好。可是以两家的世仇，对方不借机刁难才怪呢！

可恰恰相反，那天在集训队每周的例会上，当薛平湖期期艾艾地把要求提了出来的时候，史瑞虎却第一个拍手叫好：

"真是'老子英雄儿好汉'，一代更比一代强！太好了，我也有个闺女，那就让两个小字辈较量一番吧！"

薛平湖顿时变了脸色，自己的水平与史瑞虎尚在伯仲之间，但是史瑞虎的女儿史幽红，却是年轻一代棋手中的佼佼者。一般女性下棋多精于算计，却拙于谋篇布局。可是史幽红却是个异类，这个丫头外表冷艳，心思深沉，还善于下圈套，高手一不小心都能着了道，想在她手下讨个好可不容易。儿子虽然天资聪颖，悟性绝佳，但一向干什么都不认真，而轻浮躁动正是棋手的大忌。自己离家半年了，摸扑克牌的时间肯定要远远超过了碰黑白子的时间了。

他这一踌躇，史瑞虎更加得意了，思路也愈发离奇了，说如果小薛不敢和女儿对垒的话，就干脆加入少年组吧！这样一来，以后连挑水的任务也豁免了。

与会的头儿本有五个，除去秦领队和薛、史二人以外，负责外事的陈主任去市里拿文件了，而总务长陆德言一向谁也不得罪。他虽然也是名家出身，可是棋力平平，下出的棋看上去花团锦簇，其实华而不实，对方一玩儿硬的，就像积木一戳就倒。但常言道：功夫在棋外。所以，陆德言为人八面玲珑，左右逢源，是个上下都说好的主儿。不过，今天的他竟然一反常态了。

"老薛教出来的孩子，水平一定错不了！老史，君子成人之美，你就不要太难为人家了！"

薛平湖没想到平地上竟然冒出了一支同盟军，顿时喜出望外。可谁都知道，最终说了算的还是秦双河。

关于集训队的管理原则，上级早就有指示，说这些人三教九流，不稼不穑、不工不商，因此，思想上要多监督，生活上要多照顾。除此之外，最重要的还有一句：多培养传统优秀文化的继承人。秦队长当然知道，这个继承人并不是血缘意义上的，就像今天激情如火的"旧世界掘墓人"不一定非要从考古系去召集一样。何况，由于就业困难，在很多工矿企业中，某种不成文的子承父业的顶班制度已经出现了。那么，是否就可以开这个口子呢？

其实，薛平湖这个人虽然外表洒脱，却并不拘泥呆板，昨晚他就私下找过领队，恳求了小半夜。看他那神情，似乎不把儿子弄来，那小子会把杭州西湖的水给放了。秦双河虽然和这些文化人说不到一块儿，却有吃软不吃硬的好汉性格。于是，他决定原则和人情一并考虑，清了清嗓子，一锤定音了：

"老薛有实际的家庭困难，组织上当然有帮助的义务。前几天，咱们有一个队员患了肝炎回去了，正好缺一个名额。不过，必要的考核是不能省略的，我也同意让幽红试一下他的水平。"

见领队已经点头，史瑞虎眼看孤立了，只好给自己搭一个台阶："没问题，我坚决服从领导的意见。这样吧，我也不欺负人，既然你儿子比我闺女小两岁，那就让两子吧。"

薛平湖如愿以偿，当天下午就赶到石景山邮局发电报给儿子。薛新雨到来之前，他的心中忐忑不安，既担心儿子输棋，又怕他抗命不肯来。可他真是多虑了，薛新雨接到父亲的电报后大喜。这半年来，薛新雨确实过得惬意，但花果山的美猴王尚且向往天庭，江南的小桥流水看腻了，也想见识一下北国风光。于是，他立即丢下了狐朋狗友出发了，一路顺风就来到了北京。

不过，薛新雨并没有马上来见父亲，先在城中玩儿了两天，才动身前往东华观。公交车到了终点站，后面就全是山路了，只好自己一步步爬上来。

初秋的阳光虽然失去了毒辣，但走了个把小时之后，薛新雨依然汗流浃背。山道上罕有行人，更不见村舍，想讨碗水喝也没去处。突然，耳中依稀听到了潺潺的流水声。他闻声而寻，绕过一棵红叶灼灼的大枫树后，眼前果然出现了一条小溪。四顾无人，薛新雨放下行李，脱衣下水。在水中嬉戏了一阵，他突然起了好奇心，想知道这条小溪的源头在哪里。溯游了一阵，听到了一阵轰鸣声。从水中抬眼一看，只见前面不远处是一个半亩大的清潭，四面翠柳如屏，芦花胜雪。北边的山壁下，豁然有一股泉水喷涌而出。薛新雨欢喜之极，立即屏息潜入了水中，准备一个猛子扎到泉眼下。正在此时，他突然发现右侧的岸边似乎有丝丝光亮闪动。定睛望去，只见温煦的阳光之下，透亮的碧水之中，光洁的青石之上，竟然有一对雪白的莲藕在轻轻颤动，让人心生爱怜，薛新雨就直冲了过去。

他的双手刚刚触及莲藕，就听得头顶上传来一声惊叫，随即水花四溅，那团白藕也倏忽不见了。薛新雨一挺身，就从水中站立了起来。他抹去脸上的水滴，睁眼一看，顿时目瞪口呆。

只见岸边的巨石上，一位半裸的姑娘正慌乱着掩上自己的衣襟衬裙，遮住上下要害部位。一时间，她的头发也来不及梳理，就散乱地披在了肩头和脸上，让人看不清眉眼。薛新雨这才明白，自己刚才捉住的不是白藕，而是人家的一双脚。看到她惊慌失措的样子，薛新雨不用一秒钟就明白了怎么回事，赶紧要辩白几句，可不知道为什么，他嗓子干涩得说不出一句完整话来，勉强才挤出了半句：

"我什么也没有看见——"听在姑娘的耳中，倒像是遗憾没能够把人家的胴体看个巨细靡遗。

其实，薛新雨一向口齿伶俐，脑筋活泛，尤其善于和女性打交道。从幼儿园开始，他就是阿姨的宝贝蛋，女教师的应声虫，女同学的搬运工。在杭州的时候，连一起的哥们都说小薛行为放肆乖戾，但一见女人就成了一摊泥，最适合待在大观园或女儿国里。当然，知道的说这小子从小缺少母爱，对女性有乳慕心理；不知道的人，还以为这孩子发育的哪个环节出了毛病，以至于缺乏性别意识呢。

当然，你若是因此就断定薛新雨是个嘴上长不出茸毛的奶油蛋糕，那可就大错了。除了手指有点儿纤长外，他具备了一个青春期男性的一切特征，包括突起的喉结、逆反的脾性、挑剔的目光。

"臭流氓！你还想看什么？看我不戳瞎你的贼眼！"那女孩子一听到薛新雨的话，顿时羞怒交加，抓起一根柳枝，就劈头抽了过来。

薛新雨心头迷惘，竟然忘记了躲闪，头上脸上结结实实挨了几下，顿时起了几道红印。女孩子一开始下手有些狠，但见他一丝不动，自己的动作也慢了下来，最后竟然愣住了，手中的柳条也耷拉了下来。

其实这一切的发生，不过是几秒钟的事。只听见"哗啦"一声，从林中又冲出了一位短发圆脸的姑娘，手中高举着一根扁圆的木棒。见了薛新雨，短发姑娘就要砸了下来，却被自己的同伴阻拦住了。

"算了，这个小屁孩不过是来摸鱼的，饶了他算了。"说完之后，那个女孩子竟然轻轻笑了一下，口气中流露出了故意的轻蔑。无论刚才这个小子真的看到了什么，一旦传扬了出去，都会让自己名誉受损。所以，最好的掩饰方法，就是将他小而化之，最好缩成一个穿开裆裤的"童子鸡"。

直到现在，薛新雨才看清了她的容貌。如今这个年代，夸一个女孩子漂亮，早就不能用什么"沉鱼落雁"、"羞花闭月"的词语形容了，单论"眉目如画"，就名不符实，因为宣传画中劳动妇女的标准形象是脸色红润、粗眉大眼、四体强健、精神高昂，而这个姑娘的脸色白得可怜，眼珠黑得可鉴，嘴唇鲜得可口，腰肢软得可折，神态冷得可怕，似乎是从遥远的未来，或者早就遗忘的过去飘来的。

不过，当她穿上不分款式的衬衣，扎起千篇一律的辫子，套上老少皆宜的布鞋，这一切的美景就如海市蜃楼一样消失了。两位姑娘不再理会他，手牵手离去了。薛新雨远远望去，只见她们到了停在泉边的一辆水车边，一边给骡子上套，一边"叽叽呱呱"笑个不停，似乎那个受了惊吓的姑娘还捶了圆脸女孩的几下。看来，她俩是乘拉水的机会，偷偷跑来潭中来洗澡的。不过，负责放风的人只顾着观察大路上的动静，没想到会有人从下游蹚上来。

两人一骡一车的影子消失了好久，薛新雨才回过神来。他脸上固然热辣辣的，可心头却黏糊糊的，似乎中午吃的那碗炸酱面在胃里泡化了，淀粉弥漫在了五脏六腑，四肢百骸。他顺流回到了原处，穿好了衣服，然后背起行李继续赶路。

夕阳西下，鸦群聒噪，晚钟悠长。最后一丝暮色中，薛新雨终于看到了东华观的大门。不过，他还没踏进门槛，就被一脚踹了出来。

毫无防备之间，薛新雨的腰间就结结实实挨了一下，他闷哼一声，疼得弯下了腰。薛新雨看见两个人厮打成一团，虽然拳脚飞舞，除了着肉的沉闷声，却没有发出什么响动，否则早就惊动了里面的人了。

但是，薛新雨的叫声却让这场角斗戛然而止。两人松手后，一个个头矮壮的青年狠狠瞪了对手一眼，扭头就走了。另一个大个头长得高鼻细眼，宽额阔口，活像条短吻鳄，脸上却始终挂着笑容。等对手不见了，他才转身走了过来，问起了这个不速之客的来意。等薛新雨报上名，他立即眼睛一亮，一把抓住了他的肩膀：

"太好了！真没想到，原来你就是薛教练的儿子。你知道吗？你要来的事，他每天都要念叨好几遍，弄得全队上下都想见你呢！"随即，这人见薛新雨痛苦的样子，又替他生气，"那小子真不是个东西，下脚这么狠，却没踢对人！哎呀，要是再低一寸，可不把人废了吗？"

于是，容不得薛新雨反对，他就被大个子放在了自己的脊背上。薛新雨十分感动，今天这一路上，他终于碰到了一个好人。

穿过了棂星门，只见前面的灵官殿上灯火通明，人声喧哗。大个子说大家正在开饭，撞见了不好，于是直接来到了主教练的单人间。房门虚掩着，薛平湖不在，他将薛新雨放在了床上，不一会儿功夫又拿了两大瓷缸的饭菜来了。两人一起吃饭，薛新雨才知道对方的名字叫宋大洋，和他对垒的名叫黄子武，是集训队里出了名的坏痞子。

"他是个捣乱分子，谁棋下得比他好，就暗中使坏。今天下午对局，你父亲的高徒冯晓白屠了他的大龙。他气不过，就跑到我们宿舍里，在晓白的被子里塞了一堆骡子粪。你说，这样的人是不是欠揍？"

薛新雨明白了冲突的缘由，就夸赞对方是个仗义的大侠。宋大洋听了很受用，说我们这里是典型的庙小妖风大，以后有什么事，尽管来找我好了。两人聊了大半个小时，薛平湖才回来，一见房中这两人，顿时一惊一喜。又见儿子脸上带伤，行动不便，变成了怜怒交加，连声问个究竟。薛新雨很乖觉，只说自己不小心在山道上摔了一跤，幸好宋大哥路过，将自己驮了上来，否则今晚只能躺在野外喂狼了。

第二天一早，薛新雨就跟着父亲出去了。他们拜访的第一个对象，当然是秦队长。秦双河是个军人，看人的眼光都是横平竖直的，见这小伙子眼活手轻，问一答十，与其父大异其趣，倒也颇为喜欢；负责外事的陈主任是个典型的外交家，知道薛新雨身份暧昧，因此很注意掌握分寸，冷热适中还有点儿余温，像当前的天气；相比之下，总务长陆德言就亲热多了，拍肩摸头好似自己的亲儿子，当场给他办了一张饭卡，跟脚就送来了一套崭新的生活用具。

宋大洋说错了，至少有一个人不想见薛新雨——千万别弄错了，这个人可不是史瑞虎——恰恰相反，史瑞虎恐怕是这里除了老薛之外最急于见到他的人。作为死对头，他当然非常关心对方后备力量的建设。三人见面之后，两个大人不咸不淡地敷衍了几句，史瑞虎就依例问了薛新雨几个问题，如喜不喜欢下棋、什么时候开蒙、每天下多长时间、是否参加过正式比赛之类。小薛的回答让老薛直皱眉头，却不好圆场。等父子走后，史瑞虎心头按捺不住高兴：这个小子一没大志，二没佳绩，真是虎父犬子；而自己的女儿还在襁褓中就能辨认黑白子，又是从校、区、市一级级打出来的。可是他高兴之后竟然又有点儿失落，如果女儿赢了——那自然是板上钉钉的，这小子扫地出门，老薛脸上无光，固然惬意解气，可三代人半个世纪的较量，最后竟然要靠女流之辈一战定江山，祖宗的脸上也不怎么光彩。

真正让薛新雨吃了闭门羹的，不是集训队的领导，而是东华观真正的地头蛇——附近红莲公社派驻东华观的管理员老甘头。他独自一人住在八仙堂后的锦鳞阁中，满屋子除了一张床，就塞满了侥幸逃过劫难的匾额、雕像、法器等杂物。周边的居民传说，锦鳞阁里还藏了一条金鱼——纯金打造的。因此，老甘头几乎足不出户，当然也不喜欢任何一个外来人。

"没事就不要到这里来，有事也轮不到你来！"老甘头一张苦瓜脸，丝毫没有给父子俩一点儿好脸色。老薛倒也罢了，光看小薛那双灵气外泄的眼睛，就让老人家联想起了旧北京天桥上揽客的小幺子。

爷俩四处转悠了一圈，连厨师和门卫也拜见了，只剩下学员的宿舍没有走访。薛平湖自重身份，又知道儿子现在还没到认师兄弟的份上，就省了脚力。例行公事之后，父子俩最大的任务当然就是备战了。下了两盘指导棋之后，薛平湖心里多少有了底，因为儿子的手法虽然生疏，但是大局感比以前强了，算路也还精准，只是有点儿急于求成，每一步的意图都太明显，不过这都是年轻人的通病，以后有的是时间来磨炼——当然，前提是他能够扛得住史幽红的凌厉一击。

薛新雨刚来到东华观，不想让父亲失望，更希望留给众人一个好印象。于是，除了拉屎撒尿，他几乎足不出户，一日三餐也是父亲带来的。第二天午后，薛新雨正想偷懒眯一会儿，突然听到了敲门声。他开门一看，是一个十四五岁的俊俏女孩。薛新雨让她进来，对方却笑着摇手后退。原来，按照统一安排，集训队的男队员都住在玉皇殿东西两侧的厢房中，而女队员住在东华观最北面的玉仙庵中。今天下午，因为薛教练不在课堂，女队的棋谱记录纸没了，为了避嫌，她们打发了一个还没完全发育的孩子来要。

薛新雨翻出来拿给她，两人就站在门口聊天。这个名叫舒梅的小女孩最喜欢讲话了，不等介绍，就说："我们都知道你是谁了。"薛新雨见自己名闻深闺，未免有点儿得意。他哪里知道，入观和下棋，是人生中最寂寞的两件事情，现在都让集训队的人赶上了。如今的东华观，不要说来个新人了，就是跑进来一条癞皮狗，也会让大家谈上好几天。

薛新雨问她是什么地方的人？父母干什么的？住在这里是否想家？舒梅一听眼圈就红了，说家就在西城区，父母几年前下放到广西去了，一直以来音信全无。东拉西扯了几句，薛新雨正要借机打探那个史幽红的情况，恰好薛平湖回来了。舒梅一见，吐了一下舌头，一溜烟跑了。见到父亲皱起了眉头，薛新雨半是解释半是得意地说道：

"我可不是在浪费时间。我已经知道了，这个舒梅不但是全国少年冠军，她的父亲以前还是秦队长的顶头上司呢！"

"那算得了什么机密？到屋里来，我告诉你一个真正的机密！"薛平湖有点儿懊恼地摆摆手。原来，刚才领队告诉自己，除了薛新雨，总务长陆德言的儿子陆鸣明天也要来投奔集训队。可集训队只有一个空缺的名额，于是为了公平起见，决定两人都和史幽红下一盘。按照先来后到的次序，上午是薛新雨，下午是陆鸣。至此，薛平湖才明白这就是陆德言在会上支持自己的真实原因。看来，自己不但白白担了人情，自己的儿子还得给人家的儿子垫炮架子。

"如果后下，还可以观摩一下对手的路数，这样就多了三分机会。这个老陆，真能够算计——可惜没用在正经地方。"

二人一夜无话。第二天一早，冯晓白偷偷溜了进来。爱子和爱徒见面，自然有一股子说不出的亲切。冯晓白提议两人摆一摆棋，不等薛新雨答应，就先在对角星位上摆上了两个黑子，自己拿了一个白子放了在右下的小目位置。几十手之后，薛新雨就渐渐落了下风。这时候，他突然明白了冯晓白的来意。于是，就问史幽红是不是真的像众人风传的那么厉害。冯晓白没有直接回答，只是抽了抽鼻子，似乎凉气进多了。见薛新雨有点儿气馁，冯晓白又鼓励说："不要紧，她又不是神仙，你也有胜利的机会。我教你三字诀：一缩、二躲、三拖。'缩'就是棋子之间联系要紧密，不要轻易被分割；'躲'就是没把握的战斗，即使人家百般挑逗，也不要按捺不住逞一时之快，否则会死得很惨；'拖'就是尽量拉长战线，反正你有两个子的占先，而且还不贴目，本钱比对方大，她不一定能够耗得过你。"

薛新雨听了连连点头。这种乌龟壳战术虽然丢人，但大家都说：能赢的棋就是好棋。否则光论好看的话，陆德言就该是天下第一了。

次日清晨，测试赛就开始了。为了避免干扰，比赛放在了教练们平常切磋的八仙堂里。一见到来者，薛新雨的心就差点儿跳出了胸膛。因为坐在他对面的这个对手，正是三天前在清潭中洗浴的那个女孩。

不过，史幽红见了他却连眼皮都不抬，一副心如止水的样子。但是，她表面镇定下是羞辱、气恼、敌视交织在一起的情绪，甚至还有一丝说不清道不明的烦躁。因为从舒梅这个"包打听"那里，她早已经猜出了那个野小子就是仇家的儿子，于是恨不能立马将薛新雨杀个片甲不留，逐出山门，免得将来有人嚼舌根子。

开局之后，史幽红第一手不是占星位，而是直接挂黑子的右上角。当薛新雨依定式应了拆二之后，她并不投子入角，形成两分的局面，而是干脆来了一手小飞，逼住了拆二那一手，让薛新雨既不能甘心守一个小角，又无法顺畅地向外扩张势力。显然，她的目的就是主动挑起战斗，乘对方立足不稳打他个措手不及，尽早结束战斗。

见对方来势汹汹，如果按照以往的性子，即使不敌，薛新雨也要立即反击了。但他想起了冯晓白的话，还是忍辱负重地在角上自补了一手。可万没想的是，史幽红下一手竟然点在了黑棋拆二中间的下一路上。如此一来，非但角上的实地严重受损，白棋还瞄着拆二。一旦刺穿之后，黑棋就彻底散了架。薛新雨万没想到，开局还不到十手，冯晓白教给自己的战术就全部失效了。你要缩，人家硬挤了进来；你要躲，可是刀口已经架到脖子上了——不，插到裤裆里了，不伸头一样要命；至于那个"拖"字，就更加不值得一提了。即使薛新雨消耗光了史幽红的精力，人家下午还要比赛，那岂不是让陆鸣白白捡了便宜吗？

薛新雨凝神静气想了一会儿，突然一手打在了左边那个依然空白的星位上。见他在如此紧要的关头竟然脱先而去，观战的人个个惊诧不已，包括对手史幽红。可是她定睛一看，却暗中叫一声苦。原来，刚才几手棋固然有欺凌之嫌，但是对手不应，自己倒真没有什么后手好下。继续攻角吧，没有把握将对方全部杀死；将对方封在里面吧，也非得花费三五手才行。围棋就是这么奇怪，妙招反成臭招，往往只在瞬息之间。

史幽红是个聪明的姑娘，立即放弃了速战速决的想法，将战线全面拉开。两人都是快棋手，不过一个小时，就下了上百手。史幽红果然技法高超，白棋成功地侵削了黑棋的两个角，还吞掉了边上的一条小尾巴。黑棋全仗着让子的优势，才勉强围成了厚厚的外势。不过这本来就是史幽红想要的，就像海豚追逐沙丁鱼，总是先将猎物赶到水面上去。所以，等实地捞足之后，她立马就打入了黑雾弥漫的中腹。

薛新雨立即对这个侵入的白子展开了围剿，可是史幽红治孤的手法和她的体态一样轻盈，东一子西一子，全落在黑棋的急所，很快就摆出了两个眼形。至此，每个旁观者都看出来了，只要白棋活出来，这局棋就赢定了。就在这时，薛新雨突然再一次改变了战场的焦点，把子落在了一开始就僵持不下的那个角上。看来，他已经没有什么办法了，只好回过头来浑水摸鱼了。面对黑棋强硬的一顶，白棋简单退了一步，并不想与之纠缠。可是薛新雨得理不饶人，下一手断在了三路上，竟然要将角上的几个白子全部吞吃掉。这真是太过分了！史幽红立即还以颜色，一子靠了上去。这时候，薛新雨却不干了，而是回头在中央的白棋眼形中轻轻一挖。刹那间，史幽红心头一凛，明白自己上当了。原来，角上这几步都是虚招，目的就是声东击西。现在，断的那一子已经与挖的一子遥相呼应了，征子是吃不掉的。而如果黑棋破眼成功的话，这条大白龙的生死就成了问题。

眼见形势丕变，史幽红陷入了长考。薛新雨没什么可想的，偷偷瞄了一眼，发现她的面容依然冰雕玉砌，不见一丝惊慌，但秀气的鼻翼上似乎沁出了点点莹珠，才知道这个女孩身上背负着泰山一样的压力。上两代的恩怨已经化解不开了，而清潭初会的尴尬，让史幽红对自己有了难以释怀的偏见。既然如此，就此打住也许最好。何况，作为一个还不定性的年轻人，薛新雨觉得天高地阔，干吗非要在单色调的黑白世界中厮混一生？

苦苦思索了半个多小时，史幽红才下了一手。显然，如果大龙不活，那就只能靠开劫来弥补了。可是没想到的是，薛新雨为了确保吃掉大龙，竟然前瞻后顾，缩手缩脚，连续打输了两个劫，不但丢掉了那个像百慕大一样让双方都头疼的角，在官子上也吃了大亏。终盘最后一算，白棋盘面上赢了两子。

下棋必然有输赢。赢了的感觉很简单，就是"欢喜"二字，顶多有比较级和最高级，如"大喜"和"狂喜"。可是史幽红只是暗暗舒了一口气，轻得只有近在咫尺的薛新雨才能感觉到，除此之外，她连眉毛也不弯一下。而关于输棋的感觉，却千姿百态，甚至和天文、生物、武术等领域搭上了关系。比如说，终盘的一瞬间，有人以为突然发生了日食，天一下子黑了；有人全身冰凉，以为自己退化成了冷血动物；有人头痛欲裂，以为自己挨了一记重锤。可是薛新雨的样子很奇怪，似乎如释重负，像一个终于还清了高利贷的赌徒。

不过，等他一起身后，突然看到呆站着一边的父亲那失望的眼神，尤其是从鬓角冒出的银丝，心中顿时五味杂陈，不知道该如何向他交代。

这是薛新雨第一次故意输棋。当然，也绝对不是最后一次。

02　梁园日暮乱飞鸦

很多年后，集训队的人都说测试赛的那天真是难忘，因为意外之事接连发生。

先是薛新雨在大好形势下莫名其妙翻了船，随后，就是陆鸣亮相时赢得了满堂彩。集训队的棋手中周正的不少，但如此秀气的青年却一个也没有。更妙的是，他不但性子温良敦厚，棋也下得潇洒自如。一上来就摆开了堂堂之阵，节奏不疾不徐，分寸掌握得恰到好处，全然不似薛新雨那么古怪离奇。而史幽红因为上午涉险过关，心情十分放松，连带着杀气的神态也卸掉了大半，弈得更是风顺帆正，波澜不惊。盘面上落子叮叮，精彩纷呈；盘面外众人赞叹连连，不知是在欣赏这变相的表演赛，还是在夸这对金童玉女。

而更让人想不到的是，薛新雨这个败军之将，不躲在房中舔伤，居然也有心情跑来观摩，还不时与记录棋谱的舒梅搭讪几句，似乎自己只是一个误入的游客。而薛平湖却满脸痛苦地呆坐在角落，对于任性的儿子，他一点儿辖制的办法也没有了。看来，自己唯一能做的事情，就是打包送人了。

但最让人想不到的是，薛新雨最后竟然留了下来。他有幸成为青年组中的一员，当然不是因为秦双河舍不得一个游击队员的好苗子，而是因为陆鸣最终也输了。

爱情总是突然降临的，但好感却需要一步步积累，于是越多投一子，史幽红就看陆鸣越顺眼。但同时，她也起了强烈的好奇心：这个小生看起来面面俱全，不知道究竟有多少斤两呢？于是，进入中盘之后，她不再按部就班了，而是瞄准黑棋边上的薄味展开了冲击。陆鸣左支右绌之下，棋形逐渐溃散。不过，他是个很有风度的年轻人，眼见落了下风，才不会像薛新雨一样狗急跳墙呢！所以他干脆大方地投子认输了。

这个结果，不但史幽红始料不及，更让史瑞虎扼腕不已，因为他私下早就交代女儿了，要放陆德言的儿子一马。但假戏真做，也要打得热热闹闹的，才好瞒过众人的眼。万没想到最后弄巧成拙，这小子竟然和他爹一样，一点儿也经不起摔打。

现在，形势一下子变得微妙了起来。如果一胜一负，胜者留败者走，谁也无话可说；两人全胜，还可以对掐，那就更有看头了；可是现在两人全败了，薛平湖不忍心逼儿子再战，而陆德言心里也明白，陆鸣这盘棋虽然漂亮，但在内行人看来，实际上含金量不足。如果和薛新雨对垒的话，恐怕凶多吉少，所以也极力反对。做父亲的都不开口，旁人又何苦去当冤家？研究到了深夜，秦双河只好决定：关系先不转，视今后的表现再定。于是，两个小子就"一售一搭"，全进来了。

但是，事情还没有完。凌晨时分，秦队长好不容易才入梦，却又被急促的敲门声给惊醒了。他开门一看，见老甘头一脸惊惶之色，并带来了一个让人震惊的消息：锦鳞阁中的那条金鱼不见了！

秦双河赶紧叫起了同事，大家一起来到了现场。锦鳞阁是东华观中最为精巧的一座建筑，分为上下两层，那条金鱼就镶嵌在了楼上一个真人高的仙姑铜像下。可是现在仙姑手中的宝篮犹在，里面那条嬉戏的金鱼却不翼而飞了。众人仔细查看，连接处的断口清晰整齐。显然，金鱼是被人用锐器切割下来的。房间内外和阁楼上下都没有发现脚印，大家仔细验看，才发现窗户上一根铁条有卸下又重装的痕迹。

秦队长的脸色变了，陈主任更是站都站不稳了。与老百姓讹传的故事完全不同，这条金鱼根本不是纯金铸造的，而是比纯金更贵重的一整块铁陨石雕琢而成。据观志记载，辽国有一位公主笃信道教，仙逝之后，香冢就埋葬在东华观。辽国皇帝追封她为"妙贞真人"，修了玉仙庵，让人依照她的容貌身形铸造了一座铜像，还将珍藏在宫中的一块陨石也送来烧化了。千百年来，这条金鱼就成了信众尤其是妇女的崇拜对象，据说颇有灵验云云。

奇怪了，如今连佛祖孔圣龙王这样的大鱼都成了揭批的对象，谁还在乎一条摇头摆尾的可怜小鱼？可是集训队领导为何如此慌张呢？因为，它与当前的一件大事有关。

大家都知道，围棋是中国人发明的，大约在隋唐时期传到了日本。可是近代以来，日本围棋在理论、实战、人才三方面突飞猛进，将中国远远抛在了后面。为此，日本人非常得意地宣称："中国是围棋的母亲，而日本是围棋的养母"。

建国之后，双方长期不相往来，只能通过零星的书籍和棋谱了解各自的发展状况。近年来，随着东亚局势的变化，中日之间的坚冰下也开始出现了涓涓暖流。本着文化先行的原则，不久之前，日本民间友好人士决定组织一个围棋参访团，来华与中方举行一场友谊赛。

日本人曾经是中国最大的敌人，集训队中甚至有人还背负着血亲之仇，但眼下却是一个最大的"恩人"——尽管没有人愿意承认：如果不是为了准备这场友谊赛，集训队不知道猴年马月才能组建，自己这辈子还不知道能不能放下镢头和扁担？

而按照日方的要求，来华除了比赛之外，还要参观一些景点，而东华观的金鱼就是其中之一。所以，保护金鱼就成了一项政治任务，这也是老甘头见谁都觉得像一只馋猫的缘故。如果不是因为金鱼无法移动，秦队长恨不能每天都搂着它睡觉。

秦队长毕竟是老革命出身，冷静了下来，像一个刑警一样，仔细询问事情发生的经过。老甘头说自己每天早晚要擦拭金鱼两次，今天要举行测试赛，前面的八仙堂里人多手杂，就格外小心，只在晚上大约10点左右，出去上了一趟厕所。半夜里，他翻来覆去睡不着，总觉得心里不踏实，上去一看就发现金鱼不见了。

老甘头情急神乱，一口咬定是新人干的，惹得薛平湖和陆德言指天誓日，说自己的儿子从来就不知道"贼"字有几笔。史瑞虎一向脾气急躁，更要连夜举火点灯，将全观翻个底朝天，不信它能藏到老鼠洞里去。这个建议立即得到了众人的赞同，但被秦队长否决了。因为，这次盗窃行动干净利落，显然不是新手所为；而且，对方一定对金鱼觊觎良久，准备十分充分，不会偷了东西才去想如何瞒赃。东华观突然来一番大检抄，难免不会把消息传到上面去。到那时,大家可就吃不了兜着走了。好在距离比赛时间还有几个月,不如把事情压下来,先把贼稳住,然后封锁上下山的道路,通过暗访私查起底,争取把这场风波给掩盖过去。

这么商定之后,几个领导彻夜不眠,对东华观的全体居民进行了逐个排查。能够轻松翻越几米高的阁楼,并且有足够的手劲拆卸铁条和斩断金鱼的人,一定是个青年男子。于是,算来算去,最大的嫌疑就落在了宋大洋和黄子武身上。这两个人,一个是黑龙江农场的拖拉机手,一个是体校生,膂力都十分了得。近期更有人举报他俩经常私下打架,似乎有什么不可解的冤仇。

那么,如何摸清这两人的底细呢?盘问室友吧,难免要打草惊蛇。秦队长想来想去,突然有了一个绝妙的主意。于是,一项侦查任务就落在了薛新雨的头上。作为新人,他要搬到宋大洋所在的一号厢房中去住;而陆鸣呢,则被安排去紧盯四号厢房中的黄子武。

昨天,薛新雨还是个待考察的对象,今天就成了肩负使命的探子。这样的变化,真让人哭笑不得。何况,凭宋大洋给他的第一印象,怎会相信这个豪爽的大哥就是贼呢?

第二天是个星期天,薛新雨一早就带着行李到了自己的新家。正在打谱的冯晓白见了又惊又喜,赶忙帮他扫床放铺盖。薛新雨见房间中只有他一人,问室友都上哪里去了。冯晓白说三个少年组的孩子回家去了,而宋大洋去附近的红莲公社找东北老乡唠嗑去了。

虽然两人关系亲近,但薛新雨也不能将自己的任务和盘托出。于是,他就问冯晓白为什么也不出去走一走。冯晓白说这里荒山野岭的,有什么可看?随即,又说他昨天的棋下得真好,到底是家学渊博,最后只要简单定型,不要和史幽红缠斗,她就没有什么机会了。薛新雨听了笑而不答,突然又想起了另一件事。

"对了,我听说人说,集训队里有一个叫黄子武的,总喜欢欺负人。他要是胆敢骑到咱们的头上,我非把他的脑袋塞到尿壶里不可!"果然,一听薛新雨的豪言,冯晓白的脸一下子涨红了,但是他既不证实那一堆骡子粪的前事,也不愿意和对方计较。

"算了算了,那家伙是个神经病,理他干什么?"

放好蚊帐之后,薛新雨小心地将自己的宝贝收音机放在了枕边,然后仰天躺在了这张吱嘎作响的木板床上。尽管他身份未定,但几天的煎熬终于结束了,可以放松一下。突然,他想起了什么,跳下床拿起扫帚就要来个大扫除。冯晓白见了直笑,以为他要给大家留一个爱劳动的好印象。可是薛新雨将每个角落尤其是宋大洋床下都刮掉了一层土,连个能钻进蟋蟀的缝隙也没发现。

因为集训队是临时建制,所以队中一半以上成员来自京津地区的中学。中午吃饭的时候,偌大的灵官殿显得空空荡荡的。于是,薛新雨的目光就盯在了那一堆"叽叽喳喳"的姑娘身上,同时有点儿失望地发现史幽红并不在其中。

冯晓白见了,就悄声逐一给他介绍:个头高挑脸上微有雀斑的是张红芳,嗓门大但心肠忒好的胖姑娘是李爱琴,东张西望的瓜子脸就是喜欢搬弄是非的袁招娣……可是,他唯独漏了那个差点儿赏薛新雨一记扁担的圆脸姑娘。薛新雨追问了一句,他才懒懒地说那是个湘妹子,名叫戚玉秀,本来叫"毓秀",自己感觉不时髦,就改了。薛新雨听了,倒替她有点儿惋惜。

晚上,带着酒意的宋大洋和带着各种零食的小队员回来后,一号厢房中便是一阵热闹。宋大洋情绪亢奋,双眼乜斜,衣扣解开,像打鸣的公鸡一样跳到了桌子上,说等他将来发达了之后,要带他们这些共患难的哥们到银行去,每人发一条麻袋,想装多少就装多少,仿佛自己是转世的陈涉。薛新雨一听竖起了耳朵,显然宋大洋要兑现诺言的唯一办法,就是将那条金鱼倒卖了。当然,在这样一个连鱼市都不存在的时代,能不能找到买家就另说了。可是看到其他人包括冯晓白都在笑,就知道是自己想复杂了。看来,这样的昏话,室友们早就不知道听了多少遍了。

可是熄灯之后,宋大洋不说昏话了,却说起了荤话。他开始逐个点评起了队中的女性,甚至连厨娘也没有放过。自古以来,男人们将女子比作花儿,比作水果,比作美玉,比作衣服,甚至比作菩萨娘娘,薛新雨今天倒是第一次听人比作各式菜肴。

"你们觉得张红芳像什么吗？一只天鹅？哈哈，她有那么美吗？光知道自己臭美！我看啊，她就是一只烤鹅，脖子那么长，不叫秃鹫就不错了！"

接着，宋大洋又说李爱琴是一盘红烧肉，补人又腻人。天天是没油水的伙食，也不知道她一身的脂肪从哪里挤出来的。在他的启发下，一个小队员也开窍了：

"我觉得呀，那个多嘴婆娘袁招娣就是一只口水鸡——哦不，是一只流口水的鸡！"

大家听了一起大笑。显然，他们都讨厌这个姑娘。笑声中，宋大洋又大放厥词了：

"戚玉秀倒是个漂亮妹子，不过就是火气大，像湖南人爱吃的那种牛肉粉，吃起来香，吃完了才知道会辣死人！"

最后，他竟然连舒梅也没放过，说这个丫头太青涩，眼下还当不了主菜，就算是一碟清爽开口的凉拌春笋吧！言外之意是，等她成人了，可就像修竹一样无法攀折了！薛新雨一开始听着新鲜，可是呼吸却越来越急促。果然，一个让他脸红心跳的名字终于出现了。不过，出乎意料的是，宋大洋并没有将史幽红比作夏天的雪糕，而是北京冬天最著名又最普通的小吃——冰糖葫芦。

"表面上越冷的女人，其实心里越热。只要你能把外面那层硬硬的糖壳咬碎，保管里面滋味能甜死个人！"

见他越说越有味，冯晓白拍了两下隔板，说："大宋你不要再做春梦了！老史一辈子就守着这么个掌上明珠，女婿一定要万里挑一的，至少也要降得住史幽红。就你那臭棋，给人家提鞋也不配。"没想到宋大洋一听，更加放肆起来，说："我们这些人里就数你棋力最高，一定是自己心里早就眼馋那个大美人了，所以才编出这么个条件吧！要不这样吧，我明天撺掇老史搭个台，让你和她来场比棋招亲如何？"冯晓白见他如此不可理喻，叹了口气不说了。

女人之间的闲话，就像那种老式的小鞭一样，"噼噼啪啪"响个没完，有的还有延迟功能，看起来捻子都没了，却冷不丁又冒出了火星；而男人之间的闲话，就像晴空霹雳一样，听起来骇人，其实什么杀伤力也没有。于是，第二天一觉醒来，大家好像什么也没发生一样，忙着洗漱吃饭，然后赶到戒律堂听讲。

薛新雨自以为来得早，进门后才发现前排早就让女队员占满了，只好坐在了靠门的后侧。今天第一堂课是父亲薛平湖的围棋理论课。一听什么"起手据边隅，逸己攻人原在是；入腹争正面，治孤克敌验于斯"，薛新雨就乏味得打瞌睡。其他人也对这种老生常谈不感冒，又摸透了主教练面软心善的性子，所以咬耳朵递条子开小会的不少。宋大洋悄悄戳了薛新雨一下：

"在家里，你爹也是这样教你学棋的吗？"

"哪里呀！他老人家说了，精通棋理却不善实战，就像光知道打鸣不知道踩蛋的公鸡！"

宋大洋忍不住笑出声来。薛平湖瞧见了，瞪了两人一眼，心里抱怨儿子不懂得维护为父的威信，又叹息他毕竟年轻，不明白为父的苦心。围棋名列"六艺"之一，看起来风雅，但像酿酒打拳行医一样，是一门养家糊口的手艺。绝招妙手全是苦心孤诣所得，哪能随便就露出来呢？即使要传人，也遵循"传内不传外，传男不传女"的原则。今天，如果自己手上没有几招真功夫，能吃官家的这碗饭吗？

但是一到史瑞虎的课上，情况可就大不一样了，每个人的神情格外紧张。谁都知道，史瑞虎对谁都不留情面的，即使自己的宝贝女儿，也当场训哭过两次。薛新雨当然早就知道这个老虎的屁股是摸不得的，所以格外提心吊胆。可是怕什么来什么，史瑞虎今天选讲的棋局，偏偏就是前天薛新雨与史幽红的对局。从黑棋的第一手开始，他就抨击不断，让薛新雨几乎抬不起头来。非但如此，对于薛新雨颇为自得的一顶一挖，史瑞虎没法说是臭棋，干脆断言是另有人在暗中指导。

"自己不行了，就让徒弟来帮忙；自己的儿子不行了，也让徒弟来帮忙。这样的名家，可真是挂羊头卖狗肉！"话音刚落，他一眼瞥见冯晓白要站起来辩白，立即训斥了起来："我叫你回答了吗？不是做贼心虚，你站起来干什么？"

冯晓白腿一软就坐下了，而薛新雨却气血直冲脑门，要跳起来说道点啥。这时候，史瑞虎一回头，反而叫起了陆鸣。

"你是新来的，和大家关系都不熟，说出来的话最公正。你看一下，这两个人的棋是不是从一个模子倒出来的？"

陆鸣看了一眼史瑞虎，又看了看挂在黑板上的那一张放大的棋谱，手指摸了一下鼻子，神情无限尴尬，心想我连冯晓白的棋是方是圆都没见过，怎么知道这两人暗通款曲呢？

"我完全同意史老师您的意见：冯哥和小薛的棋确实风格很接近，也许都是主教练一手调教出来的吧？就像我下的棋，人家看一眼就知道是谁家的路子。"

听了陆鸣的回答，每个人心里都在笑：这个年轻人啊，和他爹一样乖滑。史瑞虎还不满意，而当事人之一史幽红却款款站了起来，细语轻声地说："这种声东击西的战术是薛老师惯用的，在座的很多人都熟悉。当时薛新雨同学这么下，纯是因为自己在角上留有余味，否则即使有人事先支招，他也没有机会使出来。况且，利用征子来破眼也未必就是薛家的独创，因为古谱'盘蛇势'中就有类似的手法。"

她的言辞恰到好处，既满足了父亲的虚荣心，也在某种程度上洗清了薛新雨的冤屈，总算让这场硝烟散去了。

好不容易熬到了课后，薛新雨逃一样地溜出了戒律堂，见到几个女队员在陈主任的办公室外"叽叽喳喳"成一团，互相争抢着一本杂志，就凑过去看热闹。原来，这是新到的一份日本围棋期刊。虽说是新书，其实出版日期已经是一年多以前的了。女队员虽然好学，但也没有到了求知若渴的地步，她们指点着封面上一位面目俊朗的少年棋手，口中啧啧赞叹。原来，这是今年日本"新人王"的获得者，名叫宫田荣树，也是日本当今第一高手藤原正雄的弟子。

"你们在看什么呀？"薛新雨问了舒梅一句。想要套关系，自然先从熟人开始。

舒梅说大家都在夸这个棋手长得真帅，薛新雨一听直撇嘴，"帅什么呀？我爹年轻的时候在杭州见过日本兵，很多个头还没有你高呢！"

舒梅毕竟也是个女孩子，见他居然将自己与鬼子等量齐观，心里有点儿不高兴，说："你是不是妒忌了？就算你和陆鸣两个加起来，我看也不如人家神气！"

薛新雨觉察出来了，赶紧给她送上了一顶小小的帽子，说："谁妒忌了？我的意思是：这小子不知道从哪里修来的福气，竟然入了我们集训队最水灵的小妹妹的法眼。"舒梅一听高兴了，刚才的不快立马烟消云散了。

薛新雨借这个熟络劲儿，又没话找话，问旁边的戚玉秀平常爱看什么书？可是对方却爱搭不理的，只是碍于他是主教练的儿子，才勉强应了一声：

"我最爱看《水浒》了，什么'拳打镇关西'了，'景阳冈打老虎'了，'醉打蒋门神'了。反正，只要是动手，不管是打人还是打畜生，我都喜欢！"

薛新雨吓了一大跳，不敢再说什么了。回到课堂后，轮到陆德言给大家上习题课了。陆家的祖先是跑江湖的，全靠在街头给人设局下套度日，因此手上的死活题有几百个，保管讲个十年八年也不会重复。今天，他出了一道名叫"八龙升天"的题：八个黑子被白棋分割包围，除了就地做活外别无他法。陆德言很懂得如何打发时间，知道队中的高手一眼就看穿了，故意先让少年组的小队员来解答。每错一次，就引发一阵欢笑，直到舒梅上台才将它破解。整个戒律堂中其乐融融，唯有薛新雨一个人闷闷不乐，他还在疑心戚玉秀将自己当做了西门庆一样的下流痞子。

午饭之后，除了残蝉那快要断气的吟声之外，东华观里一片寂静。薛新雨初到北方，还没有养成午休的习惯，又怕不小心睡过了头，就将自己的闹钟定了时，放在了共用的方桌上。不知不觉，他就蒙眬睡去了。突然被人猛推了一把，睁眼一看是冯晓白。原来，下午上课的时间到了，而屋子中其他人早就没影了。薛新雨赶紧跳下了床，一边穿鞋一边骂那个该死的闹钟，却发现它已经不翼而飞了。

薛新雨第一次训练课的对手是李爱琴。这个姑娘的身体虽然沉重但并不笨重，五官搭配得也很耐看，眉眼之间甚至还透出一种别样的圆润。凭着年轻人好强的心性，两人一上手就展开了对攻，下得不亦乐乎，也难免错进错出。一会儿你吃住了我一块，一会儿我破了你一路。薛新雨通过一个转换，占了些便宜，并将优势一直保持到了终局。

这盘棋结束得最早，为了不干扰别人，两人就悄悄出去了。坐在堂外的台阶上，李爱琴从书包中掏出了一张煎饼，撕了一半给薛新雨吃。薛新雨也不客气，一边吃一边问她是从哪里弄来的，因为中午食堂的面点中并无这一路吃食。李爱琴有点儿得意又有点儿神秘地笑了笑，不肯回答。薛新雨第一次赢了棋，未免有点儿骄傲，就问她自己的水平在青年队中能排到什么位置。李爱琴回答说大约在中等吧。薛新雨听了不大服气，原以为自己仅次于史、冯二人而已，但想到李爱琴是个不打诳语的人，而且父亲薛平湖也反复强调"人上有人"的道理，集训队中卧虎藏龙，一定要虚心向大家学习，就不说什么了。

渐渐又有人出来了，并且越来越多。但奇怪的是，老师一直没有人招呼大家进去复盘。薛新雨向内一张望，发现还有一局没有下完，旁边还聚集了很多人在围观。不过，他们都远远地保持了一丈以上的距离，就像围观动物园的猛兽一样。

还在对弈的是宋大洋和陆鸣。薛新雨好奇地看了一会儿，没发现这局棋有什么惊悚之处，不过是双方为了一个劫打来打去。数一下劫材，陆鸣胜券在握，不过宋大洋看上去却更胸有成竹一些——每隔一两分钟，他的肚子里就发出一声响亮的"唧叮"，似乎活吞了一只鸡，或者肠子在"弹钢琴"。

"宋大蒜又在使损招了！"李爱琴一见就恨声不绝。

薛新雨刚要问她为什么要给自己的老大哥起这么个绰号，旁边几个女队员"叽叽喳喳"的碎语就给了他一个答案：

"这个大宋，简直就是个臭屁王！而且，那屁不但又臭又多，还放出平仄来了，一会儿高一会儿低，中间还不带断的，不知道的还以为在拉蒙古长调呢！"

"那算什么呀？你们不知道，他那一双臭脚有多熏人！上个月我和他下了一局，大热的夏天，他不穿拖鞋偏要穿胶鞋，脚汗都流了一地。这还不算，到后来他竟然脱下了鞋袜，用手指去抠脚趾缝！别说看了，想一想都让人恶心死了！"张红芳一边说，一只小手还使劲在鼻前扇动，似乎那股气息还在骚扰自己。

"我最讨厌抽烟的人了！可是你们不知道，这家伙不但满嘴黄牙，还喜欢生吃萝卜，比赛的时候一个劲儿打嗝，害得我快要吐出来了。要不是看在——哼，我恨不能看着他的脸给一拳！"戚玉秀说到最后，自己倒呛了一下。她的相貌比身边的几个女伴都要俊秀，不知为什么，天性却喜欢动武。

"看在谁的脸上？哈哈，恐怕不是宋大洋的吧？"袁招娣突然插了一句，还格格笑了起来，似乎抓住了什么把柄。戚玉秀听了脸色发红，想说什么却说不出来。

尽管不明白袁招娣在影射什么，但薛新雨也觉得宋大洋真是活该讨人厌。要知道，琴棋书画是过去读书人陶冶情操的方法，因此礼数比胜负更重要。下棋要讲究"三正"：身正、眼正、形正。连打个喷嚏都是有辱斯文的事，可宋大洋这家伙，竟然连生化武器都搬出来了！

虽然祖传岐黄之术，到了薛新雨这一代，连白术和黄芪都分不清了，但他依然如中医探究病情一样，对宋大洋来了一番望闻问切，终于发现了其中的奥妙：原来，午休之后，宋大洋将自己的闹钟带走了，塞在了皮带扣子下。他看形势不利，就偷偷让它发声来干扰对手。

这两天来，薛新雨已经和陆鸣打过几次照面。虽然他们表面上十分客气，但彼此都知道这是无可回避的竞争对手，只是心照不宣而已。可是，这个陆鸣也真让人佩服，面对宋大洋的无赖招数，他竟然无动于衷，像个失聪的聋子。又拖了半个小时，宋大洋黔驴技穷，不得不认输了。可是回到住处后，他竟然还有脸骂陆鸣：

"你们别看那小子一副正人君子样儿，风吹不进水泼不进的，其实是个狗特务！等着瞧吧，总有一天我要揭了他的皮！"

薛新雨听了心头一抖。说实在话，自从领取了监视宋大洋的任务之后，他的心中就隐隐不安，似乎自己不是深入虎穴的杨子荣，而是一个翻版的甫志高。何况，宋大洋这个人很讲义气，虽然"臭名昭著"，但从不把独门功夫用在同室身上，可谓盗亦有道。

转眼之间，中秋节就到了。在革命的年代，传统节日就像被一棵伐倒的大树一样，虽然枝干全不见了，但根可不容易刨干净。何况，大家说了那么多遍的"忆苦思甜"，也得多少给人一点儿真甜头吧！为此，集训队的食堂极其难得地烤了一批月饼。没有莲蓉，没有香油，只是最简单的枣泥馅。但是，对于这种甜得烧心、干得噎喉、沉得坠胃的月饼，它们的硬度更让人记忆深刻。

"我给你们讲一个笑话，"宋大洋挥手让现场安静了下来，然后神态俨然说了起来，"有一年，我们农场做了一批月饼，比这个还难吃，最后大部分都没有卖掉。过了一年又到了中秋节，大师傅又从库房中把它们端了出来，居然还没有长毛。大伙儿当然不满意了，说不浪费粮食也就罢了，为什么每个价格还高了五分钱？人家回答得倒是振振有词：'今年提价，是因为把一年的仓储费加上去了！'"

"这个，倒符合政治经济学的原理：成本决定价格。"一片哄笑中，冯晓白冷静地说了一句。他是全队中最刻苦的学员，平常看书也多，什么《资本论》、《反杜林主义》都认真读过，还细细做了笔记。

宋大洋平常对他总是礼让三分，可是今天却不服了："照你这么说，废品的价格最高。谁都不买，它一年年下来不就层层加码了？"

眼见两人争了起来，薛新雨赶紧插口打断，"冯哥说得也有道理啊，文物就是越旧越值钱。你们不知道，过去一张错版的邮票，当时谁也不要，如今可要换一头牛呢！"

尽管巧妙地偷换了概念，但薛新雨自己心里依然觉得这件事实在荒唐。但究竟哪里不对，他又说不出个所以然来。

薛新雨很快就发现，甜不但留在舌头上，更弥漫在很多人的心头，尤其是老一代的棋手们。这两天，他们破天荒地接到了参加国庆招待会的邀请函，这可是做梦也想不到的事。非但如此，这天，薛平湖收到了政协送来的一张戏票，请他周日去文化宫观看一场新出炉的样板戏的首映式。当然，它很快就落到了薛新雨的手中了。

这天一大早，薛新雨就忙乎开了。他穿上了干净的衬衣，套上了父亲自己平常都舍不得穿的灰涤卡中山装，脚踏全家仅有的一双皮鞋，神气活

现地出了门。对于他的好运气,大伙儿心里羡慕,嘴上却忍不住要奚落一番:

"真是驴粪蛋子表面光!打扮得这么立整,又不要你去登台表演?"

"谁说的?等回来给你们唱一曲'穿林海跨雪原气冲霄汉',保管震得你们大小便失禁!"

薛新雨丢下了一句脏话,兴冲冲地下了山。还没走多远,他突然听到后面有人叫自己的名字,回头一看原来是舒梅。她小脸红扑扑的,身上还背了一个大包。原来,最近天变凉了,她要将夏天的衣物送回家去,顺便将御寒的毛衣带回来。薛新雨当然二话没说,就将那个包放在了自己的肩上。

班车到站后,他们又换了两遍公交车,最后舒梅带着他来到了一个很气派的四合院中。据说,她家住在这里已经超过了上百年。可是,如今搬进来了很多外来户,而主人反而被挤到了一个背阴的小厢房中去了。

一进门,薛新雨就忙着敲煤烧火。舒梅虽然年纪小,但很会做饭,不过一个时辰,就将两大碗炸酱面端上了桌。薛新雨见她一脸满足的神情,虽然心里有一丝难过,但还是竭力装出了一副兴高采烈的样子,问她国庆放假准备怎么过。舒梅说不过多放一天而已,准备洗洗衣服就行了。薛新雨说自己和室友已经商量好了,打算去水库野营,如果舒梅愿意的话,可以一起去。舒梅犹豫着说:"你们都是男队员,带上我恐怕不方便吧?"薛新雨拍着胸膛说:"没问题,我们该摸鱼的下水,该捉蛇的钻洞,该砍柴的上山,正好缺一个看守大营的。你只管坐在那里看东西,保管一个指头也不用动。"

饭后,舒梅收拾自己的衣物。薛新雨没事干,就随便翻书看,很失望地发现舒家的书虽然不少,但全是俄文原版的大部头,连本连环画也没有。原来,舒梅的母亲曾是建国后公派的第一批留学生,自然成了屠格涅夫和托尔斯泰的崇拜者。舒梅说家中原来的藏书有一屋子,可惜全烧了。又说咱们集训队中喜欢读书的人真多,尤其是陆鸣,非但"老三篇"背得管瓜烂熟,还能吊几句古典诗词。薛新雨听了刺心,赶忙打住说时间不早了,早点儿送他去车站,免得抹黑走山道。

送舒梅到车站之后，薛新雨独自来到了文化宫。他发现，今天的文化宫就像是各种冷色调的大聚会。来宾无论贵贱高矮胖瘦老幼，全逃不出蓝黑灰绿的色谱，偶尔也能见到一两个穿艳服的人，那也是友好国家的外交官或少数民族同胞。薛新雨乘兴而来，可是真到了门口却胆怯了，因为就在片刻之间，他竟然发现了好几个在纪录片上才见识过的人物，顿时心脏开始"突突"。好不容易挨了进去，像没头苍蝇乱钻了一阵，薛新雨才知道前台那些摆满了鲜花果品的桌子与己无关。他的座位在最右边的出口处，旁边还紧挨这一个厕所。从这个角度看舞台中央，无论电影还是话剧，都等同于皮影戏。薛新雨落座后，抬眼一看，更加大惊失色，因为坐在左侧的人竟然不是别人，而是史幽红！看来，"有关方面"的考虑非常周到，绝不会偏袒"南薛北史"任何一方；而薛平湖和史瑞虎虽然势如水火，在偏爱孩子方面却同出一辙。

史幽红昨晚就离开了东华观，今天是从家中直接赶来的。薛新雨见了她，就像老鼠面对一块来路不明的奶酪，既想入非非又想逃之夭夭。在这个除了演员没人会化妆的时代，史幽红的审美观竟然退化到了蚕宝宝的水平：一条丝巾细心衬在领口，一根丝带精心系起发辫，一双丝袜小心藏进裤腿。可即使如此，在这个偏僻的角落中，她依然是一朵开放在午夜的兰花。突然见了薛新雨，史幽红似乎也很意外，不过嘴角马上就撅起来了，似乎薛新雨是那个不时散发异味的厕所的一个构件。

节目开始了，舞台上一时龙吟虎啸，一时如泣如诉，一时血雨腥风，一时欢歌笑语，真是精彩纷呈。可是薛新雨头脑中却一片空白，像个傀儡一样，别人鼓掌他就拍手，别人欢笑他就咧嘴，别人流泪他就皱眉。演出结束了，尽管史幽红不乐意，可两人还得结伴一起回去，因为天色已经晚了，而回程的班车也只有最后一趟了。

车辆开动之后，史幽红从包中拿出了一个饭盒，打开看了一会儿，才从中挑了一个豆包塞给薛新雨。薛新雨已经饿坏了，也没说什么客气话，因为这一个星期中，已经是第三遭"吃软饭"了。

"你们女队员真有本事，总能搞到好吃的。我来了好几天了，都不知道厨房的门是朝哪边开的！"

"因为你没有方向感呗！"史幽红听了，只是不咸不淡地回了一句。

一路上，史幽红的目光都飘在窗外，而薛新雨也目不斜视，直直盯着前面司机的脊背，似乎人家干过什么缺德的坏事。到了班车终点，天完全黑了。至此，薛新雨的尴尬才缓解了一点儿，因为走山路不必并排而行；而史幽红更是暗中庆幸，以前她从未这么晚回来过，身边有一个男子相伴总让人安心一点儿，尽管这个男子本身不太让人放心。

两人一前一后走在路上，听着虫鸣唧啾，枯叶飒飒。天地之间全是一片墨色，浓一点儿的是山，淡一点儿的是川，完整的是石，参差的是树，点滴的就是飞鸟或者飞虫。偶尔一两点光亮，也化不开这种无边的混沌。突然，薛新雨开口问了一句。

"史姐姐，你觉得——你觉得围棋像什么？"

史幽红本来对他的第一印象就糟糕透顶，而如此良夜，这个小色狼兼大呆瓜又提出了一个如此无趣的问题，嫌厌之心更加浓烈，忍不住想说："围棋不就是抢地盘吗？除了像军阀土匪黑社会，还能像什么呢？"可是话到口边，却突然变成了一句反问："那你觉得呢？"

薛新雨见她肯开口搭话，心里高兴异常，赶忙把自己的想象和盘托出："我觉得像天上的星空。你看，北极星就像'天元'一样占据中央位置，众星都围着它转；围棋有四个星位，正对得上古代星象中的'东方青龙，西方白虎，南方朱雀，北方玄武'；北斗七星弯弯曲曲，看上去多像一把诡异的'妖刀'！银河倾泻而下，好似'大雪崩'的定式；而彗星长长的尾巴，是一路打下去的'征子'；如果恰巧有一颗流星飞过来，那就更妙了，对于这个慌不择路的孤子，干脆任其一路狂奔，它自个儿就会把自个儿耗死了！"

秋季的星空是一年中最寂寥的，而中秋之后，下弦月要到半夜才升出来。所以，此时的夜空显得分外明净清澈。听他一通乱扯，史幽红忍不住也来了兴致：

"你发痴啊？围棋可不像你形容得那么天马行空，也没有那么宁静和平。每一颗星距离都成千上万光年，好不容易走近了，杀气也早消磨在路上了。在我眼中，围棋就是种蘑菇的游戏。你种白的，他种黑的，还可以使坏拔掉对方的。到了收工的时候,大家一起数一数究竟谁的多。"

"太有趣了,这个比喻真是又简洁,又形象,我怎么没有想到呢?"薛新雨赞叹道,欢喜的声调中掩饰不住夸大的成分。见他如此谦卑,史幽红本已矜持到了嗓子眼的心突然没了支撑,开始做自由落体运动。

"你的棋也很——很不错,两年前的我,还不一定就能下赢现在的你呢!不过,你以后不要再叫我姐姐了。一是我不爱听,二是让大人听到了,还以为我们史家以大压小欺负你们薛家呢!"

说完这几句话,史幽红没有再发出什么声息,但笑意却洋溢了出来。薛新雨的耳朵听到了,眼睛也看到了,可是鼻子却出毛病了,竟然闻到了丝丝江南才有的桂花香。可是,他的绮思不过浮现了片刻而已。等到遥遥望见了山门,史幽红转过头来,脸色突然转喜为嗔:

"想要讨好我可没有那么容易!我早就明白了,上次那盘棋,你是故意输给我的。可是这样一来,我就更瞧不起你了!"

03　惹得巫山梦里香

薛新雨回来了。面对急不可耐要听新鲜事儿的室友们,他干脆一屁股坐到了桌子上:

"一屋子人,我一个也不认识;一桌子茶点,我一口也没吃到;一盏红灯,我一眼都没看清;一个厕所,我一次也没进去;一头雾水,我到现在还没有擦干净!"

大家先笑了一阵,然后说:"你小子出门的时候那么嚣张,现在不唱两句,我们怎么会轻易就放过你?"大家原以为薛新雨要耍赖推脱,没想到竟然一口就答应了。虽然没有配器,但是京剧的唱腔本来就那么几套,所以倒也没有跑调,可是那词儿就歪出去不止七八里地了:

"洗衣买菜捡煤渣,担水劈柴全靠她。里里外外一双手,官人的孩子早当家。栽什么树苗结什么果,撒什么种子开什么花。可怜一朵小寒梅,生在了雪山崖!"

众人都知道他说的是谁,所以个个神色恻然,连宋大洋这门大炮也没声了。可是薛新雨歇了两口气,突然捏尖了嗓子,又唱了一段西皮流水,这味道可就完全不一样了。

"姐姐,您听我说,我家的熟人数不清,没有赛事不登门。虽说是熟人又不相识,可你下手真叫狠!我千里投奔遇美人,哎呀,这个美人是仇人!"

厢房里顿时乐开了锅,连一向不苟言笑的冯晓白也乐了,宋大洋更是合不上了嘴巴:

"你小子终于原形毕露了!看来,你爹还真没说错,你小子天生就是个挑刺惹祸的精!"

晚上,薛新雨躺在了被窝里,心里既感到得意,又有点儿害怕,毕竟无端攻击伟大的革命文艺路线并不是什么让人轻松的事儿。他在蒙眬中睡去，思绪却依然停留在那条黄昏的山路上。一个身影与自己若即若离，若分若合，一时卷曲一时舒放，一分浑圆一分纤细，一阵香甜一阵酸麻，一片温润一片光爽，一半诱惑一半抗拒，一刹欢愉一刹怅惘，只有那副容貌始终模糊不辨。薛新雨的潜意识早就笃定了自己缠绵的这个对象是谁，可是没想到她竟然又掺杂了不同的面孔，甚至包括一个仅在火车上打个照面的文雅少妇。早上清醒了过来，薛新雨的第一反应是天下雨了，可是随即就发现那种冰凉凉、湿漉漉的感觉不是来自窗外，而是她自己的大腿内侧。虽然中学已经停授了生理卫生这门课，做父亲的薛平湖也忽略了儿子那沙哑的变声，但是薛新雨已经不是个懵懂少年了，他早就从乱七八糟的渠道窥透了两性间的奥秘。但即使如此，当第一次突然来临的时候，依然让他感到慌乱不堪。乘人不备，他赶忙擦拭干净又换了条内裤，这才稍微安下心来。

但是，这个难以启齿的梦就像某种恶兆一样，让薛新雨一连几天都筋软骨酸，神不守舍，自然触了不少霉头。由于注意力不够集中，他在训练课上连连输棋，甚至败给了公认的最不入流的袁招娣，人家自然将这场胜利无限扩大。不久之后，连东华观的门卫都知道了薛教练养了一个不成器的儿子。可是，薛新雨神经的某一部分又格外亢奋，无论是在课堂、食堂，还是路上，只要史幽红的身影一出现，就立即气喘胸闷，像进入了南方的黄梅天。这种病灶发作厉害了，只要是男性哪怕是个小队员，谁要是多看了她一眼，他都忍不住地妒意中烧。可恨的是，那个陆鸣偏偏喜欢往史幽红身边凑，而她竟然也对他青眼有加，笑语嫣然，这可真叫人气得发疯！

更糟的是，仿佛受到了薛新雨坏运气的连累，集训队的坏事也接踵而至。先是陈主任接到了外事接待工作暂停的通知；之后，又突然来了一个消息，说国庆招待会也临时取消了，让老棋手们个个难过不已又惊惶不已。到最后，秦队长甚至下达了一条禁令，没有他的批准，任何人不能私自外出，连周末回北京的家也不行。

对于大人们关心的事情，薛新雨也感到好奇。不过，对于儿子的疑问，薛平湖只是唉声叹气。可在队员们中间，那小道消息可就传得海了去了。其中，宋大洋就按捺不住说了一句：

"队长真是小题大做，我就一双下地的泥腿，又飞不上天，干吗要这么紧张？"

"少说怪话了！你上次抱怨说集训队的伙食只配喂猪，已经让人告到上面去了。"冯晓白一听脸都变白了，赶紧制止他的胡言乱语。

"我看还不如喂猪，起码猪吃了增肥，我吃了半个月，倒贴回去了两斤！"薛新雨也站到了宋大洋一边。

"你们两个真是一对活宝！"冯晓白见自己的好心没有得到应有的回报，只好愤恨地骂了一句。

但这种紧张气氛并没有持续多久，很快就烟消云散了。有一天，不能外出的禁令取消了。非但如此，队里还破天荒组织了大家去北海公园游玩。正是十月小阳春，北京天青水碧，枫丹菊黄，到处洋溢着一股久违了的喜气。女队员们个个兴高采烈，乘机将压在箱底一整个夏天的裙子都穿了出来。打扮得花团锦簇不说，她们还不时笑成一团，似乎空气中充满了一氧化二氮。男队员们跟在她们的屁股后面，看得心头起火，肚中生气，因为按照队里的要求，他们统一穿上了白衬衣黑裤子，活像一群会动的毛笔头。

"果然是头发长见识短，这些丫头啊，就知道傻笑！"通常情况下，对女性的攻击总是先从智商开始的。

"她们哪里是傻？分明是想吸引游人的注意！可惜的是，今天公园里除了我们这些棒小伙子，全是些老头和小孩！"现在，连她们最引以为傲的情商也遭受了污蔑。

糟糕的是，这些"嘀咕"竟然被人家听见了，那反击当然也就不是一般的猛烈了。其中李爱琴的话最刻薄，她虽然和男生关系最近，毕竟不会认错自己的阵营：

"你们吃醋了不是？下棋比不过我们，干活儿也偷懒。哎呀，我还听说你们中间当中有人为了一个女人打得头破血流，啧啧，可真是癞蛤蟆想吃天鹅肉了！"

可是没想到的是，宋大洋最赖皮了，干脆打蛇随棍上，马上回了一句："我们当然想吃肉了，不过，太肥的可消化不了！"

一片哄笑声中，李爱琴显得尴尬无比，她毕竟是个姑娘，拉不下脸来说脏话，可是又忍不下这口气。正在此时，一直安静旁观的陆鸣却悠然说了一句："秋气干燥，我们应该向女队员学习，每天的饮食清淡一点儿，就不会有这么大的火气了！"

李爱琴一听，就像来了救星，拍手笑道："果然小陆最善解人意了，你们学着点儿，以免将来都讨不到老婆！"

众人见陆鸣泄了男子汉阵营的气，个个吹胡子瞪眼睛，可是他的神色依然故我，好像什么也没看见。可是薛新雨分明看见史幽红虽然从头到尾没说一个字，可是她的目光却在陆鸣的脸上停留了好久。

游园回来，酝酿已久的野营也提上了日程，几个人还简单分一下工。薛新雨负责征收菜金，然后统一交到食堂去订购各类主副食。其实，后一部分工作根本不需要他自己来做，因为舒梅和食堂的厨娘关系极好，一切就由她代劳了。同样，外出游玩的计划几乎在每个厢房展开了，大家各自搭伴，互不干涉。让薛新雨稍微高兴了一点儿的是，史幽红并没有接受任何人的邀请，她跟着父亲回家探访亲友去了。

由于宋大洋的拖累，薛新雨所在的这个寝室平常没什么人缘，自然邀请不到那些眼光高的女队员。本来李爱琴还有点儿指望，可是因为北海公园的那场斗嘴，人家赌气不来了。可是万万没想到的是，整装出发的那一刻，戚玉秀却突然大驾光临了。

戚玉秀对薛新雨还是不理不睬，对其他人也是半冷不热，唯独见了冯晓白，那神情可就大不一样了。宋大洋看见了，暗中做了个鬼脸。薛新雨马上就明白了：原来，这两个人在搞对象。

在那个年代，谈恋爱属于私情杂念的范畴，与解放全人类的崇高理想比较起来简直渺小得不值一提。但两者细论起来，居然也有很多相同之处，那就是想起来无比刺激、谈起来无限向往、做起来路途艰难。集训队成立之初，为了让大家把精力放到即将到来的大赛上，特地划下了一条不可逾越的规定：男女队员要是堕入爱河，轻则警告重则开除。可是，即使

"大敌"当前，少女怀春、少男钟情却是不可违抗的自然规律，而东华观偏僻的地理位置，封闭的生活空间，周而复始的单调节奏，更有助于这种情感的滋生和蔓延。这几个月来，队里已经收到过不少小报告了，只是人家一没亲嘴，二没搂抱，只好不了了之。何况，就是那些打报告的探子们，本身也脱不了失意情敌的嫌疑。

在洒满朝阳的山路上，这七八个人组成的游团就出发了。他们翻越了东华观的后山，又跨过一条干涸的溪流，一直走到了燕山下向阳的一片草地上。一路上，大家像出笼的小鸟一样"叽喳"个不停，但话题绕来绕去，似乎总围绕着一个吃字。

"你们知道吗？我在东北捉的可是个大家伙！狍子真是又傻又好奇，你放一枪，它吓得跑出了老远，可一会儿又回来了，想知道究竟是咋回事儿吗？这样的猎物，到后来我们都懒得用枪打了。冬天北风一吹，江面就上冻了，可是狍子不知道，还以为是一片平地呢，一赶就跑到上面去了。一个个刺溜打滑，跌倒又爬起来，蹄子怎么也站不住。我们冲上去，一棒子揍倒一个，拉回去几天也吃不完！"

薛新雨听得津津有味，可是旁边的小队员们却个个索然无味。原来，宋大洋的传奇不知道已经讲了多少遍了，早就勾不起大家的胃液了。

"巧了，我们在南方捉蛇也用棒子，不过不是大棒，而是那种又长又细的分叉小竹竿。见到蛇先不动，等蛇迟疑不定的时候，将它的脑袋叉住，然后挑到袋子里去。不过，捉蛇毕竟太危险了，我更喜欢夏天到水田里捉田鸡。听到了"咯咯"声，就用手电筒一照，那田鸡就傻眼了一动不动，任你捉了回家去。"

舒梅好奇地问田鸡是什么鸡？薛新雨说田鸡不是鸡，而是青蛙的别称。舒梅听了直呕，说青蛙是益虫，你们怎么能忍心将它们的腿撕下来吃呢？薛新雨听了语塞，宋大洋却接过了话头，说："没错，田鸡很有营养，真的有益于人。"

冯晓白和戚玉秀远远落在了后面，一开始还只是喁喁私语，到后来干脆就搂腰抱肩了。除了小队员好奇地偷望几眼，大家都假装没有看见。只是舒梅同样身为女孩子，未免有点儿不自在，一路上小脸都红扑扑的，仿佛是自己做了什么见不得人的事儿。

到了扎营地后,宋大洋自顾自地去捉兔子了。秋天是兔子最肥的季节,也是最容易下套的时候。他果然没有吹牛,不过一个时辰,就提溜了两只红眼圆睁的啮齿动物回来了。当然,之后那些开膛剥皮的恐怖活儿也由他一手包办了。薛新雨带着舒梅在山坡上转悠,挖了一些煮汤的佐料。而三个小队员则四散去掏鸟窝,也没有空手而归。至于生火烧水的工作,当然就交给那两个不愿意挪窝的情侣了。可是大家回来之后,发现灶台依然清冷,而草地上却烧焦了一大片,差点儿引发了火灾。原来,两人意乱情迷之下,把干柴点着就塞进地灶不管了。

见此情景,也没人忍心责备。大家一起动手,嘻嘻哈哈之间,又重新烧了火,然后架起了锅。等到水开了之后,他们依次将各色荤素食材放了进去。大家耐心等待了大半个小时,香味终于传出来了。现在,连冯、戚二人的目光也不放在对方身上了。时候终于到了,锅盖一揭开,一团蒸气散去,只见里面是个五色斑斓的图画:嫩红的兔肉,雪白的山药,淡黄的甘草,深褐的蘑菇,漆黑的木耳,滚圆的鸟蛋。每人分了一大碗,片刻之间,就锅底朝天了。

就着带来的馒头和花卷,大家吃得啧啧出声。舒梅虽然刚才看到兔子被擒还眼泪汪汪,现在看着肉团却两眼放光。薛新雨心里笑她伪善,可是又觉得她的模样真可爱。说到底,大家的肚皮里真的缺油水啊!

吃饱喝足之后,这次野游就没了焦点。漫长的一个下午,大家无外乎就是坐在一起打牌,或者躺在草地上吹牛。

"大宋,既然北大荒有吃有喝那么舒服,你干吗主动申请跑到这个破观里来呢?"现在,薛新雨已经知道除了几个名门后代外,其他的队员全是自愿报名选拔来的。所以,他对宋大洋的选择颇为不解。在很多人的想象中,狼群奔跑的雪原,肥鱼跳跃的水泡,火车穿越的林海,寒冬闪烁的极光,是多么富有诗情画意。

"那里什么都有,连女人也更有味道,可就是没有你想要的东西。"宋大洋的眼中突然闪现了一丝阴郁,这可是以往没有过的。但随即,他就恢复了满不在乎的嘴脸,反问了一句:"小薛,你说究竟是你爹的棋厉害还是史老虎厉害？来了这半年了，也没见他们俩真刀真枪干过一场。"

"我也不知道。不过，有一点儿史老师肯定胜过了我爹，那就是人家教出来的孩子更有出息。"说到这里，薛新雨突然感到有点儿自惭形秽了。

"哈哈，这个你倒不必气馁了。不是我哄你开心，我虽然下棋不行，可是看人的眼光是不错的。我告诉你，在年轻一代棋手中，你真是个罕见的天才！"说完这一句后，见薛新雨似信不信，宋大洋又加上了一句：

"你知道我最喜欢你哪一点吗？因为你和我一样不守规矩吗？那可就大错特错！你下出来的棋，看起来东一榔头西一棒子的杂乱无章，可是仔细一想，都有迹可循；有些人恰恰相反，每一招都有根有据，只能算是乖学生，没有大格局！"

见宋大洋竟然将自己这个无名小卒拔高到了大国手的位置，薛新雨觉得这位仁兄真的被太阳晒昏了头。他往那边一瞅，只见冯晓白已经输了好几把牌，脸上沾满了纸条，只剩下了两只眼睛还在转动，活像一团水母。于是，薛新雨笑着说："冯哥可能还有登顶的份儿，你瞧人家现在已经熬了一锅糨糊，准备将来往墙上贴奖状呢！"

太阳偏西了，他们才踏上了回程。刚拐上了东华观西面的那条岔道，与另一伙队员们不期而遇。领头的是黄子武，后面紧跟着的是袁招娣。双方正在愣神的时候，她已经跑了过来，亲热地对着戚玉秀说道：

"玉秀，我早上找了你半天，你怎么不等我就走了呢？对了，你昨晚不是答应了黄大哥了吗？今天怎么又变卦了呢？"

"我什么时候答应他了？"戚玉秀脸色一变，竭力分辩道，可是声调却并不干脆。

"哦，我知道了。不是你不想来，而是有人不让你来。"袁招娣的话音刚落，黄子武的眼睛就发红了。站在戚玉秀身后的冯晓白脸色更白了；宋大洋脸色依旧，拳头却暗暗捏紧了。眼看一场冲突在所难免，薛新雨突然跳到了前面，大声说道：

"你们都是男子汉，不懂得尊重女人的意愿吗？戚玉秀又不是一个绣球，谁抢到就是谁的！"

万没想到，他的公道话竟然提前引爆了炸点。黄子武像头暴怒的狮子一样冲了过来，一拳当头砸来。薛新雨侧头一躲，肩上却重重挨了一记。这是第二次遭受突然袭击了，不过，他可不是个光挨打的主儿，立即一脚飞踹了过去。眼看开打了，双方的队员都一拥而上，有助拳的，有劝架的，更有火上浇油的。一片混乱中，薛新雨被拖了出来。他抬眼一看，只见戚玉秀早拉着冯晓白跑了，而袁招娣坐在地上捂着脸大哭，不知挨了谁一记耳光。

天黑之前，这场斗殴才算结束了。这群人吵吵嚷嚷回到了东华观，立即引起了全队上下一片哗然。薛平湖也闻声出来了，见到自己的儿子受伤了，连忙将他拉进了自己的房间。薛新雨还在争辩自己没有犯什么错，可是薛平湖只听了几句，就责备他少不经事：

"你真是个傻孩子，就知道乱讲义气。人家三男两女争风吃醋，你一个光腚蛋儿，来的什么牛劲儿呀？"

原来，集训队中的很多人都知道，袁招娣喜欢上了黄子武，可黄子武眷恋的是戚玉秀。两人以前是体校同学，但是戚玉秀来到集训队后却移情别恋，喜欢上了秀气文雅的冯晓白。至于宋大洋为什么总是替冯晓白当头炮，那也绝非薛新雨想象的仅仅为室友打抱不平。两个月前，宋大洋和几个公社的老乡一起去水库拉网捕鱼，而黄子武恰好也在那里，不知怎么双方产生了口角，就此结下了梁子。

薛平湖知道儿子这下闯大祸了，连忙去找秦队长澄清事实。但是，作为围棋队有史以来第一次严重违纪事件，谁也不能姑息纵容。很快，调查结果就出炉了。薛新雨和黄子武一样被列为罪魁祸首，各挨了一个处分。让人气愤的是，那个挑拨者袁招娣居然什么事儿也没有。通报一公布出来，薛新雨无论走到了哪里，都成了一个过街老鼠。连打饭的时候，厨娘的那个患了小儿麻痹症的女儿看他都是一脸鄙夷的神态。

集训队毕竟不是为了培养现代京剧迷、营养学家和角斗士的。随着初冬寒风的袭来，功课日渐紧张，因为时间已经不多了，而日本访华围棋代表团的名单也已经传来了。

尽管知道自己根本没有与日本人对垒的机会，但为了给父亲争一口气，薛新雨的头脑也和气温一样逐渐冷却了下来，知道自己不能再这样散漫下去了。处分是要进档案的，像影子一样跟自己一辈子。更严重的是，与堪称遵纪楷模的陆鸣相比，自己凭空沾了这么一个大污点，已经明显落了下风，如果成绩再不好，那就只能接受淘汰的命运了。于是，他决定洗心革面，老老实实先把成绩提升上去再说。

如此一来，倒是因祸得福，薛新雨发现围棋竟然是一剂忘情散。据说，宋太宗就酷爱围棋，他的理由说出来竟然是"避六宫之惑"。的确，一盘棋一下就是大半天，中间一刻分神的机会都没有，尤其到了关键之处，连五官也好像全封闭了，变得无色无嗅，不知饥饱，不分冷热，不辨妍媸，无论坐在面前的是一位千娇百媚的玉人还是青面獠牙的罗刹，都没有什么区别。一局下来，下棋者犹如病鸟出笼，半天也回不过神来。白天一晃就过去了，他们在晚上睡梦中满脑子还是黑白绞杀，让那种蚀骨摧心的情思也没有了插针之隙。

聪明的人一旦定下心来，进步总比普通人要快一点儿。与他人相比，薛新雨还有一个优势，那就是能够得到父亲的亲自指点。那些精微的感悟、诡谲的战术和实用的手段，绝非光靠打谱就能够参悟透的。更重要的是，父亲手中珍藏着一本据说是宋代的棋谱。不过，一般的书是越老越值钱，唯有棋书像女人一样，越老就越没什么吸引力了。

这本《玄元妙经》，薛新雨其实以前早就有机会看了，但因为贪玩儿一直没当一回事。现在他穷极无聊，不得不硬着头皮看了几眼。中国古代围棋实行座子制度，在对角线的星位上各放两子，就像两军对战一样，先安营扎寨，树旗立辕，然后再堂堂正正摆开架势开打，就差"来将通名"的程序了。除此之外，计算胜负也有"还棋头"的规定，多出一块棋就要还给对方两子，讲究到了极点，唯恐胜之不武。可是日本围棋却全然不同，双方犹如龙战于野，鸟飞于天，鱼入于渊，无凭无据，无拘无束，全凭各自的技能和气力决胜负，因此发展出了迥异的理论和定式。

但薛新雨看了一段时间之后，却又了一点儿感悟，觉得这本《玄元妙经》也并非全无用处，甚至有那么一点儿空谷足音的味道。比如，在座子制度下，双方壁垒森严，固然限制了自由布局的空间，被淘汰也是必然之数。但因为双方各守星位，不能一味守角，势必在中腹展开恶斗，从而留下了一页页精彩绝伦的血泪篇章。而日本围棋没有了任何束缚，反而如同在庭院中放了一群兔子，看似视野开阔，容易隐蔽，但兔子们最终必然会发现，最安全的选择是在角上挤成一团。因此，日本古代围棋一直拘泥于角部的战斗而不能自拔，虽然衍生出了无穷的绝妙定式，但难免有"铺地板"之嫌。直到一代雄杰道策名人打破藩篱，推陈出新，提出了全局平衡的新理论，才能够后来居上，全面反超了中国。

父亲忙的时候，薛新雨就硬拉着冯晓白过招。刚开始他依然不支，但差距逐渐拉近，尽管还是败多胜少，可是对方连一子也让不动了。但是，让薛新雨有点儿失望的是，水平突飞猛进的并不止自己一个。

这天，史瑞虎挑选的棋局是昨天陆鸣战胜黄子武的一局让先棋。显然，老史对陆鸣颇有好感，连夸开局这个"大雪崩"下得好，几十手定式一招也不差，硬是逼得对手出了错，足见陆鸣同学平常学习专心。他在讲台上摆了几手，突然点名叫起了薛新雨，问他下一步该怎么走。面对这突然袭击，薛新雨幸好没走神，迅速而准确地做出了回答。史瑞虎找不到发飙的借口，有点儿悻悻然：

"看来，你也没有闲着。这样吧，下午就和小陆来一局吧！谁是英雄谁是狗熊，我们明天课上再细细评论！"

午休之后，薛新雨又回到了戒律堂，见到陆鸣早就正襟危坐等在了那里。猜先的结果，是薛新雨执白。陆鸣摆开了最稳妥的"逐月式"——小目的形状像汉字"月"，所以交错的两个小目就像追逐的月牙儿。薛新雨先下了一个星位，第四手不下在余下的那个空角上，却高挂对方的小目。等陆鸣一托之后，立即向前一顶，等黑棋退了一手后，又顺手扳了上去。见此情景，陆鸣的脸色有点儿变了，因为开局这十手分明与自己昨天赢黄子武的那盘棋一模一样。显然，这是薛新雨在向自己挑衅——或者是向史瑞虎传达无声的抗议。他是个喜怒不形于色的人，凡事不求胜先虑败，绝不和薛新雨这种顾头不顾尾的愣头青计较。何况，薛新雨来者不善，一定对"大雪崩"定式研究了很久，自己难免有点儿心虚。于是，他下一手犹豫了好久，最终选择了粘角。这样陆鸣虽然保住了角上的实地，却将外势让给了白棋。

薛新雨得理不饶人，顺势向两翼扩张。陆鸣这下可真恼了，马上采取了拦逼的措施，并伺机将一子打入了白阵。如此一来，局面就过早进入了中盘战斗。最终经过一番腾挪，黑棋治孤成功，将白棋的大空穿了一个洞，然后扬长而去；但白棋也乘追杀之际不断旁敲侧击，压得边角的黑子抬不起头来，并最终围成了一个五六十目的口袋。进入官子阶段后，黑棋盘面上已经贴不出目来，陆鸣却不像上次对垒史幽红那样潇洒认输，而是拼命搜刮，甚至使出了一些对于专业棋手而言要打板子的俗手，企图将劣势扭转过来，但为时已晚。

　　终局之后，陆鸣没有复盘就沉着脸走了。薛新雨欣喜之余，也没有计较对方的无礼。第二天一早，他就兴冲冲来到了戒律堂。可让人失望的是，今天史瑞虎选讲的却是冯晓白和小队员的一盘指导棋，好像忘记了自己昨天说的话。薛新雨知道老史头心胸狭窄，但这样明目张胆地袒护陆鸣，以至于言而无信，还是让人气愤。于是，整整一个小时，他鼻子都像一台制冰机般在不停地喷冷气。

　　赢下了陆鸣，让薛新雨陡然信心爆棚，于是产生了冲击一下高手的念头。眼下青年组中，史幽红是一枝独秀，冯晓白有半肩之差，再次的黄子武、戚玉秀、张红芳都在伯仲之间。可是按照规定，只有同一水平的棋手才有经常切磋的机会。因此，薛新雨唯一的办法，就是将遇到的对手全部击倒，这样才能显露头角，引起老师们的注意。

　　但事与愿违，可能是由于薛新雨太急于求成，接下来的一个星期，他先是败给了黄子武，又输给了陆鸣一次，和相对较弱的张红芳也下了个一胜一负，平分秋色。最后，薛新雨杀了袁招娣一个尸横遍野，才算是出了一口闷气。

　　与之相反，舒梅却因为成绩优异，破格从少年组晋升到了青年组。这样一来，这两人关系更加亲热了。一天中午，两人一起坐在食堂吃饭的时候，舒梅问他昨天与戚玉秀比赛的结果，见薛新雨直摇头叹气，她就安慰道：

　　"半年多了，我在少年组每个星期的总评中都排第一，现在才升了一级。而你才一个月，竟然长了一个子的棋力。照这个速度下去，到了明年这个时候，给我们上课的薛教练就一定不是你爸爸了！"

听她这么一说，薛新雨也被逗笑了，心态也逐渐放松了下来。可机会就是这样，你越急越抓不住；可你不在乎了，它反而突然降临了。这天下午，薛新雨本来排定的对手张红芳病了，而史幽红也恰好轮空。于是，两人就被临时凑成了一对。史幽红对薛新雨似乎好了一点儿，这倒不是因为那天晚上在山路上，他说得繁星乱坠的花言巧语。女人的心思很微妙，又没有任何道理可循。尽管这个臭小子新添上了一个爱打架的恶名，可是强盗的名头毕竟比流氓好听多了，起码展示了雄性的特征。在女队员中，史幽红和戚玉秀关系最好，当然知悉密友那隐秘的地下三角恋。她笑戚玉秀为什么总像老母鸡护仔一样罩着冯晓白，甚至连拉水那样的粗活也包办了。上次冯晓白挨史瑞虎的批，就是因为戚玉秀前夜来了例假，第二天身体不舒服，没有及时将水缸填满的缘故。

史幽红心目中理想的爱人就是两个字：优秀。当然，他的棋艺未必要超过自己，否则的话，恐怕自己只能一辈子独身或者嫁个老头子了。可是，在生活中两人绝对要平等，即使不那么平等，也要向自己这边倾斜。他要照顾自己，呵护自己，甚至必要时轻轻敲打一下自己的好胜心，这样才像个男人的样子。可是，从小学到中学，在父亲的严格管制下，她更习惯于枯坐对局和埋首打谱，眼看青春年华就这样悄无声息地流逝，自己竟然连个和异性交往的机会也没有，心中未免有些伤感。有时候，看到棋盘上纵横交错的四方格子，她就想象那是一间间房子，而黑白子就是一对对男女，它们进进出出，分分合合，生生死死，可是全与自己无份。眼下又迁到了东华观中，本来就心里有点儿不大自在，而更让她惊骇的是，女队员宿舍的前身竟然是一个道姑庵！这可真不是什么好兆头。

这次打架，薛新雨受到了无妄之灾，大家其实都是心知肚明，不过一来讨厌这小子和宋大洋臭味相投，二是他借了父亲的光才进了集训队，不是真刀真枪公平选拔出来的。对于走后门的人，谁都会有点儿幸灾乐祸的心理。

可是，薛新雨上次在她面前杂念丛生，可今天只想证明自己的实力，反而心无旁骛。他在棋盘上放了一个黑子，就停手不动了。史幽红先是一怔，随即微微一笑，知道他不情愿再矮人两头了。于是，也拿起了一颗白子，打在了自己的右上角上。

这一次，两人下得不像上次那样快，而是均频频陷入了长久的思索之中。在史幽红眼中，才过了一个月，薛新雨的棋力进步飞速，但思路却更加怪异了，有时甚至不按照定式走，但硬说是无理手吧，应起来却分外费神；可站在薛新雨的角度看，对方真是刚柔并济，滴水不漏，无论自己怎么变招，都能够从容化解，显得游刃有余。当然，如果在外人眼中，这一局不怎么精彩，因为双方只是各怀杀机，都没等到有把握的机会，所以始终没有进入激烈的战斗。进入后盘后，薛新雨不擅长收官的毛病又暴露了。不过，这次他倒是锱铢必较，寸土不让，冷不丁还反咬一口，就像一只护着鱼骨头的猫。史幽红眼下的心思全在即将到来的正式比赛上，简单收一收也就算了。

结果，黑棋盘面上多了二子。这样一来，情况可就有点儿微妙了：如果让先的话，黑棋不贴目，那么铁定赢了；如果是分先的话，按照当时的胜负规则，先行的黑棋要贴二又四分之三子，那么白棋反而赢了一又四分之一子了。

薛新雨当然想赢，毕竟第一次战胜了众人眼中高不可攀的棋手，即使是让先，说出去也是很有面子的事情；但是潜意识中又希望自己能与史幽红平起平坐，所以，他不免有点儿迟疑了起来。

集训队员们没有日本棋手那样严苛的尊卑等级，更没有那一套点头哈腰的繁文缛节，但是赛后的记分、收子、清理等琐碎活儿，习惯上还是由年纪小或水平低的棋手来完成的。过了一会儿，史幽红见薛新雨还不动手，有点儿奇怪，但她冰雪聪明，很快就猜出这小子正在为面子和里子的取舍而犯愁呢。于是，她伸手将本子拿了过来，在"战果"一栏中写了一行小字："分先，白赢四分之三子。"

薛新雨见了，尽管被判负，但心里却着实感激。复盘的时候，他的话也滔滔不绝，一点也没有以前的扭捏姿态。见他一副红头赤脸的模样，史幽红觉得可笑，又有点儿不大耐烦，因为她晚上还要和父亲再切磋一局，现在早点儿赶回宿舍还能眯一会儿养点精神呢！于是，她顺手从文件夹中掏出了一张棋谱,说:"这是我近来下得最得意的一局棋。你现在总算有进步了,也许可以看得懂,就赏脸给你开开眼吧。"她又接着说,"可别弄坏哦,我手中只有这一份,出了差池可要你赔的!"

薛新雨双手接了过来,点头如捣蒜。史幽红得意地走了,一边走一边心里乐,因为那不过是自己上午随手做的几道边角死活题,根本就没什么价值。可是薛新雨却奉若拱璧,小心捧回去后,不但收藏在了箱底,没人时还拿出来偷偷嗅一嗅,似乎上面还残留着她手上的香泽,又怕太忘情了,把它弄潮了皱了破了不好交代。不过,当他按照棋谱将棋子摆开之后,却如坠五里云雾中,只见这里缩了一团乌龟,那里跑出一头独角犀,边上还有一只金鸡独立,更怪的是,它们相互之间竟然各自独立,毫无牵连,莫非史幽红要发明一种围棋中的"五禽戏"?薛新雨满心想去请教一下,可又怕人家顺势把棋谱收回去了。他在那里乱猜疑,可是史幽红自己早就把这件事忘到九霄云外去了。

经过了与史幽红的这一战,薛新雨多了几分自信,可他的状态依然起伏不定,运气好时能击败冯晓白,差的时候连李爱琴也能输。知道的人说他总喜欢别出心裁,本来稳赢的棋偏要行险,反而弄巧成拙;不知道的人还以为这少年贪多求快,弄得根基不牢呢!

薛新雨才不在乎别人怎么看呢!不过有一天,他突然感到奇怪了:时间过去了这么久,为什么秦队长和父亲一直没有向自己询问宋大洋的情况呢?难道大家遗忘了那条失踪的金鱼了吗?下棋的人和搞侦破的人一样,每天都在琢磨别人的心思,当然懂得什么叫做逆向思维。薛新雨想了片刻,就猛然明白了。

果然,他的猜测没有错。就在几天后的一个半夜,他突然被外面传来的响动惊醒了。似乎有人在叫嚷,还有急促的脚步声,窗外的灌木丛中也有手电筒的光柱在晃动。很快,大家都醒了过来,披衣坐在床上相互询问,个个惊疑不定。最后,胆子最大的宋大洋下地开门出去窥探了一番。很快,他就大呼小叫地跑了回来,带来了一个让人震惊的消息:黄子武被抓起来了!

天一亮,就有附近公社的民兵鱼贯进入了各个厢房,要求队员待在原地，还将每个人的铺盖被褥掀了个底朝天，似乎在查找什么重要的东西。宋大洋从中见到了几张熟悉的面孔，就向人家打招呼。可是对方脸挂严霜，就像根本不认识这个老乡似的。紧张的气氛持续了一个上午，连午饭也是食堂的师傅送到各个房间的。午后，来了一辆警车，将黄子武押了上去，然后"呜呜"开走了。随后，民兵也撤离了。但是，整整一个晚上，东华观都像是炸开了锅。

各种传言纷飞，都说黄子武这个家伙一向仇恨社会，练武逞凶，欺压队员，还私藏炸药，企图制造事端。可是，这一阴谋却被觉悟很高的年轻队员陆鸣发觉了，并掌握了确切的证据。于是，后面发生的故事就像电影中的剧情一样：机智的侦查员在半夜敲开了四号厢房的门，与埋伏在内的同志里应外合，经过了激烈的搏斗，共同将凶悍的歹徒制服。可是，根据同室队员的说法，实际上根本就没那么复杂，黄子武被铐起来的时候，还没从梦中醒过来呢！

无论这些说法哪个真实，都无法回答薛新雨心头的疑问：金鱼究竟是不是黄子武盗走的呢？第二天，他来到了父亲的房中。薛平湖虽然是集训队的领导，但对前晚的行动并不知情，完全被蒙在了鼓里，现在回想起来依然心有余悸。他满地乱走，第一百次为要不要烧掉那本《玄元妙经》而踌躇。不过，他毕竟是个局内人，于是告诉了儿子一些内情：第一，金鱼并没有找到。黄子武的态度很强硬，无论怎么审讯，都矢口否认自己盗窃过任何寺庙财物，即使到了派出所也没有改口；第二，炸药也不是真的。陆鸣揭发黄子武的依据，是亲眼看到对方将一个小包藏到了宿舍外的石柱下。可是刑侦人员将小包打开后，发现里面既不是金鱼，也不是什么定时炸弹，只不过是几根雷管而已。据黄子武自己交代，那是他用来炸鱼的。

薛新雨曾听宋大洋说过，农场的保卫人员也曾用训练剩下的手榴弹炸鱼，但是在这样一个特殊的时间，将危险物品囤积在一个外事活动的必经地点上，这可就不是一两句话能说清楚的了。

黄子武被带走了，集训队暗中称快的人不少，最高兴的就是冯晓白和宋大洋。不过，冯晓白是喜在心头，嘴上却不肯说什么，还要忙着抚慰戚玉秀那颗乱跳的心；而宋大洋的快乐就洋溢在嘴上了，没错，他和黄子武结仇本来就和吃的有关。

"真是报应！那小子就喜欢吃独食，一下子就把水库的鱼全炸翻了，让我们一大群老乡捞什么下锅？"

薛新雨本来也该高兴，因为正是这个莽汉让自己背负了一个处分。可是不知怎么，他心中五味杂陈，一点儿也感觉不到喜悦。

不管怎样，东华观的金鱼事件就此发生了一百八十度的转折。本来是个简单的失窃事件，可是黄猫捉鼠，居然把蛇给赶出来了。于是，一件保管不善的过错立即变成了一件消除安全隐患的功劳。对于薛新雨来说，唯一的好处就是他终于可以放下心来了。今后，他不用再时时提醒自己监督宋大洋了，可算是卸下了一副沉重的担子。同时，尽管疑点重重，陆鸣立了这样一个奇功，挽回了集训队的声誉，完全立稳了脚跟。薛新雨觉得自己卷铺盖走人的一刻，也就指日可待了。

但让人意外的是，由于黄子武被除名，集训队反而又多出来了一个空缺名额。这样一来，薛新雨和陆鸣就不再是竞争对手了，可以相安无事了。但是，薛新雨也并没有接到把关系转进来的通知，全队上下也没有任何一个人把心思放在他的切身利益上，包括父亲薛平湖。因为，那个日本参访团已经启程了。

04　蹇驴得志鸣春风

不过，在日本参访团光临东华观之前，集训队还有很多准备工作要做。于是，那条暴土扬尘的山路铺上了大块的青石，观里的泥胎木雕们又一次重塑金身，连那个一不小心踩空了就能让人"遗臭终身"的棚厕，也被改造成了水压冲槽的贴瓷隔间。当然，为了让贵宾住得舒服一点儿，领导们的单身宿舍也腾了出来，里面粉刷一新，铺上了地毯，摆上了席梦思和茶几，以及全新的窗帘和桌布。

但是，没了那条镇寺的金鱼，以上所有的工作都等于零。让薛新雨没有想到的是，这个难题，竟然还要落在自己和宋大洋身上。不过这一次，两人之间的关系不再是猫和鼠，而是狼与狈。这天，秦队长将两人叫了过去，和颜悦色地对薛新雨说，"你爸爸已经向我推荐过了，说你绘画的功底很不错；而小宋呢，以前也当过铸工和焊工。你们两人仿造出一条金鱼来，先安放到锦鳞阁的莲花宝座上去，把眼前这一关应付过去再说。至于真品嘛，以后可以慢慢查找，反正嫌疑犯已经被关起来了，不怕这鱼游到海里去。"

"我从来没见过那条金鱼，怎么画呢？"薛新雨露出了为难的神色。这倒是实话，老甘头从来也不让外人进去，那条金鱼究竟是圆是扁都不知道。

"可是那些日本人也没有见过呀！"秦队长笑着摆手说道，显然不认为这是一个问题。在战争年代中，游击队员们用高粱秆削成假枪，穿伪军的服装进出碉堡，在铁桶里放鞭炮吓唬敌人的事例太多了。

但即使作假，也一定要逼真。薛新雨找到了老甘头，根据他的描述画了几张草图，确定了最接近原形的一幅。定稿之后，宋大洋做了一个木头模具，然后开了介绍信，两人一起去了市里的五金加工厂。经过一番造型、浇铸和冷却后，一条沉甸甸的金鱼就躺在沙箱中了。锉去边角后，又小心车上了鱼鳞和尾鳍。回到了东华观，宋大洋找来了一支焊枪，将它牢牢焊接到了宝座上。最后，涂上油彩遮住了加工痕迹和焊点，一切就天衣无缝了。

"这下，不要说那些不识货的日本人了，就是辽国公主复活，恐怕也看不出什么破绽了！"宋大洋自鸣得意道。

"没错，她若是真的活了过来，就冲你在金鱼上花的心思，也要赏你一座金山了！"薛新雨也笑着夸了一句。可是，宋大洋听了却脸色微变，不肯再接这个话茬了。

两人忙碌的时候，集训队的其他人也没有闲着。为了防止意外，连泉眼下的水潭也来了个彻底消毒。但是千算万算，到了接待日前的几天，大家才突然发现了一件天大的纰漏：偌大的一个东华观中，竟然没有一个神职人员。

秦队长立即拉上了陈主任，连夜赶到宣武区京剧团借了一堆戏服来。和尚、道士的不够，就夹杂了青衣和书童的，反正只要不是那种大红大紫的霞帔蟒袍，哪怕苦人儿秦香莲穿的素褶子都行。回来之后，就急忙打扮了起来。老甘头是个不识字的老农，穿了一身鹤氅羽衣。至于年轻道士，则从男青年中挑选，于是薛新雨和陆鸣、冯晓白一并光荣入列了。而道姑本来是最现成的了，当然非史幽红莫属。众人都说她天生一股清雅秀洁之气，如果戴上了芙蓉冠，穿上了紫纱衣，一定玉髻袅袅，云袖飘飘，浑如下凡的绛珠仙子。可是人家一听，就像被蝎子咬了一样死活不肯，只好退而求其次，另选他人了。但是，戚玉秀也不知怎么了，不但神采全无，脸色暗黄，嗓子也肿胀得连句囫囵话也说不出来。其他女队员要么气质不佳，要么体型不符，最后选来选去，道姑的角色落在了最小的舒梅头上。

试穿戏服的时候，几个年轻人聚在一起相互打趣，说我们也算是八仙过海了：老甘头那个佝老头自然是干巴的张果老了；冯晓白智商最高，可以算得上是吕洞宾；陆鸣面如冠玉，是韩湘子的不二人选；薛新雨年纪最小，又放肆跳脱，当蓝采和最合适不过了。薛新雨听了有点儿不高兴，说舒梅比我还小，你看她连那身衣服都撑不起来，哪能当何仙姑呢？

"我知道你心里暗恋着谁,可惜了,人家只当是马棚风!"舒梅本来就为迈不开步而犯愁,当下小嘴就撅起来了。

"你又不是我肚子里的蛔虫,怎么知道我喜欢谁了?"薛新雨心一跳,强辩了一句。

"哈哈,这个你想不到吧?我们女生宿舍里都传开了,说小薛这个人表面上风趣,其实骨子里比他爹还要古板正经!和女生一起看戏的时候,那一双眼睛就像路灯一样死盯着一处,连零点一度也不敢偏离!"

显然,史幽红虽然表面上视薛新雨为空气,实际上却将他的一举一动都记了下来。说来有趣,女人之间不提倡博爱精神,相互之间几乎全是单线联系,但是传来传去,最后总能到达每一个末端。

舒梅说完,就笑着跑开了。薛新雨作势发怒要追赶,可是才跑了两步,又改口喊她慢点儿,千万不要摔倒了。

为了隆重起见,中日双方的比赛被安排在了东华观的核心建设——玉皇殿中。这里是大家平常听政治报告的地方,如今为了让队员们了解一下邻邦的情况,特地请了电影厂的师傅放了一场纪录片。不过半小时的时间,大部分是日本风光掠影和中日两千年交往的历史,尤其突出了"绝大部分时间"的友好关系。之后,就是一小段现代日本生活片段集锦:新干线上,子弹头列车呼啸而过,一日千里;东京湾畔,高楼大厦奇峰突起,接天连云;街道上,外表光鲜的行人行色匆匆,举手投足之间自信毕露;家庭里,传统的榻榻米依旧,但旁边已经摆上了可以观看多个频道的电视机;工厂里,上下级之间依旧壁垒森严,但是收入差距并没有想象得那么大,社长一年的薪水足够买一台小轿车,而最底层的勤杂工一个月也可以买一辆自行车。

面对让人目眩神迷的景象,每个人都快要喘不过气来。回到了宿舍,薛新雨第一次觉得自己的收音机该进博物馆或者垃圾堆了——尽管前者已经好几年不"开门"了。之后几天,这场电影成了大家谈论的核心,男队员关心的是头戴圆盔风驰电掣的摩托车手,女队员则在窃窃议论那种上面窄得出奇,开口却宽得可笑的裤子,当然也有人问那个宫田荣树会不会出现在了参访团中?据说,时隔不过两年,这个新秀已经像超新星一样爆发，成为了"天元战"有史以来最年轻的冠军，从而跻身第一流棋士的行列。

当然，今天的日本棋坛依然是"义雄时代"：藤原正雄依然占据着泰山北斗的地位，而风头最劲的人物是他的大弟子——也就是宫田荣树的大师兄冈村保义。此人不但将三大棋战中的"名人战"和"本因坊战"揽入怀中，还获得了"棋圣战"的挑战权，可惜最终被师父击退了。

可是，等到贵宾终于在东华观现身的时候，全队上下却个个傻眼了。因为，这十来个人相貌各异，年龄却没有一个在四十岁以下的，还包括了一位白发苍苍的老太太。

原来，由于中日两国没有正式的邦交，因此日本棋院并没有派出职业棋手来华。这些团员中有的是退休的教师，有的是企业的技术专家，甚至还有北海道渔民协会的负责人，而领衔的福山秋一郎业余五段的确和围棋打了一辈子交道，身份却是一家围棋杂志的总编辑。换句话来说，这是一支临时拼凑的人马。

从喧闹的北京市区来到了东华观，他们的口中就发出了"哦咿呀"的各种感叹调，翻译说是在夸这里幽静清爽，真是神仙居住的洞府。大家听了都很受用，当然也有人心中暗笑。上午，双方在八仙堂举行了例行的座谈，说了一番客套话。下午，参访团就开始参观观里的每一个殿堂。

果然，一到锦鳞阁，他们就停下来不走了。非但如此，有人还从皮包中翻出了几张发黄的照片，开始了仔细比对，不时嘀咕几句，露出了迷惑不解的神情。翻译询问了一下，转头问起了充当道长的老甘头：

"根据三四十年代日本在华军事记者的报道，说东华观的这条金鱼长了两条奇怪的胡须，现在怎么不见了呢？"

老甘头一下子僵住了，他虽然与金鱼亲密无间，可是压根儿就没注意过它是否长了胡须。其他陪同人员也暗叫坏了坏了，人人都说日本人认真，哪怕出国旅游一趟，也准备细致得如同出国打仗，没想到竟然是真的。大家面面相觑，不知道该怎么回答才好。这时，正在一边拈香洒水的薛新雨急中生智，抢上前回答了一句：

"本地的老百姓传说，它们可不是普通的鱼须，而是天上的龙须，摸了会走大运。于是你来摸我也来摸，天长日久，龙须就磨得不剩一点儿了。"

听了翻译的转述，参访团员们个个露出了恍然大悟的样子。福山秋一郎还赶紧掏出了一个小本子，把薛新雨的胡言乱语认真记录了下来。

当晚，参访团就住在了东华观。第二天上午，比赛在玉皇殿正式拉开了序幕。按照约定，双方共进行四轮比赛，每一轮派出六名选手捉对厮杀。虽然日本派来的不是"正牌军"而是一队"协警"，让集训队上下多少有点儿失望，但毕竟事关国家脸面，因此谁也不敢轻忽，依然摆出了由"南薛北史"领衔，外加四位成年组高手的最强阵容出战。

端坐第一台的，正是双方的主将薛平湖和福山秋一郎。双方落子之后，薛平湖就感到处处受制：强不得，一强就被反打；弱不得，一弱就被侵压；快不得，一快就出破绽；慢不得，一慢就落后手；远不得，一远就散乱无章；近不得，一近就团成愚形。他好像钻进了镇元子乾坤袖中的孙悟空一样，饶你有千钧金箍棒，也休想伤到对方分毫。同样，其他五桌上的选手也有类似的感觉，个个好似沾到了蛛网上的飞蛾，挣也是死，不挣也是死，最终只能束手待毙。

于是，不到下午3点，第一轮比赛就全部结束了。结果让人大跌眼镜，中方竟然全军覆灭，被对方干脆利落地剃了光头！而更让人难以接受的是，六局棋全是中盘告负，连一局坚持到终点的也没有。

但是，选手们散场后的第一感觉竟然不是羞辱，而是莫名的气恼，都觉得对手太妖道，自己的力量没有发挥出来。晚上的检讨会上，大家一致认为今天失败的原因是棋风相克，要求更换对手。于是，第二天的出场次序进行了大改变，薛平湖和史瑞虎也对调了位置。

但是，面对第二强的小坂元业余四段，薛平湖虽然坚持到了终局，但内行人早就看出来了，这局棋耗费了半天在无关宏旨的几个劫上，胜负其实早就定格了。当然，坐上头把交椅的史瑞虎也没能表现得比薛平湖更出色，再一次栽倒在了福山秋一郎的面前。其他四台虽然偶尔掀起了点儿风波，按结果依然是一边倒。

这一下，谁也没什么借口好说了。当晚，秦队长和大家商量了半天，为了力争突破,决定顾不得那么多了,第三轮采取田忌赛马的方式,让己方的上驷对日方的下驷。

"大家千万不要有什么心理包袱,我们这是做,不过是在充分利用比赛规则。"见到众人尤其是薛、史二人面有愧色,秦双河赶紧安慰道,但自己心中也很不是滋味。在战场上,如果以众击寡、批亢捣虚、避强歼弱,那是一种能力、一门艺术甚至是一层境界,可在运用在了围棋比赛中,可就完全变味了。

于是,和薛平湖对垒的就变成了唯一的女棋手菊池文子业余二段。这个老太太的水平固然弱了不少,可是薛平湖的压力却大到了极点。这是保住个人和家族颜面的最后机会了,否则的话,一张老脸将来还要往哪里搁呀?为了不让父亲分心,薛新雨几天都没有去见他。今天实在忍不住了,他就借了一个送茶水的机会,偷偷溜进了玉皇殿。只见菊池文子雍容端坐如梨山老母,而薛平湖却瑟缩如孔乙己,每落一子,连手都在不停地颤抖。一个再明显不过的打入机会,竟然犹疑再三,坐视对手轻轻松松围成了一大块实空。见此情景,薛新雨心中着急又酸楚。转头去看那边,史老虎也变成了一个纸老虎,不用戳不用烧更不用打了,一阵风就能把他刮走。薛新雨不忍心再看下去了,低头走了出去。

日落时分,结局又是哀鸿遍野。三天都被人家剃了光头,集中全国精英的集训队竟然落到了难求一胜的地步,让人无法相信也无可奈何。秦队长是个老八路,见此情景,恨不得自己挥舞着大刀片子冲上去。可是,在没有硝烟的二尺纹枰上,没有他肝脑涂地的机会。

眼看只剩下最后一轮了,围棋队的"平型关"究竟在哪里?这时候,陈主任建议既然成年选手不行了,不如从长计议,上几个年轻棋手拼一下,也算是难得的锻炼机会。这个意见没有人反对,几位败军之将早已心力交瘁,没有了余勇可贾。不过,为了撑住台子,薛平湖和史瑞虎还是不能动,其他四个名额分配给青年组。这样一来,史幽红和冯晓白就是当然之选了,次一等的戚玉秀也算一个好手,最后一个名额,只能在尚算不错的张红芳、陆鸣和薛新雨之间产生了。

从成绩来看,陆鸣是最稳定,该赢的一定能赢下来;张红芳是最早进队的一批成员，经验可算丰富；而薛新雨就有点儿吊儿郎当，不该输的棋也能输掉。但是谁也无法否认的是，这家伙天生是根"搅屎棍"，既能让低手骑到头上，也能让高手下不了台。

时间仓促，不可能再通过比赛来选拔了，只能由上级指定人选了。几个领导中，薛平湖和陆德言自然向着各自的儿子，后者得到了史瑞虎的支持，陈主任模棱两可，说了些"谁赢的把握大就让谁上"之类的废话。于是，秦队长决定从善如流，让陆鸣顶上去。但是，散会之后他依然无法入睡，不知怎么，一件多年前的往事又浮上了心头。

抗战伊始，胶东农民秦双河参加了乡自卫队。一天，国共合作伏击一股日军，可事到临头，本该充当主力的保安团不见踪影，而八路军虽然来了一个分区司令，竟然是个说话细声细气的书生，随身只有一个排的骑兵。可是，秀才司令毫不慌张，巧布疑阵，让手执红缨枪的自卫队埋伏到了不同地点。来的日军只是一个探路小队，尖兵被点杀了之后，见四面山谷杀声震天，就仓皇撤退了，还被骑兵斩断了尾巴。凯旋的时候，秀才司令下令将缴获的几件钢盔军衣都挑在枪尖上招摇过市，顿时轰动全县，一批青壮后生当场就加入了队伍。秦双河跟着秀才司令南征北战，直到今天当了一名不高不低的国家干部。但是，他的崇拜对象却翻了筋斗，下放到了南疆劳改去了。当然，那个人不是别人，正是舒梅的父亲。

想到这里，一个念头像入夜后的星光一样渐渐清晰起来：老一套玩儿不转了，干脆最后一轮全让年轻人上！主意一定，秦队长马上披衣而起，唤醒了同事，重新拟定了一份明天对垒的名单。当然，为了提高胜率，依然采取由弱到强的上场顺序。

第二天一早，这个新阵容就让日本人睁大了眼睛。惊奇的不光是对手的年龄截了一半，怎么东华观的道士也披挂上阵了？他们哪里知道，中国人一旦到了最危险的时候，必然全民皆兵，共赴国难，僧俗概莫能外。

但就算是如此煞费苦心，形势依然多云转阴。不到中午封盘，戚玉秀就先败下阵来。她本来棋风绵长坚韧，今天却一副魂不守舍的样子。显然，黄子武出事还是对她造成了严重的心理冲击；而陆鸣那一局，竟然让人联想起了黄粱一梦："眼看他起高楼，眼看他宴宾客，眼看他楼塌了"；

张红芳在角部的一个定式中出了差错，虽然奋力追赶，在战斗中擒住了对方一块棋，但是差距依然无法弥补，最终负了七八个子。于是，到了下午3点之后，依然还在鏖战的，就只剩下史幽红、冯晓白和薛新雨这三盘了。

史幽红被寄予了最大的希望，她的目标直指菊池文子。虽然男女平等已成为社会共识，但大家觉得女性对女性还是更平等一些。没想一上场，却发现对手变成了小坂元。原来，日方第一轮大获全胜后，以为侥幸所至；第二轮三轮下来，心态就开始无限膨胀了。他们知道菊池文子是中方蓄意攻击的薄弱环节，为了保证全胜而归，也将她的台次做了调整。

但是，第一台的薛新雨却如上级所愿，对上了敌方的主将福山秋一郎。本来就是个钦定的牺牲品，可是下了这么久竟然还能扛得住，不免让众人奇怪了。待得他们仔细看了看棋局，就纷纷拍案惊呼了。

薛新雨执黑以"对月式"开局——两个左右对称的小目，福山还以"星月式"——一个星位一个小目。黑棋挂角，白棋分投，黑棋转到另一边挂角，形成"双飞燕"之势。福山浑不在意，应以"五五"小尖，将两边的黑子一举分断。黑棋下一步依定式点"三三"入角，白棋压住一边，对方取得了实地，也不得不放弃外势，这是两分的格局。但是，薛新雨竟然不顾这个角没有净活，反而剑走偏锋，强行让白棋隔开的那个孤子跳了出来，摆出一副将白棋全部封闭在内的架势。这种鱼和熊掌兼得的企图，完全不合棋理，让福山忍不住心里暗笑。但是不久，他的笑就泛起了苦味。因为薛新雨死死缠住这队白子不放松，就像一只咬住雄狮后腿的鬣狗，虽然太放肆了，有违物种进化的规律，但一时半刻竟然奈何不了它。想要歼灭"三三"一子，薛新雨下立倒虎，摆开了要打劫的架势。虽然这个劫价值并不大，可是福山自重身份，原想兵不血刃稳稳当当拿下最后一局，不太情愿一开局就与对方拼个你死我活。患得患失的心态之下，黑棋不但活了角，跳起的那一子还压了白棋一路。最后，福山竟然被逼得夺路而走，让黑棋在这个局部大有斩获。

不过，薛新雨的优势就像昙花一样不禁看。正当大家为之喝彩之时，福山良好的大局意识已经充分发挥出来了，尤其是抢占了上边的关键大场，看上去茫茫一片，像北京人家冬天码了一院墙的大白菜。眼看薛新雨的疯狗战术没有咬死人，观众们叹息一阵，觉得大势已去，转而关注起了冯、史二人。

冯晓白有幸对上了菊池文子，是六局棋中胜率最高的一盘。可是，这个软柿子并不好捏，弄不好会溅自己一身稀汁。也许是性格相似，也许是风格沿袭，冯晓白和师父薛平湖一样，在面对压力之时缩手缩脚，对方强硬就退让，对方退缩就姑息，竟然硬生生让老太太在边上拔了一朵花，形成了偌大的优势。之后，虽然他发挥了绵密细致的特点，挽回了不少损失，结果也只能让人怒其不争了。

史幽红与小坂元一局则不然，她很快就进入了状态，步骤紧凑，手筋迭发，让人目不暇接。中盘之后，史幽红的局势看上去很有希望。但是，对方使出了胜负手，一举打入了一个留有余味的角上。史幽红果然心细如发，几乎像走钢丝一样将这个角做活了，但在外围却付出了很大的代价，局面又重新变得混沌起来。进入官子阶段，差距已经在一两子之间。

收官最费工夫了，何况双方还有两个劫要打。这时，突然有人感到奇怪，说又过去两个钟头了，第一台怎么还没有结束呢？

这下一看，大家的惊喜更超过了方才，因为黑棋竟然出现了胜机！原来，面对白棋的厚势，黑棋断然选择了打入，在白阵之中横冲直撞一番，竟然结出了累累硕果，在白菜帮子下面又新垒了一堆结结实实的蜂窝煤，从而在实空上取得了大幅领先。但是，正当众人为之庆幸的时候，一个坏消息又接踵而至，史幽红那一局仅以最微小的四分之一子之差而落败，让人扼腕叹息。似乎受此影响，薛新雨又连发缓手，让白棋从容稳住了颓势。现在，双方陷入了艰苦的拉锯战之中。

冬日天短，外面早就黑透了，但玉皇殿中灯火辉煌，上百双眼睛，从四面八方聚焦在这一对孤零零的棋手身上。东华观内悄无声息，观外却人头攒动。今天恰逢星期天，从市里和红莲公社赶来的围棋爱好者，已经将山门围堵得水泄不通。不时有人从门缝中传出最新的棋谱，但人太多看不过来，于是干脆在红墙上划了桌子大小的棋盘，用黑白两色粉笔在上面画圈，还有业余高手自愿站台讲解。每一局落幕，现场都会响起叹息声、指责声甚至零星的辱骂声。现在天黑了，大批人员依然没有散去，数十只火把熊熊燃烧，仿佛葭萌关下张飞夜战马超的情景。

进入官子阶段后，由于连续鏖战超过了十个小时，双方精力消耗太大，都下了不少疑问手。薛新雨到底血气方刚，一番错进错出后，黑棋还是将优势保持到了终点。盘面清点，薛新雨赢了一又四分之三子。

宣布胜利的时候，薛新雨竟然没能站立起来，他的双腿完全麻木了。几个队友冲上前去，将他连人带椅子一起抬了出来。一路上，他看到了无数的笑脸，还有父亲眼角闪烁的泪花，听到了远处传来春潮般的欢呼声，恍然以为自己身处在一个海岛。回到了寝室后，这一晚上他就没有消停过，体委、外事、市里和集训队领导们络绎不绝地来看望，他们的情绪是激动的，态度是亲切的，话语是热情的。可薛新雨已经枵腹如鼓，面对桌上厨师特地加做的几碗好菜，始终没有下口的机会，眼睁睁看着被宋大洋和小队员偷偷端走了，心里真叫可惜。

但是，一俊不能遮百丑。第二天，日本参访团带着二十三比一的胜绩走了，留下了一片压抑沮丧的气氛。时间仿佛突然倒转，又回到五十年前伊东道平横扫中国棋坛的那一幕。唯一不同的是，这一次更加让人不能接受，因为伊东道平好歹也是挂了号的高段位职业棋士，而这些人干脆不吃围棋这碗饭！

当然，这样的今昔对比是万万不敢说出口的，否则一顶借古讽今的帽子就戴上了。休整拾掇了一天，秦队长把集训队领导和全体参赛选手招到了一起，开了一个扩大的比赛总结会。他说了几句开场白之后，大家依次做沉痛检讨，全是一副低头耷脑的样子，仿佛在参加一场追悼会。一片愁云惨雾中，坐在了后排的薛新雨却突然"哧哧"笑出声来。

看他得意忘形的样子，众人心头不怿，史瑞虎更是满腔羞怒，可是围棋就是胜者为王，败者没有一丝嘴硬的资本。薛平湖知道儿子犯了众怒，立即板起脸来训斥道："不是告诉你了吗？着凉了要用手绢捂住鼻子。大庭广众的，不懂得会传染别人吗？"

可是对于父亲的遮掩，薛新雨却一点儿也不领情，反而站起来大声说道："我根本就没有感冒！我只是想说一句：你们太紧张了！那几个日本人根本就没什么厉害的，不过是节奏掌握得比较好而已，你们完全是被自己给吓倒的!"

众人一听全定住了。薛新雨在后面看不见他们脸上的表情，以为不相信，就赶忙拣了几个典型的例子来说明自己不是放空炮。为了显示公平，他举错不避亲，样本中既有父亲这样的老棋手，也有冯晓白这样的好学长。而当事人虽然心中未必同意他对自己失误的评点，但听他的语气中显然肯定了自己的实力，因此也稍微心平了一点。

不过，让薛新雨没想到的是，他的长篇大论秦队长却全部听懂了。几天来，秦双河一直陷入了苦恼之中。集训队输得这样惨，该如何向上级交代呢？听了薛新雨的发言，他突然眼睛一亮，一拍大腿，叫起来：

"小薛说得对，是右倾保守思想在作怪！长期以来，我们的棋手平常只注重专业技能，不突出政治学习，不强调主观能动性，不敢发挥刺刀见红的战斗精神。因此前怕狼后怕虎，最终一败涂地，辜负了广大群众对我们的殷切期望！"

秦队长慷慨陈词，深入揭批了一通灵魂深处的东西。在那个时代，他只能用这种思维方式来解释失败，甚至说服自己：只要有一种精神一股子气，就一定能够战胜一切敌人，不管是棋盘上还是战场上的，不管是存在还是不存在的。

薛新雨一听，反倒张口结舌，站在那里愣住了。但无论他的本意如何，这个通过不正常途径混入围棋队的年轻人，现在俨然又成了正确路线的代言人。

第二天一早，由秦队长亲笔撰写的"向薛新雨同志学习！"的大红通报就贴在了灵官殿的门上了。秦队长腹中墨水有限，而薛新雨平常的行状也没有什么闪光点，因此这个通报只有寥寥几十个大字，不仔细看还以为食堂又推出了新菜谱。

但无论如何，这场意外的胜利让薛新雨的命运发生了一百八十度的转折。他不必担心被遣送回家了，不必担心走后门的闲言碎语了，不必担心邪门怪招的冷嘲热讽了。连宋大洋的老乡来做客了，他在介绍室友时，薛新雨也排在了冯晓白之前，那前缀不再是"从浙江来的"而变成了"这就是战胜了福山秋一郎的"。对方一听，也立即显出肃然起敬的神色。其实，你要在东京的街上问这位福山君是何许人也，恐怕一百人中认识的不超过一个，而此人有九成是新闻界同行而不是棋界中人。

但薛新雨很快就发现了，他还是一根出了头的椽子。棋局中有什么难解之处，甚至棋盘外的一些争议，总有人尤其是小队员喜欢来找他进行判定，似乎薛新雨就是一言九鼎的权威。而实际上，他在训练比赛中依然还是胜负无常，有的招数妙到毫巅，有的招数臭到极点，并没有因为一场外战的胜利而脱胎换骨。

可是，有一个人却想让全体队员们洗心革面，重新做人。正当天寒地冻之时，秦队长突然宣布，要将全队拉出去参加农田水利基本建设。

都说是劳动创造了人，但这一次却反过来了，因为它并不在当地规划之中，完全是秦队长自找的。集训队本来就老病号多，而爱下棋的青年队员，早就被同龄人贴上了好逸恶劳的标签。因此命令一下，除了不懂事的少年组队员以为好玩儿之外，全队上下怨声载道，说这样的大冷天，连农民都猫冬了，咱们怎么就不能消停会儿呢？但在公开场合，他们却纷纷痛表决心，个个摩拳擦掌。其中表现最为积极的就是宋大洋。这天太阳刚露头，他就一马当先，高举着一面红旗昂首阔步走出了东华观，后面浩浩荡荡的队伍拖了足有一里来长。队伍迤逦开到了十几里外的水库边，秦队长知道这群乌合之众干不了筑坝打井、排涝清淤、治理盐碱这样的重活，而造林植树显然又不是时候，就临时决定挖一条排水渠。

青年组是当仁不让的主力军，挖沟这样强度最大的重活自然就落在了他们身上。薛新雨才弯腰干了半个小时，就觉得自己已经"鞠躬尽瘁"了。他放下了镢头，伸腰喘了口气，发现大地只是擦破了一层皮，而自己掌上的血泡却磨破了。他抬头四顾，只见宋大洋到处飞奔，哪里都能见他的身影，听到他的声音，可是哪里都没能留住他的汗水；坡上的冯晓白挥一下铁锹就喘息半天，害得筛土的舒梅支着双手不得不等他。这一次，戚玉秀没来帮他。薛新雨有点儿奇怪了，好像最近很少见到她，也可能是自顾不暇吧！想到这里，他突然心头一动，说声要方便，就来到了工地的另一边。

眼前的一幕，让他差点儿就叫出声来：只见那面在寒风中招摇的"铁心铁胆铁姑娘"的大旗下，史幽红正赶着骡子上坝顶，可是骡子拉水还勉强胜任，这下换成了一车沉甸甸的鹅卵石，就怎么也不肯走了。打了两下，它干脆挣脱了缰绳逃走了。眼看车在半坡上徐徐下滑，史幽红不赶紧闪避，竟然要用自己的身体顶上去。这不是玩命吗？

据一条"不可靠"的消息说，输给日本棋手之后，史瑞虎恨女儿不争气，盛怒之下竟然打了女儿一记耳光，致使史幽红的脸都肿起了半寸。薛新雨听了不信，一是因为它的源头来自袁招娣；二是因为自己从小就是个受人溺爱的孩子，所以不相信世上还有这样凶暴的爹；三是史瑞虎自己三战全败，哪有百步反过来笑五十步的道理？可是，眼见她右半边脸全用一条厚厚的红围巾裹上了，心中也不禁起疑。

见形势危险，薛新雨立即冲了下去，先用双臂将车子撑住，用肘部将史幽红推到了一边，然后自己也跳开了。那台车飞快滑了下去，"轰隆"一声，就侧翻到一个沟里去了。溅起的碎石打在了土壁上，发出"噗噗"的响声。

见此情景，史幽红才知道自己刚才的逞强是多么危险。惊魂甫定之后，她才转过头来。可是一见薛新雨，那感激的眼神突然就泛起了红潮，而声音也从来没有这样尖利过：

"你走开！谁要你来管！我死了也不要你关心！"

薛新雨一口气冲了上来，忍不住也高声大喊了起来：

"我知道！我知道！你什么都能干，什么都比人强！你们女人解放了，厉害了，都到了能跟牲口一较高下的地步了！"

一口气喊完了，薛新雨自己倒愣住了，怎么能说出这样难听的脏话来呢？史幽红一开始也被他的愤怒吓呆了，可是随即沮丧、气愤和羞辱一起涌上心来，不禁放声大哭了起来。翻车声和哭声惊动了其他女队员，李爱琴和张红芳循声而来，一人劝一个，才把他们分开了。

好不容易熬到了中午，大家散坐在地上休息。这时，总务送饭来了，而陆鸣也和吉普车一起出现在大家的视野中。他被食堂临时借调去了，专门负责送餐工作，当然谁都明白食堂的顶头上司是谁。很快，在男队员面前就摆放上了馒头配咸菜疙瘩，而女队员那边却传来了葱爆鸡蛋的诱人香味。

"这小子，真是青出于蓝而胜于蓝，比他爹还会看人下菜碟儿！"宋大洋一边咽口水，一边恨不能向陆家父子的脸上吐口水。

"女队员本来就该得到照顾嘛。"薛新雨淡淡回了一句。他心头的气痛还没有平复，吃饭没什么胃口。可是，陆鸣借机凑到史幽红身边献殷勤，掏出了小镜子、小梳子、小毛巾之类的玩意儿，似乎在伺候对方梳妆，就差打一盆清水了。史幽红虽然还是没有摘下头巾，却也没有拒绝和陆鸣分食同一个甜桔。当然，她也将这份甜蜜的滋味分瓣给了其他女队员。见此情景，薛新雨连口中的唾液也变成了硫酸。

这段插曲很快就过去了。其后的一个星期，工地上依然繁忙紧张。但是，从西伯利亚来的寒潮却彻底冲散了战天斗地的热情。一夜之间，气温下降了一半，集训队的病号也翻了一番。而勉强能干活的人，一尖镐打下去，也只能在坚硬的土地上砸出一个白点子。秦队长眼看大家都在做无用功或者磨洋工，只好宣布本次锻炼已经达到了预期的效果，该回营休整了。

撤工的那天下午，秦队长独自一人巡视现场，只见夕阳西下，偌大的工地上一片狼藉，只剩下了两个孤零零的黑点。走进一看，歪歪斜斜深浅不一的沟渠边，舒梅每隔十米就摆放一块白石子做记号，准备明年春天重新开工时，每个人能够很方便地找回自己的位置，而薛新雨则在一边催她快点走。见此情景，秦队长突然有点儿感慨了：

"真是'龙生龙，凤生凤，老鼠的崽儿会打洞'啊！"

薛新雨听了不高兴，舒梅固然是个落难公主，可是自己虽然并不积极，但干起活儿来也卖力，怎么就成了不劳而获的硕鼠呢？可是，当他走过秦双河身边时，老八路却突然伸出手来，重重拍了一下他的肩膀：

"好小子，要是放在过去，你就是个孤胆英雄的模子！"

没想到，他的这一举动差点儿把薛新雨吓出了心脏病。回到了东华观之后，他在山门和舒梅分手后，却又转身回到了门卫那里。他要查找有没有自己的信，可是翻来覆去，却偏偏拣出了一份史瑞虎的。面对着门卫狐疑的眼神，薛新雨干脆大方地要了一支笔，把通讯地址抄了下来。

"快过年了，队员们想写信给史老师拜年。为了给他一个惊喜，最好不要先让他知道。"

转眼之间，春节就要到了。集训队中家在附近的都走了，远道的留下来了三五十人，所以东华观中并不显得冷清。第一次在北方过年，薛新雨感到很新鲜，因为"山舞银蛇，原驰蜡象"的雄浑景象，他已经向往好久了。可是，别人就未必有那么多的诗情画意了，至少陈主任就犯愁了，因为秦队长家中突然发生急事，刚到腊月就走了。他前脚一走，总务长陆德言也后脚带着儿子回山西老家了，丢下了一大摊子给自己。虽然队里的领导还有薛平湖一个，可老薛平常只管教课，除了拈棋子的两根指头，其他三根都不沾水的，能帮自己什么忙呢？

眼下最棘手的问题，就是缺少过年必不可少的猪肉。南方人过年要吃红烧肉，北方人过年要包饺子，总不能让大家年夜饭一人啃一个鸡爪子吧？可是翻遍了总务室的所有抽屉，就是没有找到一张肉票。如果发一份加急电报"你把肉票放哪里去了？"陆德言如何回复不要紧，恐怕公安部门要紧张起来了，以为东华观又发生了什么绑架案。上次的那一宗金鱼盗窃案到现在还没有结案，黄子武死活不肯签字画押，被送到一个劳教农场改造去了。

左想右想，陈主任突然心头一亮，听说那个宋大洋门路广，也许可以找到办法。可是宋大洋到了红莲公社软磨硬泡一通，最后也是空手而归。没错，老乡平常关系再好，可大家天天盼着过年，不就是为了享受一顿平时难得吃到的油水吗？

眼看到了腊月二十了。这天早上，薛新雨匆匆跑来告诉父亲，说自己要出门几天，跟着大伙儿北上内蒙古打黄羊。至此，薛平湖才知道了事情的前因后果。他一个劲儿地埋怨，说这样的大事，老陈怎么不早点告诉他？薛新雨暗想："和您老人家说和不说有什么两样呢？"可是薛平湖立即就出门找陈主任去了，不过一刻钟又回来了，手中还攥了一大把粮票——集训队并不缺这个，而那支狩猎队也决定暂缓出发。薛新雨跟着父亲出了门，问要不要再叫上几个人帮忙。薛平湖说："不用了，我们父子俩吃不掉一头猪，还不能把一头猪给赶回来吗？"

公交车上，薛平湖什么话也不说，似乎心事重重。薛新雨不知道父亲葫芦里卖什么药，也宁愿保留这一份神秘或者希望。到了市内，薛平湖并没有去什么肉联厂，而是来到了马连道上的一个狭窄胡同内。他敲开了一个院门，一个头发花白、身材高瘦的老头开门了。两人见面也没什么客气话说，薛平湖介绍了他的"犬子"，并没有提及他最近的风光，只说孩子早该来给伯伯磕头了，只是怕打扰了他。

这个姓何的老头直着眼从头到脚看了薛新雨一遍，似乎在看一头出槽待售的小马驹儿，就差掰开嘴巴看看几岁牙口了。薛新雨对此感到很不舒服，但也能理解，虚度光阴的老人看风华正茂的少年，和半老徐娘看红颜少女一样，心情都不会太好。

两人到屋子里说话去了，留下薛新雨一个人坐在了院子中的竹椅上。他四处观望，只见小小的庭院中，藤架森森余枯蔓，山石嶙峋无水声，似乎不是京派风格，反倒有几分江南气味。他左看右看，也没看出大肥猪藏在了哪里，倒看到了一大堆药罐。没错，这老头看起来的确像个有今天没明天的病秧子。

不过一会儿，薛平湖和何老头又出来了。三人一起又上了公交车，来到了南郊的一个农场中。何老头找到了一个"国"字脸的干部，两人嘀咕了半天，又你推我让了一会儿，才将一个信封硬塞进了对方的兜里。于是，在傍晚时分，薛家父子就押着一头猪回去了。农场好事做到底，还派了一台拖拉机送了他们一程。

"那位老——老伯伯是个二道贩子吧？"薛新雨心中高兴，在颠簸的拖拉机上忍不住问了一句。可是，薛平湖的回答却是冷冰冰的：

"儿子，你要记着三件事：第一，他是谁你不要去打听；第二，你不要向任何人提起认识这么一个人；第三，如果你将来有了难，而我已经不在了，他就是你在这个世界上最亲近的人！"

薛新雨以前从未见过父亲神情这么严肃苍凉，不敢再放厥词，心头把父母两边的谱系算了个遍，也想不出有这么一个长辈来。但无论如何，人家一下子就搞到了一头几百斤重的大肥猪，神通也真够大的了。

05　胜固欣然败可喜

在北方度过的第一个春节给薛新雨留下了美好的印象。不提除夕夜的大锅菜、大碗酒了，连鞭炮也放得爽脆提气。更有趣的是，打升级的时候，合作的牌友说他一点儿也不像个南方人。薛新雨听了很高兴，因为在一般人眼中，南方总和柔弱、纤细、机巧等词汇脱不了干系。其实人家的意思是：他臭手抓好牌，打起来随心所欲，不要说对手了，连队友也摸不准调子！

大年初一，薛新雨一早去给父亲和陈主任拜年之后，就要拉着宋、冯二人去逛庙会。三人兴高采烈地坐上了车。可到了市里，薛新雨又提议去舒梅家看一下。宋大洋说他真是咸吃萝卜淡操心，舒梅是秦队长的干女儿，以往每年春节都要接到家去的。薛新雨一听得意了，说这次他的消息可就不灵通了，秦队长年前着急走，是因为母亲病故了，要回山东老家办丧事。所以，舒梅昨天一定是独自在家过除夕的。

果然不出薛新雨所料，舒梅正在家中。可是让他意外的是，舒梅并不像自己想象的那样过了一个清汤寡水的夜晚。桌上各色肉菜果品不下十种，而如此丰盛的年货，大部分并不是秦队长提供的，是陆鸣在回家之前特意捎过来的。

"我说的不是吗？老陆手脚不干净，小陆干脆把自己的命运系到女人的腰带上！"宋大洋"嘿嘿"冷笑。原来，自从陆鸣来了之后，食堂就对女队员开了小窗，不时送些面点甜食给她们解馋。当然，免费的物品也不是人人都有份儿，多少与她们的容貌、家世和提供的小道消息数量有关。

薛新雨知道了那些零食的来历，心里反感，口中又说不出什么来。以前曾听父亲说过，在困难时期，公共食堂掌勺的师傅都成了姑娘们竞相追逐的对象。他不相信，现在才知道未必是假。在一个物资匮乏的年代，清高不能顶饭吃。不过，陆鸣追求史幽红，是因为她艳冠群芳；施惠袁招娣，是为了交换情报；那么，他为什么要讨好一个破败家庭的小女孩呢？薛新雨想不明白，心里又有点儿失落，悄悄从怀中掏出一包油纸，放在了桌上不显眼的地方，那是昨晚自己特意藏起来的一块酱肘子。

舒梅见了三人非常兴奋，大哥哥们上门拜年，说明已经把自己当做了大人。坐了一会儿，就要一起去看庙会。可是薛新雨说昨晚被大宋强灌了一碗二锅头，现在头还有点儿晕，想躺下来休息一会儿。等三人走了，薛新雨又偷偷溜了出来。他穿街走巷，来到了东城区一个幽静的小胡同里。冬日晴朗的午后，纯净瓦蓝的天空，白雪皑皑的屋顶，檐下晶莹的冰挂，冷峻的石榴树干，淡淡幽香的梅花，构成了一副小院写生图。可惜，画中还缺一个主人。薛新雨在胡同中踱步，希望看到史幽红，又怕看到她，更怕史瑞虎拜年回来将自己堵在了胡同中，那么双腿中至少有一条要"咔嚓"了。不知过去了多长时间，突然"咯吱"一声，南面阁楼的那扇窗户被推开了，一个清丽的影子出现了。她要将围巾挂到铁丝上，可是铁丝总在晃荡，她不得不多探出一点儿，在晴空中留下了一个妙曼的弧影。片刻之后，史幽红就不见了，可薛新雨却变成了一头公牛，呆呆盯着那团风中飘荡的红色。

在回程的车上，薛新雨见宋大洋满载而归，抱了一堆面猴儿、糖狮子、泥娃娃，说是明天看老乡的礼物。薛新雨笑话都是大老爷们，即使没有烟酒，干吗送这些小孩玩意儿？宋大洋白了他一眼，说你这才是孩子话，我们是庙里的和尚，人家可不一样，个个都有女朋友。这句话提醒了薛新雨，见冯晓白两手空空，就问他给戚玉秀带了什么好东西，藏起来不让我们看见？冯晓白听了，只是一个劲儿苦笑。

春节之后，欢庆的"干杯"之声犹在耳边回荡，一个更加悦耳的跟"杯"有关的消息就让集训队沸腾了。原来，为了配合轰轰烈烈的群众体育运动，体委决定上半年举办一次全国围棋锦标赛。于是，这个奖杯的名称，就成了大家茶余饭后议论的焦点。这天在课后，几个人站在了戒律堂外，又开始争吵起来了。

"这还有什么可说的呢？一定是'国手杯'了！"薛新雨武断地下了结

论。在传统中国,棋手地位低下,即使有一定品级,那也是给皇帝帮闲解闷的。天子夸一句"国手",那就是最高褒奖了,可没有什么"名人"、"王座"之类的煊赫头衔。至于"棋圣",那更是犯忌的事情了。即使孔夫子度量大不和你计较,关王爷也要用青龙偃月刀将你的脑袋砍下来的。

"不可能叫'国手'!"冯晓白发声反对了,"不要说手球队了,乒乓球队和羽毛球队就先不乐意了:大家都是用手的,凭什么你就叫'国手'?要知道,人家这些年拿了那么多的世界冠军,可是为国争光的主力啊!"。

众人一听都纷纷点头,薛新雨见陆鸣也在旁倾听,知道他谨守言多必失的处世之道,从不轻易说什么落下把柄的话。可是在心中,他已经将陆鸣当做了头号情敌,尽管自己和史幽红之间连一丝情意也没有。于是,带了三分挑衅的恶意,他假装客气地问陆鸣对此有何高见。

"我想可能是'团结杯'吧?今年开始搞治理整顿了,上下都在讲安定团结的大好局面。"陆鸣迟疑了一下,才说了一句。显然,陆鸣的大局观很强,可惜没有体现在棋盘上。听了他的话,几个人纷纷撇嘴冷笑,觉得这个小子真无趣。不过,这话细论起来也并非没有可能,因为很多老人都依稀记得上一个冠军的名称是"跃进杯"。

可是结果公布出来,却是字面普通又耐人寻味的"希望杯"。但无论它对未来寄托了什么样的希望,毕竟是围棋界多年来第一个真正的全国冠军,现实意义非同小可。同时,它也是明年举国瞩目的全运会的热身赛之一,谁先声夺人,对所在省份的体育界也有巨大的鼓舞作用。

且不论旁人或跃跃欲试,或暗中觊觎,在"南薛北史"的眼中,这不啻新时代的又一次家族对决。因此,两个生力军也承担了继往开来——继承旧怨开辟新仇的任务。尤其是薛新雨,他本来被视为不肖之子,可是那一场意外的胜利,却骤然成了家族的希望之星。

"你知道吗?这一百年来,战胜日本棋手的中国人只有两个,他们全是姓薛的:一个是你的爷爷薛鉴水,一个就是你!"薛平湖拍着儿子的肩膀,言语殷切,目光灼灼。

薛新雨点了点头,心情毫不激奋,反而很是沉重,仿佛提前知道了自己下葬时的悼词。可是他并没有注意到,说完这句话之后,薛平湖自己突然想起了什么似的，脸上浮现出了一丝痛苦的表情，眼神也变得迷离了起来。半晌之后，他又开口了，声音却变得沙哑疲倦，将刚才鼓起的气又泄了个精光：

"忘了我刚才说的那句话吧！你好好准备比赛，名次无所谓，不要想太多了。"

薛新雨莫名其妙地看着父亲，因为自己并没有想太多，直到他那憔悴的身影消失在视野中。现在，他才知道，原来朝夕相处十几年，父亲还是隐藏了很多不让儿子知道的秘密。

但在棋艺方面，薛平湖却决定毫无保留地倾囊传授给了儿子，尤其那一本《玄元妙经》，连冯晓白也无缘见识。说薛平湖心存自私是事实，但是舐犊之情乃人之常情。薛新雨知道参赛尤其夺冠是个扬名立万的大事，少年心性好强，当然不遗余力要争取一把。而且在他的潜意识里，这是唯一能够让史幽红对自己刮目相看的地方。不管她乐不乐意，作为一名棋手，总得关注那个笼罩在胜利光环中的最强者吧！

可是，摆放在薛新雨面前的，并非只有祖宗家法，还有本次日本参访团赠送的几箱子图书。薛新雨先借了一本围棋年鉴，只看了两局，那冷汗就顺着脊背涔涔直流。因为在这之前，他和很多人一样，一直以为中日围棋的差异仅仅是比赛规则的不同。尤其是座子制废除后，中国棋手必然有一段适应期，成绩不佳也属情有可原。上次惨败给了业余棋手，不过是准备不足而已，或者说准备得过了头。可是看了人家职业棋手的作品，才明白双方的思维方式竟然天悬地隔。传统的中国围棋就像是春秋时期的战车大战，一定要在平原上摆好阵势后，才能列队前进，往复厮杀。战场是固定的，甚至是双方事先商定的；而日本古代围棋是巷战式的，从一个角落打到另一个角落，双方各有千秋，中国围棋在实战中甚至更胜一筹。但是，经过了长达几百年的酝酿和探索，日本围棋在20世纪30年代突然井喷，如同寒武纪生命大爆炸一样，方寸之地升腾起万千气象，黑白世界幻化出七色彩虹，开辟了一个著名的"新布局"时代！

之后，自藤原正雄以降，其构思之宏大深邃，立论之严谨细密，手段之刚柔并济，节奏之动静自如，仿佛茫茫草原上的匈奴骑兵军团，来如骤雨去如游鱼，攻如乌合退如瓦解，一旦有机会就乘隙而入，可是等你辛辛苦苦调集人马赶到了，敌人早没了踪影。在这种情况下，战场是由占主动一方选择的，农田山林坡谷均有可能，你跟不上对手的节奏，就只能疲于奔命，被动挨打。

为了印证自己的判断，薛新雨又仔细研究了父亲与日本棋手的三场棋，发现薛平湖在每一个关键节点上的选择，都完全符合传统棋理的要求，某些手法甚至到了炉火纯青的地步。可是，在日本业余棋手面前，薛平湖就像一个练就了金钟罩铁布衫的武林大师，无论出招如何辛辣，无论防守如何严密，也会被一个手无缚鸡之力的妇孺一火枪撂倒。

那么，薛新雨自己究竟是怎么赢下来的呢？说出来很是惭愧，因为他就是一个没章法没规矩的草寇！拳师冷不丁遇上了一个流氓，也会吃亏，何况是福山这个业余拳师呢！可是下次想要如法炮制再赢一盘，那可就是白日做梦了！

想到这里，薛新雨不禁毛骨悚然。那些从小就灌输到头脑中的神圣不可动摇的原则在刹那间轰然倒塌。尘土飞扬中，一个新的念头却冉冉升起：如果学习日本棋手这种快速多变的风格，也许能够在未来的对抗中取得奇效呢！

薛新雨这么想，当然没有"师夷之长以制夷"的忧患意识，也没有赵武灵王"胡服骑射"的雄心壮志，只是出于新奇和好胜。于是，他立即将自己的观点公布于众，甚至倡议组织一个研讨会，每个周末开一次。当然，会员之间绝对平等，轮流当主持人。

想都不用想，宋大洋就第一个入伙了，舒梅是第二个，而冯晓白半推半就了一阵，也在薛新雨承诺让他看《玄元妙经》的诱惑下同意了。他哪里知道，这本书现在在薛新雨眼中已经一钱不值，甚至成了负面教材，是研讨会重点批判的对象。之后，陆陆续续又加入了几个人，包括李爱琴和张红芳，但没有一个成年组棋手肯屈尊纡贵。

薛新雨的别出心裁，立即在东华观引发了骚动，关注程度甚至超过了打架和破敌。见自己又成了众人瞩目的焦点，薛新雨心中八分得意之外，也有两分不安。他知道这样做犯了师长们的忌讳，尤其史瑞虎这个爱记旧账的人，现在自己等于把人家的讲义撕了，还不跟你当场拼个血溅当场？他猜得没错，史瑞虎确实视他为一个不可救药的谬种。不过，他并没有暴跳如雷，也没有直接冲着薛新雨来，而是去找他的父亲问罪：

"你儿子真是成了气候啊！才赢了日本人一盘棋，就连祖宗的牌位也敢砸了！你这个爹不管，我这个长辈可看不过眼了！"

正为家传秘籍外泄而心疼的薛平湖一听，顿时露出了惶恐羞愧的神情。自古以来，中国人不怕饥寒，不怕杀头，可是就怕礼崩乐坏。因此，在这个攸关道统的问题上，他和宿敌史瑞虎是站在同一战壕里的：

"您说得是，我去好好训一训他！这个孩子，真是太放肆了！"

于是，两个掌门人生平第一次找到了共同话题，谈论了半天如何让这个不孝子低头服罪。可是，当薛平湖把儿子叫来，循循善诱了半天，儿子却梗着脖子回了一句：

"不赢人的棋理，学了又有什么用呢？"

薛平湖一听，当下差点儿没被呛死。围棋虽然不涉及国计民生，可依然关乎阴阳调和、万物荣枯、福祸生死的大道。离了这个根，它就变成了阴谋诈术，奇技淫巧，浮云飘萍。眼看儿子要当纹枰上的市侩之徒，这可比他变成一个街头上小痞子更让人痛心疾首。

现在，既然天地君亲师都压不住这个造反的猴子了，那么就只剩下神通无边的组织出面了。很快，事情就闹到了秦双河那里去了。罪名当然是屡试不爽的"崇洋媚外"，有人说薛新雨一张口不是秀策就是道策，还去外文书店买了一本《日语入门》，就差要留仁丹胡子了——他唇上绒毛的长势最近确实有点儿喜人。但是谁也没有想到，秦队长的回答，竟然和当年的段大帅没什么两样：

"不如人就学人嘛！咋就那么多的废话呢？解放东北时，我们剿匪用的掏心战术，就是从当年小日本搞的'华北治安战'中学来的，也没人敢骂我们是汉奸！"

有了领队的支持，薛新雨益发肆无忌惮起来。有一天，他甚至起草了一份申请，要求上级给集训队派一个日语教师来，让大家学习一些简单的对话，顺便对参差不齐的围棋术语进行订正，以方便两国今后的交流。可是这一回，连宋大洋的脸也变青了，赶忙把那张纸抢过来撕成了碎片：

"老弟，我是假大胆，你才是真的胆大包天啊！"

但无论薛新雨在思想上如何峥嵘，平常待人接物却不怎么傲慢，尤其在异性面前更是软成了一团棉花。不过，他的表现方式和陆鸣截然不同。有一天，薛新雨见厨娘的女儿每天站几个钟头很辛苦，就拉了一个会木工的队员，把一个香案拆了做成高脚椅子，她累了可以倚上去歇歇脚。而在这之前，陆鸣写了一封表扬信，洋洋洒洒几百字，赞美这位少女身残志坚，希望她将那种圆规姿势"保持到底"。

有一天，研讨会的几个人在一起闲谈，说起了谁在女队员中最有人缘，薛新雨见自己也名列其中，赶紧说："别寒碜人了，我脸不白、嘴不甜、心不细、腿不勤的，是个典型的'四无青年'，谁会看上我呢？"李爱琴说："你就不要太谦虚了，据我所知，光在自己这个寝室中，就有好几个人对你好感呢！"

薛新雨嘴上说不信，可是心里知道这是真的，不由得飘然陶醉了好一阵。果然，有一天袁招娣过来和他攀谈，说要加入研讨会。薛新雨知道她在黄子武出事之后，立马要改投陆鸣，但没有得到收容。薛新雨怕她黏上自己，连忙摆手说：

"不敢劳您大驾，我们这几天正在破解一个叫'杠上开花'的谜题。万一被你传出去，说我们几个男女凑在一起打麻将赌博，那大家可就跳进黄河也洗不清了！"

袁招娣一听气坏了，一跺脚就走了。不过薛新雨并不怕她真使坏，因为一个嘴头上厉害的人往往并不敢做什么坏事，真正让他忌惮的，是陆鸣那种喜怒不形于色的人。

一天下午，薛新雨从阅览室出来，看到戚玉秀一个人在前边慢慢走，因为曾经出头替她和冯晓白打抱不平，自以为是个有功之臣，赶紧赶上两步，笑嘻嘻地说道："嫂子，冯哥每天都为了你吃不下睡不着，你难道就一点儿也不心疼吗？"

可是万没想到，戚玉秀立即双眸喷火，柳眉倒立，就差扇他一记耳光了：

"放你的狗屁!谁是你嫂子?姓冯的就算饿死了困死了,关我什么事?"

薛新雨被训得当场下不来台,只好灰头土脸地回来了。他向宋大洋诉苦,可是对方一听,却说他活该,哪壶不开偏要提哪壶!原来,戚玉秀是湖南人,从小就喜欢吃鱼,黄子武当然要投其所好。一山难容二虎。于是,他就和盘踞在水库的另一只馋猫宋大洋产生了冲突。

"那一次,我和老乡去水库捉鱼。好不容易把网线都布好了,只听"轰隆"一声,鱼全漂上来了,白花花的一片。等我们赶过去,尺把长的花片子全被黄子武这小子捞走了。你说,我们该不该揍他?"

不过,戚玉秀毕竟胃口有限,所以黄子武的大部分收获还是送给了集训队的食堂。可是,戚玉秀却又瞄上了冯晓白,这种东食西宿的做法,当然引起了黄子武的愤怒。

现在,很多人知道黄子武是被冤枉的,人赃俱获,是古来定罪的法则,找不到金鱼就无法定案。而在东华观引起了轩然大波的雷管,在建筑工地上并不鲜见,上次挖引水渠的时候就放过几捆。黄子武把它们藏在了石柱中,不是刻意躲开众人的耳目,主要还是为了防潮。可是,偌大的东华观中,竟然没有一个人肯站出来替他分辩。想到这里,薛新雨突然产生了强烈的反感,觉得集训队上下个个面目可憎:

"原来,你们都在装聋作哑!包括你在内,这哪像个好汉的样子?"

宋大洋见这个小兄弟真生了气,甚至开始怀疑自己肝胆的颜色了,赶紧半解释半推脱地说,一来黄子武性子粗蛮不讨人喜欢,二来是因为他自己得罪了人,不关别人的事儿。要知道,总务最肥的就是食堂采购这一块,在陆德言眼中,白送鱼给大家吃的黄子武可不是个活雷锋,而是自己的死对头。宋大洋又说道:

"你没看陆鸣来了不过半年,腰身就圆了一圈吗?连说话也打起了官腔!黄子武这个愣头青,以为拳头硬就可以走遍天下,遭人家暗算是迟早的。"

薛新雨不说话了。过了一会儿,他又感到大惑不解了:

"你说戚玉秀喜欢冯哥而讨厌黄子武,现在正好解决掉了一个,可不是遂她的意了？那她为什么不理冯哥呢？"

"这就是女人的奇怪之处了！"宋大洋半是得意半是同情地说道，"以前，戚玉秀是见了黄子武就躲；可是出事之后，她不但不像袁招娣那样幸灾乐祸，反而要设法救黄子武！你知道吗？她已经写了好几份申诉材料，可是队里和劳教农场全打了回来。你想，她不过是一个普通队员，没一点儿背景，谁会替她做主呢？"

薛新雨点了点头，觉得这件事确实太难了。自己上次打架挨了个处分，全靠赢了福山秋一郎一盘棋，才将功折罪得到了撤销，何况涉嫌刑事犯罪呢？但无论如何，戚玉秀肯为旧情人出头，还真是个现代侠女。

寒冬已经过去了，但是冀北的群山上依旧寒风料峭。临近农历三月三，红莲公社在周末办了一个农贸展销会，宋大洋拉着大家看热闹去了，只留下薛新雨一个人看家。晚饭后，突然传来了轻轻的敲门声。正在静心摆棋的薛新雨被惊扰了，不耐烦地喊一声"想进来就进来，不想进来就在门外杵着"。只见厚厚的门帘一掀，一个人影出现在灯光下，竟然是戚玉秀。

两人一见面，都感到惊讶不已，薛新雨当然不必说了，而戚玉秀原以为这里一定高朋满座，热闹如市呢。薛新雨窘得不知道怎么办才好，心里直怪伙伴们走得一个不剩，戚玉秀反而马上就恢复了神色：

"这些天，爱琴和红芳隔三差五就往你们这里跑。大家都说了，白天大薛老师讲大课，晚上小薛老师讲小课。我们这些学生，可真不知道该听谁的才好了！"

见她突然变得如此风趣，薛新雨赶紧说："甭见笑了，我们不过是闹着玩的。"

戚玉秀说："围棋本来就是一种游戏，谁能玩儿出花样就算谁厉害。老人们总是满口这个道那个理的，听了让人气闷。"

薛新雨听了颇有知音之感，指着自己正在摆的一局棋给她看，说："今天新到了一期日本的《棋道》，有一局是宫田荣树挑战师兄冈村保义的，他的着法非常新奇，一上手就是'三连星'，而且连下二十手竟然没有一子在四线之下的。简直是天马行空，目中无人，张狂到了极点。更让人咋舌的是，宫田最后竟然赢了。"

"这种一点也不考虑实地的下法，真是见所未见闻所未闻！"

薛新雨一边感慨，一边摆给她看。一坐在了棋盘前，他就自在多了。戚玉秀很认真地听他阐述自己的讲解，不是也插上一两句。时间一晃就过去了两个小时，室友还没有回来，戚玉秀于是要走了。薛新雨将她一直送到了玉仙庵门口，在"唾落珠玑天上雨，步摇环佩夜来风"的楹联下停住了脚步，说女队员宿舍比较偏僻，应该在这里安装一个路灯。戚玉秀说既然如此，那么下次研讨会就改在她们宿舍吧。

薛新雨回到了宿舍，头脑还是有点儿迷糊。虽然同处一观之中，却罕有男队员进入玉仙庵，这次可真是破天荒了。他想一定是戚玉秀不想见到冯晓白，所以才这样要求。但无论如何，自己有机会一探史幽红的香闺，总是一件让人兴奋的事。

好不容易盼到了下一个周末，薛新雨带着几个同伙，当然不包括冯晓白，兴冲冲地走进了玉仙庵。不过，让他颇为失望的是，在这里并没有见到史幽红，连人家的床铺没看见——史幽红每次回家前，都用布帘将它遮掩得一丝不露，反而见到一个最不想看见的人——陆鸣。他正带着一个维修工检查女队员宿舍的烟道是否通畅。同样作为编外人员，也不知道从什么时候起，陆鸣就拿起了津贴，而且比照干部的标准；相比之下，薛新雨仅仅享有白吃白住的便宜，连出门的公交车费都要从父亲的腰包里掏。他想到这一点，就很是愤愤不平。

"小陆，你可真够偏心的！整整一个冬天，也不派人来检查一下我们宿舍的烟囱。上次烟道堵了，我们全都煤气中毒了，差点儿死翘翘了！"宋大洋开了第一炮。

陆鸣听了有点狼狈，讪笑了一声，因为宋大洋说的全是事实，有个小队员还送到医院去观察了两天，不过在陆德言的斡旋下，这件事被压下来了。这时，舒梅出来替他解围了：

"宋大哥，你天天抽烟，本身就是个大烟囱，干吗不去医院拍个片子检查一下呢？"

宋大洋一听，又笑又气，说："你这个小丫头今天怎么了，倒向着外人说话了。"舒梅脸红了不吱声,陆鸣乘机偷偷溜走了。

时间一晃就过去了,春暖花开之际,"希望杯"正式拉开了序幕。

开幕式在著名的京西宾馆举行,参赛人员济济一堂,人头攒动。谁也没有想到,除了集训队这几十号人之外,全国各地和各行业、各系统也纷纷派出了自己的代表,最远的一个甚至来自海南岛。他一路上变换了至少五种交通工具,颠簸了一个半月才到达北京。在这之前,薛新雨还以为围棋这朵罂粟花,是仅存在于东华观中的"毒品"样本。

在雷鸣般的掌声中,全国棋牌总会的名誉主席,那位威名赫赫的沈老将军出现在了大家的眼前。早在抗日时期,他就有了"能文能武"之美誉。据说,只要不在马上行军,他的大部分时间都消磨在了围棋上。可惜军中识字的人少,会下棋的更是凤毛麟角,所以技痒之时,他甚至将捉来的日本兵拉来对垒。可惜自己的水平不高,经常输给这些战场上的俘虏。

如今岁月不饶人,沈老将军已经白发苍苍,一副龙钟之象,早就不见了当年跃马疆场的英姿。薛新雨私下听人说,他已经身患重疾,来日无多了。但是,中国围棋能够保持一线不绝如缕,老人家可谓功莫大焉。

沈老将军的讲话很简短,寥寥几句话中,依稀又让人看到了叱咤风云的气势:

"有人说,围棋是为地主阶级服务的,是资产阶级情调;我说,围棋是属于劳动人民的!看看你们的食指和中指,哪一个没有磨出茧子?你们安下心来好好干,只要我还有一口气,天大的事都能替你们扛着!总之一句话,围棋不打翻身仗,我死不瞑目!"

此言一出,全体激奋,人人动容。隐身在人群中的薛新雨突然间鼻翼一酸,眼窝一热,两行热热的液体流到了脸上。他原以为,在目睹了小庙中竟然藏有那么多腌臜之后,自己再也不会被什么崇高的东西感动了。

按照赛制,"希望杯"先分组进行淘汰赛,选定八名选手进入决赛,再举行循环赛,按积分来排定名次。考虑到资历和名望,薛平湖和史瑞虎轮空,直接占用了两个名额,其他人则要从初赛开始一轮轮往上打。

薛新雨终于有机会尝试一下自己苦心学习的成果了,只是初赛的对手参差不齐,下起来犹如砍瓜切菜一般,分不出手中拿的是牛刀还是杀鸡刀；到了复赛，就有一定的难度了，很多棋手虽然名不见经传，甚至是从公园、炕头、田埂的棋摊上杀出来的，但实战经验非常丰富，虽然俗手较多，但俗到极点就是大雅，也有爆冷的机会。薛新雨知道该适当发力了，于是施展出了新学的招数，果然效果极佳，那感觉就像超级大国欺负第三世界国家，甚至是三维世界的人欺负二维世界的人，任你想破了脑袋，也不知道刚才砸中自己的砖头是从哪个方向飞过来的。最后，竟然无巧不巧碰到了陆鸣。薛新雨这下可逮着了，又知道对手怕恶战，干脆招招见骨，刀刀咬肉，不过一百手，就擒杀了一条大龙，最终以不败战绩第一个杀入了决赛圈。

而研讨会的其他队友们也战果颇佳，冯晓白顺利突围，戚玉秀经过了艰苦的加赛，也侥幸依靠小分优势跻身八强；舒梅、李爱琴和张红芳虽然没有出线，但复赛成绩都不错，拿个优胜奖不成问题。而决赛的另外三个名额，一个自然非史幽红莫属，一个是从铁路系统选送来的张乘龙，一个是五十年代随父母从南洋回国的华侨子弟林家亮。

薛新雨最关注的当然是史幽红了，作为崭露头角的新秀，两人现在都被媒体认为是夺冠的大热门。由于事关门楣光辉，薛新雨即使色胆包天，也绝不敢再任私情泛滥了，何况父亲薛平湖是懂棋的行家，想要瞒过他那双老眼可不容易。此外，他发现史幽红虽然没有参加研讨会，但从实战表现来看，她显然也吸纳了不少日本的流行招数。不管是不是受到了自己的影响，都让薛新雨心生得意。

八强循环赛开始了，薛新雨碰到的第一个对手是爱抽烟的大龄青年张乘龙。他的棋风彪悍，能断则断，这样的人待在铁路确实太危险了。不过，对付这种野路子的棋手，薛新雨已经有了闲庭信步之感。赛后，看到张乘龙满脸似曾相识的不服气神色，薛新雨也感到不公平，因为人家连看日本棋谱的条件都没有，如果放在同一起跑线上，未必就不如自己。

下一个对手是冯晓白，两人太熟悉不过了，一上来就各施其能，满盘都是烽火硝烟。但是中盘之后，薛新雨还是抓住了对方的缓手，让胜利的天平倒向了自己这一边。可是第三盘就不那么轻松了，因为这是父子相残。薛平湖早在比赛前就告诫儿子不要有所顾忌，加上他前两局先后败给了女将史幽红和小将林家亮，老骥雄心顿时化为了灰土，只想暗中托儿子一把。于是，薛新雨兵不血刃就结束了战斗。

薛新雨三战三捷，形势大好，下一个对手是戚玉秀。这是七场比赛中最没有什么悬念的，因为戚玉秀是八名选手中公认最弱的，而且在前一段时间的训练课上，她就没有从薛新雨手中赢下一盘。但是一开局，薛新雨依然被对方不要命的下法吓了一跳。只见她手中的棋子像一只只着了火的刺猬乱冲乱蹿，恨不能将对手戳出千百个窟窿。可是薛新雨已经见识了比她更凶蛮的下法，怎肯轻易就范。中午封盘的时候，他就已经取得了主动权。

在餐厅吃午饭的时候，薛新雨远远看见了戚玉秀朝窗坐着，脊背一抽一抽的，似乎在哭泣，而史幽红正拉着手轻声安慰她。薛新雨这才发现，原来，八名选手中，夺冠愿望最强烈的不是两位老将，不是两位呼声最高的名门之后，而是这个现代版的孟姜女。

没错，一个新出炉的全国冠军，他的一举一动，自然引人关注；他说的话也自然会有人听——尤其是有关方面的负责人。这时，薛新雨突然明白了，原来，戚玉秀对自己前倨后恭，原因就在于她已经盘算清楚了，解救黄子武的唯一的办法，就是在"希望杯"中出人头地。而她要想在短时间内迅速提高技艺，参加培训班是唯一的捷径。不管它通向哪里，总比无路可走要好。

于是，薛新雨心中的某根琴弦又被拨动了，连饭也吃不下去了。在敷衍了大半天之后，他就送给了戚玉秀两分。但遗憾的是，并不是每个人都有怜香惜玉的情怀，在接下来的一局中，戚玉秀气力不足，又输给了大马金刀的张乘龙。

而薛新雨这一轮的对手，却是最让自己心惊肉跳的史瑞虎。不过，史老虎虽然满口獠牙，企图将这个坏小子连皮带骨吞进去，但薛新雨却像武松一样轻巧避开了前三招，然后伺机拦头、剖腹、断尾，就将史老虎变成了一只死老虎。

接下来，薛新雨碰到了年龄最小的林家亮。这个只有十四岁的孩子长得又黑又瘦，一笑满口粲然的白牙，看上去很可爱的样子，但是棋的内容却一定也不单纯。只是因为常年生活在人烟稀少的橡胶林场，他的比赛经验太欠缺了。就算如此，薛新雨也费了不少力才将他拿下了。而在另一局比赛中，戚玉秀又战胜了史幽红。薛新雨特意要来了棋谱看了看，心里不免会心一笑。

前六轮结束后，薛新雨、史幽红、戚玉秀都是五胜一负，并驾齐驱。现在，比赛进入了白热化状态。似乎是要往这沸腾的油锅里添入一滴水，最后一轮比赛之前，那个光灿灿的奖杯也小心摆放在了现场，耀花了每个人的眼。但是，冠军花落谁家，薛新雨却知道已经八九不离十。

按照赛程，戚玉秀最后一个对手是冯晓白。凭借两人的感情——以往存在的感情，戚玉秀获胜应该是板上钉钉的了。而只要她赢下了，按照比赛规则，积分相等者以彼此之间的胜负关系决定。薛、史二人无论谁胜谁负，积分和戚玉秀一样都是十二分，但因为之前他们都输给了戚玉秀，因此都不可能染指冠军。

既然如此，薛平湖和史幽红这一局依然下得精彩激烈，尤其薛新雨更是格外专心，反正无关大局，他要借机向史幽红讨还早前输了的两局。中午封盘的时候，薛新雨不去休息养神，反而有闲心去看冯、戚二人那局棋。看了一会儿，就直皱眉头，这个冯哥怎么一点儿也不留情，步步都带有风雷之音，反而戚玉秀下得比较绵软，虽然没有什么明显的漏勺，但要想赢也不容易。薛新雨无法猜度这位的心思，只能暗中祈求他不要坏了大家的好事。

下午比赛继续进行，薛新雨的优势逐渐明朗化了，但是他却突然发现了一个新的现象，那就是自己这一桌边上聚集的人越来越多，黑压压的几乎不透缝隙。薛新雨一开始还不明白发生了什么事，但转念一想，就暗叫一声坏了，一定是戚玉秀输了！

原因很简单，只要她赢下了冯晓白，那么等于冠军已经有了归属，不会有多少人关注一场第二名的争夺。薛新雨不知道该不该埋怨冯晓白，因为在感情这个领域，没有义气存在的空间。如果事情发生在自己身上，未必就做得比对方更大度。几天前的复赛中，自己不也是狠宰了陆鸣一通吗？

怎么办呢？薛新雨蓦然想起了一个类似的故事：二十多年前日本举办的首届"名人战"中，比赛也采用的是循环制。那时候，藤原正雄还没到独步江湖的地步。两位竞争对手虽然落后了一局，又在最后一轮中相互死掐，但因为他们之前都战胜了藤原，因此要想夺冠，藤原必须全力拿下最后一个对手。但可惜的是，他竟然输了。万念俱灰之下，藤原决心痛饮一番后跳河自杀，因为他平生好赌，已经欠下了黑社会累累债务，如果没有了这笔巨额奖金，怕是连命也保不住了。可是没想到是，那一局竟然出现了极其罕见的"三连劫"，最终成了和棋。如此一来，藤原竟意外夺冠。当夜，记者们四处寻找他的下落，最终在一个小酒肆的桌子下，发现了已经烂醉如泥的新一代天王。

那么，和史幽红联手做一盘和棋怎么样？可是现在早就进入了读秒，盘面上已经进入了小官子阶段，根本不可能再摆出那么复杂的变化。何况，即使下成了和棋，两人各得一分，总分依然要超过戚玉秀。看来，老天注定要让这个苦命的女子饮恨了。

秒表滴答声中，史幽红的目光也越来越犹疑不定。显然，她也明白了冠军将在自己和薛新雨之间产生。现在，从盘面上来看，薛新雨已经赢定了，虽然不那么让人——尤其让自己的父亲高兴，可也是实至名归，没什么可说的。正在此时，她突然注意到了一个奇怪的现象：薛新雨一直是右手执子的，但现在左手也拿到了桌面上，指尖还在轻微晃动。难道，他因为冠军已经在握而激动得神经痉挛了？她再瞅了一眼，发现另有端倪，因为它的抖动很有规律，周而复始，似乎在空中划一个字。她凝神观察，发现那竟然是一个"走"字。

为什么要走？走到哪里去？史幽红不明白，但是至少明白了一点：薛新雨和自己一样，是站在戚玉秀一边的。想到这里，她的心突然一软，反正败局已定，弃子认输和坚持到底没有什么区别。轮到自己下子了，她缓缓抓起了几个黑子，准备放到了棋盘的右下角上——这是围棋特有的认输标志。正在这时，薛新雨突然猛烈咳嗽了一声，似乎在责备她会错了意。史幽红赶紧把手缩了回来，原来对方那个"走"的意思，不是让自己走这步棋，而是让自己赶紧走人！

史幽红不明白薛新雨究竟要干什么，但知道现在必须一切都听他的，哪怕要自己跳到棋盘上跳舞。于是，她摇摇晃晃站了起来，做出快要昏过去的样子。几名工作人员见状，赶忙将她搀扶到了预备的休息室中。片刻之间，李爱琴匆匆跑来告知裁判长，说史幽红头晕心慌血糖低，不能继续比赛了。

一方选手既然主动退赛了，这场比赛就胜负已定。可是，对手虽然消失了，薛新雨仿佛没有看见，唯有一双耳朵紧张得快要竖起来了。现在，一群摄影记者已经涌到了棋盘对面，将黑洞洞的镜头对准了自己。明天一早，薛新雨这个名字将传遍全国，连新闻的标题都可以提前预测了，肯定少不了"老树新花"之类的套词。

一片赞叹声中，裁判长巍然站立起来。可是，当他脚踏"八"字，气沉丹田，准备用最标准的男中音宣布这场重大比赛的胜利者时，一个令全场震惊的事情发生了：薛新雨突然手一翻，如闪电般地在棋盘的空白处落下了一子！

全场一片大哗，惊呼声从无数人口中发出，汇集在一起，形成了巨大的声浪，仿佛厅堂突然间倒塌了一样。每个人都不敢相信自己眼前的事实：史幽红固然已经退出了比赛，可现在依然是读秒期间，薛新雨竟然神经紧张过度，在棋盘上连走了两步。因此，按照比赛规则，他也输了！

下棋居然下出了两败俱伤的结果，在围棋史上闻所未闻。裁判们紧急聚在了一起，商量如何裁决。一刻钟之后，结果宣布了：史幽红和薛新雨双双判负，各得零分。

这样一来，三个竞争者在最后一轮中居然都一分未得。于是，戏剧性的一幕出现了："希望杯"冠军，最终落到了一个众人眼中最没有希望的人头上！

06　忍剪凌云一寸心

但是，这还不是故事的最高潮。当晚，在璀璨的灯光下，在欢快的鼓乐声中，三位冠亚军获得者走过长长的红地毯，来到了大厅特设的领奖台前。行礼如仪之后，新科冠军戚玉秀首先登台，她刚从沈老将军手中接过奖杯。还没有来得及接受全体人员的欢呼，她就突然间一头栽了下去！

站在身后的薛新雨以为她激动得虚脱了，刚要上前去扶，自己的衣袖一紧，耳边传来一个轻微却异常急促的声音："不要动。"薛新雨如闻纶音，硬生生又把腰挺了起来。

只见众目睽睽之下，戚玉秀双膝跪地，披头散发，号啕大哭了起来："爷爷，求求您救救我的未婚夫！"

她一边哭，一边从胸前口袋中掏出了一份申冤信，大声诉说起了黄子武的冤情。看满纸淋漓的深褐色，显然不是墨汁，而是干涸了的鲜血。沈老将军一惊之下，见跪在眼前的清秀少女不称自己为首长而称祖辈，立即动了恻隐之心，赶紧把她拉了起来：

"好孩子，你先起来再说话。你放心，我们绝对不会冤枉一个好人！一定要重新调查，把真相弄个水落石出。"

戚玉秀要的就是这句话，她并不敢真的把仪式搞砸了，那样反而连自己也要搭进去。于是，她噙着泪，说了一番感谢组织多年来的培养，但这个冠军不仅仅属于个人，更属于围棋战线的全体同志（这话太对了，因为它至少也属于另外两个为她铺路搭桥的战友。其中，史幽红与其说是同志，不如说是同谋更贴切一些；而薛新雨呢，干脆是个"心有灵犀不点自通"的志愿兵）。今后我一定好好努力，力争早日打败日本棋手，用成绩来报效祖国云云。这些话当然是沈老将军最爱听的，它们都一字不漏地登到第二天的报纸上去了。

也确有其事，但绝非上述原因，而是自己赌气不愿意继续下棋了，要求回校读书或者进厂上班，一下子激怒了父亲那根最敏感、最骄傲的神经。当然，史瑞虎再粗暴一百倍，也知道绝对不能去打女儿的脸，因为那是未来另一个男人的图腾。她在家中捂着被子哭了一夜，又痛又火，一侧的牙也肿了，半边脸看上去好像高了一层，这才捂上了围巾。回到了东华观，袁招娣一见就大惊小怪起来，她也懒得解释，一任对方捕风捉影，反正作为家庭暴力的受害者——自以为是的受害者，把悲情放大十倍也没有什么坏处。在水库边的工地上，寒风凛冽，沙土飞扬，还要忍受薛新雨的讥讽，真是凄苦到了极点。所以，陆鸣的关怀，就让她倍感温暖。当然，史家是京城里的百年望族，史幽红也不是小家碧玉，如果这么一点儿殷勤就让她心有所属，眼窝子未免也太浅了点儿。何况，眼下她的追求者已经不局限在小小的东华观了。一个"希望杯"，让她的芳名流传到了社会大众之中。

这是一个英雄辈出而明星绝迹的年代。电影里没有棱角分明的硬汉和柔情似水的佳人，舞台上没有亢奋的歌手和疯狂的乐队，球场上没有即兴的发挥和出格的庆祝动作，连收音机里吟唱的高音也辨不出雌雄。于是，一场并不重要的"希望杯"就给人们带来了更多的遐想。在围棋这个暮气沉沉的老人世界中，三位年轻人横空出世，披金戴银，而他（她）的容貌竟然又是如此上镜，立即就成了同龄人的崇拜对象。每天一大早，东华观的门前都铃声阵阵，成捆的信件从邮递员的自行车上卸下来，为门卫平添了分拣的负担。说来也奇怪，这些来信至少有一半是寄给史幽红的。原因一想也很简单，围棋爱好者绝大多数是单身男性，对薛新雨有天然排斥，而戚玉秀虽然勇夺冠军，姿容清秀，但她舍命救夫的消息也在民间不胫而走。这样的女子固然让人钦敬，可是无主的"罗敷"显然更有诱惑力。

以前，史瑞虎总遗憾自己没有一个儿子来继承宗祧；现在，女儿的知名度已经远远超过了列祖列宗。史幽红每次想到这一点，不免都有点儿得意，也绝对不再闹性子要放弃下棋了。可是父亲对她的管束反而更加严格了，尤其是在棋盘之外。

于是，每天一早，史瑞虎要做的第一件事情，不再是去看大缸中是否装满了水，而是坐在山门前，像个战时的新闻检察官一样，手中拿把大剪刀,将女儿的来信一封封拆开,一旦见到甜蜜肉麻的字眼,立即像毒瘤一样予以清除。看到千疮百孔的来信,史幽红想笑又想哭。

"爸爸,过了今年我就二十岁了,您什么时候才肯彻底放手呢?"父女在一起时,史幽红半是撒娇半是埋怨道。

"幽红,乖女儿,我就你一个孩子,怎么能不上心?现在,你是一朵鲜花,开在了明处,那些追求你的人都躲在暗处。年轻姑娘容易被坏人的甜言蜜语打动,一昏了头上了当,可就没有回头路了。不帮你把把关,爸爸哪里放心得下呢?"史瑞虎自觉责任在肩,不容推卸。

"可是,我迟早得嫁人呢!总不可能谈对象的时候,您也陪在旁边吧?"在那个年代,年轻人并不使用"约会"这个词。

"我当然不会跟在旁边了,那样多讨人嫌啊!"史瑞虎的通情达理只存在了一秒钟,"不过,我会拿个望远镜,在远处盯着那小子的一举一动。他要是敢对你动手动脚,我就冲上去敲断他的腿骨!"

听了父亲的话,史幽红只好无奈地叹息。在这之前,从那个时代少女的最浪漫想象中,她倒真有过这样的一个绮梦:和一位遥远的驻守边疆的军人鱼雁传书,心心相印,忠贞相守,等待他胸佩红花立功凯旋的那一天。万一他壮烈牺牲了,史幽红的想象不但没有终结,反而丰富了一百倍。她将不远千里奔赴高原哨卡,迎回他的遗骨,将那些海誓山盟的信件播扬在冰山上,甚至用恋人的刺刀扎入自己的胸膛来殉情。她越想越离奇,越想爱情越神圣,连带着自己也变得崇高伟大了,甚至感动得哭湿了枕巾。

可是,在父亲的管制下,那位幸运的军人永远也不会收到一份来自京郊的散发着芬芳的回信。现实一点看,史幽红终身的托付对象,只能局限在东华观这个狭小的范围里了。而集训队中,能够算得上才貌双全的适龄对象仅仅只有冯晓白、陆鸣和薛新雨三人了。她对冯晓白没什么感觉,听说他和戚玉秀掰了之后,隔壁的李爱琴盯得很紧,两人一个丰腴一个枯瘦,一个爽朗一个内向,倒也是对绝配;薛新雨的才气固然远胜过陆鸣,而后者的情商似乎又远高于前者为什么说"似乎"呢?因为很少有人当面说陆鸣的不是,可是有关薛新雨的评价,上到秦双河下到门卫,众口一字就是个"好",而这些人显然并不都是薛家请的托儿。

终于有人公开要当"红娘"了,那就是自己的闺蜜戚玉秀:"我们肯定误会他了!你想啊,他初来乍到,怎么知道那天下午你刚好在水潭洗澡啊?再说了,他真要看见什么了,那不也是前生的缘分吗?"

"快别说了,一提起那事儿,我都要羞死了!不过,我倒真是佩服你,为了救那个黄子武,竟然什么都不管不顾了。"

史幽红心里很清楚,即使薛新雨的相貌、棋艺、人品、修养再拔高十倍,和两家的宿怨相比,全都轻飘飘的如一钱不值的浮云。何况,现在这么多人都站在薛新雨一边,他现在要风得风要雨得雨,似乎自己迟早也要成为囊中之物,这可真让人气愤!于是,她的心理天平不知不觉就倾斜到了陆鸣这一边。至少,从公平的角度看,她也要给陆鸣一个机会,不能让薛新雨一个人把满城春光全占了。

当然,在"希望杯"引发的一连串效应中,最轰动的莫过于黄子武的回归了。不过,在劳教所待了半年多之后,他的性情大变,沉默起来一天也不说半句话。而最让人大跌眼镜的是,按照常理,为了感谢失而复得的自由,他本应该把那个失而复得的女友当观音菩萨供着。可是从表面上看,他对待戚玉秀反而没有以往那么贴心了,偶尔还发点儿大男子脾气,但后者也受之若饴,百依百顺得让旁人看了都有点儿恼火。但是要骂黄子武是个不知情义的冷血动物,却也未必如此。他回来后谁也不理,见了领导也是一脸寒霜,第二天却来到薛新雨的宿舍坐了半天,说了一阵子话,临走还借了两本棋谱回去。

他一来,仿佛老虎归山,吓得陆鸣要搬家。他主动要求调换到一号厢房。听到这个消息后,从宋大洋以下个个如临大难,连一向从不公开臧否他人的冯晓白也使劲摇头:

"不怕人心隔肚皮,就怕有人把心塞到你的肚皮里。他要是真来了啊,以后,我们睡觉都不敢说梦话了!"

"账房先生果然有水平,连骂人都不吐半个脏字,可就是比我们这些大老粗只会胡咧咧强多了!"宋大洋夸了一句。冯晓白无论在棋盘上还是棋盘外,都有点儿斤斤计较,所以新获得了这么一个雅号。

于是，在全体激烈反对下，陆鸣最终搬到了二号厢房。大家松了一口气，可也知道如此一来，等于公开了彼此之间的矛盾，以后难保不被人算计。何况，陆家父子最近官运亨通，陆德言因为组织工作表现出色，被提升为了常务副领队，领队秦双河抽调到广东学习之后，他就成了实际上的一把手；而陆鸣虽然在"希望杯"上表现平平，但在集训队随后进行的改制工作中占尽了先机。他不但保留了队员的身份，还当上了新成立的竞赛部干事。这种身份，最让人忌惮和讨厌了，就像一个人在比赛场上既当裁判又当队员，还让别人怎么活？

而最大的失意群体则是成年组的队员，他们在本次赛事中溃不成军，全体沉沦，只好接受退休或遣回原单位的命运。而作为领军人物的薛平湖和史瑞虎，也在"希望杯"上铩羽而归，在八名选手中垫底。薛平湖虽然赢下了与史瑞虎的那一盘，但时过境迁，早就没有当年父辈北海争霸的轰动效应了。于是，他不好意思再当滥竽充数的主教练，改任帮闲性质的技术顾问；而史瑞虎看上去要体面一些，他依然是裁判长，又兼任了竞赛部部长，但是出现在讲台上的身影日少一日。不过，两个"老古董"的逐步隐退，并没有让"南薛北史"成为历史名词，反而昭示着第三版的"薛史争霸"隆重登场。戚玉秀虽然是名义上的冠军，但内行人都知道现在谁才是中国围棋天空上冉冉上升的双子星座。

但是，对薛新雨来说，最大的喜悦并不是替代了父亲那虚无缥缈的江湖地位，而是摆在眼前的实实在在的物质利益。虽然没有拿到冠军，但他依然得到了一笔奖金，数额竟然超过了父亲一年的津贴总和。不仅如此，在集训队重编后，薛新雨毫无悬念地进入了具有主力性质的一队，拿到了和七级技工一样的工资。也就是说，这个青年终于有了属于自己的饭碗。

打开红漆封印的牛皮纸袋，薛新雨将那一叠票子往桌子上一倒，立即引发了室友们的阵阵惊呼。于是，他们就像土匪下山一样倾巢出动，直扑市里的那些心仪已久的著名餐厅。当然，并没忘记搭上研讨会的女队员。李爱琴和张红芳应约而来，可没想到舒梅却婉言谢绝了。薛新雨正在兴头上，没心思去关注她的小脑袋中在想什么。在全聚德，他们一人点了一只烤鸭，样子好似吃了十年斋的黄鼠狼，引起了服务员们的窃笑。

肉饱饭足之后，薛新雨才致了马后炮式的开场白。他的意思分为三层：首先感谢宋大洋和冯晓白半年来对自己的照顾；其次，宣布研讨会已经完成了历史使命，正式寿终正寝；最后，说明今天既是一个欢送会又是一个迎新会，因为几位少年组成员要回家去了，而林家亮光荣加盟了一号厢房。

"原来我们开研讨会都偷偷摸摸的，似乎是什么见不得人的事情。现在好了，集训队采用了我们的讲解和点评方式，不再是老先生们一言堂的大课了。"李爱琴欣慰又感慨地说道。可是，张红芳就感觉很不公平了：

"我和爱琴没进'希望杯'八强，进不了一队没什么可说的，只怪自己水平不够。可是陆鸣和我们一样没有出线，他凭什么也进一队呢？"

"还不是老一套：买一个，送一个。既然有人没有参加比赛也能进一队，他当然也有了借口。"冯晓白一边咬鸭脖子，一边慢条斯理地说道。他明着说的是陆鸣，实际上暗批不合规矩的黄子武。这个情敌不仅将自己的心上人夺走了，而且因为沈老将军的亲自过问，竟然也直接保送进入了一队。冯晓白的心没有任何瑕疵缺损，可就是太小了，和小鸡仔是同一量级。

他说完后才感到后悔，因为这话也误挑了东道主的旧伤疤。可是，薛新雨看上去并没有什么尴尬和不满，他指着一片狼藉的桌面，笑嘻嘻地说道：

"要让我来说吧，宁可待在二队享清闲，也不想在一队承受着这么大的压力。你们看这只鸭头，只有一层薄皮，还被人啃得精光光的；这个鸭屁股油光光肉鼓鼓的，可是谁也不肯碰一下！"

宋大洋、李爱琴和张红芳听了又笑又骂，说你和陆鸣争风吃醋，关我们什么事，干吗拿鸭屁股来损人？一片欢腾中，只有林家亮红着脸一句也插不上。他年纪虽小，却因为表现优异而进入了一队。有句俗话说：天不怕，地不怕，就怕广东人说官话。海南岛当时还隶属于广东省，林家亮生长在乡间，普通话自然不顺溜，一急了还卡壳，张嘴嘎嘎半天就是吐不出一个完整的音节，让人听了上火。对于这颗中国围棋未来的希望之星，秦双河走之前特地交代薛新雨要多加照顾。薛新雨第一次充当了兄长的角色，责任感十分强烈，恨不能将他当烤鸭一样催肥，有什么好事都不落下他那一份儿；而林家亮年少离家，心理上特别需要依靠和崇拜的对象，自然就成了薛新雨的跟屁虫。

和室友们混熟了之后，有一天晚上闲聊时，林家亮谈起了他的身世，尤其是父母从海上逃难的经历，大家听了不免惊叹唏嘘。片刻之后，薛新雨突然产生了好奇，说东南亚一带围棋好像不怎么流行，你的父母也不是高手，为什么要从小培养你学这门子与务农、做工、经商毫无关联的技艺呢？林家亮没有直接回答，却提起了一件闻所未闻的故事，让大家悚然心惊，一丝睡意也没有了。

当年林家亮在父母还住在爪哇时，在南洋华人中广泛流传着这样一个故事：在二三十年代，曾经有一个中国人东渡日本，在棋坛纵横十多年，击败了无数第一流的日本好手，为自己的祖国赢得了无尚荣耀。可是日本发动全面侵华战争之后，他就彻底销声匿迹了。有人说他自切食指，出家当了和尚，永远不再碰棋子；也有人说他不肯与军国主义合作，被残忍杀害了。

"也许只是个神话吧？我们现在连日本的业余棋手都下不赢，那时候国弱民穷，到处战火弥漫，老百姓连一张吃饭的桌子也摆不平，谁有闲情逸致玩儿这个呢？"冯晓白的第一反应，是这个故事纯属天方夜谭。

"听起来和那些章回小说一样，好人的最后结局不是伸脖子当烈士就是出家当道士，我看不可信。"宋大洋也摇起了头来。

"环境恶劣未必就不能下棋。我看了一则轶事，说美军投掷原子弹的时候，两个日本棋手正在广岛郊外对弈。冲击波把木屋都吹散了，两人竟然坐在草地上继续下棋，一直坚持到比赛结束才离开。这说明世上真有痴心之人，不可一概而论。"出于民族感情，薛新雨宁愿相信林家亮的故事是真的。可是随即，他自己又找出了不少疑点：

"不过，如果这位前辈真的存在，那可是爱国主义的典型范例，也是我们围棋界的英雄，怎么今天没有人提起呢？而且，近代以来，日本围棋比赛无论大小，历届冠军都有明文记载，怎么不见有一个中国人的姓氏呢？"

当然，对于这个无稽传说，大家的讨论也只能到此为止。薛新雨除了胡吃海喝之外，不是一点儿孝心也没有。在市里的时候，他特意到副食品商店买了一条价格昂贵的凤凰烟送给父亲。小时候，父亲也喜欢抽烟，只是为了喂饱自己的小嘴才戒掉的，做儿子的对此心中有数。

　　这条烟不但是一个回报，更是一则宣言——从今之后，父子之间要平起平坐了。

　　"爸爸，小亮说以前曾有个中国人去日本学棋，将对方的高手打得一败涂地，您听说过这件事情吗？"父子见面的时候，薛新雨突然想起薛平湖见识广阔历多，年轻的时候甚至去过一趟香港，就随口问了一句。

　　薛平湖一听，原本欣喜的脸色突然一寒，他没有回答薛新雨的问题，反而要他叮嘱林家亮以后不许再乱传乱说那些海外的故事，否则让有心人听到了，再添点枝叶什么的，你们就吃不了兜着走了！薛新雨被父亲一吓，再也不敢说什么了。

　　经过一番吐故纳新之后，集训队的平均年龄直线下降，少了耄耋老人和懵懂儿童，多了风华少年和妙龄少女。于是，暮春时节的东华观中，红花绿叶与朱颜青鬓相掩映，莺歌燕舞与轻音浅笑相唱和。虽然风月禁令依然严苛，但青春与生俱来的风流气息，却是十面高墙也挡不住的。现在的薛新雨，就像搬进了大观园的贾宝玉，一切都顺心称意。更让他兴奋的是，除了睡觉休息之外，他一天的大部分时间都可以看到史幽红，甚至能与她面对面长时间交流——不过用的不是口而是手，因为按照文雅的说法，下棋比赛也称为"手谈"。传说明朝建立之后，太祖朱元璋曾经与大将军徐达在南京玄武湖边的一座小楼对弈，为了讨得皇帝欢心，徐达巧妙地用黑白子棋摆出了"万岁"两字。果然朱元璋龙心大悦，将小楼也赏给了他，并赐名为"胜棋楼"。可惜的是，薛新雨费尽心思，也不知道如何才能摆出一个"爱"字来。

　　"希望杯"能够成功举行，绝不仅仅是它迎合了群众体育的需要，而是代表了对围棋这个传统项目的重新认可。于是，一年来弥漫在队中朝不保夕的气氛消散了。人的心情一放松下来，自然看什么都有趣，连业余生活也变得丰富多彩了。不知从什么时候开始，集训队中突然兴起了一股子集邮热。不过，集训队的三位来信大户中，史幽红的那一份谁也不敢心存妄想，因为史瑞虎不但强拆女儿的信，而且连信封也一并收走，这样女儿想给人家回信都找不到地址；戚玉秀的呢，自然全归了黄子武；唯一能够打上主意的，就是薛新雨的那一份了。于是，每到送信的那一天，一号厢房门口都变得熙熙攘攘，仿佛闹市一样。

"哎呀，张大姐，你怎么把我的信开了天窗了？"薛新雨手里拿着一封开了四四方方小豁口的信件，哭笑不得地说道。

女队员们都知道薛新雨最好说话了，所以为了抢夺邮票，什么招数都使出来了。张红芳干脆拿了一把医生做手术用的柳叶刀，看到了中意的邮票，"刺啦"一声就割下来了，有时候甚至把里面的信纸也划破了。

"看你那副紧张相！是不是又有什么地方的姑娘向你传情送爱，怕大家看到了吧？放心吧，我下手又轻又准，不会划破人家的玉照一点点的！"张红芳的口气中，九分满不在乎，还有一分天然的醋意。

"当然又轻又准了，要不然晚上剃腿毛的时候，可要血流成河了！"宋大洋听了在一边坏笑，他当然知道这种锋利小刀的多种用途。

哄然大笑中，张红芳咬牙切齿，拿着刀片冲向了宋大洋，非要将他开膛破肚不可。可出口被人堵住了，宋大洋见逃不出去，干脆跳窗户走了。

大家闹了一阵，薛新雨问怎么好久不见舒梅来了？张红芳撇撇嘴不回答，李爱琴说人家都快要当织女了。薛新雨不明白什么意思，决定去看望一下。来到了玉仙庵门口，他正在犹豫直接闯进去会不会太冒失。正好厨娘的女儿来了，她和舒梅一个寝室，就引了进去。一见之下，薛新雨觉得李爱琴说得真是没错，舒梅都快成了蚕花娘娘了。眼下在集训队中，仅次于集邮的爱好是养蚕。不过别人顶多养个七八条，舒梅竟然养了上百条，装了满满一竹匾。绿叶之下白虫蠕动，口器窸窣声响成了一片。

"蚕宝宝真可爱呀！摸一摸又软又凉，好像小皮球一样！"薛新雨从小就不喜欢任何宠物，无论猫狗还是鱼鸟，现在伪装童真无邪，纯粹是为了讨舒梅开心。

"你嘴上连声赞叹，却不肯动一根小指头去摸它们一下，可见不是真心话。"舒梅明察秋毫，口中只是淡淡应了一句。

薛新雨的心思被人家毫不留情地戳穿了，有点儿灰头土脸，讪讪说了几句就出来了。经过了玉仙庵外的一片空地，他见戚玉秀和黄子武正在打羽毛球。这对集训队中唯一公开身份的情侣，就像古代戏曲中那些奉旨成婚的才子佳人一样，不管他们曾经触犯了多少礼教家规，现在一床锦被全盖过去了。现在，两人连手续也办了，只等十一国庆就办喜事圆房。反正东华观空房子多得是，将来办个幼儿园也没有问题。薛新雨见了，也凑进去挥了一阵拍子。临走时，他问舒梅为什么不搭理男队员了，是不是我们一号厢房的人得罪她了？戚玉秀笑了笑，说你是真傻还是假傻啊？薛新雨更糊涂了，站在那里不知所措。黄子武见状，乘戚玉秀转身去捡球，扯着他的耳朵说了一句：

"老弟，记住一句话：你的快乐，看在别人眼中可能就是痛苦！"

薛新雨回去后想了半天，终于想通了：以前自己和舒梅一样，都是东华观这个神仙庙中的无名小卒，可是现在自己从弼马温变成了齐天大圣，舒梅依然只是一个垂髫青娥，所以她心里自然不大平衡。想到这里，薛新雨暗下决心以后一定要谦虚一点儿，避免让人以为自己骨头轻，稍微风光一点就不知道多少斤两了。

除了周末，东华观最热闹的时候就是午餐时间了。这些天来，一号厢房所在的那一桌成了人气最旺的地方，因为这个寝室不但聚集了将近一半的主力队员，而且个个都有噱头，"乒乒乓乓"热闹得像个兵器库：宋大洋这门大炮就不说了；薛新雨这杆亮银枪，喜欢乱扎乱点；冯晓白像只反特电影中的无声手枪，看上去不声不响，可冷不丁就击中要害；而林家亮是一支卡壳的机关枪，一口夹杂不清的粤式普通话，总能闹出不少笑话来。比如，室友约定午餐后轮流刷碗，上次轮到他了，可是伙伴们还在说笑个不停，筷子始终放不下，于是他就开始催促了：

"你们死（吃）快一点啦，我要死亡（洗碗）啦！你们不死光（吃光），我就先去死（洗）啦！"

不过，今天他们的气势可就减弱了不少，为了实践自己的低调诺言，薛新雨悄悄挪到了旁边三号厢房的那一桌去了，坐在了脾气古怪的张乘龙的旁边。来了一个多月了，两人对垒不下十场，可是还没有单独说过一句话。

"张大哥，你在铁路系统干什么工作？不会也是一个火车司机吧？"薛新雨以为这是套近乎的最佳突破口。

"什么叫'也'？"张乘龙眼皮一抬，露出了轻蔑的神色，"你们那个宋大洋开的是森林里运木头的小火车，像玩具一样，那也能叫火车吗？我开的可是从上海到乌鲁木齐的长途特快，一拉就几千人，出一趟车就是半个月。总之，在世界上做什么都要讲究精确，开火车要精确到每一分钟，下棋要精确到每一步，说话也要精确到每一个字眼！"

薛新雨呆了半天，连筷子也不知道该这么拿了，更不知道下一步该先夹菜还是先夹饭了。更糟的是，袁招娣不知从哪里冒了出来，笑嘻嘻地坐在了他的对面。

"小薛，他们都说你美术功底好。现在，我代表组织，交给你一项光荣任务：给我们女队员画一幅宣传画！"

不知什么时候开始，袁招娣当上了女队员宿舍的管理员。这一段时间，为了优秀寝室的评比，她忙里忙外，嘴巴倒不怎么说闲话了。

"我只会画些山水、鱼鸟、花木什么的，可不会人物肖像。何况，你们一个比一个漂亮，万一画不好，可就把人得罪大发了！"薛新雨露出很为难的样子。

"你这话可就大错特错了！我们围棋队员虽然不下地干活，进厂做工，但也是劳动者，怎么就不能展示一下自己的精神风貌呢？"袁招娣又开始借题发挥了。

夹在一个死较真和一个假正经之间，薛新雨尴尬之极，正要再找个借口推辞掉这个吃力不讨好的差事，突然心念一动，点头答应了。

可是，等他回到宿舍之后，拿出了雪白的画纸，才为自己的冲动感到后悔了。在传统的中国画中，关于琴棋书画的主题，要么是寻觅知音的高山流水，要么是鱼鸥相亲的和谐自然，要么是玄思冥想的悟道境界，要么是愤世嫉俗的孑然独立，都与蓬勃向上的时代精神格格不入。

薛新雨构思了几稿，总是脱不了那种淡烟流水的情调。参照一下流行的宣传画怎么样？那可就更加不靠谱了。让棋手左手抱棋盘，右手指点江山吧？不行，看上去像旧社会拿着罗盘的风水先生；让棋手一边对垒，一边沉浸在对未来的美好憧憬中吧？也不行，心不在焉要输个精光的；让队员把黑白棋子当做愤怒的子弹射向敌人，当然非日本棋手莫属了？那就更加荒唐了，因为藤原、冈村、宫田之流的只是竞赛对手而已，大多生于战后，个个儒雅文秀，不是当年双手沾满中国人民鲜血的鬼子兵。

　　苦思冥想了一天之后，薛新雨突然有了一个新点子：将这两种风格结合在了一起怎么样？想起了半年前在工地上发生的那一幕幕，于是，一个场景在薛新雨的脑海中渐渐清晰了起来：夕阳西下，一天的艰辛劳动结束了，几名女队员坐在一片绿茵茵的草地上，在欢声笑语中摆开了棋局。当然，棋盘决不能是高档的楸木，塑料布既不好看，又容易与草地颜色混淆，折叠的白纸也太牵强，干脆就在地上用红砂石划个棋盘好了；而棋子当然绝不能是名贵的玉石，连玻璃的也不行，就用黑白两色的小圆石子儿，可以想象为她们在河滩上捡来的。同时，为了更好地勾勒出女队员们的面部轮廓，薛新雨决定选择逆光的角度，而且采用西洋油画的技法，虽然他一向更喜欢传统的水彩。

　　想到这里，薛新雨居然有点儿自鸣得意了，觉得这虽然不过是一幅再普通不过的宣传画，但也有了几分意象派大师米勒的《晚祷》的意境。

　　基本构思和布局想好了，下一步当然就是去寻找模特了。这个想都不用想，正是他答应接这个烫手山芋的真正原因。当然，"模特"这个词汇已经在词典中消失了好久了。

　　今天正是周六下午，上完最后一节课后，薛新雨就跑到了山门口。果然没过多久，就见到史幽红独自一人姗姗走了出来。薛新雨立即迎了上去，张口一句就是"你不能走"。见他一副雄赳赳气横横的样子，史幽红吓了一跳，小心问："你为什么要拦住不让我回家？"薛新雨把理由说了出来，语气前所未有的流畅；又提出了具体要求，衣帽鞋袜点滴不漏。说完最后一句，他就要转身离去。史幽红既意外又好笑，追了两步说道："我们还没答应你呢！"

　　"你们要是不愿意，也可以不来呀！"薛新雨丢下一句，头也不回地走了。他知道求人的最好办法，就是让对方自己心痒难忍，主动上钩。

果然，到了周日下午3点，几位姑娘就嘻嘻哈哈地出现在了薛新雨的面前。按照事先的要求，她们一律没有穿任何鲜亮的衣裙，但爱美之心依然在细节之中闪现：有的换了新鞋，有的脖颈露出了花边领口，有的前额刘海莫名其妙卷了个弯，有的手腕上不知怎么多了一块上海牌手表。而无一例外的是，她们都添了或浓或淡的妆，虽然原料都是舍我其谁的雪花膏。薛新雨见了，心里暗笑。

来到了东华观外的一片草丛，大家席地而坐，所有的道具薛新雨早就已经准备好了，只要排一下各自的位置就好了。为了避免她们心中猜疑，薛新雨故意排列组合了好几回。最后一次，才像勉为其难一样，将史幽红定格在了正面。相对而坐的是李爱琴，她的体型比较贴近劳动者的特征，能够消解主角无法掩饰的闺秀气，又将光线切割开来，真是再妙不过了。其他人或散坐小憩，或探头围观，或低声耳语，构成了一幅生动活泼的场景。

薛新雨支起了自制的画架，开始细心临摹。不到一个小时，几个人就不耐烦了，要求换个姿势。薛新雨头也不抬地说："不要矫情了，这也是工作。下围棋的人还怕坐不住吗？"

太阳一半都落在了山后面，薛新雨的草图终于完成了。几个人像等不及似的，纷纷飞过来看。可她们只见白纸上并没有自己想象中的美丽色泽，不过是东一堆西一堆用铅笔勾勒出来的眉眼口鼻，像生理书上的器官插图。她们指指点点了一阵子，一个说把自己的眼睛画小了，一个说把自己的鼻子画大了，似乎都不满意。薛新雨说："不要急，画画不是拍照片，'咔嚓'一下就什么都有了。过几天，等我上了色，你们才知道自己有多好看了。"

此后的一个星期，薛新雨全部身心都扑在这幅油画上了。可奇怪的是，即使他心有旁骛，在训练课上的成绩依然不错，甚至比以往的胜率还要高出一成。之前惨败给日本参访团之后，集训队曾经进行过内部总结，也提出了一个与后来广泛流行的"平常心"相似的概念——"放下包袱，轻装上阵"。可是谁也不知道，在人生中各种形式的竞争中，能够让一个人把水平发挥到极限的，不是爱国热情，不是事业追求，不是团队荣誉，而是在异性面前急切的表现欲。

他就这样涂涂抹抹，到了公布的前夜，画布上的最后一丝空白终于不见了。可是，薛新雨他在睡梦中突然又有了灵感，赶紧坐了起来，乘着黎明的晨光，又在画中史幽红的头顶上添了一只飞舞的凤蝶。据说北宋徽宗时期，宫廷画院录取考试中，曾出过这样一道题目：踏花归去马蹄香。有人着意在盛开的鲜花，有人着意在奔驰的骏马，只有一人心思机敏，知道主题全在一个"香"字上。于是，他的笔下既不见花，也不突出马，只在马蹄后点了几笔追逐的蝴蝶，于是意境全出。薛新雨心想以史幽红的聪慧，一定能够体察到创作者的良苦用心：那只凤蝶正是自己的化身。他被自己编造的新版《梁祝》冲昏了头，不去想黄昏时分，蜂蝶们早就藏踪匿迹了。加上图画的背景太过明亮，凤蝶身上的花纹也看不清楚，粗看一眼，还以为是一只蝙蝠飞出来了。

中午吃饭的时候，这幅画就挂到了灵官殿门口，引来了大批人驻足围观。为了达到某种轰动效应，薛新雨故意来迟了。果然，当他出现的时候，人群自动为他让开了空，似乎毕加索二世降临了。薛新雨正在收割赞扬之时，林家亮眼尖，突然发现了一个遗漏之处，叫了一声：

"薛哥，你怎么忘了给这幅画起个名字呢?"

"就叫《工余时间》，好不好?"袁招娣一拍手，大声说了出来。众人听了个个摇头，说太浅白了，没什么内涵；有的说《棋坛新军》，也被批太俗气了，何况，单纯从画面上看，未必就能够认定这几个姑娘是围棋专业选手；有的说是《休憩的少女》，也太小资情调了；最后，还是采纳了冯晓白的意见，决定就叫《竞赛之后》。看了这个名字，观众一定会认为这几位姑娘经过了一整天的劳动竞赛之后，又乘着晚饭前的余暇摆开了新的战场，充分体现了"生命不息战斗不止"的精神。

这一节敲定了，开饭的铃声也响了，大家一拥而入。薛新雨一眼就见到了正在进餐的史幽红，但是心却猛然沉了下去，因为陆鸣正坐在她的身边。看两人的亲密样，就差相互往对方碗里夹菜了。

于是，薛新雨的一番苦心全打了水漂。

07　为营步步嗟何及

转眼之间,炎炎夏日就到了。东华观中花红柳绿,蝉噪人静,一派悠闲风光。但是,这里毕竟不是避暑山庄,队员们也不是饱食终日无所事事的皇族贵人。6月中旬,上级发了一个通知,安排队员们分赴全国各地机关、厂矿、学校进行围棋巡回表演。

这个通知一下达,最高兴的莫过于那些家在外地的队员了,纷纷打听访问路线,盘算自己能不能看望家人。薛新雨虽然是南方人,而杭州又是此行的重要一站,但并没有多少兴奋之感。现在父子两口都在北方寄食,当初一起玩的哥们也风流云散,反而觉得东华观更像是自己的家。

很快,分组名单就公布了,不知是巧合还是有人搞恶作剧,主力一队中,冯晓白竟然与戚玉秀、黄子武这对冤家分在了一起;而薛新雨却偏偏要和史幽红、陆鸣为伍。见此结果,薛新雨说不出心中是什么滋味。也许这一路上,他要亲眼目睹心上人与他人卿卿我我,甚至打情骂俏,肌肤相亲了。那种痛苦的感觉,不啻千刀万剐,他光想一想都心头滴血;可是,如果不在同一个组,看不见史幽红和陆鸣的身影,他反而会更加牵挂猜疑,整天抓心挠肝,恐怕旅程没有结束,自己先要被折磨成神经病了。

"就算是被对方抢了先手吧,至少我还没有出局,翻盘的机会一大把。迟早,我要当着史幽红的面戳破那个伪君子的真面目,看谁能笑到最后!"薛新雨恨恨地给自己打气。他当然知道,史瑞虎是绝对不会答应把女儿嫁给自己的。可是,当初秦双河也没有想到要收留自己,福山秋一郎也没有想到会败给自己,薛平湖也没想到儿子能撑门立户,他还不是照样过关斩将,从一个插班生扶摇直上,变成了集训队的领军人物吗?在那个血气方刚的年龄,薛新雨以为世界上没有什么不可能,尤其在爱情这盘特殊的棋局上,他要打一场漂亮的逆转战。

"我唯一的错误,就是今生见到了你。但是,这是一个多么值得犯的错误啊!"薛新雨想到这里,竟然有点儿伤感了。没错,爱情就是这样奇怪,它能让一个铁汉缠绵悱恻,也能让一个俗物口出哲言。

一番整装之后,大家就分头出发了,薛新雨所在的第一巡讲团将前往华东地区。不过,他们的第一站却是近在咫尺的红莲公社。经过宋大洋这个宣传家的双面渲染,公社知青的热情和集训队员的高才,已经在对方的心中扎下了根。果然,当巡讲团到达时,公社里横幅高挂,杀猪宰鸡,连刚吐穗的嫩玉米也摘下煮了一大锅。

挑灯夜战福山和"希望杯"上的出色表现,给薛新雨积累了巨大的人气。所到之处,他都成了同龄人瞩目的焦点。红莲公社中大多是北方人,浙江青年没几个,为了壮气势,连同江苏上海的知青也一并认作了老乡。大家聚在一起合影留念,居中的薛新雨不免飘飘然,俨然自己也成了一个大人物。如果文化宫再次举行什么首映式的话,安排的座位一定不会在靠近厕所的出口。当然,那张请柬上一定写的是自己而不是父亲的名字。

"我能收到请柬,史幽红一定也会得到。不知道会不会像上次一样,和她并排而坐?这一次,我要表现得彬彬有礼,落落大方,不要土头土脑像根刚拔出来的萝卜。而且,脑筋也要活络一些,买一些女孩子爱吃的零食带进去,让她知道其实我也是一个很懂得体贴的人。"薛新雨的想象一旦开了闸门,就变得越来越离奇了。不过有一点是确定无疑的,如果回来的路上还能和史幽红同行,他这次一定不讲星星了,而要好好赞美一番皎洁的月亮了。

可是薛新雨很快就发现,巡讲团中最风光的人并不是自己,而是陆鸣。与枯燥深奥的专业讲解不同,他在公社的食堂中摆开了车轮战,一时将爱好者的目光全吸引了过去。所谓车轮战,就是一人对多人的让子棋。在知青中,最流行的棋类游戏是象棋和军棋,懂围棋的寥寥无几,很多人甚至不知道一块棋要想活,至少要做出两只眼来。于是,陆鸣像一只骄傲的公鸡,在空旷的食堂中走来踱去,顾盼神飞。他左点右杀,东扑西挖,不到两个时辰,就让新手们纷纷缴械投降,最终以一对三十大获全胜。尤其值得一提的是,陆鸣的棋形看上去非常漂亮,那一团团白子,就像一群群飞舞在黑莓间的菜粉蝶,煞是好看。相比之下,薛新雨的高明之处,外行可就看不出来了。

这还没完,在前往北京站的长途班车上,陆鸣还讲了一个新听来的笑话,让昏昏欲睡的众人都笑成了一片:

"在我们的带动下,最近在红莲公社中,下围棋都成一种时髦了,连会木工的人也成了香饽饽。有个人想买一副正规的围棋,就跑到镇上的供销社,问有没有围棋卖。营业员是这样回答他的:'我们这里新进了两种围棋,一种是黑子,一种是白子,你想买哪一种?'"

同伴之中,只有薛新雨觉得一点儿也不可笑。于是,为了压陆鸣一头,显示一下自己的渊博,他清了清嗓子,说了一句:

"你们别乐了,说不定这个营业员是一位深藏不露的仙界高人呢!"

随即,薛新雨给大家讲了一个古代日本的围棋故事:"一位名叫户谷松之助的棋手虽然勤奋好学,但是天资不高,二十岁时还是一个初段。一天他途经山中,在一个老农家借宿。主人不但热情款待客人,还提议下一局棋来打发长夜。与今天不一样,古代围棋是白棋先行。于是户谷出于长幼礼节,将白棋推给了对方。可是老人却说不必客气,我也执白,还要让你四个子呢!户谷听了又惊又乐,心想这棋可怎么下?果然落子不久,只见满盘全是白子,难分彼此,渐渐头昏脑涨起来。他开口提议休战,可是老人却一瞪眼,'说你的子全死光了,不认输还做什么?'年轻人遭此当头棒喝,豁然清醒了过来,却发现老人和村舍全不见了,才知道自己遇见了神仙。回家之后一复盘,发现自己果真没有一块活棋。从此,他悉心研究老人的技法,棋艺突飞猛进,不但继承了本因坊的衣钵,后来还荣任名人之位。"

他正讲得口沫横飞,可是坐在前面的史幽红却有点儿不耐烦了:"小陆不过是好心讲个笑话,免得司机师傅打瞌睡,你至于这么较真吗?"

薛新雨一听,情绪顿时像霜打的秋叶一样耷拉了下来。他本来想讽刺情敌太浅薄,却让史幽红认为自己太过于卖弄,真是弄巧成拙。

"这个户谷松之助,是不是就是后来成为日本古代围棋史上三位'棋圣'之一的丈和?"一直沉默的舒梅突然插了一句。

薛新雨没精打采地"嗯"了一声作为回答。可是没想到舒梅竟然来了兴致，说："我也要给大家讲一个关于黑子白子的趣闻。"这可真够新鲜的了，因为作为集训队中的小妹妹，她一向乖乖地躲在哥哥姐姐后面，从不肯出头多说一句话。更让人想不到的是，她的这个故事竟然与几十年前薛鉴水与史胜东的那场北海大战有关。

"前六局下完了，薛老前辈和史老前辈打成了三平。最后鹿死谁手，当然引起了全国上下的普遍关注，连上海《申报》也派出了一名懂棋的记者赶赴北京观战。比赛结束后，他连夜将棋谱发回了报社。总编看了之后，发现前后三百多手，每一步的序号都标注得清清楚楚，结果也计算无误，唯独漏了说明这盘棋谁赢了，明天登报可要闹大笑话。于是，他赶紧发了一个加急电报给记者，上面只有六个字：'谁是黑谁是白'？"

听到这里，满车的人又变得鸦雀无声了。史幽红的脸色很不好看，薛新雨心中也埋怨不已："这个丫头，不帮自己弥合嫌隙就算了，干吗还要往伤口中撒盐呢？"

"这个马虎的记者接到了来电，顿时糊涂了，心想总编也是个雅人，围棋先黑后白的规则，他不会不知道吧？于是，他也回了一电：'单数是黑棋，双数是白棋'！"舒梅笑着说道。

大伙儿一听全都哈哈大笑起来，薛新雨也感到如释重负，赶紧趁热打铁，加上了一句：

"小梅讲得多对呀！有些事情，当时的人以为大得能撑破了天，可是在后人眼中，却根本就不值一提。今天要不是这个花絮，我们这些做后辈的，早就忘了还有那么一档子破事儿！"

史幽红听了，心里舒坦了不少，可是嘴上还要奚落几句：

"你就不要画蛇添足了。赢了就是赢了，输了就是输了，我们史家的人都认这个栽，你们薛家就不必讨了便宜卖乖了！"

史幽红的话虽然不中听，但显然并不像自己的父亲一样计较过去的恩怨。但是，她的话却让薛新雨心生疑窦，联想起以前史瑞虎不止一次的指桑骂槐，难道，那盘决胜局中有什么不足为外人道的猫腻吗？

在山东品尝了煎饼卷大葱之后，让薛新雨痛苦不堪的一幕终于出现了：在登泰山的途中，陆鸣和史幽红的手终于牵在了一起。虽然在以往的劳动、运动和旅游的途中，异性队员之间的提携扶助是司空见惯的，不肯向女性施加援手反而会被认为是封建思想作怪。而且，在最艰难的十八盘上，薛新雨推上扯下，忙个不亦乐乎，不要说女队员的手臂了，连她们的腰肢臀背上都留下了自己的掌印，可是唯独连史幽红的衣角也没有摸到。

等他们爬到玉皇顶，夜幕已经降临了。那时的泰山顶上还没有宾馆，昼夜温差大，巡讲团的队员们不分男女都围坐在日观峰下的一片平地上，互相倚靠着沉沉睡去。薛新雨正在迷糊的时候，突然前面亮光闪闪，一激灵就醒了过来。

薛新雨摸索着走了过去，发现在张乘龙站在靠近悬崖的一块岩石上，双臂伸张，胸腹收缩，口中念念有词，脚下纸灰飞扬，原来，火光就是它点燃的。和古人月下独酌不同，当代的文学青年像公鸡一样，最喜欢对着朝阳朗诵诗篇。于是，薛新雨小心翼翼地问了一句："天亮了吗？"马上，他就听到了一个精确的回答："日出时间是4点37分。"

"我的意思是：你在这里干什么？"

张乘龙很得意地说自己正在吸收天地灵气，日月精华。薛新雨听了惊奇不已，因为"气"这种东西最是虚无缥缈，不知按照"精确"的要求，张乘龙吸入一口的标准是多少升？多少千克？多少摩尔？

片刻之后，朝阳升起来了，一开始像颗小金豆，随即变成了光芒万丈的大火球。日观峰上一片欢腾。薛新雨目光一扫，发现史幽红和陆鸣躲在远离大众的地方喁喁私语，史幽红倚靠在陆鸣的肩头上，手中还拿着一把路上采摘的山花，似乎那是两人海誓山盟的佐证。一瞬间，薛新雨真想跳下山崖。

几天之后，巡讲团终于抵达了杭州。大家先休息一天，由薛新雨带着游览山水。在西湖划船时，史幽红说水面被苏堤切割得东一片西一片的，还没有北海空阔；在河坊街品尝小吃时，她又怨什么东西都甜兮兮的，竟然连饺子里也放糖；在灵隐寺爬山，她说没有八大处那么跌宕起伏。薛新雨听了苦笑不已，不知她是故意借此来贬损自己，还是出于北方人对南方人的一贯成见。身为地主，他理应维护自己家乡的声誉，可是每个杭州人都知道：自古以来，钱塘过客万千，除了东坡居士，又有谁能让西湖的风光损益分毫呢？

"我倒是很喜欢江南的山水园林，真想将来就生活在这样的明山秀水中。"舒梅赞叹道。同样作为北京姑娘，她的看法和史幽红截然相反。

"那你嫁给小薛不就如愿了！"狡猾的张红芳抓住了话柄，舒梅顿时涨红了脸。薛新雨赶紧骂她："乱扯，这么能开这种没深没浅的玩笑呢？再说了，我自己将来也未必会回杭州呢！"

之后几天，他们和当地的棋友进行了交流。杭州棋风之盛，甲于天下；乡野之间，藏龙卧虎。这一天下午节目比较宽松，就是一场车轮战，队里安排张乘龙与棋友交流。于是，几个女队员饭后就一起出去了。明天是端午节，她们准备买来糯米、甜枣和粽叶了，自己动手包粽子。午休之后，薛新雨来到了宾馆的餐厅中，只见这里已经人头攒动，拉开了架势。可是，现场的主角却换成了陆鸣。薛新雨找到了张乘龙问究竟怎么回事，回答说陆鸣非要杀屎棋过瘾，就让他去吧！薛新雨说从这几天的交流情况来看，这些业余高手水平不俗，让四子恐怕让不动。张乘龙说："管它呢，他要出丑就出丑，关我们什么事？"果然不过两个小时，陆鸣就来找他们帮忙了。看他一副汗流浃背的狼狈样子，薛新雨就知道麻烦大了。他出去看了一圈，至少一半棋局落了下风。

现在，连张乘龙也有点儿慌了。车轮战虽然不是正式比赛，但如果输得太惨，堕了集训队的名声，大家可都脸上无光。但是要想救火也无从着手，他们既不能越俎代庖，也不能坐在幕后，让陆鸣把每一局的棋谱拿进来指点。时间一分一分过去了，眼看陆鸣要输个一塌糊涂。这时候，薛新雨突然起身来到了餐厅中。

他满面春风，笑容可掬，先是大大恭维了棋迷一番，说："连我们的领导都说了，这一路看下来，就数杭州的朋友们最懂行。所以，我们今天摆下了这个车轮战，可不是一般的指导棋，而是一个精心设计的趣味游戏，现在该揭开谜底了。"听他灌了一通迷魂汤之后，棋友们心里很受用，终于碰到了识货之人；加上薛新雨是家乡的骄傲，棋友们大多打过他的棋谱，知道有多少斤两，而陆鸣作为他的队友，水平当然也不会差，如此溃不成军,一定是故意所为。于是,众人的争胜之心顿时瓦解了,个个静下来听他抖开包袱。

"第一步,请大家将棋盘上的四个让子去掉!"

大家依言拿掉了一开始放在星位上的四个黑子,餐厅中顿时乱成一团,惊叫声和笑声混成一片,都说这下棋形都变得乱七八糟的,还怎么下呀?但是薛新雨似乎还嫌乱得不够似的,马上又说出了一句:

"第二步,为了公平起见,请黑白方互换位置!"

此言一出,现场更是一片哗然。因为从严格意义上讲,这已经不是比赛,而是游戏了。所以,棋友们好玩之心大起,谁也不在乎最后的胜负如何了。陆鸣改为执黑之后,总算赢了过半的局数,把面子挽回了一点儿。

第二天一早,集训队全体成员都聚在宾馆的厨房中包粽子。在这种场合,女队员是当仁不让的主力,男队员们乐得躲一边偷懒,只有薛新雨在后院中打糯米,陆鸣在厨房里帮忙当下手。端午在南方有腕系五色线祈福的民俗,所以史幽红事先准备了一大把,见人就送一束附加一句吉利话,连帮厨的小工也没有漏掉。可是,当薛新雨端着一大盆糯米从暴日下走进来的时候,彩线却恰好没有了。

"不好意思,我真不是故意的。"史幽红低声说了一句,脸色也有点儿红了。

"你的意思是:以前都是故意的?"薛新雨心中凄苦,想说句玩笑话,可是满腹的醋意忍不住全泛了上来,"无所谓了,我本来就没什么好福气。干了坏事被人骂,干了好事也被人骂,连什么也没干——什么也没看见,居然也被人骂!"

史幽红定住了,双眼怔怔地看了他半天。突然之间,她将自己手腕上的那条五彩丝线扯了下来,狠命要拽成几截。可是这种彩线太坚韧了,气得她眼泪都流下来了,干脆将它丢到了地上,还踩了几脚。

"好了,现在我们扯平了吧?你要是倒了霉,我也挨一份儿,你总该满意了吧?"

见两人又僵在了那里,张红芳急忙跑过来劝解,说:"你们究竟怎么了,就像一对斗鸡,放在一起就要吵。既然合不拢,以后就少掺和在一

起。"这么一说,反而让薛新雨更加恼火了:

"我从来就不生事,哪一次不是人家故意来找茬儿?"

他这么一说,本来有点儿歉疚的史幽红也不依不饶了:

"你怎么没有?昨天小陆和棋友下让子棋,本来就要大胜了,你偏要横插了一杠子,先是别出心裁拿掉让子,然后让黑白互换,非要弄个半赢半输才称心。我知道,他下棋下不过你,画画画不过你,玩儿花招玩儿不过你,可即使这样,你也不能随便欺负人呀!"

薛新雨惊呆了。他万没想到,陆鸣竟然倒打一耙,把自己裤裆里的屎抹到淘粪工的头上。按照常理,他应该立马将陆鸣揪出来对质,可是不知为什么,偏偏一个字也不愿辩解。在感情的领域内,当君子也是注定要吃亏的。因为无论是什么样的旷古奇冤,历史总会最终还你一个清白和公道,可是时光蹉跎不起,等她终于明白过来时,也许已经是白头老妪了,即使旧情恒久如磨刀石,也不能再还你一个花容月貌了。

平静下来后,薛新雨还是咽不下这口气,觉得忍耐下去太窝囊,决定将昨天那场车轮战的真相向她和盘托出,而且一不做二不休,揭发陆鸣就是陷害黄子武的罪魁祸首。这样的机会马上就来了,在归途的火车上,薛新雨和史幽红的座位正好面对面。薛新雨准备了一肚子的材料,觉得铁证如山,不由她不信。可是,史幽红从入座的第一秒钟开始,就合上了双眼。

当黎明到来之时,史幽红终于悠悠转醒。朝阳映照着粉红的脸颊,娇嫩的肌肤犹如初舒的荷叶。看到了薛新雨一夜无寐已经充满血丝的双眼,史幽红突然起了怜悯之心。如果不是为了追求自己,他不会变得如此焦躁,如此偏激,如此具有攻击性。于是,史幽红幽幽说了一句:

"我知道你心里在想什么。我也把心里话告诉你,其实,说出来很简单,就是三个字:不——喜——欢——!"

薛新雨的满腹底稿都被憋回去了。原来,现在的史幽红对自己没有任何敌意,没有任何嫌怨,甚至没有任何误解,她就是不喜欢自己,一切就是这么简单。

你可以叱咤风云,你可以翻江倒海,你可以杀敌千里,你可以巧夺天工，但是你就是不能强迫一个人喜欢自己。那种莫名其妙的好感和突如其来的心动，就是爱情的基因，是生物界亿万年演化的杰作，人力是永远复制不来的。爱情不是买货物，谁出价高就是谁的；爱情不是拔河，谁力气大就是谁的；爱情不是奖状，谁成绩好就是谁的。爱情不讲按劳分配，不论忠孝节义，不管青红皂白。这一点，薛新雨其实早就该想明白了，因为戚玉秀、黄子武、冯晓白之间一波三折的故事，就是一个再鲜活不过的例子。

第二天一早，巡讲团终于回到了北京。薛新雨成了整个队伍的尾巴，头重脚轻地踏进了东华观。一个多月不见了，这里的景象依旧，而史瑞虎又在门口做每天必修的剪纸功课了。那满地的细碎纸片，落在史幽红的心中，像无数的落红，是被戕害的青春证明；可是在薛新雨眼中，那是一串串飞舞的纸钱，洒在了单相思的出殡灵道上。

一头扎进厢房后，薛新雨恨不能变成一只土拨鼠，再也不要暴露在阳光下了。去年这个时节，他刚刚踏入东华观的大门，什么都没有，却什么也不在乎，反正拾到篮子里的都是菜，至少有一些东西可以去憧憬和幻想，甚至臆想；如今他看上去什么都有了，领导器重自己，队友尊敬自己，棋迷崇拜自己，可是，他最要紧的一件东西却没有了，就像心中裂开了一条缝隙，每呼吸一次都能感到丝丝的绞痛。

薛新雨急切地等待着巡讲第二团的归来，冯晓白与自己同病相怜，总算是个知音，可以倾诉一番。可是没想到的是，两天后冯晓白回来后竟然神清气爽，一点儿没有了之前的颓唐气色。中午吃饭的时候，他也脱离了室友这一桌，和李爱琴跑到了一个角落里去了。薛新雨见此情景，深叹人命真是各不相同，同时也对这个师兄产生了一点儿鄙夷。冯晓白能这么快就另觅新欢，可见当初他对戚玉秀的感情未必有多深挚。

薛新雨不想见人，每天吃饭可以让林家亮代打，可是课却非自己去上不可。于是，每一天都像上刑一样难熬。不过好在一点，也许是因为回到了父亲的眼皮底下，也许是为了避免刺激那个失意人做出什么疯狂的举动，史幽红反而比外出阶段矜持了很多，只要在正式场合，从不与陆鸣流露出过于亲密的神态和言行。

时间一天天过去了，薛新雨先是感觉痛，之后又是冷，现在什么知觉也没有了，只剩下了麻木。但是，一个刺激人的消息，却让他的全身每一根神经都亢奋了起来。

这年秋天，为了庆祝中日两国正式建交，日本棋院第一次派出了访华代表团，准备与中方举行一次围棋对抗赛。这个代表团阵容庞大，领队是当代巨擘藤原正雄，麾下有威名赫赫的宫田荣树，几名老将和中生代好手，甚至还来了四名女子棋手。原来，那个小坂元虽然是个渔民，倒是质朴坦诚，去年访问中国归去后，说中国有个女棋手怎么怎么厉害，自己差一点儿就输了。日本历来轻视女人，可是却更懂得发掘女人的作用。于是，日方派出的代表团中包括了两支队伍，一支是八名职业棋手组成的男队，一支是四名混合选手组成的女队。

接到了日本传来的代表团名单，中方的第一反应不是吓了一跳，而是怀疑打错了字句，因为宫田荣树的后缀竟然是"十段"！而去年这个时候他还是七段，怎么可能连升三级呢？中方虽然没有实行段位制，但也知道围棋最高只有九段啊！发电与对方沟通后，大家才恍然大悟，原来，这个"十段"是一个比赛头衔而已。

为了方便棋手们加紧苦练，集训队将八仙堂开放成了夜间自习室，直到午夜才熄灯。于是，这里成了薛新雨的第二个宿舍，他几乎每天都是最后一个离去。这天晚上，他正在凝神思忖之时，突然眼前的光线被遮住了。抬头一看，竟然是史幽红。环顾四周，其他人全走光了。

史幽红在他的对面款款坐下，却并不看薛新雨的眼睛，"秦领队说了，让我俩商量一下排兵布阵的事情，报一个方案上去。"

"这个，不是要由竞赛部定的吗？"薛新雨愣了一下，脱口说了一句。

"竞赛部说，要先征询一下棋手们的意见。我们是主力队员，总要做个表率吧！"

薛新雨更加奇怪了，如今集体主义压倒一切，历来是下级服从上级，棋手服从组织，从来也没有反过来的道理。但是，见她神色不豫，言不由衷，薛新雨也不好再追问了下去。他只好拿出了一张白纸，撕成了十几个纸条，将双方各自参赛人员的名字写了上去，然后和史幽红一起商议如何排列组合。

首先，日方的领队藤原正雄辈分尊崇，说自己只是拿教鞭的老师，并不参加比赛。虽然此言令人愤懑，但客观上也为中国队搬走了一座泰山。宫田荣树拥有"十段"、"天元"两个头衔，气势正盛，是当之无愧的第一号强敌；而论资历经验，当属北村孝服九段和川口冲三八段；其下，按照综合实力来看，依次是熊谷千和七段、古鹤锦次郎七段、片山健硕六段、黑木多喜六段，还有一个名不见经传的梅泽志博三段——薛新雨翻看了两年来的各种日方资料，没有查到他的任何信息，更不要说是了解棋风了。

四名女棋手中，两名职业女棋手一是年届四旬的寺岛多加子五段，也是多年"女流本因坊"获得者；另一位是野田光子二段，出身于围棋世家的新秀。两位业余棋手一是上次大获全胜的菊池文子业余四段，一是来自东京电视台的解说员小林莉香业余二段。

按照事先约定，双方要进行五轮对抗。显然，中方一队中的八名主力要悉数登场，还要从二队中挑选四名状态最好的补上。女队这边好办，虽然中国围棋远远落后日本，但是由于受到传统风俗的影响，日本女子少有高手。在这一点上，中方有体制的巨大优势。同时，中国体育习惯上从女子领域取得突破口，之前的乒乓球如此，这两年来进步神速的女排也是如此。看来，以史幽红和戚玉秀领衔的女队无论怎么摆，都不会有太大出入。

但是男队可就比较挠头了，因为到目前为止，没有一个人有与日本职业棋手交锋的经验，而上次惨败给业余棋手又给大家心理上留下了巨大的阴影。薛新雨和史幽红商量了好久，等到老甘头来撵他们走时，才勉强确定了一个原则，那就是：摸清实力，稳扎稳打，先弱后强，最后反攻。

夜深了，薛新雨有点儿不放心，要送史幽红回玉仙庵，她也没有推辞。可是两人刚绕过了锦鳞阁，陆鸣就从暗处钻了出来，手中还拎着一盒夜宵。薛新雨很识趣，立即说再见走人了。他的脚步轻快，可是耳朵却格外机灵，隐隐听到了史幽红的埋怨和陆鸣的辩解。这一晚上他都半梦半醒，天快亮的时候，才突然明白了史幽红不肯说出口的原因：这次比赛的意义与上次完全不同，"对抗"二字与"抗战"只有一字之差，无论胜负如何，都会载入中日围棋交流史册。可是如何排兵迎敌，竞赛部竟然没有人敢负起这个责任来！而其中的两个关键角色，一个是她的父亲，一个是她的男友。

想到这里，薛新雨叹了口气，陡然之间，胸中却腾起了一股豪情。在这个世界上，史幽红最依赖和眷恋的两个男人在面临风险的时候，都当了缩头乌龟；而她看不入眼的人，却未必就不能当一回中流砥柱。于是，这场中日之间的对抗，在薛新雨的潜意识中，又赋予了全新意义。

接下来的一段时间里，集训队的一切工作全围绕着对抗赛展开了。陈主任前段时间跟随领导去了一趟日本，拿回了很多资料。至此，大家才知道日本围棋不但没有常设的国家队编制，甚至连棋院也不负责日常的训练工作，棋手成材的途径一靠自学，二是争取成为高手的"内弟子"。比如，"藤原道场"就汇集了一批杰出的学生，他们很小就被父母寄宿到老师家中，藤原正雄和妻子照顾他们的一切饮食起居，直到能够独立闯荡棋坛为止。当然，前提条件是他不被债主封了门。

让人意外的是，虽然日本围棋兴旺鼎盛，但是一般棋手的社会地位和收入似乎并不高。据统计，如今具有职业棋手资格的人少说也有几百人，其中光九段就有五六十位，但大部分人只能靠给孩子教棋糊口度日，有点儿像中国古代的秀才，虽然有个功名，但是挡不了饥寒；如果成功打入六大棋战的循环圈，那就等于坐上了"黄金交椅"，相当于中了举人，当个富甲一方的乡绅是没有问题的；当然，要是有幸夺得一个冠军，一辈子可就荣华富贵享用不尽了，等于高中进士，金榜题名了。

至于对手，大家关注的焦点，当然是宫田荣树了。据说，他起手必定在星位上，最拿手的就是"三连星"布局，所以得到了一个美誉："太空流"。这一点，倒让人联想起了一百多年前的著名棋手涉川春海。他是安井世家的掌门人，从小喜欢天文，认为天元是整个棋盘上的中心，地位犹如紫微星君，居高临下，制衡八方。于是，经过潜心钻研后，他提出了一套"天元流"，并且公然夸下海口："第一手下天元，可天下无敌。如果失败，我终身不下围棋！"果然，他在比赛中使用"天元流"横扫千军，取得了骄人的战绩。但是，在著名的御城棋赛中，他遭遇了本因坊世家的得意弟子道策，一下子连败了十局，甚至连天元一子也被人家给拔了。羞怒之下，他倒是真的兑现了诺言，从此不下围棋了。这是棋界的憾事，却是天文界的喜事。因为这个春海后来当上了皇宫的首席天象官，开创了日本近代历法，成为了类似张衡、郭守敬的科学家。

围棋历来都是从低位向高处发展的，不知道这个喜欢高空作业的宫田荣树，是否会重蹈春海的覆辙呢？

说到这里，有人不禁好奇了，说藤原的大弟子冈村保义为什么没有来？这个冈村长得粗眉大耳，豹额狮口，棋风却是唯美的一派，看上去梅花间竹，错落有致，实际上杀机四伏，就像一条老虎的尾巴，万一不小心踩一下，可就没命了，所以获得了一个诨号："虎尾流"。陈主任支吾了几句，说不出个子丑寅卯来。可是几位主力队员因为经常阅读日本围棋杂志，已经知道了真相：这个冈村保义不来，是因为他压根儿就瞧不起中国围棋！当师父藤原正雄邀请他西渡来华时，他竟然说了这样一句话：

"我不以中国棋手为对手！"

这固然令人气愤，甚至勾起了一些屈辱历史的片段，但是又无可奈何，因为人家的水平确实在那里。光靠一股子激情，你是冲不到喜马拉雅山顶的。

队员这边很忙，集训队的领导们也没有闲着。按照对等的原则，既然日本棋手有段位，我们没有似乎显得不正规。于是，一个让人怦然心动的话题就冒出来了：谁将成为第一个九段？

根据袁招娣传来的消息，说管理部已经拿出来了一个名单，提议授予史瑞虎和陆德言两人九段，而水平比陆德言高出不少又曾在"希望杯"中击败了史瑞虎的薛平湖却没有入选，理由是他这个技术顾问属于退居二线人员，不在干部编制之列。当然，听到的人都觉得这个消息太离谱了，纯粹是子虚乌有。但是也有人发誓说是千真万确，不过材料报上去之后，被沈老将军当场撕成了碎片，还把相关人员骂了个狗血淋头。

不过，被排挤到一边的薛平湖却不甘寂寞，他说段位制度是日本特色，中国古代把棋手水平分为九品，是否可以采用？这个提议从浅处说，容易让人想起了《七品芝麻官》之类的喜剧和"一品锅"之类的美食，有点儿不大严肃；从深处讲，这是封建时代九品中正制在围棋领域的投射，不符合时代潮流，因此毫无疑问被否决了。

其实谁都知道，无论叫九段还是一品，本质上都没有什么差别，真正让人牵肠挂肚的是背后代表的地位和收入。于是，上级急忙发来了一纸通知，要求集训队暂缓讨论段位制之类的问题。没错，如果自家的九段干不过人家的二段，那可大大丢人了。就像一些热带小国，常备军队不过千把人，竟然也设有元帅军衔，那可就贻笑大方了。

主力队员加紧训练的同时，二队也举行了选拔赛。女队员中，张红芳和李爱琴水平较为突出，前者顺利出线，而后者自从坠入爱河之后，可能是因为体重原因，长时间"爬"不上岸，让舒梅脱颖而出；男队则没什么悬念，一个是宋大洋，另一个是天津来的海员王富军。

这场中日围棋对抗赛受到了上下重视，被安排在新落成的工人俱乐部举行。开幕那一天，十几位日本棋手在现场"一"字排开，男士个个深蓝西装，女士一律银灰套裙。而中方则是统一的胸口印有国徽的红色运动服。乍然一看，似乎是某个株式会社在举行全员大会，白领、粉领、蓝领全部到场。陆德言代表中方致辞后，皓首苍颜的藤原正雄就一把拿过话筒侃侃而谈。日方成员全都低首垂目，洗耳恭听，显示了极强的纪律性和服从性。宫田荣树是众人瞩目的焦点，果然一如想象中的风度翩翩，会不时向对面的中方队员们微笑一下。当天下午，日方人员参观了故宫。第二天上午，比赛就正式开幕了。

由于是第一轮比赛，双方都摆开了堂堂之阵。薛新雨作为中方的排头兵，当仁不让对上了宫田荣树。猜先的结果，薛新雨幸运拿到了黑棋，心里安心了不少，因为"太空流"能够将先行之利发挥到极致，而今年宫田在比赛中执黑的胜率也高达八成。薛新雨以自己最拿手的"对月式"开局后，白棋果然应以"二连星"。薛新雨一秒钟也没有犹豫，立即下了一子在上边的星位上，以阻止对手形成"三连星"的宏大气势。

宫田平挂右下角小目，薛新雨简单应了一手托。白棋下扳，黑棋长回一子守角。白棋连接，黑棋向边上二路开拆，一切都按照定式进行得波澜不惊。白棋高镇了开拆的黑子一手，薛新雨心里有点儿不安了，因为到目前为止，黑棋全在三线布子，感觉上受到了压制，于是在飞起一子，准备强行出头。可是没想到的是，宫田居然脱先了，转而挂了左下角。薛新雨已经得到了一个角的实地，不肯让对手如法炮制，于是分投一子。宫田却视若无睹，靠上来直接点了"三三"。难道他要掏角？薛新雨顿生疑窦，因为这种钻地战术可不像是"太空流"的风格。为了稳妥起见，黑棋决定下扳一子。白棋随即虎尖，黑棋反打，白棋不理，任对方吃掉一子，抢占了左边的星位。从局部战斗来看，白棋并没有讨到什么便宜，似乎只是在试探他的应手。薛新雨正感到舒了一口气，宫田转而向孤立的那个分投黑子发起了进攻，肩冲之后又连压了两手，攻势颇为犀利。但薛新雨一跳一立，不但丰富了眼形，还瞄上了白棋右边脱先后的余味。但是，宫田下一步却并不巩固自守，反而"啪"的一声打在了天元一带的开阔区域中。薛新雨一见，顿时心惊肉跳，冷汗直冒。因为就在这一瞬间，他突然发现：白棋右边高镇一子、左边星位一子、中央一子已经遥相呼应，宛如云中玉宫，海上琼楼，天际雪峰。

从第一秒钟开始，薛新雨就时刻防备着对方下边的二连星发威，万没想到宫田竟然施展了偷天换日的绝技，不在自己的阵势中营房造屋，却轻轻巧巧在对手的腹地中架起了一座九宫八卦炉。"太空流"果然不是浪得虚名！

眼见形势不妙，薛新雨开始拼命侵削白棋的大模样，甚至冒险打入去破空。但是，白棋一旦建立了高屋建瓴的优势之后，强大的力量如同狂风暴雨一般倾泻而下。薛新雨不但没能攻破对方的口袋阵，自己的阵线反而面面漏风，处处渗水，就像是"水淹七军"中的那个庞德一样，尽管武勇不亚于云长，但也难逃被擒杀的结局。

薛新雨败了，而他的队友也没能创造胜绩。这多少有点儿意外，因为在比赛之前，中方多了一个心眼，让林家亮对阵名不见经传的梅泽志博。原以为能出奇制胜，因为林家亮虽然是个小孩，但实力仅次于薛、史、冯三人，没想到不过一百来手，也被人家杀了个落荒而逃。

第一轮，男队终于"如愿"摸清了对方的实力，可这是一个多么令人难堪的事实啊！

08　人间自是有情痴

当晚，全军尽墨的阴影笼罩在每个人头上，仿佛世界末日来了。他们连饭也不吃了，干脆把自己反锁在了休息室中，将今天的棋摆了一遍又一遍，可就是看不出丝毫的胜机。队里的工作人员人员轮番催促，可上到代理领队陆德言下到厨师，都吃了闭门羹。

快到午夜了，薛新雨正感到头晕眼花心痛腹鸣之时，外面突然传来一阵喧哗，随即"哐啷"一声，休息室的大门被强行撬开了。一大堆人拥了进来，中间一人白发银亮，神态威重，正是沈老将军。大家一见惶然起立，神情又惊又愧。沈老将军一言不发走上前来，举起手中的拐杖，在他们每人的肩上"啪啪"敲打了两下。冯晓白单薄又没防备，竟然被打了一个趔趄。

光看这架势，大家都明白了：沈老将军生气了！果然，他要给这群不争气的小子们上一堂思想教育课。不过，他没有提赣南吃草根的苦楚，没有提沂蒙山的封锁扫荡，没有提黄泛区的烈日泥沼，更没有提那个夭折在南下途中的幼子，反而命令他们敞开肚皮：

"干革命的时候，我们都这样鼓励自己和同志：只要还有一个喘气的，中国的红旗就没有倒！你们拿镜子照照自己这副熊样，打败战就不吃不喝了？要这样的话，我早就已经饿死几十次了。你们折腾自己，不就是便宜了明天的对手了吗？"

听了这一番劈头盖脸的训斥，薛新雨的心情反而豁然开朗。没错，以自己当下的水平，输给了宫田荣树这样的世界顶尖棋手，难道还算是一个奇耻大辱吗？

随即，厨师也屁颠颠地把大家的晚饭送上来了。揭开一个大盖子一看，里面没有鸡鸭鱼肉，没有菜肴汤羹，连碗碟杯筷也没有，只是一个脸盆一般大小的蒸饼，里面包裹着一层层的馅料。这种蒸饼看上去普通不过，却名闻遐迩。当年沈老将军挥戈东进抗日，在江淮以五千子弟兵击溃敌军三万之后，当地百姓就送来了这种蒸饼祝捷劳军。今天特意又端了上来，其心意自然无须赘言。蒸饼切成八瓣后，每人直接用手拿了一块放到了嘴巴里。看他们狼吞虎咽的样子，沈老将军半是欣慰半是责备地说道：

"今天细妹子们很争气，与日方打成了平手。你们是一个战壕里的战友，难道不应该去祝贺她们一下吗？"

他的话音未落，四个女将就一阵风跑进来了。原来，她们刚才已经在门外偷听了好久，可就是不敢进来。

女队的战况，男队员们下午其实就已经知道了。薛新雨一眼看到了满面春风的史幽红，就恭喜她先拔头筹，拿下了日方主将寺岛多加子五段。史幽红正在兴头上，向他含笑点头，说了一个谢字，人已经飞到了陆鸣的身边。陆鸣见了她，悄悄笑着说："要不是被他们锁在这里，我早去看你了。"薛新雨不知那是他的真心话，还是在开玩笑，但见史幽红笑靥如花，柔眸似水，可见两人表面上不露声色，暗中感情却与日俱增。他正在压制心头的失落，见舒梅已经笑吟吟地站在了自己面前。一段时间以来，她对薛新雨总是半冷不热，今天赢了棋，兴奋之下见了谁都觉得可亲。于是，薛新雨又猛夸起了她：

"那个菊池老太太上次可嚣张了，这次被你修理了个没脾气，可算是报仇了！"

"你也一定能赢的，我相信。"舒梅说完后，鼓起薄薄的红唇，认真点了一下头，似乎这个带有明显日式风格的动作，能够将自己的力量传输到薛新雨身上。

戚玉秀和张红芳虽然输了棋，但知道现在最艰难的是男队，何况其中还有自己的恋人，于是也挨个给他们鼓励打气。现场热情洋洋，情意融融，自从集训队成立以来，从没有出现过这样同仇敌忾的团结局面。

第二轮，薛新雨对上了川口冲三八段。这个对手已经五十多岁了，有点儿谢顶，看上去和蔼可亲又有点儿暮气沉沉，样子很像风靡一时的动画片《铁臂阿童木》中的那个茶水博士。更有意思的是，从落下第一子开始，他就不停地自言自语。说这是损招显然不客观，因为他只是在灭自己的威风，翻来覆去就是"不行了"、"坏了"之类的词，反正日语中所有的倒霉话都说尽了；可要说他的嘀咕能够长对手的志气，也未必尽然，昨天王富军就在他的唉声叹气中被硬生生屠掉了一条大龙。

今天川口执黑先行，他的棋子东一粒西一粒的，洋洋洒洒布满了整个棋盘，似乎不是在下棋而是在种豆子。但是不知不觉之中，这些棋子相互之间就会连缀成片。当然，他的目标只着眼于具体的战斗，远没有"太空流"那般壮阔高远。薛新雨知道，如果跟着对方的调子走，最终只会变成一只落网的蛾子，越挣扎缠得越紧。于是，他干脆以毒攻毒，同样也对黑棋来了一番穿针引线，让盘面陷入了复杂缠斗的乱局中。任何高明的军事家都知道，指挥作战中最困难的不是如何将兵力投射出去，而是如何把队伍收拢起来。果然，面对这一锅黑芝麻白米粥，川口的喃喃声变得越来越大，以至于影响到了其他棋手的比赛，裁判不得不向他举牌警告。经过一番激烈的对杀和转换之后，双方死伤狼藉，弃子成堆，但局势也逐渐明了起来。薛新雨在实空上已经取得了领先，但有一个角像落了苍蝇的雪糕一样不干不净。于是，川口断然打入了胜负手。薛新雨花光了剩余时间进行长考，最后还是决定做劫求生。川口一看大喜，连口头禅也忘了念叨了。经过了冗长而紧张的打劫，白棋这个角丢了，但黑棋也损失不小，胜负天平在细微之间摇摆。最终，薛新雨幸运地粘上了最后一个空，以四分之一子险胜对手。

但是，比赛结束后川口却迟迟不肯复盘，坐在那里啰啰唆唆说个不停，情绪看上去很激动。这一下，将裁判和翻译都招过来了。但是，翻译是个外行，不明白川口满口的术语，而裁判又听不懂日语。双方猜了一阵哑谜之后，反而是局中人薛新雨第一个明白了过来：

"川口先生的意思是：按照日本围棋的规则，黑白双方棋子之间的每一个空格不需要填满，所以他认为自己赢了半目，要求更改比赛结果。"

此言一出，中方人员顿时震惊不已，因为按照签订的备忘录，比赛规则以东道主的为准。第一回合在北京举行，当然遵守中国规则。可是，日方组织者竟然忘记了将这一原则通报给代表团的每一位棋手，也许在他们看来，中国棋手全部不堪一击，根本就没有能力下到锱铢相较的程度！

于是，经过中方人员的据理力争，尤其是拿出了备忘录中的日文附件，川口这才悻然作罢。不过，他的嘴巴并没有闭上，埋怨说早知道要按照中国规则补赛，自己就不会在优势条件下那么放松了。不过，无论他是假作态还是真懊悔，比赛结果已经成为铁一样的事实：薛新雨终于为中方赢得了一场来之不易的胜利！

每天比赛结束之后，藤原正雄都要选讲其中一局，这也是对中方棋手的培训课。昨天，他将薛新雨数落得体无完肤，今天又将川口骂了个七荤八素。藤原的点评切中要害，发人深省，让人心服口服，可是薛新雨见到川口一句一个鞠躬，一口一个哈依，又替他感到难过，因为从辈分上讲，川口和藤原其实是一代人。随即，他又有点儿羡慕了：日本棋手骨子里尊崇的是强者为王，不像中方集训队还是论资排辈。

薛新雨满心欢喜地走在了工人俱乐部中，见了人就打招呼，不管认识不认识。毕竟，这是人生中的一个里程碑——当然，前提是他在围棋这条路上走得足够远。看来，今天沈老将军拍打在自己肩膀上的，一定不会是那根拐杖了。他正在得意之时，却见到陆德言和史瑞虎。自从秦双河走了之后，两人就成了莫逆之交，什么事情都一起商量，关系甚至比自己的儿女还要默契。虽然之前没有能够共同荣膺九段，但今后当亲家几乎是板上钉钉了。

见了薛新雨，陆德言和蔼地夸奖了几句，史瑞虎却视而不见，似乎这场胜利不足挂齿。而就在昨天晚上，为了庆祝女儿旗开得胜，他还特地宴请了陆家父子一回。在酒桌上，史瑞虎说自己太高兴了，一是女儿终于抢了薛家一头，出了多年的闷气；二是自从老陆高升代理领队之后，自己工作舒心，心情畅快，有得遇知己之感。他满脸溅朱如一面红旗，而陆德言的大拇指也高耸如一根旗杆，说："整个围棋队，论气概论人品论棋力，我就服你老哥一个！现在要掌握这么大的一个盘子，没有你老哥的鼎力支持，我可是玩儿不转的。"然后，他又笑着说了一句意味深长的话，"咱们现在是两家人，将来可就是一家人了！"

史瑞虎听了高兴，逐渐有点儿喝高了，冲动之下，大声说择日不如撞日，今晚这顿酒，就等于为两个孩子订婚了！想起多年来培育女儿的酸甜苦辣，他不禁老泪纵横，使劲拍着陆鸣的肩膀，带着呜咽声说道：

"今后，我可就把幽红托付给你了，你可不许让她受一点儿委屈呀！"

陆鸣一听屁滚尿流，立即来了一番指天誓日，恨不能用筷子将自己的心挑出来给未来的老丈人看。可惜这番对话史幽红根本没听见，为了率领女队打一场漂亮的翻身仗，她整天待在工人俱乐部中，从没有离开一步。

这一切，薛新雨当然更是一无所知。他在得意的游逛当中，又见到了陈主任。他这时才知道，昨天沈老将军听说棋手们赌气不吃饭，情急之下连夜从医院偷跑了出来。可是这样一折腾，他的病情又加重了，今天一早就被送到了特护病房，不要说再来看望大家了，连能不能下地都说不好了。薛新雨听了难过又感动，当然也有几分遗憾。

虽然今天男队只赢了一盘，但毕竟破冰了，让队友的压力陡减，而女队更是出人意料地取得了满堂红。于是，餐厅里热闹非凡，笑语盈耳，一扫昨日的阴霾。更让人羡慕的是，饭后还来了一位新闻记者，说明天报纸上要出一个专题，特地来采访表现优异的薛、史二人。

来到了会议室后，记者按照惯例，要请他们谈一谈比赛感想，尤其是要深挖一下获胜的思想根源。史幽红是集训队中公认的才女，还在晚报发表过诗歌小品，唯独不会应付这种问题，连那些普通人耳熟能详的套话也说得磕磕巴巴，倒把自己窘得满脸绯红；而薛新雨就乖觉多了，马上说我们男女队之间一向团结互助，尤其是昨晚她们对自己的热情鼓励，是自己能够打败川口的巨大动力。为此，他还讲了不少生动情节，其中当然不乏添油加醋之处，让史幽红听了一愣一愣的。可是记者听了却兴奋不已，把每一个细节都认真记录了下来，还说这些故事太鲜活了，是集体主义精神放光芒的一个典型例子。

"你怎么随口就瞎编呢？你刚来的那天，我和你的确下了一盘让子棋，可那是入门的考试，不是一般人所说的指导棋。听你这么一说，人家还以为你的棋是我手把手教出来的呢？"一出门之后，史幽红就埋怨了起来。

"记者当然不明白，可读者又有几个明白呢？人家今天采访的主角是你，我不过是个添头而已。你们女队为男队助威，那是真正的雪中送炭；

而我替你加码上料,不过是锦上添花而已,就算是礼尚往来吧!像你以前说的一样,我们又扯平了!"薛新雨笑着回答道。

史幽红听了,若有所思地点了点头,又说:"你以后不要太夸张了,小心说错了什么,给自己惹来麻烦。"见她第一次关心起了自己的安危,薛新雨心头雀跃,又见陆鸣不知去向,就邀请她一起去俱乐部的咖啡厅坐一坐。

"我听说,这里是全北京唯一一家可口可乐售卖点,而且从不对外开放。要不是这次参赛,我们还没有机会尝一口呢!不过,我听爸爸说过,新中国成立前他曾经喝过几次可乐,味道很苦,就像中药一样,一点儿也不'可口'。"

可是史幽红推辞了,借口当然是酒精饮料容易让人兴奋,不利于休息和备战。

"我看你刚赢了一盘,似乎有点儿烧包了,小心明天栽跟头!"刚说完之后,她又觉得太不吉利了,何况人家请客也是好意,未必存心要取陆鸣而代之。于是,她马上更正说:"你只要把劲头放到比赛上,就一定能够再创佳绩。"

"我知道,你只要用心做什么事,就一定能让人刮目相看。就像那幅《竞赛之后》,画得真好看——每个女队员都夸好看。谢谢你!"

史幽红的安抚起了相反的作用,让薛新雨一夜都没睡好。显然,她已经看过了那幅《竞赛之后》,作为薛新雨精心描摹和刻意取悦的主角,她之前为什么装出一副浑不在意的模样呢?想到这里,薛新雨竟然悁恨起了冯晓白:起什么名字不好,偏偏给画起了这么一个晦气的名字,似乎是讽刺自己在这场爱情的竞赛之中成了马后炮。

史幽红夸自己画得好,究竟是真的很欣赏,还是仅仅对失意者的安抚?也许,现在还不到绝望的时候,因为那幅画就一直挂在女队员宿舍的墙壁上,史幽红每天低头不见抬头见。于是,薛新雨又发了呆念:

"她什么时候会回心转意呢?也许,就在那只凤蝶落下来的时候吧?"

可是画中的蝴蝶不遵守自由落体规律,不会自动下来嗅姑娘的发香,这该怎么办呢?薛新雨还没有想停当,但他的辗转反侧,已经害得同室的宋大洋也睡不着觉。

"你小子白天出风头不够，晚上还要抽风？"

薛新雨反正也睡不着，见他开口，干脆搭腔聊了起来。当然，话题只有一个："大宋，你年纪比我大，谈过恋爱了吗？"

这一下可算是挠到了宋大洋的痒处，立即把自己总结的恋爱经验——不是经验，因为他连女人的手都没有摸过向薛新雨和盘托出。一种是开门见山，直截了当，让对方无可回避，只能乖乖就范；一种是欲擒故纵，假装伴伴不睬，若即若离，让对方主动投怀送抱；一种是剥笋法，如果直接进攻难度太大，就先从她身边的闺友开始进攻，这样就获得了亲近的机会，一旦时机成熟，就果断跳槽；一种是放长线钓大鱼，不去追逐那些招蜂引蝶的名花，而是盯着还没有成熟的蓓蕾，悉心浇灌，等鲜花盛开之时，已经非园丁莫属了；甚至还有一种是李代桃僵，听起来非常复杂，已经属于三角恋的范畴了。

"那么，哪一种最有效呢？"薛新雨听了半天，似乎都用不到自己身上。

"老弟，结婚前的女人是水做的，结婚后的女人是水泥做的。要是你手上钱多，那简直就成了钢筋混凝土！"宋大洋又卖弄了一段，才说出了一句让薛新雨脸红耳赤的话：

"其实，真正管用的就一句话：你只要把她哄上了床，就再也跑不掉了！"

薛新雨虽然一夜未曾好好入眠，第二天，精神反而更显抖擞了。今天的对手是片山健硕六段。这个人名不符实，不在于他的棋力而是体型，与"健硕"一点儿边也扯不上。但是，双方甫一交手，薛新雨就想："坏了，今天竟然碰上了个数学家，而且还是一个喜欢几何的！"因为片山健硕最喜欢小尖小飞了，左一个三角右一个菱形，仿佛进了珠宝店，水晶、玛瑙、金刚石全摆出来了，乍一看和陆家精巧的"玲珑塔"有得一比。但是，人家的每一个棱角可都是开了刃的，像阿拉伯人的圆月弯刀一样，碰一下就要你皮开肉绽。

因为不知道对方虚实，所以薛新雨落子很慢；而片山也知道薛新雨昨天击败了上手的川口，更加小心翼翼。中午封盘的时候，才下了不过三十多手。下午继续，薛新雨渐渐找到了对方的罩门，那就是小尖虽然是围棋中最坚实的手法，但是却像龟步一样，容易拖慢自己的行棋速度。于是，他开始有意识地避免与对方短兵相接，而是玩儿起了远弓长矛，在一定距离上给予对方有效的杀伤。果然，片山虽然处处都占上风，但是整体显得局促又凝滞，没有多少发挥的空间；而薛新雨却大开大合，形成了雄厚的外势。进入官子之后，片山虽然拼命搜刮，可是双方的差距依然保持在十目以上。眼看大势已去，片山只好弃子认输了。

复盘之后，薛新雨兴高采烈地走出了对局室。他以为这一定是最早结束的一局了，没想到却在门外碰到了垂头丧气的冯晓白。原来，他已经输给了梅泽志博。薛新雨这下可真有点儿诧异了，因为冯晓白的实力与自己在伯仲之间，即使不敌，也不该表现得如此不济呀。他拿过棋谱看了半天，没发现梅泽志博有什么邪门之处，每一子都平淡无奇，看不出有什么高明。但全盘看下来，冯晓白却一点儿机会也没有。

不知道人家是怎么赢自己的，这才是真正让人感到可怕的地方。除了诡异的风格之外，这个年轻人在棋盘之外也很另类，用北京话来说就是"隔路"。虽然语言不通，但中日双方棋手见了面，起码也能点头微笑表达友善之情，更不要说宫田荣树那样自来熟的乐天派了。可梅泽志博不但不苟言笑，甚至连赛前礼节性的握手也显得很不情愿，指尖碰一下就立马缩回去了，像条敏感的章鱼。

宋大洋在比赛中是个跑龙套的角色，可是在这个问题上却旁观者清，他发现了又一个奇怪的地方：

"你们难道没有察觉吗？日本方面似乎特别注意梅泽志博的表现，对他的关注度超过了任何一个选手！"

果然，不要说藤原正雄每天第一个必然翻看梅泽的比赛棋谱了，甚至在比赛进行当中，宫田也会抽空跑过来看一下他的比赛。从翻译那里得知，原来这个梅泽志博也出于藤原门下，而且是关门弟子。大家一听，这才感到释然了，因为在任何家庭中，小儿子总能得到特殊的关照。藤原一生桃李满天下，当然不希望最后一朵结出个烂桃来。

但是，薛新雨很快就发现，关注梅泽志博的并不止日本人，至少还有一个中国人，那就是自己的父亲薛平湖。

作为一个赋闲老人，薛平湖唯一的牵挂当然应该是独子了，可是他的目光却始终在梅泽志博的身上游移，忧伤的眼神中分明又带有一丝欣慰和希冀。薛新雨还发现了，自己用奖金买的那台海鸥牌照相机也挂在了父亲的脖子上。这种年轻人热衷的玩意儿，父亲以前是根本不会碰的，现在却成了他的随身宝贝。

薛新雨的猜测正没有头绪，突然袁招娣跑来了，说队里的领导叫他过去一趟。薛新雨想二连胜虽然不值得通报嘉奖，但是口头表扬一下也是应该的。可是万没想到，他一走进了领队的房间，就看到了史瑞虎那张铁青的脸。只听"啪"的一声，一张报纸就摔到了薛新雨的面前。

"你们薛家还要不要脸了？"

薛新雨不明他为什么暴跳如雷，小心将报纸捡了起来。原来，上面有半个版是昨晚记者采访后发的新闻特稿。薛新雨扫了一眼大字标题，除了"携手迎来新突破"中的"携手"二字只是自己单方面的希望外，并没有发现什么不妥。他接着看了下去，只见一行不起眼的黑体字被人用红笔重重勾勒了出来。薛新雨一看就暗叫糟了，因为称自己"第一个战胜了日本职业棋手"。可是谁都知道，史幽红取得开门红比他要早一天，对手寺岛多加子五段也是正宗的日本棋院在册棋手。虽然在日本，几乎没有女子把下棋当做终身职业的。

薛新雨心中着忙，口中勉强争辩道："这是记者写的，我根本就没有说过这样的话。不信，史幽红可以为我作证。"

史瑞虎当然不信，但也不愿意去求证女儿，只是"嘿嘿"冷笑不已。陆德言也突然变了一张脸，指责薛新雨无组织无纪律，破坏了全队的团结，显然是被个人英雄主义冲昏了头脑，要他连夜写一份检讨，态度要认真，认识要深刻，一定要触及灵魂深处，否则的话休想过关。

可是没想到的是，他这么一吓，薛新雨反而冷静了下来，开始振振有词地反驳起来了：

"我只是一个普通队员，就算说了什么过头话，按照采访的工作程序，发稿之前一定会征求单位领导的意见。你们不对底稿表态，报社怎么会轻易发表出来呢？"

陆德言和史瑞虎被他一呛，倒面面相觑起来。这个小薛可真不像老薛，竟敢当面顶撞起领导来了！可要细究下来，他说的还真是实情。昨天晚上记者完稿之后，确实来找过陆德言。可是他匆忙一看，见满纸跳动的都是褒义词，就随手签了字。见两位领导都沉默了，薛新雨反而得理不饶人了：

"如果领导们认定我违反了纪律，那么处分也好，开除也好，我都无所谓，只求你们能让我安安静静把后面两局下完！"

薛新雨气呼呼摔门而出，一头就撞见了携手而来的史幽红和陆鸣。一见到了他，两人的手马上就松开了。薛新雨见此情景，顿时心如寒冰，万念俱灰，觉得自己的命真是太苦了，越要弥合裂隙，却总是适得其反。史幽红今天又赢了小林莉香业余二段，心里美滋滋的，见了薛新雨，先欢快地打了声招呼，然后笑盈盈地说道：

"你今天又赢了，可不是借了我的吉言吗？这一次，你又欠我的了，该怎么感谢呢？"

可是，薛新雨却冷冷回了一句："我连'希望杯'的冠军都可以拱手让出，怎会有心和你争什么第一呢？"

说完之后，他就拂袖而去，弄得史幽红尴尬不已。昨天晚上，薛新雨还是满口甜言蜜语，当着记者的面把自己吹成了棋界仙葩，又要请客谈心，怎么转眼之间就翻脸了？看来，这家伙生性轻躁，喜怒无常，当初没选中他真是太正确了。否则的话，光冲着这些没头没脑的话，就能把自己给气死了。

最终，薛新雨没有写一个字的检讨，而陆德言也没有再提起这档子事。他的第四个对手，是日本选手中段位最高也是年纪最大的北村孝服九段，绰号为"尺子"。这个尺子当然不是为人量体裁衣的，而是给对手评定等级的。有意思的是，北村虽然与藤原师徒交锋鲜有胜绩，但与普通棋手的比赛中却难得一败，所以总胜率常常超过了如日中天的冈村保义和所向披靡的宫田荣树，多次获得日本年度的"胜率赏"，可见其状态之平稳，功底之扎实。所以在日本棋界，北村就像六大棋战的忠实看门狗一样，凡是能够击败自己的棋手，就具备了打入循环圈的水平，反之则要继续在清苦中煎熬。

和这样的老将相比，薛新雨虽然冲劲十足，但经验尚显稚嫩，加上心情恶劣，也影响了发挥，所以布局阶段就犯了一个定式的错误，让对方轻松取得了优势。到了中盘之后，薛新雨奋起反击，四处点火，但是北村不为所动，简单定型之后，就将优势转化为了不可动摇的胜势。薛新雨勉强追赶，在官子阶段捞回了一些，可最后还是输了三又四分之三子。

薛新雨虽然败了，但中方依然延续了他开创的每轮赢一局的惯例。黄子武鏖战十个小时，打赢了一个天下大劫，最终战胜了古鹤锦次郎七段。

赛后抽签。真是无巧不巧，薛新雨的最后一个对手竟然是梅泽志博。他将前四轮队友与梅泽的棋谱全搜罗了，然后一个人躲在房间中苦思冥想。天快黑了，他没有找到战胜对手的点子，却想起了一个如何探知父亲秘密的方法。于是，他一溜小跑来到了俱乐部的综合服务部，问是否有薛平湖送来冲洗的照片。中日围棋对抗赛是俱乐部当前的重头戏，几天下来，这里每个人都认识薛家父子。一查之下，果然送来的三卷都已经冲好了。薛新雨匆匆一翻，果不其然，十张中倒有七张是那个梅泽志博的，拍摄地点也不仅限于赛场，还包括了会议室、餐厅、走廊甚至阳台。

这个梅泽志博究竟是何方神圣，竟然让父亲这样端方的老夫子也甘愿去当个盯梢的？薛新雨想不明白，却假装惊叫了一声，对营业员说："真不好意思，今天忘了带钱了，这些胶卷还是请你重新装回去，明天让父亲自己来取好了。"

他正要返回住处，却一眼瞥见了张红芳和舒梅。只见夕阳之下，她们正坐在花园走廊的竹椅上闲谈。薛新雨悄悄走过去，突然吹了声口哨，将两人吓了一大跳。

"你诈尸啊！人家不开心，你还没心没肺地捣蛋！"张红芳张口就骂了两句。可是，薛新雨听了一点儿也不恼。

"你们今天又赢了个三比一，难道还不满足吗？人家老的老，小的小，可是和你们一样都是长头发的女人，总剃光头多不好看呀！"

张红芳听了一撇嘴，说下一轮当尼姑的可就是我们了。见薛新雨不明白，舒梅才告诉他，说陆领队饭前召集女队员们谈了很长时间的话，嘴上绕来绕去，什么也不明说，可那意思却再清楚不过了：前四轮女队赢太多了，让对方下不了台，为了发扬"友谊第一，比赛第二"的精神，最后一轮要求全输！

薛新雨愣了半天，几乎不相信自己的耳朵，最后却怒极反笑了："陆副领队真是多此一举！要说输棋的话，他自己的宝贝儿子早就做到了，何必要你们来帮忙呢？"

舒梅不觉笑了，不是笑陆鸣四战全败的惨样，而是笑薛新雨自己：如今全队上下几十号人，只有他在称呼陆德言的时候，还不肯去掉那个"副"字，可见彼此心结之深。可是听他这么一调侃，本来也不大情愿的张红芳反倒有点儿退缩了：

"好了好了，少贫嘴了！我想通了，不过一轮而已，输就输了吧！反正总分我们铁定赢了。再说了，你自己不也故意输过棋吗？"原来，天下没有不透风的墙。"希望杯"最后决战中那一盘蹊跷无比的双败之局，以及今天戚、黄二人对薛新雨非同一般的亲热，黄子武已经邀请他在十一的婚礼上给自己当伴郎，都让有心人猜出了端倪。

不过，她的话没有让薛新雨心平，反而勾起了他积压的万千情思，现在忍不住要一吐为快了：

"你说得没错，我是故意输棋了！在我看来，围棋不是冷冰冰的，而是有血有肉有生命的。为了博人一笑，可以输棋；为了救人一命，更应当输棋！总之，赢要赢得漂亮，输要输得精彩，才不枉了这一生一世！"

舒梅听了脸色黯淡，露出了不忍又不解的神情。张红芳却白了他一眼，说："你这个人可真够傻的，不但输了棋，人也没有赢回来，弄了个鸡飞蛋打，连我们这些旁观的人都替你惋惜。"薛新雨一听，更加纵声大笑了起来，只是笑声中多了几分酸苦：

"我这个人不是傻，而是痴。你们知道痴和傻的区别吗？痴是一种状态，无论她喜欢还是厌憎，我都一往情深无怨无悔，甚至一点儿也不妒忌那个情敌。因为在我的心中，她永远只属于自己。而傻是一种心态，她明知道自己爱上的男人不是个东西，却假装看不见听不见，甚至害怕被别人点破，这才真叫傻呢！"

"不听了不听了！你说话和醉鬼一样，总是一开始好言好语，然后夹枪带棒，最后就是胡言乱语，不知所云了。"张红芳说完之后，就扭过头去不理他了。而舒梅的神色却又窘又急，眼睛直盯着薛新雨的身后。他奇怪了，回头一看，不知什么时候史幽红也来了，一直站在葡萄架下默然静听，几乎和暮色融为一体。薛新雨呆了一会儿，才突然醒悟了过来，像补救一样说了一句：

"我——我不是在说你。"

"可你已经说了。"史幽红淡淡说了一句，就转身走了。

薛新雨很是后悔，觉得自己的内心隐秘全被史幽红知晓了，不免有点儿空虚；可是又想到在不经意间，向她表白了心迹，史幽红知道自己人畜无害，不起歹心，今后也就不会总回避自己了，心中又高兴了。回到了住处，薛新雨正在犹豫要不要将女队被勒令输棋的消息透露给同伴，却见他们个个咬牙切齿，义愤填膺。原来，这项工作已经由黄子武代劳了。现在，连一向胆小怕事的冯晓白也被激怒了：

"女队可以不败而败，但是我们男队明知不胜也要拼命去争胜。即使被打断了骨头，也要咬下对手一块肉来！"

在这个意外的刺激下，最后一轮比赛，男队员们超常发挥，竟然取得了三胜五负的单轮最佳成绩。张乘龙击败了熊谷千和七段，林家亮击败了黑木多喜六段，最让人想不到的是，冯晓白竟然赢了实力强大的北村孝服九段，可见老实人要是发了火，那可不是一般的烈。

但薛新雨依然没能越过梅泽志博这道坎。从见面的第一秒起，他就感到了一股冷气扑面而来。从相貌上看，梅泽志博眼圆口方，眉直鼻正，虽说不是个美男子，但个头很高，也是一个挺拔青年。这些天来，薛新雨已经见识了日本棋手的各色神情，有真诚里夹带着的轻慢，有热情中洋溢出的嚣张，有恭谨里隐含着的鄙夷，可是这个梅泽干脆什么表情也没有，就像一尊放在椅子上的木雕。

一开始，局势看上去还算风平浪静，薛新雨的黑棋就像一条出海的航船，等待着风暴乍起的那一刻。可是航程渐远，天上依然是晴空丽日，不见云翳。正在庆幸之时，却发现脚下的船板渗水了，而且越堵越漏，最终樯倾楫摧，葬身碧波。在棋坛上，很多强手以力压人，让你无路可走，或者只能乖乖按照他划定的路线走。这个梅泽就仁慈多了，每到一个关键的节点，他总是给你两个以上的选择。但一次次选下来，你就成了一只歧路羔羊，最终逃不了落入狼口的命运。

这大半年来，薛新雨和同伴们几乎天天打日本棋谱，对几位高手的钻研各有深浅，但其风格都已熟稔在胸。大家经常开玩笑，说"藤原道场"看起来简直就是个动物园：藤原正雄是象，这里面包含了两层意思，一是大象无形，其境界之高不可蠡测；二是大象厚重而不粗陋，强大而不耀威，象鼻能察秋毫之末，又能举万钧之木，是真正的原野之王。冈村保义是虎，色泽斑斓，爱惜皮毛；天性高傲，不合与群；穿林渡水，姿态优雅；非活不食，一击必中。宫田荣树是龙，一旦腾飞在天，纵有万丈长缨在手，也只能徒唤奈何。而这个梅泽志博呢，简直就像是一条竹叶青蛇，只需要瞅准机会轻轻咬上对手一口，似乎不痛不痒，但毒性已经侵入了五脏六腑，你越是挣扎就衰竭得越快。剩下唯一要做的工作，就是尾随而去，直到你神经麻痹、四肢瘫痪、自行倒毙。

如此一来，首次中日围棋对抗赛的总比分就定格在了六比三十四。单从成绩上看，中方可谓是惨不忍睹。但值得欣慰的是，八名中方参赛选手中，有五人有了战胜日本职业棋手的经历，这对一支年轻队伍来说尤为可贵。

而真正让人惊异的却是女队，最后一轮她们虎头蛇尾，成绩是一胜三负。而那个公然抗命赢棋的不是别人，正是史幽红。

一连几天，薛新雨都在暗中揣测：她为什么要这么做？也许，在听了自己扭曲变态的输棋观之后，她要给薛新雨展示一下什么才是正确的赢棋观？也许，她是恃宠而骄，因为陆德言再阴险，也断然不会打击报复自己未来的儿媳？也许，事情根本就没有他想得那么复杂，因为日方在赛前设了优胜奖，准备奖给每位五战全胜的棋手十万日元。按照当时的规定，这笔钱当然大部分要交公，但落入个人腰包的部分，要置办一份丰厚的嫁妆也绰绰有余了。

在闭幕式上，三位获得全胜的选手一起登台领奖。宫田荣树展现了君子风度，彬彬有礼地将史幽红让到了中央位置。另一边的梅泽志博却神情漠然，似乎站在身边的不是一个活色生香的美女，而是摆在商场中的一具人体模型。

晚上，中方举办了送别的晚宴。觥筹交错之中，宫田荣树提议要高歌一曲，可是东寻西找之后，才发现中国俱乐部中并没有日本酒肆已经普及的卡拉OK，只好清唱了一首《飘雪》；而薛新雨这才知道他竟然出过唱片，更是敬佩不已。瞧瞧，人家才是货真价实的多栖大明星！其实在日本，任何一个人只要给音像公司支付一笔钱，就可以为自己灌一张唱片了。当然，它们绝大多数只能沉淀在亲友的柜底。

没想到宫田的涉猎范围远不止于此。薛新雨正在自惭形秽之时，他已经一手端着酒杯一手拿着一个纸包来到了自己面前：

"薛君，你是本次碰到的最强的对手，我送你一本书。"

薛新雨大吃了一惊——严格来说是三惊：一是宫田说了一口流利的汉语；二是宫田竟然能够著书立说；三是他如此抬高自己，真让人有点儿受宠若惊。薛新雨接过来一看，书名叫《自然之风》。他疑心宫田参加了环保组织或者投资了风力发电厂，翻开一看，却是一本宫田自选的对局集锦。他心里很奇怪，宫田这个人恣肆飞扬，怎么选择这么一个毫无霸气的名字呢？

宫田看到了薛新雨脸上的困惑，说："人家都叫我'太空流'，实际上我更愿意被称为'自然流'。每一次对局之前，我都没有做什么特别的准备，一切完全是临场发挥，率性而为。"据说很多年前，藤原正雄曾经问门下弟子们一个问题：星位的最大隐患在哪里？绝大多数人的回答都是"三三"，因为星位太高，容易被对手掏去实地。唯有年仅十二岁的宫田荣树回答说是"五五"，其"大鹏展翅恨天低"的个性可见一斑。

听了宫田的见解，薛新雨连连点头，表示自己受益匪浅。但他心里深知：宫田的"太空流"也许可以抑制，也许可以击破，唯独不可以模仿。"画虎不成反类犬"的道理，在哪里都是通用的。

总之，薛新雨对宫田荣树产生了浓厚的好感。但是，谁也没有想到的是，今天这个晚宴的主旋律不是惺惺相惜，而是针锋相对。

当全场气氛达到最高潮的时候，藤原正雄又一次起身发言，他先猛夸了一通手中的中国白酒，说比日本的清酒要浓烈香醇多了，然后话锋一转，说出了自己的心声：

"我希望在有生之年，能够亲眼看到中国围棋军团和日本围棋军团在蒙古大草原上举行一次大决战，看看谁才是真正的'亚洲之王'！"

此言一出，现场突然安静了下来。集训队中的年轻人大多生在五六十年代，他们不了解藤原这段话中包含了怎样的情结，而中方那些历经沧桑的前辈们，却在这个关键的时刻面面相觑，哑然失声。这时候，从宴会厅的角落中突然传来了一个苍老而高亢的声音：

"同意，主场就这么定了。客场可以放在琉球群岛，让我们在东海来一场大决战！"

众人目光齐刷刷望去，只见一位老人身影如鹤，须眉如雪，目光如电，臂指如戈，正是早就淡出人们视线的前国手薛平湖。

从这一问一答中，薛新雨突然明白了什么。他第一次发现，父亲的形象竟然如此高大巍然。在这个关乎家国荣辱的时刻，他的怕事、顺从、牢骚、自怜全都不见了，露出柔弱外表下壮怀激烈的胆色。

听了翻译的转述，藤原正雄霍然变色。从这一刻起直到离境，他几乎一言不发。

09　明月不归沉碧海

第二天，与日本代表团告别之后，集训队员们又返回了东华观。一路上，他们就没有停过嘴。有的说："日本人好气派，迎来送往都是带空调的豪华包车，不像我们坐这种哐当作响的老破车。"有的说："人家虽然口头上从不说什么大道理，却比我们敬业多了，下输了一盘棋，那副痛不欲生的样子，差一点儿就要切腹自杀了。"有的打听那种三洋牌的小录音机多少钱，感慨地说："自己一辈子挣的工资也未必能够买下一台，可见日本比我们要先进了不知多少倍。"当然，除了这些浅显的羡慕和隐含的牢骚之外，他们表达最多的还是沮丧之情：

"古人不行了，我们就学洋人，可是现在才发现，你鸟枪换炮了，人家已经用上了导弹！"

"也许我们这种上大课的集训方式不对。我听说，藤原正雄虽然每天都教弟子下棋，但是从不强迫他们追随自己的风格，而是鼓励创新求变，甚至不认为自己说的就一定是真理，所以他的弟子们风格迥异，几乎看不出是从一家子里出来的。"

"没错，人家是'龙生九子，子子不同'。即使看起来是个王八，也能腾云驾雾。我看我们就是黄鼠狼下耗子，一窝不如一窝，没什么希望了！"

看他们气馁到了这种地步，女队员们倒有点儿不忿了，说："输就输了，干吗垂头丧气得像一群被打断了脊梁的狗？我们最瞧不起的，就是没骨气的男人了。"这时候，冯晓白突然冷笑了一声，反驳道：

"我们是没有骨气，可是你们女队也没资格说硬话。上面放了一个屁，连个正式通知也没有看到，你们不也乖乖放水了吗？说起来，我们不过是打了败仗，你们干脆是缴械投降了。大家评一评理，哪一种更可耻？"

此言一出，正戳中了女队员们的痛处。舒梅满脸涨红，不作一声，张红芳强辩说你怎么知道我们是故意输的？没有证据就不要胡乱猜测。戚玉秀本来就视陆家父子为平生最大的仇人，看到陆鸣也在车上，就借题发挥道："你们男队不争气，就不要拿我们女队开涮了！我们什么后台也没有，万一要得罪了人，一个报告打上去，我们可是担当不起哟！"

一句话说完，她就后悔了，因为这句话未必能让陆鸣羞愧，却伤到了自己的好友史幽红。没想到的是，史幽红没有维护男朋友的颜面，反倒破天荒夸起了薛新雨，说："你们男队也用不着那么妄自菲薄，至少小薛制定的赛前方案就获得了很大成功。'摸清实力'，你们第一轮不是全输了吗？这就是实力上的差距；'稳扎稳打'，后面三轮至少赢一局，为自己提振了信心，没让对手太痛快；'先弱后强'，虽然事先错把梅泽志博这个硬核桃当成了软柿子，可是不也在黑木、片山和古鹤这几个中流棋手身上取得了突破吗？'最后反攻'，你们最后一轮赢了三局，连对方唯一出场的九段也打落马下，难道还不满意吗？"

从最后一轮赢棋的那一刻起，史幽红就敏锐地觉察到了三位队友对自己的不满，甚至连戚玉秀也有了疏离之感。这可不行，史幽红必须给她们一个合理的交代。否则的话，今天陆鸣看似左右逢源而实际上处处被孤立的处境，明天就会发生在自己身上了。弄不好，还要贴上一张陆家儿媳的标签。作为一个刚涉足爱河的少女，史幽红本能地拒绝将两人的情感和两家的关系挂上钩来。何况，陆鸣究竟是个什么样的人，还算得上是言人人殊，尤其是在女队员这边，褒贬比例是一半对一半；可是他的父亲陆德言的种种做派，连史幽红自己见了都要忍不住摇头。

看到男队员们气平了一点，她又开始安抚起了另一边的战友："那天，陆领队确实对我们讲了一番话，也特别强调了'友谊第一，比赛第二'的原则。这个道理，我们谁都明白，可是日本人并不明白呀！看她们一个个不要命的架势，如果我输了，那不就让她们得意了吗？那不就让她们以为'比赛第一'是完全正确的了吗？所以，为了让对方尽早破除这种错误的观念，我一定要赢下来！"

这一番话说出来，大家都没词了。薛新雨更是点头连连，承认史幽红虽然不惯于说场面话，但是政策水平其实比自己高多了。不过，车里才安静了一会儿，他还是把话题拉了回来：

"无论怎样，如果继续跟在日本棋手屁股后面亦步亦趋，也许能够赢一些次要的比赛，打败一些二流的选手。但是，围棋毕竟是一项个人竞技，不凭人多力量大，倘若我们始终不能打垮藤原道场，那么中国围棋就要永远被踩在人家脚下。"薛新雨说到这里，又突发奇想，加上了一句连自己也不太自信的话：

"也许——我们也可以创造出一种新的布局来。"

听了他的话，全车的人都感到稀奇，因为之前从未有任何人提过这样大胆的建议。于是，激烈的争论声又响起来了。不过双方吵来吵去，最终又演化成了民族至上主义和民族虚无主义的经典段子：

"这怎么可能吗？我们现在连站都站不稳，更不要说跑了，怎么能超过一个百米冠军呢？纯粹是痴心妄想！"

"为什么不可能呢？围棋不也是我们中国人发明的吗？日本人也是一个鼻子两只眼，他们能做到的，我们怎么就做不到呢？"

"最烦你这样的人了，一说什么，动不动就把老祖宗的牌位抬出来！睁眼看看世界吧，有几个人愿意听你扯'四大发明'的老皇历？"

"你这是崇洋媚外的思想！自力更生是革命事业胜利的法宝。你们等着瞧吧，只要我们敢想敢干，就一定能够把新布局搞出来！"

不过，回到了东华观之后，集训队眼下最重要的工作并不是开创新局，而是为新人布置新房。

戚玉秀与黄子武的小家，安排在了介于男女队员宿舍之间的文昌阁中。由于空间太大，所以中间砌上一堵墙，再用隔板一分为二，就成了前客后卧的两居室。由于是集训队中的第一对新人，加上又是患难夫妻，所以大多数人都赶来帮忙了。其中出力最多的要算宋大洋了，在薛新雨的居中调停下，他和黄子武已经摒弃前嫌，带着几个人干最要紧的一项工作：打家具。东华观周边的山林中大树不少，那个时代的年轻人阅历丰富，锯、刨、削、磨样样都会，连王富军也做了一个船上常见的帆布躺椅。薛新雨既没有大力也没有技术，这个业余画家只好屈尊做了一个油漆匠兼粉刷工，林家亮给他打下手。为了防止油漆石灰沾到头发上，他俩用牛皮纸给自己糊了顶高帽子，还从医务室那里讨来了白大褂。走到哪里，都引起了一阵笑声。

"小薛，你又犯了什么错误，被抓起来游街了？"这是男队员的调笑。相比之下，女队员的联想就丰富多了：

"哎呀，你们一个小白脸，一个小黑脸，简直就是阴间跑出来的黑白无常，夜里见了能吓晕了人！"

新人的伴郎已经确定是薛新雨了，而伴娘呢，戚玉秀当然属意史幽红。可是，史幽红却像当初死活不肯当道姑一样，只肯替新娘梳洗打扮，却不愿意在众人面前出现在她的身边。在戚玉秀看来，她可能是怕夺了自己的风头；在黄子武眼中，绝对是陆鸣这个仇敌在背后捣鬼的缘故；而在薛新雨看来，不过是史幽红不想给自己一个想入非非的机会而已。

但是，集训队经过调整之后，女队员的比例大幅下降，连两个宿舍都住不满了。而在适龄的青年中，本来李爱琴人缘好，可是因为冯晓白的缘故，请谁也不能请她呀！张红芳和戚玉秀交情一般，而且她的个头高挑如一丈青，反衬得黄子武成了矮脚虎，实在有碍观瞻。至于袁招娣，那就更不值得一提了。最后，舒梅又一次当上了"救火队员"。

在当时，婚礼不仅仅是个人的喜事，也是为祖国建设大业添砖加瓦的一个前奏。所以，按照一切从简的原则；两位新人的正装没有什么好选择的，能够弄到一套军装尤其是带四个兜的就再时髦不过了，伴郎、伴娘就更不在话下了。但是，为了协调一致，薛新雨还是要找舒梅商量商量，最好能够事先演示一下。

9月底的一天，日暖风轻，在文昌阁外的小亭子里，薛新雨和舒梅约好见面了。从第一眼起，薛新雨就大吃了一惊，倒不是因为舒梅今天穿了一件非常少见的黑红格子镶金线外衣，而是因为她恍然间完全变了一个人，不但长高了一个头，而且稚气大减，少女的春色悄然浸润了每一寸肌肤，连顾盼之间，目光也闪动着水波一样的光泽。

"我没有什么好衣服，这一件是秦叔叔从广东寄来的。听说不是国产货。"见薛新雨目不转睛地盯着自己，舒梅显得有点儿娇羞。

"秦领队在的时候，我没觉得怎么好，有时候还怪他这个笑他那个的；

等他走了，才知道有时候外行管内行还真有道理！"薛新雨听她提到了秦双河，禁不住感慨道。

可是舒梅来这里并不要听他对秦队长的赞美，而是要让薛新雨看看自己到底有多美。于是，他们搬来了还没装上去的落地穿衣镜，像合拍照片一样凑到了一起。舒梅跷起了脚，才勉强够到了薛新雨的肩膀。

"我们般配吗？"

"当然了，一只漂亮的梅花鹿旁边站着一头呆骆驼，谁说不般配呢？"

舒梅一听心里美滋滋的，说你嘴上这么夸，谁知道心里是不是这么想？话说到此本来就该打住了，可是薛新雨自己犯贱，又笑着加上了一句：

"我心里想的是一只金钱豹，可是你能同意吗？"

舒梅一听，尖叫一声，咬牙扑了过来，说："那太好了，我不把你身上咬出几个窟窿来誓不罢休。"空地无处跑，薛新雨就在亭子的柱子间绕来绕去。两人追逐成一团，薛新雨见她已经气喘吁吁，又怕不小心让钉子扯破了衣服，那可就乐极生悲了，于是故意放慢了脚步。舒梅身小体轻，又冲得太猛，竟然一下子扑到了薛新雨的脊背上。她怕摔出去，情急之下双臂一下子搂住了他的脖子。恰在此时，史幽红前来送油灯蜡烛等物品，因为文昌阁现在还不通电，看见了这一幕骑猴闹剧，顿时怔在那里，一步也迈不出去了。舒梅已经不是个懵懂小孩了，知道刚才的动作太孟浪了，马上溜了下来，讪讪问了一声好。薛新雨见状，赶紧没话找话，说了一句：

"你真是想得周到，新婚之夜，点上蜡烛多有情调啊！"

"人家结婚，你发什么春劲儿呢？"史幽红冷笑了一声，露出鄙夷的神色。

舒梅听了低下了头，什么也没有说，可是愠怒之色却浮现脸上。薛新雨也觉察到了，很是替她不平：戚玉秀好意请你当伴娘，你却推三阻四不肯来，偏对舒梅挑刺，这算什么事儿呀？

正在这时，宋大洋要安装大衣柜，却发现镶嵌在表面的那面镜子不见了，就出了新房来找，远远见三人干站在那里，中间是一道阳光反射出的菱形白光，正是自己要找的那块镜子。他不明前因，就随口叫了一声：

"又不是块照妖镜，你们围着看什么？"

没想到他这无心一问，竟然点中了三人各自心中的鬼，于是匆匆散去了。史幽红离开之后，连续几天都闷闷不乐。她在恨自己，怎么能脱口说出那么一句没风度的话呢？自己既然已经属意了陆鸣，而且从来也没有摇摆过，可是为什么一看到别人喜欢薛新雨，就难以抑制住激动的情绪呢？

想来想去，她认为找到了正确的答案：那一幕的发生，完全是可笑的虚荣心在作祟。薛新雨不是自己的私产，他今天可以喜欢自己，明天当然也可以爱上别人，而这样的潜在候选人，在东华观内外大把存在。随即，她又鄙视起了自己，别人犹可，怎么会妒忌起舒梅呢？毕竟从进入集训队到现在，这个孤苦无依的小妹妹一直是大家关怀的中心。当然，她心里又不得不承认，舒梅天生灵秀可爱，如今又出落得亭亭玉立。不过多久，一定会成为男队员们瞩目的新焦点。更重要的是，她的性情温柔和顺，可比自己强多了。

一长串"劈啪"作响的爆竹揭开了婚礼的序幕。大清早，黄子武在伙伴们的簇拥下，来到了玉仙庵叩门，可是女队员们不放已经打扮停当的戚玉秀出来，非要新郎证明自己的真心才肯罢休，似乎以前的那些波折还不够似的。闹到太阳升高了，她们才将新娘送到了新房中，后面还抬着她的嫁妆——裹着红绸子的蝴蝶牌缝纫机，那是她得冠军的奖金。

按照新式婚礼的要求，双方不进行拜堂，仅仅向来宾鞠个躬就可以了。但是，为了显示隆重正式一点儿，尽管双方父母都没有出席，也需要临时找人来充当家长。而这样的角色，不是谁都能当也不是谁都肯当的。于是，食堂的厨娘就成了娘家人，而薛平湖则成了婆家代表。热闹了几天之后，一切又归于平静。随着天气转冷，集训队员们又恢复了训练、吃饭、就寝的三点一线，只是薛新雨偶尔还要岔出一头，去向父亲问安。薛平湖年纪大了，也不太习惯北方的气候饮食，难免时常闹点儿小毛病，做儿子的当然要衣不解带地伺候了。除此之外，生活平静得如同山下那已经结冰的清潭。为了打发冬日的漫漫长夜，有人聚堆打扑克，有人写日记，有人练书法，而薛新雨也有了新爱好，就是给他的崇拜者们回信。

短短一年的时间,薛新雨接到的来信已经数以千计,而中日对抗赛之后,更是呈几何级数增长。当然,在男队大败亏输的背景下,来信的内容鞭策得多,献策得少。以前为了避免分心,薛新雨听从了父亲的劝诫,从不提笔回信。但是,他现在却产生了强烈的好奇心:这些天南地北未曾谋面的人们,他们究竟过着什么样的生活呢?

对于薛新雨来说,人生中的一个崭新阶段悄然开启了。他需要汲取更丰富、更多样的营养,需要让自己的想象在更广阔更自由的天地中神游。小小的东华观连他的爱情希冀都不能满足,当然更不可能解答他那么多的困惑了。

薛新雨发现,自己的来信林林总总,简直分不清种类,其中最大的一部分当然是批评兼鼓励的了,写信的人来自各条战线,形式却千篇一律:先指责集训队连战连败,丢了中国人的脸面,然后鼓励他们知耻而后勇,早日打翻身仗;其次是讨教的信件,请求高手指点一二,还附上了自己画的棋谱;再次就是求名的,他们对围棋不感兴趣,甚至对薛新雨也不感兴趣,只是要求得到一个签名。这也可以理解,因为当时普通人的生活圈子非常狭小,仅仅局限在单位和亲友之间,如果一个人突然接到了远在天边的名人来信,一定能引起一阵轰动,不但可以抬高自己的身价,甚至能够促成一桩婚姻。

当然,最能引起薛新雨关注的,就是那些主动支招的来信了。那些业余棋手们水平参差不齐,但都是一致的热情洋溢、一致的急不可耐,一致的信心十足,仿佛采纳了他们的意见,立马就能将中日围棋的地位翻个个儿。而这些所谓的高招,说白了几乎全是无理手,甚至还有一些人连基本的死活计算都不过关,让专业棋手看了哑然失笑。但是,薛新雨虽然在人情世故上浅薄如纸,可是在围棋的理解上已经初窥门径了。没错,这些业余爱好者们注定成不了伟大的棋手,他们的建议也不能让薛新雨成为伟大的棋手,但是他们却未必不能成为伟大棋手的父亲——很多年前,日本大阪街上有一个卖鱼杂的小商贩,言行举止和普通人没有任何区别,唯一的不同,就是每到周末,他总不忘记买一份新出的《棋道》回家,带给自己四岁的儿子看。现在大家都知道了,这个孩子长大后,就是大名鼎鼎的宫田荣树。

暴风骤雨已经将老朽中空的中国旧式围棋连根拔起，但是，在它曾经盘踞过的这片荒野里，在它留下的巨大空白中，一些稚嫩的小苗在蠢蠢欲动。未来枝繁叶茂、蔚然凌云、飞猿栖凤的参天大树，正在它们的梦中萌芽。

当然，要说薛新雨是个脱离了低级趣味的人，那也太高抬他的品位和操守了。每次看到信中夹带的姑娘照片，无论彩色黑白，无论妍媸胖瘦，他都要好好端详一会儿——毕竟，人家费心巴拉把玉照寄来，就是让你欣赏的，没有人真抱着千里姻缘一信牵的美梦。在那个时代，每个女孩子都是素面朝天的，都是清纯无邪的，都是爱憎分明的。当然，薛新雨最后还是要将它们原装封口，绝不任由伙伴们评头论足，戏谑调笑。

不知不觉中，又一个春节到来了。不过，今年不能和去年一样安生过了。因为按照日程安排，中日围棋对抗赛的第二回合要在日本举行，中方代表团大年初三就要启程。很多人感到疑惑，日本深受中国传统文化习俗影响，难道不过春节吗？后来才知道，日本虽然也过春节，但是日子从阴历改为公历，与西方的元旦合并了。

由于女队成绩太差，日方决定取消分队方式。于是，中方客随主便，也两队合一，派出了五男三女的八名选手。有生以来第一次出国，让幸运入选的棋手们兴奋得睡不着觉。正月的一天，一号厢房的薛新雨、冯晓白、林家亮商量要买新的外套，恰好碰到舒梅也要购置行头，于是结伴来到了市里的友谊商店。

攥着手中一小叠外汇券，他们看什么东西都花眼，看每个价格都吐舌，而服务员的态度更让人气愤皱眉。最后，想到日本和中国东北在同一纬度，冬天肯定非常冷，还是购置了一套款式最简洁的黑呢子大衣。三人图新鲜，现场连标牌都没剪就穿上了。无巧不巧，他们在底层的化妆品柜台前撞见了史幽红和陆鸣。因为婚礼前的那场亭子风波，薛新雨知道舒梅对她心存芥蒂，就准备打一声招呼走开，可是史幽红却突然笑得弯了腰，招手叫他过来。薛新雨只好走了过去，史幽红说："你们这样子太有趣了，老外见了，不是以为黑社会出来讨账，就是以为教堂的神父出巡，赶紧换了吧。"薛新雨反而很得意，说："我们要的就是这股子气势，一亮相就把日本人给震住。"

分手走了一段，林家亮才问为什么参赛选手名单中没有陆鸣？薛新雨抽了两下鼻子，不好意思亲口损人，就由冯晓白代劳了：

"这有什么好想的？他不去最好了，省得继续丢人现眼！"

不过，舒梅却不同意这个观点，她说陆鸣不参赛正是他自己主动提出来的。前几天，在酝酿名单的内部会议上，作为竞赛部的干事，陆鸣提议给女队员让出三个名额，理由是自己和宋大洋、王富军在第一回合中未尝胜绩，与其尸位素餐，不如把机会让给表现优异的娘子军。这样的高风亮节，当然获得了上级的高度赞扬。

薛新雨听了无话可说。不过，他并不因此改变对陆鸣的看法。过了一会儿，他突然笑着问了一句：

"小梅，我问一句，你可别生气呀！为什么你总是向着陆鸣说话呢？在我的朋友中，这可是独一份儿啊！"

舒梅听了，脸色红一阵青一阵，半晌才回了一句："也许，他们都是为了让你高兴，才不肯说实话吧！"

薛新雨见她真的动了气，赶紧打圆场，说："我这张嘴是厕所的邻居，你何必当真呢？再说了，全队上下谁不知道你是个小菩萨，只说人好不说人歹，就是一只癞蛤蟆，你也要叫做鼓包青蛙。"这样求告了半天，舒梅才慢慢缓了过来。

隔日，一个更大的喜讯传来了：经过了一段时间的酝酿，上级决定试行段位制。综合上次中日对抗赛的战绩，认为中国顶尖棋手的水平已经达到了日本二流棋手中的中上水平，虽然距离一流尚有差距，更不敢望藤原道场几位高手的项背，但正规化的条件已经成熟。就像战争年代一样，为了适应大兵团作战，要将这些教导队、县大队、游击队整编成野战军。如此一来，作为男女队头牌的薛新雨、史幽红和唯一战胜了日本九段的冯晓白就被授予了六段，其他人依序排列，连年纪小小的林家亮也和陆鸣这样的资深棋手一起成了四段，但老人们如薛平湖、史瑞虎、陆德言则完全被排除在外了。

据说，这个评定结果是沈老将军在病榻上亲自圈定的。本来考虑到老一代棋手们的贡献，要赠予他们荣誉称号，连名称都拟好了，就叫"积薪奖章"。一为纪念古代围棋圣手王积薪，二是借了《史记》中的一个典故："陛下用群臣如积薪耳，后来者居上。"（《史记·汲黯传》）让他们自觉为年轻人腾出发展空间。但是事到临头，考虑到其他一些因素，最后还是按下不表了。

薛新雨得到大红烫金的段位证书后，第一时间想到的是安慰父亲；而薛平湖也正要找儿子，为他初次跨海东征壮行。父子喝了点儿小酒，薛平湖又絮絮叨叨叮嘱了半夜，才从箱子中小心取出了一件东西，郑重其事地交给了儿子。

这竟然是一把扇子。而且，是一柄再普通不过的白纸扇，青竹做骨，桑纸为面，甚至白得也不纯正，可能是时间太长了，边角上都有点儿泛黄了。薛新雨觉得父亲太拘泥了，日本棋手喜欢每人拿一把扇子摇来晃去，难道我们中国棋手也要有样学样吗？退一步来说，如今中国人的生活水准固然万万不能与日本相比，但要具体说到扇子，那可是"余杭三宝"之一，任你在西湖边挑一家土特产品店，都能见到大把的好扇子。什么湘竹、松鹿了，什么水印的、镂空的、绢布了，甚至刺绣的都有，哪一样不比它拿得出手？

薛新雨心中嘀咕，可是薛平湖却看上去信心十足，似乎送给儿子的不是一把破扇子，而是一面挥喝三军的飞龙大纛：

"好好拿着它！不要问为什么，也不要回答任何人的问题。"

可是，薛平湖刚将它比做了无价之宝，随即又说了一句自相矛盾话："如果有人想要它，你也不要拒绝。"

薛新雨勉为其难地收了起来。回到宿舍之后，他打开来仔细端详，发现扇子背面是一幅工笔画，墨色十分鲜明，似乎是新画上去的。只见一树秋桂，花朵繁多，枝叶细密；或明或暗，或掩或映，全都一丝不苟，虽然不是名家手笔，也丝毫不见匠气。正面是三个拳头大小的篆体字，如今的年轻人已经少有认识的了，所以薛新雨看了半天，只认出了前面两个笔画简单的，是"非常"二字。而最后一个字看来看去，竟然像个"糟"！非常糟？薛新雨当然明白是自己搞错了，扇子的旧主人无论多么洒脱，也绝不喜欢当个倒霉蛋。

薛新雨不想让父亲笑话自己浅陋，知道集训队中张乘龙最喜欢读古书，又擅长书法，懂得各种字体，就跑去向他请教。张乘龙瞅了两眼，果然认出来了，说这三个字不是"非常糟"而是"非常道"，出自老子《道德经》的卷首第二句。见薛新雨茫然不解，张乘龙就向他解释：

"要想知道什么是'非常道'呢？就必须先明白什么是'常道'。在我们的日常生活中，存在着很多司空见惯的说法和俗语，听起来都很有道理，但绝大多数似是而非，浮于表面的狭隘的经验，不符合真理的标准。所以，老子在《道德经》中开宗明义，就是要正本清源，告诉我们什么才是真正的理性的'道'。"

薛新雨郑重点了点头，他总算明白了，所谓"非常道"者，就是标新立异，另辟蹊径。这把扇子的旧主人，一定不是中规中矩的父亲，而是一个"天堂有路你不走，地狱无门偏进来"的神经病或偏执狂。

出发的时刻到了。大队在机场集结的时候，每个人都焕然一新。三位女队员的辫子都不见了，个个乌发齐肩，吸引了不少乘客的目光。显然，她们的发式有意模范了上次访华时惊艳一时的主持人小林莉香。要是放在过去，一定会被领导批评的。但是这次要去外国，当然要展示自己最好的一面，所以打个小小的擦边球也可以接受。

拿到登机牌时，人人都兴高采烈，唯有薛新雨恼火不已，因为他又见到了陆鸣，而且人家并不是来替女友送行的，而是正式的代表团成员。舒梅说得没错，陆鸣确实显示了高风亮节，主动放弃了参赛的机会。但是在最后政审的时候，林家亮因为海外关系复杂而被卡了下来，他又顺势补上了。

飞机起飞了，华北冬天的萧瑟山水都抛在了身后，眼前只见一片碧海青天，恍然间分不清上下。几个小时之后，降落在了东京的成田国际机场。从落地的一瞬间，薛新雨的大小概念也就完全颠倒了。中国虽然是大国，可是现在依然不能生产小小的芯片；而日本作为一个蕞尔小国，如今已经实现了经济腾飞，处处呈现一派兴盛蓬勃的宏大气象，有世界上最大的半导体厂,最大的造船厂,最大的汽车厂,甚至最大的方便面加工厂。同样,普通日本人看待中国的眼光也从正到斜,中原大陆不再是孕育文明的昌盛之地,不再是遣唐使眼中的天朝上邦,不再是才子佳人的舞榭歌台,而是一大片形象模糊、色泽黯淡、气息浑浊的蛮荒原野。

与男人不同,女人的触觉一向是感性的,她们关注的焦点是异国的同性。在开往宾馆的专车上,街边一道亮丽的风景让三个女队员惊叹不已:只见白雪皑皑的道路边,那些女生穿着还不及膝盖的迷你裙,露出一截雪白晶润的大腿,下面是长长的袜子,以及厚厚的小靴子。这种矜持中的风情,掩盖中的暴露,保守中的诱惑,让人赏心悦目。甚至凛冽的寒风刮起来,也只是为了给她们提供一个展示身姿的绝好机会。

其实仔细观察一会儿,就会发现这些少女未必个个天生丽质,甚至普遍存在腿短、腰粗、脸扁的缺点,但是为何看上去如此清雅娇美?换句话来说,为什么她们的缺点似乎一下子都变成了优点呢?

史幽红想了好久,终于发现了其中的奥秘:答案不在良好的营养中,不在细致的化妆中,甚至不在精巧的服饰上,而在她们的眼神中。不需要明眸如星,不需要春波如水,不需要麻辣如火,仅仅把目光放低一点,让睫毛柔顺地垂在眼帘上,就能让男人产生怜惜的心情,保护的冲动,甚至占有的欲望。

原来,美和媚是两个完全不同的概念。名贵的鱼翅,如果没有了鲜汤的煲煨,就和粉条一样索然无味;华美的旗袍,如果不在侧面开一道齐腰的口子,就和僧袍一样绮思全无;漂亮的女人,如果不懂得散发自己的性感,就和塑料花一样了无情趣。

第二天,中方代表团参观了东京市容和横滨海港。逛街的时候倒也简单,因为日本物价高昂,每人每天一百日元的零花钱连碗清汤面也买不到,倒省了讨价还价。不过,在参观了一个世界著名炼钢厂后,陈主任倒大发感慨了,说自己以前工作过的一个钢厂,工人比日方还多两倍,年产七十万吨粗钢,全厂上下都很自豪,说相当于旧中国十年的产量。可是到这里一看,才知道什么叫做坐井观天,产量不到人家零头罢了;而且,人家生产的是那种能够用在航母甲板上的特种钢,大口径的榴弹炮都轰不掉一层皮。

比赛在日本棋院进行。根据惯例,双方第一轮依然是硬碰硬。中方八名棋手早早到场,按照新授的段位高低,如雁翎般"一"字排开。而日方则以有头衔者居前,如此一来,坐在第二台的竟然变成了梅泽志博,因为他是新出炉的"王座"。当然,全场最风光的人物依然是主将宫田荣树。就在一个月前,他经过了艰苦鏖战,从师兄冈村保义手中夺得了极为重要的"本因坊"头衔。从此,师徒三人分庭抗礼,开启了"三强时代"。

现在,就连日本报纸上都说:宫田荣树未必能够成为历史上最伟大的本因坊,却一定是历史上最快乐的本因坊。

薛新雨再次向他发动了挑战,不过在兵戎相见之前,先送上了一方玉章作为回赠之礼。宫田荣树赞叹一番,邀请他晚上一起吃饭。薛新雨在出国前接受了长达一个星期的外事纪律培训,知道一切行动必须听指挥,绝对不能私自外出,尤其是晚上去那些灯红酒绿的地方,于是婉言谢绝了。宫田说不要紧,我们抓紧时间下棋,早点儿结束后就到街对面的酒店小坐,保证全场结束前就回来。虽然这话含有轻视自己的意味,但薛新雨还是难却盛情,点了点头。

这一次,薛新雨吸取了失败的教训,虽然拿的是白棋,却一开始就反客为主,连连向对方的星位挂角,竟然下了十几手小飞,就像一群要飞上青天的翩翩白鹭。可是宫田丝毫不为之所动,依然按照自己的节奏行棋,罡风渐起,黑云压城,那群白鹭在"太空流"的强劲冲击下变成了一只只失伴的孤鸟,让宫田控制了全盘的主动权。中盘之后,薛新雨虽然奋勇打入对方的口袋阵,并成功活出一条龙,但是为了治孤付出了惨重的代价,最终还是饮恨败北。

之后,两人交换了一下眼色,没有复盘就一溜烟跑了出来。来到了附近一家料理店,一番大快朵颐之后,宫田感慨地用叉子点了点生鱼片,对薛新雨说:

"现在,我们日本只有餐饮还比不上中国。"

这句话让薛新雨产生了强烈的危机感。原来,日本人在每一个领域都精益求精,科学如此,实业如此,围棋如此,如果哪一天全世界都以吃日本料理为荣，那么中国人真是没脸活在世上了。但是，宫田这个人心直口快，全无城府，在给了他一记重拳之后，马上又送上了一颗蜜枣。他眨了眨眼，笑着说道：

"薛君，你恐怕想不到吧，在'本因坊战'最后决胜局中，我突然灵机一动，用了你上次角上倒虎的那一招，冈村师兄猝不及防，吃了大亏。"

薛新雨心理平衡了一点儿，又好奇他怎么会说这么一口流利的汉语？宫田说自己从小看棋书，脑海中总有一个谜团不能：古代中国人为什么偏偏要把"四四"这个交叉点叫做"星位"呢？为了弄清楚这一关节，他查阅了不少棋经，渐渐迷上了汉语，还报了一个业余辅导班，在那里爱上了一位华人的女儿，并最终喜结连理。

薛新雨笑着说："原来你喜欢和中国人亲近，全是受了太太的影响。"宫田听了苦笑，说："你只知其一不知其二：日本虽然经济很发达，但依然是个保守的社会，女孩子找对象不但要看家世，还要看丈夫的秉性是否稳重，甚至要勘验星座和血型。"

"像我这样 B 型射手座的人，一向被认为散漫自由，不受管束，还喜欢大放厥词，在企业中最不受欢迎，就像一只关进了鸡笼子的鸟，要不逃出来，迟早会被啄死！而你们中国人呢，表面上步调一致，实际上每个人内心都自由自在的，这就是我喜欢和你们在一起的真正原因。"

这话究竟是褒是贬，薛新雨一时也想不清楚。眼看夜幕降临，两人又回到了日本棋院。果然，还有两局正在挑灯夜战，众人的注意力被吸引住了，全然不知薛新雨私自外出。第二天早起时，薛新雨发现自己嘴角烧起了一个包，八成是昨天吃了太多芥末的缘故。这时，他想起了父亲送的那把扇子，就顺手拿在了手里，以便比赛时遮掩一下。

来到了赛场，今天的对手是北村孝服九段。落座之后，薛新雨有点儿不好意思地将扇子拿了出来，然后徐徐展开，挡在了自己的面前，只露出了一双眼睛。可是，让他万万想不到的情景发生了：那一瞬间，就像施了魔法一样，全场日本人的目光齐刷刷地投射过来，他们个个神情悚然，仿佛薛新雨手中所执的不是一件竹木之物，而是一柄寒光四射的利剑！

鹤发童颜的天野院长变成了痴呆的鹈鹕，谈笑风生的藤原正雄像一辆戛然而止的跑车，豪迈奔放的宫田荣树突然遭遇了宇宙大冷缩，而寒如坚冰的梅泽志博却差点儿开裂爆炸！

　　一切都悄无声息，一切都不见端倪。但是，一种强大的威慑力穿透了赛场，在人们的心头震荡。神龙虽然远飚，但裹挟的风雷依然夺人魂魄；圣人虽然远去，但遗留的经典依然直指人心；大帝虽然埋骨黄壤，但余威依然震慑殊俗；名将虽然战死沙场，但旌旗依然猎猎作响；刺客虽然身首异处，但他的怒气依然直贯云天！

　　这股无形的凌厉杀气，近在咫尺的北村孝服九段自然首当其冲。开局之后，这把精准无误的尺子竟然变成了一个漏洞百出的大筛子。非但如此，在整个比赛进程中，这位久经战阵的老将竟然一次也不敢抬起头来，似乎那把扇子是希腊神话中满头毒蛇的怪物美杜莎，谁不小心看一眼就要变成僵硬的石头。

　　不过一百来手，北村孝服就匆匆弃子认输了，然后仓皇离去。似乎受此影响，其他日本棋手的发挥也大失水准。中方一鼓作气，一举拿下了四局，第一次与日方在单轮打成了平手。

10　雁行布阵众未晓

前两轮比赛结束之后，中间暂停了一天，中国围棋代表团参加了在大使馆举办的中日青年联谊会。当天晚上，当薛新雨回到宾馆房间的时候，他发现从门下塞进来了一封信，上面只有一行秀气的中文繁体字：

"薛先生：世交契好，山海远隔，暌违经年。不揣冒昧，恭请少君光降寒舍一晤。如蒙惠临，万望携贵扇一观。"

下面没有落款，只有一行日文地址。作为新时代青年，薛新雨和同龄人一样，习惯了浅显易懂、直来直去的表达风格，不喜欢这种文绉绉的口气，但是来信中也能读出一点儿味道：第一，这个人认识自己的长辈；第二，这个人虽然客气相邀，但自己不去似乎还不行。

薛新雨想不起自家有哪门子海外亲戚，也希望最好没有。一棵小树要想长高，就不能节外生枝；一只良犬要想卖个好价钱，就不能杂交混血。薛新雨这次能够顺利出国比赛，全沾了三代单传的光，否则就会变成第二个林家亮。他本想不理，但是又想起了父亲临别时那一番耐人寻味的交代。代表团虽然三令五申不许私自行动，但是这一次，薛新雨却不得不违规了。

三天后，第二次中日围棋对抗赛结束了，中方最终以十一比二十九落败。虽然成绩比上次好看了一些，但遗憾的是仍然没能翻越宫田荣树和梅泽志博这两堵高墙。闭幕式结束之后，队里体恤民意，安排大家下午去横滨著名的中华街买点礼品带回国。薛新雨又一次借口吃坏了肚子，请求留在宾馆休息。等一切平静之后，他悄然下楼，请门卫写了路线，换了两趟地铁，又步行了一段时间，就来到了郊区一桩僻静的老式公寓前。敲门之后，他拿出了纸条，用仅会的几句日语介绍了自己，女仆就引他来到了客厅。薛新雨落座后，看到陈设雅致，四壁无尘，唯有北面墙上挂了一幅肖像，似乎有点儿突兀。他抬眼望去，只见画上人剑眉刀目，满脸刻痕，睥睨的神情中隐藏了些许狡狯，横溢的信心中透露出几分暴戾，似乎一个幕府时代的武士。薛新雨觉得有点儿眼熟，仔细想来，心中大吃一惊，因为他就是藤原正雄的师父——早已辞世多年的末代本因坊秀正！

这位曾经不可一世的棋豪的画像，怎么会挂在这里呢？薛新雨正在狐疑之时，只听到一阵木屐"咯吱"声从楼上传来，主人已经下来了。原来，她是一位五十多岁的妇人，身穿和服，姿容雅洁，也许是平常保养得当的缘故，眉眼光泽犹存，所以看上去丝毫也不显老。见薛新雨起立鞠躬后，她笑着用不甚流利的汉语自我介绍道：

"我叫梅泽荷子，年轻的时候曾经到过贵国。"

听了这个名字，薛新雨呆了一会儿，一些凌乱的片段从脑海中浮现了出来，虽然不能接续成章，但至少脉络可见，尤其是父亲拍摄的那些照片，一张张争先恐后跳了出来。他突然明白了过来，于是恭恭敬敬地俯身低头，小心问了一句：

"您——就是梅泽志博的母亲？"

"薛先生真聪明！"梅泽荷子赞了一声，又见他的目光不时向墙上瞄去，就加上了一句，"家父正是梅泽弘一。"

梅泽弘一？这个人是谁，薛新雨一时愣住了，但不过几秒钟就醒悟了：梅泽弘一就是秀正没有担任本因坊家族掌门之前的本名！原来，眼前的这位妇人正是他的女儿，而梅泽志博就是本因坊秀正的孙子——不，是外孙子！

明白了这一节，很多疑问一下子就豁然开朗了：怪不得藤原正雄对梅泽志博如此偏爱呢，原来，他是为了报答师父昔日的恩情。但他随即又感到不解了，日本人比中国人更讲究血缘宗祧，为什么梅泽志博要随母亲姓氏呢？要知道，在日本这可是离经叛道的行为，甚至让后代背上洗刷不掉的耻辱。非但如此，梅泽荷子本人为什么不使用夫家的姓氏呢？也许，她从来就没有嫁过人？可这样一来，她又和谁生下了孩子呢？难道，这个梅泽志博是个私生子？

薛新雨头脑中问号成堆，却知道自己今天上门并不是查户口的，于是珍重取出了那把纸扇子，摆放在了梅泽荷子面前。

梅泽荷子抚摸了好久，似乎泫然欲泣。她打开之后，看到了"非常道"三个字，那眼泪就落成了线。但是，当她翻过来看到那一树桂花时，神情却先是惊愕，然后又变得凝重无比，似乎牵扯起了无穷的心事，或者面临着一个绝大的难题。薛新雨从她神情的细微变化中，猜想她以前一定见过这把扇子，只是在那个时候，这棵桂树似乎并不存在。那么，究竟是谁画上去的呢？他要表达什么样的意思呢？

最后，梅泽荷子将扇子小心收了起来，放了一个香木匣子中。留客人喝茶之后，薛新雨见时间不早了，就起身告辞了。梅泽荷子也不多留，亲自送到门口，向他躬身道别。薛新雨走了一段之后，才觉得可笑之极又蹊跷无比：她竟然没有把扇子还给自己！或者说，她早就知道自己是来送扇子的！

第二天一早，薛新雨正在洗漱的时候，前台说有人来找。他下去一看，原来是梅泽荷子的女仆。她交给了薛新雨一个大箱子。薛新雨带回宿舍打开一看，发现里面简直是个百宝箱，放满了电器、玩偶、茶酒、海味之类的日式产品，但翻到了箱底，却豁然出现了一个长条盒子。他疑心正是那个香木匣子，便打开一看，果不其然，扇子又被原封不动地送回来了。薛新雨翻检了纸箱的每一个角落，也没有找到片言只语，更不要说回信什么的了。

当天下午，代表团启程回国。登上飞机后，薛新雨正要落座，一看史幽红来到了自己身边，出于礼貌，要将靠窗的位子让给她。史幽红客气了一句，就坐了进去。薛新雨又见陆鸣从人群中急匆匆挤了过来，干脆好事做到底，要和他调换位置。可没想到的是，史幽红竟然冷冷地对自己的男友说了一句：

"你安生地去那边坐着吧，不要天天往姑娘家身上凑。旁人说闲话倒也罢了，万一说是我把你带坏了，可真冤死个人了！"

陆鸣听了尴尬万分，连带着薛新雨坐也不是站也不是。几天前来日本的途中，他俩还显得亲密无间，似乎须臾不可分离，怎么现在就变脸了？恋爱中的女人，使点儿小性子太常见了，而史幽红更是个难伺候的主儿，俏脸动辄就酸了，让人下不了台阶。薛新雨听她话里有话，心想一定是因为陆鸣在这次对抗赛上表现得太差了，连舒梅都赢了一局，他依然净吞五蛋，被队友戏称又获得了一面奥运会奖牌。史幽红恨男友太不争气了，暂时冷落一下，也是为了刺激他知耻而后勇。

陆鸣垂头丧气地回到了自己的座位。不过他大可放心，这一路上，薛新雨和史幽红连一句话也没说。不过，与上次从杭州回北京的火车上不一样，她并没有闭目入睡，而是怔怔地望向窗外，似乎有无限惆怅，连美味的晚餐也没吃一口，全让给薛新雨了。

集训队回到了东华观，在留守人员的眼中，他们仿佛不是从日出之国回来的，而是从太阳上飞下来的，甚至本身变成了光芒四射的太阳。薛新雨没去成中华街，但队友帮他代买了礼品，而梅泽荷子赠送的品类更丰厚十倍，让他看起来像个真正的阔佬，看见谁都绝不空手：宋大洋得到了一瓶清酒，厨娘的女儿拿到了一盒巧克力，作为重点关怀对象的林家亮因为平素喜欢喝茶，就得到了一套精美的茶具，以作为错失出国机会的补偿。不过，林家亮自己倒并不显得多么难过，一见面，就非常兴奋地说道：

"薛哥，你们不在的时候，我摆了一个有趣的布局。你想看一下吗？"

"当然了。我还正在琢磨这件事呢，没想到大家想到一起去了。"薛新雨笑着说，恨不能摸摸他的脑袋。这个小伙子虽然遭受了不公正待遇，但从不怨天尤人，什么事情都愿意从好的一面看，可真是太难得了。要是换了宋大洋，虽不至于放火烧了东华观，至少要把陆德言的祖宗十八代问候个遍。

一番忙乱之后，拿着梅泽荷子送的一副名贵棋具和那个香木匣子，薛新雨来到了父亲的房间。薛平湖听罢全部过程，黯然叹了一口气，似乎十分失望。薛新雨憋不住了，正要刨根究底问个明白，薛平湖却把话题一转，说自己现在待在集训队中什么事也没有，就是个吃白饭的，感觉很不自在，决定还是回到家乡去。

"原来和秦领队共事的时候，觉得双方风格差异太大，就像'秀才遇到兵，有理说不清'，心里总不痛快，人家肯定也很别扭。现在才知道，原来文化人聚成一堆，才真是一个是非窝啊！"薛平湖感叹地说道。

薛新雨点了点头，他知道父亲在发泄被排挤的不满，也包含着对自己未来深深的担心。因为秦双河在的时候，虽然工作方法简单粗暴，但好在什么都可以摆到桌面上来，不会背后捣鬼；可是自从他走了之后，集训队中暗箱操作的事情就层出不穷了。现在，父亲要走了，自己要彻底单飞了。能够摆脱最后一道束缚，心里当然舒畅。可是父亲真的走了，他心里又空落落的。

到了月底，薛平湖已经办理好了所有调转手续。临别前，他把那本《玄元妙经》和一堆书籍全留在了集训队的图书室中。

"年轻的时候，总觉得这是自己吃饭的家当，可不能让别人偷学了去。和日本棋手一较量之后，才知道中国围棋衰落的一个重要原因，就是在于我们各家抱残守缺，故步自封，门户之见太深，交融之道不行。今天不下棋了，倒全想开了，我们现在吃的是国家的俸禄，自然应该把这些书，包括自己的见解都当做公共财产。否则的话，怎么能对得起沈老将军，怎么能对得起天下的棋迷呢？"

薛新雨正为父亲涌现的公德心佩服不已，可是他紧接着又问了儿子一个私人问题："我听说——只是听人说起，你喜欢上了咱们队里的一个姑娘？"

这是父亲第一次关注起了自己的终身大事，薛新雨第一反应是矢口否认，可不知怎么，竟然反问了一句："您觉得会是谁呢？"

儿子这一问，倒把薛平湖给窘住了，他心里当然知道那个姑娘是谁，可是怎么说得出口呢？半晌之后，他才突然说了一句：

"爸爸年轻时也是自由恋爱结婚的，所以，我绝对不会干涉你的感情问题。但是，自己一定要慎重，千万不要再重蹈覆辙！"

薛新雨听了莫名其妙，什么叫做"重蹈覆辙"呢？自己虽然为情所困，但他只看到爱情这辆车在自己面前轰隆隆开了过去，并没有停下来，更没有给自己留下一个想要的位置。即使这辆车在前方倾覆了，摔死的也只能是心上人或情敌，而绝不是自己这个失意的路人。再论父亲，他的一生经历清白如水，母亲去世后，他隔三岔五要在遗照前烧一炷香，从没起过续弦的念头。在东华观期间，除了下棋就是老僧独坐，只认黑白不辨红绿，显然更没有什么"教训"可言了。

那么，薛平湖口中的那个负面榜样究竟是谁呢？

见儿子还在装傻充愣，薛新雨这一记隔山打牛就成了隔靴搔痒，干脆心一横，把话挑明了：

"你知道吗？在昨晚的送别宴上，我听老陆和老史说：他们的孩子已经订婚了。两人正商量着全运会后就举行婚礼呢！"

薛新雨头上仿佛落了一记闷雷，全身火辣辣又软绵绵的，每一个细胞都像是雾气中的火光，烧不起来，又压不下去。既然史幽红已经和陆鸣订婚了，那么她就是人家未婚妻了。自己再插入其中纠缠不清，就不是一个感情问题，而是一个道德甚至法律问题了。

薛平湖知道说出这个实情，对儿子是个多么大的打击。但是，做父亲的要为了儿子的好，有时候就得硬起心肠来：

"大丈夫何患无妻！今年秋天，全运会要在广州举行。你一定要全力以赴，把冠军拿下来！情场上输给了人，赛场上要拿回来。要不然，那就更让人家瞧不起了！"

薛平湖替儿子下了战书，却不知不觉中又将"南薛北史"的情结勾了起来。对于年轻一代，无论是史幽红还是陆鸣，他都没有什么特别的恶感。但是，自己的儿子在史家的女儿面前栽了跟头，无论是什么性质的败仗，这口气都非出不可。

在他殷切的目光注视下，薛新雨终于沉重地点了点头，说您老人家放心，我知道孰轻孰重。随即，又长叹了一口气说道："这样也好，结果都知道了，也省得再费心思了。现在，我只有一件事可做，就是静下心来，争取把棋下出个名堂来！"

从这一天起，薛新雨竭力不再关注史幽红的一举一动。但是，她却卷入了舆论的漩涡。当然，这场风波并没有蔓延到东华观之外，否则的话，后果可就不堪设想了。

原来，史幽红回来后，将自己在日本拍摄的照片精心选了一张放在了床头。她挑哪张不好，偏偏挑了身穿华丽和服的。中华街上有租和服拍照的门店，还可以化那种又厚又白的浓妆，梳起像富士山一样高高的发髻，但是她谢绝了，因为没有足够的时间和金钱，更不喜欢那种味道古怪的发油。照片一摆出来，一开始室友们谁都抢着看，个个艳羡无比，连同行的戚玉秀也后悔自己当时为什么犹豫了一下，不像她那样勇敢果断呢？可是一来二去，情况就复杂了，谈论的焦点也从和服的枕头里装了什么变成了史幽红的脑袋里究竟在想什么？于是，经过上级的几番谈话，史幽红不得不做出深刻检讨，承认自己爱慕虚荣，受到了不良思想的腐蚀，最后流着泪擦了根火柴，将平生最美丽的倩影化为了一缕青烟。

可是，为了显示自己公正没有私袒，陆德言并没有因此罢休，立即把她树为改过自新的典型，然后以此为契机，在全队展开一次彻底的思想大扫除。不过，他整顿的手段可比秦双河文雅多了，不是"劳其筋骨"而是"洗心革面"。于是，连续几天的大会小会上，陆德言一会儿像一个宫廷教习一样，强调女队员不能描眉，不能烫发，不能戴首饰，更不能穿奇装异服；一会儿又像一个毛皮市场的质检员一样，要求男队员不许理大背头，不许刺青文身，不许蓄小胡子。大家听了点头唯唯诺诺，出门之后，宋大洋第一个破口大骂了起来：

"自家的小媳妇在外面卖俏不好说，倒找起大爷的不是来了！"

"就是，自己暗中要放生，反而绑着我们来陪杀场！"冯晓白也忍无可忍了。

"你们嚷什么？国有国法，家有家规。以前的很多事情，不都是这么办的吗？"薛新雨也愤愤不平，却故意说出一句反话来。

没承想，这话传到了陆德言的耳朵后，他不以为忤，反而当面夸奖起了薛新雨："说得好！你下棋水平高，认识水平高，不愧是我们围棋队中的标兵！"

薛新雨听了，倒弄得自己有点儿哭笑不得，因为他那番话的重点是"家有家规"，讽刺陆家父子把集训队当成了自家的宗祠，生杀予夺都操之在手，想整谁就整，想放谁就放，而且总能找到冠冕堂皇的理由。

薛新雨错了，因为他太单纯了，根本就不了解上一代人究竟是怎么走过来的。陆德言的词汇是崭新的，可是他的思维方式却是古老的。陆家祖上曾给山西富商当过帮闲解闷的师爷，什么事情没有见过，什么世道没有挨过。在封建时代，贵族富人家中都能养得起戏班子，那些头牌花旦依仗着自己是台柱子，不时拿腔拿调的，主人又气又爱，打不得骂不得，最后只好无可奈何。如今，集训队虽然不是陆家养的，但是道理是一样的：如果少了挑大梁的棋手，自己这个屋檐迟早要塌下来。

所以，在陆德言眼中，人与人之间没有什么共赢，只有共生的关系。如果不是儿子爱上史家的女儿，他本来更愿意和薛家结盟，因为他早就看出来了，薛平湖这个人外柔内刚，比粗放无谋的史瑞虎难对付多了。如果他硬是撑着不走，等秦双河回来后再细细翻旧账，自己可就吃不了兜着走了。所以，薛平湖的主动离去，最高兴的人是他而不是史瑞虎。同时，他早就看出儿子不是个当冠军的料儿，与其把希望寄托在一根毫无把握的蛛丝上，不如抓住时机，及时转换轨道，在仕途上有所作为。不过，要想飞到高枝上，起码得有个垫脚的吧！而他相中的这个梯子，就是如今风头强劲的薛新雨。

在本次中日围棋对抗赛上，薛新雨一举拿下了三盘，是第一个胜率超过百分之五十的中方棋手，引起了上级的关注和棋迷的夸奖。只要他能够继续赢下去，自己就能水涨船高，获得更多的资本和上升空间。所以，对于这样一个得势又得力的人物，陆德言怎么肯轻易得罪呢？

薛新雨当然想不到陆德言有那么多的算盘要打，现在，他的注意力全被一个崭新的布局给吸引住了。

在众人的注视下，林家亮拿起黑子，前两手平淡无奇，是典型的"星月式"布局。但是，他的第三手并不按照常规缔角，也不向对方挂角，而是远远开拆了一手，打在了中央的星位右下方。这个布局看上去漫无重点，可是一试应手，就看出隐含的层层玄机了：无论对方从内侧向星位还是小目挂角，黑棋一顶之后，按照常规的定式，白棋会立二拆三，但是开拆一子正好撞上了中央的黑子，等于前脚碰铁门，后脚踩钉子，几乎没有回旋的余地，连就地做活也要陷入了苦战当中。那么，换一个方向，从外侧挂角怎么样呢？黑棋顺势一步小飞守角，中央那一子正好处于拆三的位置，等于主动为对方凑了一步好棋，白棋怎么都不会满意。

"简直像铁索横江一样，让你上不得下不得！"

"仅仅三手棋,就布成了一个天罗地网,真是让人意想不到的妙手!"

当然,质疑的声音也随之而起,分贝之高一点儿也不亚于赞同者:

"这种便宜只能占一次而已!要是对手足够聪明的话,第二次比赛时,就不会任你这样从容布阵了,不等你下中央那一子,干脆抢先挂角,整个局势就完全大乱了。"

"没错,是有点儿一厢情愿了!挖了一个陷阱给对方跳,但是人家不上当的话,你又没有什么好的后续手段,弄不好自己反倒要栽进去!"

双方谈论了半天,最终形成了一致的意见:这确实是个让人耳目一新的布局。但是,它只是一种先声夺人的战术手段,如果没有贯穿全局的宏大战略思想作为支撑,那么可资发挥的潜能就十分有限了。就像一支先锋部队可以出其不意袭夺敌人的一个山头,但是并不足以改变两军对垒的总体格局。

但无论如何,从此之后,这个新布局就不再是林家亮的个人闪光点,而成了集训队共有的一个金矿,由此衍生的定式也摆了不下十种。为了不与"星月式"布局混淆,大家形象地给它起了个名词,叫做"三环刀",希望它像篮球中的三步上篮一样环环相扣,一投中的。

很快,一股"三环刀"的热潮在集训队中兴起了,也取得了非常高的胜率。但令人奇怪的是,一向喜欢求新求变的薛新雨虽然也为之积极鼓吹,却从未在比赛中使用过一次,反而陷入深深的迷惘中不能自拔。

围棋究竟是什么?这纵横三百六十一个交叉点,古人把它当做了两军对垒的战场,宫田荣树把它当做了缥缈无限的自然,薛新雨和几百年前的涉川春海不约而同把它当做了星空,史幽红把它当做了种蘑菇的自留地,戚玉秀把它当做了拯救爱人的钥匙,而陆德言把它当做了自己升官的敲门砖。

世界上有许多永恒之谜,比如,天文学家最想知道宇宙诞生的第一秒是什么样子,生物学家最想知道世界上第一个细胞是什么结构,历史学家最想知道第一个王朝出现在什么地方,地理学家最想知道第一个发现美洲的是什么人,而对于一个棋手来说,他最想知道却永远无法解答的问题是:第一手究竟该下在什么地方呢?

几千年来，除了一些离经叛道者提供的累累负面教训之外，起手的第一步无外乎就是"三三"、小目和星位三种。

在漫长的年代里，"三三"曾经被公认为最有效率的一手棋，也是营造坚实堡垒的最佳方式。但如今这一手已经被大家弃若敝屣了，因为只要一手罩在星位上，就能够将它压得喘不过气来，就像一支缺乏机动性的装甲部队，即使坚固如钢铁乌龟壳，也只有被动挨打的份。

小目兼顾实地和外势，无论是缔角还是大飞，永远不是坏棋。同时，又可以迅速向两翼张开，就像一支海军舰队，攻可以登岸略地，退可以扬帆远飏，可谓相得益彰，所以几百年来成为了最主要的布局方式，而日本古代棋圣秀策开创的"逐月式"甚至享有"千秋不败"的美誉。但是，凡事有其利必有其弊，小目守角总不如"三三"坚实，而向外扩张又不如星位迅速，一旦掌握不好，难免两头失脱，鸡飞蛋打。

自从"太空流"崛起后，"三连星"布局以其鲜明的特性和豪迈的气质风靡一时。"善攻者攻之于九天之上"，它就像现代空军一样，以高举高打来掌握制空权，从而赢得全局的胜利。但是，很多喜欢天马行空的棋手对它只是"知其然不知其所以然"，光看到宫田荣树踢天弄井，追云逐日，却不知道高和强并不是一个概念。棋子位置每提升一格，可凭借的力道就减弱一分。所以，没有高超的驾驭本领，航天飞机也会变成断线的风筝。

总而言之，围棋虽然看似简单，却像哲学一样深奥，充满了对立统一的矛盾。光是外势与实地的关系，就让千古才人呕心沥血，伤透了脑筋。《棋经十三法》中有"高者在腹，中者在边，下者在角"的说法，人人都能心领神会，觉得是难易一字的至理名言，但是在实践中，却有"金角银边草肚皮"的经验之谈。孰对孰错，端看境界高下。所以，要想做到平衡兼顾，两全其美，难度不亚于将甘油和水融合，把骑士和海盗编为同一战壕的战友，让孟尝君和葛朗台成为刎颈之交。

薛新雨原以为实用主义能够解决一切问题，但是，在日本高手面前多次铩羽而归，才知道如果不能参透围棋的基本规律，那么即使练得铜头铁臂，也只能是一介莽夫，而不能成为一个真正的武林宗师。

在父亲走后，薛新雨第一次觉得他说的话非常有道理。那些天人合

一、阴阳平衡、刚柔相济的道理，看起来荒诞不经，但如今已经体味到了围棋的精微之处，却又觉得颇为契合。毕竟，围棋并不是简单的算数，否则的话，大家干脆拜电子计算机为师好了。

虽然没有寻找到自己想要的答案，但是薛新雨明显感觉到自己对围棋的理解已经进入了一个新的阶段。非但如此，他的感情世界中也增添了新元素。

从日本归来后，薛新雨因为战绩喜人，所以收割了更多的表扬信和求爱信。但是，唯一引起他注意的，却是一位署名为"冬清"的女性来信。她的词句淡如流水，不但不见一句谀辞，更没有一个热辣的字眼，反而劝诫薛新雨要耐得住寂寞，不要太高调了，更不要因为战胜了几个日本的二三流棋手就飘飘然忘乎所以了。

"无论做什么专业，一旦到了一定的高度，必然是孤独清冷的，就像跑马拉松，一出发时人山人海，热闹非凡，但是到了最痛苦的后半程，就'前不见古人后不见来者'了，那种只有自己和自己较量的感觉，绝不是那些看客们所能理解的。"

薛新雨读完立即心有戚戚焉，觉得对方真是文如其名，不随流俗，又切中自己当前的弊病，应该好好回信一封才是。于是，他写了一封长信，感谢对方的关心，谈了自己对围棋的最新认识，当然附带着说了一句"个人感情遇到了一点儿小小的挫折"，正好静心进修，不生妄念。可是对方显然是个有心人，在回信中对他大加抚慰了一番，又提出了自己的看法：

"事业和感情，有时候相似之处颇多，不可一分为二，截然对立。不为人知，看上去似乎是一种痛苦，但从深处来探究，却是人生难得的一种心理体验。不是真正的痴情人，是不能够领悟到它的苦中甘甜的。所以在我看来，在这场失败的感情中——你自己定义的，真正可怜的人不是你，而是你心中念念不忘的那个她。"

这段话让薛新雨感动得几乎要涕泪纵横了，他立即将她引为平生的第一知音。如此一来二去，两人就成了鱼雁传书的朋友。以至于到了后来，薛新雨每天起床的第一件事都是去看一看有没有她的来信，而每天最后一项工作就是给她写回信。

"冬清"一看就是一个化名，来信是从北京寄出来的，没有具体的地址，只是一个邮箱代号。从字里行间来揣测，她正当妙龄，具体从事什么职业不得而知，但一定是个知识女性，可能是个女技术员或者女教师，甚至是个女记者。她似乎懂一点儿围棋，尽管从不进行评论，但是偶尔蜻蜓点水似的一言半句，却微言多中。尽管近在咫尺，但是薛新雨从未动过见她一面的心，甚至连自己的签名和照片也没有寄给她，怕亵渎了这份情缘，让人家产生鄙夷之心。

薛新雨自己并不明白，他之所以对一个未曾谋面的陌生女子心念神驰，根本原因是在对史幽红绝望之后，他的心中有一个巨大的空白急需填充。而这个人不能是具体的、鲜活的，尤其不能是东华观中的熟识女子，因为如此一来，反而显得自己以往追求史幽红的动机不那么纯洁了。在这种情况下，一个遥远的能够进行纯粹精神交流又能让自己充满想象的神秘女子，就成为了唯一能够让薛新雨接受的异性。

果然，自从和"冬清"开始了持续通信之后，他对史幽红的情感也逐渐淡然了——不是淡了，而是即使见到她和陆鸣在一起时，心也不会像针刺一样难受。到了后来，每当看到她时，他的心里竟然产生了一种赌气般的骄傲：

"不要以为你不理我，我就注定要当一个可怜虫。要知道——不，偏偏不让你知道，现在的我，也不是孤独的。"

但让人感到意外的是，从日本归来后，史幽红对薛新雨的态度反而改善了许多。当然，作为集训队中实力最强的棋手，他们之间本来就该有着更多的共同语言。面对着强大的藤原道场，单个中国棋手孤掌难鸣，唯一的出路只能是群策群力，集思广益。

自从上次日方代表团访华之后，八仙堂就成了集训队的晚间自习室，现在更成了喜欢研讨新布局的棋手们的大本营。每天一吃完晚饭，薛新雨放下筷子后，就拉着林家亮赶来了，而史幽红总是早早等在了那里。其他人陆续而来，只有张乘龙喜欢姗姗来迟。不过，只有他现形之后，现场的气氛才会暴烈起来。今天，在和张红芳摆棋的时候，看到对方硬要从一个枷形中冲出头来，张乘龙马上就脸红脖子粗了：

"不对,不对,你这么下,不合阴阳之道!要知道,无阳不生,无阴不长,一丝也乱不得!"

"谁说乱不得?你有本事,就拦住它,我就服了你。否则的话,就算阴盛阳衰,我赢了!"张红芳知道自己那一手确实无理,却故意来激恼他。

张乘龙一着急,更加胡言乱语了,甚至"唯女子与小人难养也"这样的封建糟粕也抖搂出来了。众人哈哈大笑,薛新雨更是喘不过气来了,张红芳白了他一眼,说:"你吃了笑屁了吗?至于夸张到那个程度吗?"薛新雨一听,才勉强止住了:

"我在笑'孔老二'少说了一个字,应该是'围棋女子与小人难养也'!"

这话一出,几个女队员恨不得撕烂他的嘴巴,只有史幽红站在一边含笑不语。在公开场合下,她总喜欢表现得比女伴们矜持一点儿。

可是有一天,正在摆棋的薛新雨突然抬起头来,将灯光下队友们的脸一张张扫了过去,像发现了新大陆一样说了一句:"真奇怪,为什么舒梅从来都不参加我们的聚会呢?要知道,当初我们私下开研讨会的时候,她可是女队员中最积极的一个呀!"

"那有什么奇怪的呀?男人的性子都是一竿子到底,可是我们女人一生要变两次呢!小姑娘长大了,自然不会像以前那样喜欢抛头露面了。"李爱琴觉得他真是少见多怪。

乱侃一通之后,队员们先后散去了。史幽红本来也要走,看到薛新雨又趴在桌子上写信了,不觉好奇了,问了一句:"你整天写什么呢?给父亲写信,也不用每天报告思想吧?我爹管我管得够严了,可也没到这个地步。"

薛新雨听了笑而不答,反问:"史老师干吗一定要逼你学围棋呢?我父亲就没怎么强求过,不过他天天唉声叹气的,害得我只好乖乖吃这碗饭,可见有力不如智取。"这话正挑起了史幽红的苦水,当下一股脑倒了出来。两人找到了一个绝佳的共同话题,当然一发不可收拾。转眼之间,又到了熄灯时间,才发现八仙堂中已经没了人影。两人一起出来,走在前往玉仙庵的路上,薛新雨故意放慢了脚步,等待陆鸣从哪个角落中跳出来。可左等右等不见动静，反而惹得史幽红嗔怪了起来：

"你怎么了？干吗探头缩脑的？难道灌木丛中藏着一匹狼？"

"我不是怕狼，怕的是你的那位郎君看到了，我的脑袋上少不了要挨一板砖了！"这样的话，薛新雨以往只敢在心中想，可是今天不知怎么了，居然轻轻松松就出口了。

黑暗中看不清史幽红的脸色。半晌，她竟然笑了起来，倒吓了薛新雨一跳：

"我真想不到，你这个人看起来天不怕地不怕的，连领队明里暗里也让你三分，竟然会怕他的儿子？"

薛新雨听了无言以对。之后的日子里，这种情况发生了不止一次。薛新雨为了避嫌，更怕别人说闲话，尤其是那个袁招娣无风也起浪，一定会传出史幽红的闲话来。所以，薛新雨希望林家亮也留下来，起码要等自己写完信再一起走。可是林家亮很为难，他说："自己每晚要当老师，恕不能从命。"薛新雨奇怪了，说："全队就属你年龄最小了，有什么资格给人当老师呀？"

原来，宋大洋不知道发了什么神经，竟然要跟着林家亮学粤语。当然，他的理由是快要去广州了，听说那里有好多来历不明的地摊货，会粤语的话好砍价。运气好的话，甚至泡一个漂亮的南方妹子。

"你光会说嘴，从来就没有采取过什么实际行动。"相处好几年了，薛新雨对他太了解了，也有点儿不大尊重这个当初的老大哥了。

"这一次绝对不一样，到时候，我肯定让你们大吃一惊。"宋大洋这次可没有笑，而是异常认真地说了一句。

第二天晚上，薛新雨把这件事当做了一个笑话讲给了史幽红听。可是，史幽红听了竟然一点儿也不觉得好笑：

"大宋这个人虽然比较散漫随便，但是他肯学习也是好的。男人无论聪明与否，最怕的就是不走正道。"

从她的口气中，薛新雨隐隐觉察到了史幽红似乎对陆鸣有很多不满，甚至中午吃饭的时候也不坐在一起了。没错，一个国内首屈一指的女子高手，如果将来嫁给了一个碌碌平庸的棋手，总让人——包括旁人心气不平。但是，薛新雨在感情上已经伤得不轻，不敢再心存妄想，又不忍心见她如此难过，于是，平生第一次为情敌说话了：

"我们同一天入队，小陆的棋下得并不比我差。我想，他现在的水平没有提高，可能是有点儿分心的缘故吧。"说到这里，怕她误解，赶紧再补上了一句，"我的意思是，他的行政工作太多了，毕竟，他们是父子兵，不帮忙是不行的。"

可是薛新雨万没想到，这话正刺到了史幽红的痛处。男友的成绩太差，固然让人不痛快，但要说因此而分手，那未免太小看她对爱情的忠诚度了。一切的真正原因，是她在日本比赛时，有一天在翻看比赛日程表时，无意中看到了中方两个多月前发出的一纸传真复印件，上面清列了中方拟定的参赛人员，陆鸣的名字霍然在尾！也就是说，什么政审没通过全是骗人的，林家亮根本就没有进入参赛名单！只是有人怕陆鸣不能服众，一开始拿这个天真的孩子当幌子，等到了出发之时，找个子虚乌有借口把他换掉罢了。

发现了这一蹊跷，史幽红顿感心头一沉。作为棋手，不怕盘面上与对手钩心斗角，最怕的是盘面下的暗算。她不敢公开声张，只能私下向陆鸣质问。可是陆鸣竭力否认是自己做的手脚，把责任全推到了父亲头上去了。没错，出国一次，相当于祖坟上冒青烟，陆德言当然要绞尽脑汁为儿子争取了。可是，史幽红毕竟不是白痴，也知道自己的男友不是任人摆布的木偶。如果陆鸣觉得父亲假公济私不妥，他大可加以拒绝。说到底，还是他的私心在作祟。

想不到自己看中的竟然是这样一个男人，史幽红顿觉悲从中来，忍不住想大哭一场。

薛新雨正在享受着孤独带给自己的奇特心理满足，而他绝对想不到的是，史幽红也一样为孤独所包围。陆德言的几次有意偏袒，让她几乎成为了队中的孤家寡人，连个能说知心话的人也没有了。昔日的闺友戚玉秀结婚后，心思全在文昌阁的那个小家上了，对打毛衣的兴趣也远远超过了替人牵红线。何况，当初人家竭力劝阻自己和陆鸣好，现在说这些悔不当初的话，不等于自打耳光吗？

所以，为了表达无声的抗议，她故意冷落了陆鸣以示惩罚，借口是自己要参加每晚的研讨会，不需要他来接送。渐渐的，她就发现只有在这样一种场合下，她才能忘却那些苦恼，才能感到身心的自由放松，以至于每一次见到薛新雨，都有一种近似吸氧的兴奋。她知道这代表着某种危险的信号，可是自己却无能为力，不想抗拒。

11　世上如今半是君

可惜的是，能够给史幽红带来些许暖意的时光很快就过去了。炎夏渐渐过去，全运会已经召开在即。按照上级的统一安排，集训队要暂时解散，队员们先到各自省队的体育代表团报到，然后再随团前往广州打比赛。

通知一下达，队中顿时乱成一团，尤其是那些情侣们，来东华观好几年了，第一次面临小别的刺激，那感情更比平日要缠绵几倍。可是，史幽红对陆鸣的失望感依然没有消散，任他殷勤备至，也没什么好脸色看，第二天一大早就独自出门了。她刚走到照壁前，只见薛新雨从门卫处走了过来，他只顾低着头看信，一径走到她的面前。两人差点儿撞上了，薛新雨才醒过神来，连连向她道歉。

看到他入迷的样子，嘴角浮起的笑意，尤其是神采焕然的双眼，出于女性的天然敏感，让史幽红突然意识到了什么，试探着说了一句：

"你有女朋友了？"

薛新雨的第一反应当然是否认，但不知为什么，潜意识中又不肯这样做，只是含含糊糊应了一句："还算不上，只是普通的朋友而已。"

薛新雨见她要回家，就帮忙把行李送到了车站。和上次夜行不同，这次薛新雨走得轻快，不时要停下来等她。史幽红看上去有点儿神不守舍，下一个斜坡的时候还差点儿摔倒，让薛新雨担心不已。刚到了车站，一趟公交车从眼前开过去了，薛新雨知道下一班车要一个小时后才来，赶紧要追上去叫停，可是史幽红制止住了他，说不要紧的，我一点儿也不着急。两人并排坐在了候车点的石板上，好长时间都沉默不语。史幽红没觉得什么，薛新雨倒有点儿尴尬，想了半天，才找到了一个自认为最合适的话题：

"这次全运会,你的机会很大,我们争取在决赛中会师吧!我想,冠军一定非你莫属!"

可是,史幽红没有接受他的激励,反过来却对薛新雨提出了一个要求:

"我当然会全力以赴的,但是从来没想过能拿最后的冠军,除非你在决赛中故意输给我。不过,这一次情况可不同了,即使你愿意,我也不会接受的;如果你硬要那么做,我以后就再也不理你了。这是真的!"

薛新雨点了点头,知道她说的全是真情实意。史幽红又问起了薛平湖的情况,薛新雨说父亲回杭州后一直生活清闲,几乎不再摸棋了。不过父子之间倒是经常讨论一些棋理方面的认识问题,还经常打笔战。

"你知道吗?爸爸居然要我潜心研究一下传统的座子,说其中有很多合理成分,未来说不定会重新流行,你看他老人家是不是有点儿糊涂了?"

薛新雨说完直笑。可是史幽红听他讲了半天,最后只说了这么一句:"你父亲从不糊涂,倒是我父亲有点儿发昏了。"

上车后,史幽红望着窗外渐红的枫叶,想起也是这样一个灿烂又凄清的季节,自己第一次见到了薛新雨。三年过去了,她眼中的那个顽劣可恶的少年已经长成了高大阳刚的青年,正在享受着青春和事业给予的双重快乐,接受着来自各个方面的笑脸和赞美,当然也包括了无数的青眼和芳心。这一切本来都与她毫无干系,可是自己今天为什么表现得如此失魂落魄?一个不敢承认却像野草一样滋生的念头,在她心头挥之不去:难道,自己当初选择跟陆鸣在一起,不是为了别的原因,仅仅是薛新雨已经摆开了向自己进攻的态势,出于某种本能的自我保护意识,她不愿意回应他的热情,就顺手拉了一个挡箭牌来逃避吗?否则无法解释,当薛新雨追求无望,决定斩断情丝弃自己而去的时候,她为什么看陆鸣就横不是眼竖不是鼻子呢?

那么,自己心中真正在乎的,究竟是谁呢?

可是,当史幽红平静下来之后,才发现即使自己想清楚这一关节,现在又有什么用呢?从薛新雨的神态来看,他显然已经心有所属了。何况,就算自己想重头来过,一切都不是那么容易了。当初,自己想要让陆鸣靠过来的时候，只需要一个眼色就行了；可是今天想要让他滚远点儿，却非要掀起一场风暴不可。

就在昨天晚上，当史瑞虎在女儿面前称呼陆德言是"亲家"的时候，她立即皱起眉头严加否认："您千万不要这么说了，我和陆鸣之间不过拉拉手罢了，算什么亲呢？"

"好好好，为了不让乖女儿害羞，爸爸向你保证：从现在起，一直到婚宴上女婿给我敬酒为止，我再也不这么说了！"

史瑞虎哈哈大笑了起来，显得那么慈祥和宽容。没错，最近这一段时间以来，史瑞虎对女儿越来越迁就和放纵，完全没有了以往的粗声大气。可是史幽红心里清楚，他这么做并不是要为自己松绑，而是为了将自己顺利又安全地送到另一双手中去，绝不容中途出现任何闪失。从一个父亲的职责来看，这未必有什么错。可是对史幽红来说，一旦她乘隙逃脱，尤其是投入了那个世仇之子的怀抱，那么，父亲反弹回来的怒气足够把自己压成齑粉！

史幽红愁绪满怀，而薛新雨就没有那么多的心思了。朝阳升起来了，他已经快走到了东华观。突然，看到远远的似乎有一个影子从山门中闪了出来，他想那一定是陆鸣了。如果他问起了史幽红的行踪，自己该不该告诉他呢？如实说了，史幽红可能会不高兴；假装说没看见，又不合自己的秉性，因为两人之间光明正大的，没有什么不可告人之事。他还没有想停当，却发现那个人是宋大洋。

宋大洋也看到了薛新雨，神情有些不大自在。薛新雨没问他到底要出观还是要回观，因为自己也不想回答为何大清早下山又上山。打招呼的时候，薛新雨发现宋大洋的衬衣下鼓起了一个大包，似乎装了什么东西。他也没有追问，就自顾自进去了。回到宿舍之后，他马上提笔给冬清写了一封回信，告诉她自己很快就要回杭州了，之后一段时间活动频繁，恐怕不方便通信了。

次日，大家举办了临别聚餐。几杯二锅头下肚之后，人人精神亢奋，连林家亮这个小喇叭的口径也放大了一号。薛新雨又回忆起了往事，说宋大洋捉的那只兔子真肥，现在想起来口中还流水。这话勾起了冯晓白的痛苦记忆,想起了当年在山坡上和戚玉秀的卿卿我我,是何等的旖旎惬意!如今李爱琴虽然对自己关爱备至,但毕竟不如前任漂亮,想起来总觉得是一件憾事。而宋大洋更是反应强烈,他先是喝了个一塌糊涂,又哭了个一塌糊涂,仿佛今天一聚就是生离死别一样,其他人本来没事,倒被他惹得伤感了起来。

薛新雨自以为猜透了宋大洋的心事,因为以他的水平和年龄,全运会恐怕是他参加的最后一次比赛了。于是,就说了几句宽心话:

"大宋,你不要太激动了。我们是一辈子的好兄弟,将来不管到了哪里,都不会忘记今日的情分!"

宋大洋一听,一把抓住了他的肩膀,几乎要将薛新雨提了起来,尽管两人的个头相差无几:

"老弟,好好下你的棋,将来一定能熬出头的!你小子什么都好,就是太容易动感情了,不是闯荡江湖的料儿!"

薛新雨又笑又劝,好不容易才挣脱了出来。看来,宋大洋今天真的是喝醉了,竟然满口说起了胡话。当今天下太平,四海一家,江湖中的萍踪侠影,快意恩仇,豪情义气,在人们的心目中陌生得好似殷墟的甲骨文一样。至于什么"十步一杀"就更不要提了,光是"千里独行",没有单位开具的介绍信,你出门连个店也住不进去,连露宿街头都要被民警收容。

第二天,薛新雨就离开了东华观。他的心中恋恋不舍,似乎自己不是在回家,而是在离家。刚走下了山门,就被门卫叫住了,说有一封加急电报。薛新雨听了心一跳,以为父亲出了什么意外,打开一看,上面只有短短六个字:"预祝成功,冬清。"显然,她在收到自己的信之后,怕回信来不及,就发了电报以示祝福的。薛新雨感动之极,将它小心收好了。

薛新雨回到了杭州,又见到了父亲。薛平湖说全运会是当下的热门大事,各级政府都非常重视,给参赛选手提供了一切可能的便利,自己作为家属也受到了相关部门的慰问,连漏雨多年的屋顶也重新翻修了。薛新雨为桑梓之情所感动,更深知这是十多年来首次举行的全国性综合大赛,事关国内体育版图的重划,尤其要确定今后一个时期资金投入的方向,因此不容丝毫闪失。想到这里,他顿觉肩头一沉,仿佛一座泰山压了下来。

好像这个压力还不够大似的，在向省代表团报到之后，薛新雨才知道自己竟然被安排担任开幕式入场的旗手，而这个光荣的职位历来是篮球队中锋或举重世界冠军的禁脔。理由说出来很简单，因为在中日围棋对抗赛上表现出色，薛新雨已经提前为省队贡献了几个积分。不过，想来想去，他还是觉得自己太文弱了，而围棋又不是那种非常扎眼的项目，有点儿难当大任。可是，他的请辞却被一口否决了，理由是为了讨个好彩头：

"棋手当旗手，这不正合适吗？"

一段时间的紧张排练和思想教育之后，薛新雨终于随队启程来到了广州。现在，北方正当秋高气爽，而羊城依然还是艳阳普照，炎气蒸腾。在这里，他又见到了自己的队友们。异地相见，感觉分外亲切。薛新雨找到了北京代表团的驻地，先见到了舒梅，问为什么这么长时间都看不见她的影子，回家的时候甚至连个招呼也不打，是不是太不够意思了？舒梅似乎有点儿难为情，支吾了两句就不说了。一边的李爱琴替她回答道：

"小梅哪有空理会你们！这段时间她正在用功读书，家里字典、参考书买了一大堆，准备明年考大学呢！"

薛新雨听了笑着摇头不信，因为按照当时的政策，大家几乎全是清一色的"可教育好的子女"，进学习班人人有份儿，上大学个个绝望。之后，薛新雨又找到了史幽红，送给她一卷西湖风光的刺绣。可是史幽红看了看，似乎显得很失望：

"我喜欢吃那种又甜又酸的桃脯蜜饯，你没有带来吗？"

薛新雨惊讶得下巴都要掉下来了，立即和她算起了旧账，"你上次来杭州的时候，把我家乡的特产贬到了十八层地狱，我还以为你真的讨厌甜食呢！这次带来的芝麻糖、云片糕、桂花栗子可不少，但全都送人了。早知道你爱吃的话，我就再扛一麻袋来，保管让你吃到明年新桃子上市了！"

听了薛新雨惋惜中捎带数落的话，史幽红只是低着头，发丝从耳际垂下来，与轻咬的嘴唇连成了一弯新月般的圆弧。片刻之后，她才勉强挤出来了一句：

"我上次说不喜欢吃，只是因为当时心里非常讨厌你。现在看你顺眼了，它们当然也就变了味道。"

薛新雨当下几乎要被麻翻了。他原以为世界上的女人都是一分为二的：老与幼，高挑与娇小，活泼与文静，热情与冷漠，天真与世故，大嗓门与小性子，谁想到，她们竟然还能变幻出魔方一样的风情：可以激滟如春天画船下的一汪碧水，可以清雅如夏日栏杆外的满塘芙蓉，可以哀婉如秋夜书桌上的几滴烛泪，可以娇弱如冬天掌心中的那片初雪。

隔日，大家约好了一起去看望老领导秦双河。当然，在组织部门看来，他一点儿也不老，正当年富力强干事业的黄金年龄。这些年来，随着外贸活动的大幅增加，中国远洋轮船的海上安全问题显得尤为突出。因此，老游击战士秦双河又一次披挂上阵，要和波涛中出没的各种肤色的劫匪海盗们较量一番了。同时，他也卸去了围棋集训队中的所有职务。如此一来，陆德言就成了名正言顺的领队。不过，考虑到他的家庭背景太复杂，负责对外联络的陈主任升任了集训队的支部书记，这多少让队员们感到舒心了点儿。

秦双河看到了自己昔日的子弟兵，心情十分高兴，尤其看到舒梅已经出落成了一个大姑娘，更是又怜又爱，说："我刚刚看了一份内部简报，最近要恢复一批干部的工作，其中就有你父亲的名字。看来，你的苦日子是熬到头了。"舒梅听了并没有欣喜若狂，也没有哭出声来，只是默默点了点头。薛新雨疑心她已经知道了这个消息，否则的话干吗要复习功课呢？

趁开赛前还有几天闲暇时光，秦双河特地叫自己的司机带着队员们四处参观游览。在宝安县著名的中英街上，大家探头探脑，很好奇对面究竟是个什么样的天地。司机半是神秘半是炫耀地说：

"我告诉你们一个秘密，可不要外传啊——秦局长今后的工作地点并不在广州，而是在对面的香港。"

众人听了之后羡慕不已，王富军也开玩笑说："早知道老领导要来管海轮，我就不下棋了，说不定还能得到驻外的机会呢！"薛新雨也替他惋惜，说出一趟海就等于与世隔绝好几个月，最适合潜心研究围棋了。张乘龙听了冷笑一声，说海上哪有陆地安全，一个海浪打过来，人在下棋还是棋在下人都分不清了。薛新雨这才意识到自己冷落了这个前铁老大，又转而恭维他了两句，差点儿就说火车轮子赛过哪吒的风火轮了，张乘龙才显得高兴了一些。

全运会的开幕式隆重举行了。那一夜，无数的鲜花在手中摇曳，无数的气球腾空而起，无数的焰火照亮星空。薛新雨目睹这五彩斑斓的一切，眼睛竟然有点儿湿润了，仿佛自己又回到了童年，偎依在了母亲的膝下，她的容颜已经记不清了，但是裙子的颜色还是那样鲜亮悦目。轮到各代表队入场了，薛新雨虽然心跳如鼓，身僵如木，汗下如浆，甚至不敢抬头向沸腾的观众席望上一眼，但还是顺利完成了自己的任务，把省队带到了体育馆中央用石灰粉标定的区域。等他回到了住处，才发现脱下的运动背心已经可以拧出水来了。

因为赛程较长，所以围棋比赛的小组赛已经提前进行了。作为种子选手，薛新雨获得了轮空的权利。所以，他就有闲心到处逍遥。除了最热门的乒乓球之外，人们心照不宣的看点有两个：一是女子体操，可惜参赛的选手年龄太小了，看上去不像高傲的天鹅，倒像是一群蹦蹦跳跳的虾米；二是游泳池，不过那些女将们也个个长衣裹身，除了头脚，几乎不露分寸，一点儿也不像安徒生笔下的美人鱼，倒和动物世界中的儒艮有得一比。

薛新雨正感到索然无趣，突然发现对面看台上有人向自己招手，抬眼一看，发现是戚玉秀。原来，她是来为自己当年体校的同学加油的。薛新雨欣然走了过去，正要问为什么黄子武不陪她一起来呢？史幽红不知从哪里冒了出来，正似笑非笑地盯着自己。薛新雨脸色通红，心想："糟了，她一定猜中了自己的心思。"因为体操和游泳正是当时仅有的能够显露女性曲线的项目。不过，史幽红并没有借机奚落他，只是轻轻说了一句：

"你小心一点儿，不要魂儿都让人勾走了！"

薛新雨心想："当我看见你第一眼的时候，魂儿就已经不在自己身上了。"可是这样的轻薄话怎么说得出口呢？他只得含糊应了一声。史幽红又告诉了今天小组赛的进展战况，说围棋热在全国方兴未艾，各地高手辈出，藏龙卧虎。李爱琴今天就爆了个冷门，连小组赛都没有出线，成为第一个被淘汰出局的专业棋手。薛新雨点头称是，心里却大不以为然。一是集训队的人都知道，李爱琴的心思全在如何填饱冯晓白那挑剔的胃了，自己的专业早就荒疏了；二是业余棋手也许能下出一两手石破天惊的妙招来，但远不如专业棋手那样稳定，差异之大，就像钻燧取火和核能发电一样。

果然，就像要印证她的告诫一样，薛新雨碰到第一个对手时，竟然差点儿就阴沟里翻了船。对竞技体育来说，轮空的优待未必是件好事，因为从小组赛的厮杀中脱颖而出的选手，往往更容易进入状态。

对手是一个名不见经传的煤矿工人，起手就点了两个"三三"，一看就是那种死硬的实地派。薛新雨心中暗笑，毫不客气就镇了两个星位。不过几十手，就将对手牢牢压制在了边角上，外势厚得让自己都有点儿不好意思。可是，对手既然肯吃这个亏，一定会有后手做准备。果然，在边角捞足了之后，他在中腹投下了一串串深水炸弹。俗话说"光脚的不怕穿鞋的"，对手反正没有什么包袱，而薛新雨又有点儿托大，总想好整以暇轻松拿下，竟然被人家硬生生在中腹做出了一个天下大劫。这个劫要是打输了，不但中央的一条大龙要逃出生天，薛新雨辛苦垒砌的围城反而变成了残垣断壁。虽然面上不动声色，薛新雨心中已经翻江倒海，因为他计算出对方的劫材竟然比自己的还要多。长考了一个小时，薛新雨终于做出了一个艰难的决断，不再寻求屠杀大龙于中腹，反而送敌出境，并借势冲入了黑方的阵势中。对方消劫之后，眼看胜机乍现，竟然不知道该怎么下了。面对已经分断开来的两坨白棋，想杀又不敢杀，顾此失彼之下，薛新雨已经将它们安顿了下来。眼看欲擒故纵的战术获得了成功，薛新雨心头一振，充分施展了专业棋手精湛的官子工夫，不断扩大领先的优势，最后竟然以七又四分之一子狂胜对手。

不过经此一役，薛新雨再也不敢轻慢任何一个对手了。同时，为了静心，除了参加比赛之外，他干脆整天都把自己关在了房间中打谱，连最喜欢看的羽毛球决赛也放弃了。又胜了两轮，他就挺进了十六强，下一个对手正是宋大洋。

这天清晨，薛新雨早早来到了赛场。可是左等右等，比赛时间已经到了，宋大洋竟然人影也没有出现。裁判已经开始启动计时了，如果一小时之内他还不来，就等于自动放弃了。薛新雨担心他病了，又觉得不像，因为在这个夏天，宋大洋天天都跑到水库去游泳，一天少说也要游个十里八里，还自夸身体棒得像根铁柱子，怎么会轻易倒下呢？时间飞快过去了，他还在猜疑不定，裁判已经宣布结果了。于是，薛新雨兵不血刃又过了一关。

按照常理，薛新雨应该去探望一下宋大洋。可是他想到了史幽红的叮嘱，觉得现在不是讲私情的时候，即使宋大洋能够按时参加比赛，自己也必须要将他打落马下。于是，在参加了下一轮的抽签仪式之后，他又回到驻地闭门静坐了。

薛新雨的下一个对手是张乘龙。这家伙近来有点儿走火入魔，对平衡理论顶礼膜拜到了迷信的地步，不但棋风中找不到丝毫以往大砍大杀的痕迹，还提出了"六不"准则：一、不争先。一般来说，业余棋手喜欢白棋，因为他们惧怕贴目；职业棋手喜欢执黑，因为看重先行之利，而张乘龙一概无所谓；二、不多占。无论是实地还是外势，从不一网打尽，总要给对手留下一定的空间；三、不过分。每一步棋都掌握分寸，既像三月杨柳一样舒展，又像五十老人一样从不逾矩；四、不逞强。即使面对刚入门的小屁孩，也绝不以滥杀狂屠对方的棋子为荣；五、不示弱。你若以为君子可以欺之以方，他一定要还以颜色，让你见识一下梁上君子的手腕；六、最可笑的一点是：不多赢。如果盘面上领先太多而对方又不肯主动投子，他总要主动送回去一些，最后不多不少就赢一两子。这一点，似乎和春秋时期"不擒二毛"的宋襄公有一比。但是熟知历史的人都知道，如果有了强大的实力做后盾，宋襄公与齐桓公其实只有一步之遥。

可想而知，和这样一个兼有天使和魔鬼双重性格的人比赛，必然是一个漫长又痛苦的过程。

一开局，薛新雨依然用了自己最偏好的"双月式"开局，而张乘龙还以自己独创的"三光式"——既然小目如月，星位是星，他认定天元就是普照大地的太阳，所以起手三子必然要下在这三个位置上，犹如"天地人"缺一不可。薛新雨下得分外谨慎，到了中午封盘的时候，不过才下了三十多手。午饭之后，薛新雨在餐厅外的草坪上溜达，看到那里已经聚集了一群人，他们议论纷纷，个个神色惊异，似乎发生了什么不寻常的事情。薛新雨本来不想分神，可是看到了袁招娣正讲得眉飞色舞，竟然不由自主地踱了过去。才听了两句，他就霍然变色了。原来，她言之凿凿地说：宋大洋前天晚上失踪了！而且，据小道消息说，他偷偷游到香港去了！

"你不要胡说八道！"薛新雨一听火冒三丈，恨不能冲上去撕烂她的臭嘴，"大宋出身贫下中农，平常表现得比谁都积极，他怎么会做出这样的事情呢？"

"你真可笑，以为谁都像你一样傻？这个年头，越是满嘴高调的人，越是满肚子坏水！"袁招娣反唇相讥道。为了证明自己的论点，她还想再说点什么，可是看到薛新雨的拳头都捏起来了，一害怕就憋了回去。

薛新雨不相信她说的话，可是心中又觉得这种可能性未必没有，因为宋大洋近来的行为确实有点儿反常。如果他真的逃走了，那么性质严重之极，自己应该与这个老大哥断然划清界限，甚至公开声讨他的可耻行径。但不知为什么，他在惊恐之余，竟然希望对方能够顺利游到彼岸，千万不要半途而废，尽管这个念头绝对不敢让任何人知道。

下午比赛继续进行，这个突如其来的消息，让薛新雨的情绪出现了明显的波动，下出的棋子一点儿感觉也没有。好在张乘龙对他极为忌惮，又要维护自己的招牌，不肯为之过甚，所以局面尚在两分状态。进入中盘之后，薛新雨眼见如此进行下去，自己的黑棋是贴不出目来的，于是收敛心神，果断使出了胜负手，一子强硬地靠在了对方的无忧角上。张乘龙知道厉害，立即也使出了浑身解数，要将它拔之而后快。薛新雨一搭一扳，摆出了做劫的架势。张乘龙最恨打劫了，认为有伤阴阳和气，加上自己虽然实地占优，但全局薄形不少，不肯把水搅浑，长考了半天，才简单一粘，确保角部安全，看黑棋下一步怎么办。没想到的是，薛新雨占了小便宜，不但不趁机将三子逃出，反而跳下一子到二路，非要和对方来个鱼死网破。张乘龙这下可有点儿火了，觉得对手欺人太甚，不给点儿颜色看是不行了。高手相争，千万不能把希望寄托在对手的弱智上。因为你能想到的诈术伎俩，人家一定也能想到。不过几秒钟，张乘龙就算清楚了，对方想就地做活，难度不亚于螺蛳壳中做道场。于是他小尖一手，遮断了黑棋的归路。薛新雨就像不知危险的地鼠一样，继续在二路的狭窄通道中穿梭，甚至将几个黑子主动送上门来。可是张乘龙已经看到了其中隐含着"倒脱靴"的手段，自己吃黑子越多，就死得更惨。他心中冷笑了一声，偏偏不去理会送到嘴边的肥肉，而是下立了一手破眼，彻底断绝了对方的念想。这一手就像是胜利宣言一样，让他仿佛看到了金牌已经在不远处微笑睐眼了。

可是，薛新雨好像不死心一样，竟然一手扑入了角尖。怎么回事？张乘龙的第一反应是对手疯了，定睛一看，顿时全身冰凉，因为他这才发现，薛新雨前面那十几手全是虚招，当自己的注意力先被打劫后被做活吸引了的时候，黑棋已经悄然完成了对白角的缠绕包围！经过一番间不容发的拼斗之后，角上最终形成了双活。可是，白棋无法承担一个十目的大空被捣毁的损失。于是，薛新雨又一次涉险过关。

当天晚上，薛新雨在宿舍中又摆开了"三环刀"。他的半决赛对手是冯晓白，在过去的几轮比赛中，冯晓白使用这个布局所向披靡，让不知深浅的对手们大吃苦头。他正在苦思冥想破解之道，听到了有人敲门，打开一看，竟然是黄子武。

在今天的比赛中，黄子武输给了林家亮，这对一个抱有冲冠雄心的人来说应该是个重大挫败。可是，薛新雨从他的脸上没有看到丝毫的沮丧。两人一见面，黄子武就用兴奋又沙哑的嗓音告诉薛新雨：扣在自己头上长达三年的冤屈已经彻底洗清了！见薛新雨一脸茫然，黄子武抓住了他的肩膀，使劲摇晃了起来：

"你难道忘记了锦鳞阁中那条丢失的金鱼了吗？"

薛新雨大吃一惊，赶紧让他坐下细细道来。黄子武一连喝了几杯水，才缓过气来，告诉他一个确凿无疑的消息：宋大洋真的跑了！在一片海滩上，夜间巡逻的民兵们发现了一包衣物，里面还有一封信，是宋大洋写给集训队全体队友的。他主动承认，当初东华观失踪的金鱼就是自己盗走的！

薛新雨头脑中一片空白。黄子武情绪十分激动，在屋子里走来走去，

不住嘴地骂人,从陆德言到老甘头,一个也没有逃掉。不过,到了最后,他竟然有点儿感激起宋大洋了:

"这龟儿子虽然害人不浅,但是,总算良心还没有完全被狗吃掉。他要是不说出来金鱼的真相来,我这个黑锅可要背一辈子喽!"

薛新雨点了点头,承认他说得不无道理,转而关心起了那条金鱼的下落:"他带着金鱼走了吗?"

"那个自然了!"黄子武肯定地回答道,"那条金鱼是古物,一定能卖个大价钱!我听人说,在那个花花世界里,除了钱之外六亲不认。否则的话,就凭他的能耐,也只能去做一个叫花子!"

黄子武走后,薛新雨彻夜难眠,一个问题在脑海中萦绕:既然金鱼是宋大洋盗走的,他究竟把它藏到什么地方去了呢?也许,他早就转移出去了,甚至就利用了那次大伙儿外出野餐的机会,将它藏在了兔子洞中。等避过了风头,宋大洋又将金鱼挖了出来,携带南下,伺机出境。

薛新雨想起了那天清晨在东华观山门口撞见宋大洋的那一幕,不禁暗叹了一口气。真没想到,自己一直尊敬甚至崇拜的仁兄竟然是这样一个鸡鸣狗盗之徒!看来,袁招娣的口中也不全是诬陷之词。

虽然一夜没有睡好,但薛新雨第二天依然强打起精神来,准备与冯晓白来一番龙争虎斗。猜先的结果,冯晓白如愿拿到了黑棋,果然起手就是"三环刀"。按照惯例,薛新雨如果不想一开始就陷入被动,应该主动挂角,不让对方摆开阵势。可是,薛新雨却并不在意,反而像个老农民一样,只顾在自己的地盘上深耕细作。他不肯主动入套,冯晓白当然也不会冒险出击。几十手下来,双方各自形成了大模样。从旁观者的角度来看,仿佛棋盘上飞来了一白一黑两只大鸟,它们姿态优雅,蹁跹起舞,煞是好看。但是,这样几乎完全对称的局面,在薛新雨眼中是一幅完美的太极图,可在冯晓白看来却是一团糟糕之极的涂鸦:如果双方的阵势都坚固如磐石,黑棋的先行优势就无法充分发挥出来了。

现在,"三环刀"的致命弱点终于暴露了出来:这是一种守势思维下的产物,守成有余,进取不足。而当前盛行的"太空流"和"虎尾流",它们都强调积极主动的进攻精神。因为真正的高手都和军事家一样,知道最好的防守就是进攻。

原来，这就是薛新雨始终不肯采用"三环刀"的真正原因！

但是，冯晓白也不是当年那个萎蕤的文弱书生了。经过了几年的锤炼，尤其是受到了失恋的刺激，原本偏软的棋风之中也夹杂了凌厉之气。于是，他停止了慢悠悠的龟步，飞起一子，镇在了敌阵上方，像在白鹤头上点了一个黑痣。如果白棋靠上一手，那么黑棋且战且退，虽然让白边做成了实地，但是能够在中腹形成厚势，对中盘战斗十分有利。可是，薛新雨不肯让对手如愿，反而脱先肩冲了黑棋右边的星位，犹如在黑天鹅的脖子上涂了一点儿石灰。冯晓白回补了一手托，企图将这一子驱除出去。薛新雨借势连压几手，黑棋也奉陪到底；白棋形成厚势后，高高跳起一子准备整形。这时，黑棋终于等到了猛攻的机会，立即依托早先摆好的镇子，向白阵的腹地深入进攻，一阵左冲右突之后，成功掏空了一条白边。这时候，薛新雨一子靠上了黑棋角上的小目，似乎要重演战胜张乘龙的那一幕。可是，冯晓白早有准备，丝毫不肯退缩，而是果断挖断，准备生死搏杀。但是谁也想不到，白棋竟然主动后退一手，任黑棋吞下自己打入一子，突然转向攻击黑棋中央的黑子。这一突变，让正感到得意的冯晓白心头一抖。原来，"三环刀"虽然有三手，但真正的要害却是第三手。现在，白棋已经碰伤了星位右下的那一子，不但"三环刀"原有的腾挪优势荡然无存，连整个黑阵都像断了柱子的大厦，显得有点儿摇摇欲坠了。冯晓白两头兼顾，手忙脚乱，虽然勉强止住了溃败，但大势已去。之后，双方又弈了百来手，但已无关输赢了。

复盘的时候，另一场半决赛的结果也出来了，史幽红赢了林家亮。看来，无论薛新雨是否情愿，似乎冥冥中早有注定，两人今生都逃不脱对手的角色。决赛之前，选手们要休息一天。可是，薛新雨的思想发条一点儿也不能放松，反而要拧得更紧。原来，全运会已经接近尾声，各队的竞争也进入了白热化阶段。浙江队和北京队的积分不相上下，为了进入积分榜的前三名，最后冲刺的希望就全寄托在围棋这个项目上了。薛新雨知道史幽红的压力一点儿不比自己小，心里反而松快了不少，似乎一副重担变成了两人抬。

当薛新雨给自己减负的时候，史幽红却正承受着双重的精神煎熬。为了让列祖列宗瞑目，史瑞虎再一次郑重命令女儿拿下决赛。史幽红一口就应承了下来。但是，史瑞虎听了好像并不放心，反而更加喋喋不休起来。史幽红听了半天，终于明白了其中的弦外之音：

"爸爸，您就直说了吧，是不是有人在您耳边吹什么风了？"

"当然没有！"史瑞虎先是一口否认，但毕竟是个直筒子，最后又忍不住泄露了出来，"小陆说了，近来总看你和姓薛的那小子在一起，心里有些不大放心。"

可是，他的话立即点燃了女儿胸中积郁已久的那团火气。等父亲走后，史幽红立即去找陆鸣算账。陆鸣虽然忝为专业四段，却在比赛中早已经出局了，每天都在组委会帮忙，进进出出像只勤劳的工蜂。史幽红来到了组委会办公室，正当午休时间，里面空无一人。这时，史幽红也冷静了下来，责备自己太冲动了，怎么好意思在办公场所和男友吵架呢？再说了，陆鸣妒忌自己和薛新雨在一起，不正说明他在乎自己吗？想到这里，她决定留一张纸条给陆鸣，约他今晚好好谈一谈，把各自的心里话全倒出来。她坐在了陆鸣的座位上，拿起了一支笔，可是手边没有稿纸，看到上锁的抽屉缝里露出一角白纸，就顺手抽了出来。她只看了一眼，只觉得眼前一黑，差点儿就晕了过去。

原来，这是陆鸣起草的一份检举材料。而揭发的对象，竟然就是薛新雨！而扣在他头上的罪名，赫然是帮助宋大洋偷渡外逃！信中罗列了大量的"证据"说明两人关系非同寻常，包括大家平常在东华观发的牢骚和怪话。非但如此，他还将冯晓白和林家亮也一并打入了网中，甚至连老领导秦双河也没有放过，说出事前几天，秦双河曾安排他的司机带着众人出外游玩，种种巧合值得怀疑云云。而这些人与他从来就没有什么过节。

在这之前，戚玉秀曾经向史幽红透露过黄子武遭冤屈的内情，说陆鸣这个人心如蛇蝎，决不可轻信，但是史幽红却不肯相信。因为，她根本不相信世界上还存在着这样可怕的人。

正在这时，她的耳边突然传来了脚步声。史幽红慌忙要将检举信塞回去，可是越忙越乱。转眼之间，陆鸣已经站到了她的面前。史幽红眼见已经瞒不过了,干脆把它摔到了桌面上。陆鸣只看了一眼,也明白她什么都知道了。两人面对面沉默了片刻,史幽红突然问了一句让人摸不着头脑的话:

"你是不是被人抱养的孩子?"

"当然不是了。"陆鸣不明白她的意思,勉强笑着说,"我的家境你全知道,如果不是亲生的,爸爸怎么会对我这么好呢?"可是没等他说完,史幽红截口反问了一句:

"既然你也是吃人奶长大的,那你为什么要把一个从小就没娘的人往死里整?"

陆鸣马上百般辩解,说这份材料不是自己主动写的。集训队偷跑了人,上面要严肃追查,不挖出深根是交代不过去的。可是,史幽红只是冷冷地看着他,看得陆鸣以为自己全身到处都是窟窿。听到外面又传来了声音,史幽红转身离去,只给他丢下了一句话:

"你可以死心了!我以为自己已经够冷的了,但是,我绝不会嫁给一个心都是冰做的男人!"

第二天上午,薛新雨来到赛场之后,一见到坐在对面的史幽红,心中就暗吃了一惊。只见她脸色发黄,眼圈带青,连一头乌发也没好好梳理,只是随便挽了个结,全然不见了平日的润泽光亮。更让他想不到的是,史幽红执黑开局后,竟然摆开了史家的招牌菜——"穿云式",前两子占据了对角的星位,然后向侧翼大飞,看上去好似一副拉满了的弓。当年史胜东与薛鉴水在北海公园大战,决胜一盘就采用了这个开局。现在,史幽红又翻出了这个尘封的旧案,难道是要报一箭之仇吗?薛新雨想也不想,就将挂角一子回拆一手,然后跳起小尖,看上去像一段枯木上又发了鲜花。这正是薛鉴水生前最喜欢的边角套路——"回春式"。薛家世代行医,当然最喜欢病人夸自己"妙手回春"了。

尽管摆开了算账的架势,可是,薛新雨却没有感觉到一丝剑拔弩张的气息,反而沉浸在了某奇怪甚至美妙的感觉中。一开始是灵雀穿梭柳梢,探听春风消息;之后是鸤鸠筑巢木棉,不觉暖意袭人;最后是丹凤栖息梧桐,终究两全其美。时间在不知不觉中流逝,比赛结束了,薛新雨才恍然从一场梦中醒来。最终,白棋赢了二又四分之一子。

比赛结束了,史幽红没有祝贺薛新雨夺冠,甚至没有朝他看一眼,而是径直起身来到了赛场边,对着呆若木鸡的史瑞虎说了一句:

"您老人家可都瞧见了,没有外人帮忙,他们薛家照样可以赢我们史家!"

她的话音刚落,脸上就重重挨了一巴掌!

12　竹死桐枯凤不来

当天晚上,史幽红没有参加颁奖仪式,就被父亲史瑞虎带回北京去了。而全运会结束之后,薛新雨也并没有返回东华观,而是随省队凯旋返乡了。在那里,一大堆总结会、表彰会和报告会正像集束炸弹一样投向自己。薛新雨获得了人生中第一个全国冠军,而它的分量要远远超过了当年的"希望杯"。现在,这个二十出头的年轻人和刚炒熟的桂花栗子一样炙手可热,成了市民津津乐道的中心。他的变化是如此之大,弄得薛平湖都快认不出自己的儿子来了。

"你小时候什么猴样,我还不知道吗?可是你看看,报纸上怎么说来着:'品学兼优,勤奋上进,是个人人夸奖的乖孩子。'这不是胡扯吗?要说'品学均差,不求上进,是个人人摇头的怪孩子'还差不多!"薛平湖一边看一边皱起了眉头。

"您别哪壶不开提哪壶了,这还不是最离谱的呢!"薛新雨最怕父亲揭自己的老底了,"报上还说,咱们薛家具有光荣的爱国主义传统,祖孙三代人与日本棋手进行了长达半个多世纪的对抗。实际上哪有这么崇高?您不是说过吗?爷爷当年去北京挑战伊东道平,是冲着段大帅那三千大洋的赏钱去的!"

"没错。"薛平湖同意儿子的说法,叹了一口气说道,"老一辈的人干什么都是这样,嘴上全是客气,肚子里全是杀气。说什么'点到为止'的,实际上就是抢名头夺地盘。到最后,往往不顾体面,什么上不得台盘的招数都使出来了!"

薛新雨从父亲的话中听出了几分自责之意。那场北海争霸,原本是一场"以棋会友"的盛事,竟然以史胜东吐血殒命而告终。自古以来,能够让人以命相搏的,大都不是什么好东西,难道围棋也是如此吗?想到这里，他又不免为史幽红担忧了起来。决赛现场那惊人的一幕，当然落在了每个人的眼中，让薛新雨一想起来就揪心。同时，他又觉得十分不解，史幽红一向是众人眼中最听话的乖乖女，干吗要用如此挑衅的言辞来激怒自己的父亲呢？

"也许是因为她压力太大，有点儿失态了吧？"薛新雨这样猜测，可是心里也不大肯定。

薛新雨每天东跑西颠，甚至还被曾经就读过的中小学邀请去做报告。当然，他要告诉学弟学妹们的不是精妙的棋艺，不是凌乱的情感，而是崇高的理想，集体的温暖，报国的忠诚。同样，需要和他一起分享夺冠喜悦的还另有其人。不过，他写信给冬清报喜后，过了一个月才收到了回信。冬清先向他道贺，然后抱歉回信晚了，因为自己的母亲去世了，一是忙于料理后事，二是怕影响到他的心情，所以等到自己平静一点儿了才提笔。薛新雨看了很困惑，因为她说自己刚刚得到噩耗，可是结尾又说近日要举办一个亡母三周年忌辰的仪式，这不是自相矛盾吗？当然，薛新雨知道现在不是猜谜的时候。冬清虽然不能与自己同乐，自己倒可以替她分忧。作为一个从小就没有娘的孩子，他确实有很多心里话可以用来抚慰对方。于是，薛新雨连夜写了一封回信，长得像蛇蜕一样，几乎塞不进邮箱中。果然，读了他的回信后，冬清说自己感觉好多了：

"我原以为自己是天底下最不幸的人了，可是和你一比，才知道远没有那么糟。至少这三年来，我一直以为自己的家庭是完整的，多过了一千来个哪怕是虚幻的幸福日子。"

她的这句话本意是自嘲，可是落在了薛新雨的心中，却分明有一种让人难以遣怀的忧郁。他本来就涉世不深，加上天性随遇而安，所以无法理解这个未曾谋面的同龄人为什么对人生充满了悲观。

忙碌之中，伙伴们都已经陆续回京了，只有他还耽搁在杭州。这一天，薛新雨接到了从围棋协会发来的七段证书。但是，签发的墨迹未干，又一个噩耗传来了：沈老将军病逝了！

很快，大家就明白了，倒下去的不止是一代名将的魁伟身躯，还有保护围棋集训队不受动荡风波干扰的外墙。不久，一纸解散通知就传了下来。薛新雨失去了自我表现的舞台，史瑞虎失去了教训女儿的理由，戚玉秀和黄子武失去了自己的小家，连带着陆家父子苦心营造的小王国也土崩瓦解了。

现在，何去何从就成了每个队员最关心的问题。按照"从哪里来回哪里去"的原则，这根本不是一个问题。但是，三年多朝夕相处的时光，即使结构最简单的水分子也能在铁板上蚀出一层绿锈来，何况是一堆心思复杂的高分子聚合物呢？现在突然要分开了，无数的恩爱情仇要立即来个了断，怎能不撕破几层皮，甚至打断一些骨头呢？

遣散令一下达，东华观中顿时哭成一片，骂成一片，又乱成一团。哭的不一定真有什么伤心事，也未必对东华观情深难舍，面对茫茫难测的未来，这是缓解压力的方式，对女队员来说分外重要；骂的不一定真有什么不平事，也未必对遣散恨之入骨，多半是曾经满怀豪情而今却一事无成的宣泄，对男队员来说尤其如此；乱的不一定真有多少家当要清理，只是究竟跟着哪一方走，甚至要不要跟着一起走，恋人们之间还没有一个定论。

薛新雨当然看不见这宛如末日来临的景象。可是，得到消息的一瞬间，他就像一只被砍断了尾巴的猫，那种痛从尾椎一直冲到了脑门顶。其实，这一天的到来也不是一点儿征兆都没有。远的就不说了，光从自己身边的日常小事就可见端倪。从下半年以来，已经好转了两年多的粮食供应又紧张起来了，而肉、禽、蛋等副食品的短缺尤为突出，连原本在街头巷尾随处可见的小摊贩也绝了踪影。在广州的时候，薛新雨还曾向史幽红夸口要送她一麻袋糖果，可是现在不要说零食了，连做菜时充当调味品的桂花糖也限量供应了，尽管今年整个江南地区风调雨顺，虫灾不兴。

当然，如果仅仅考虑到个人的出路，薛新雨要幸运多了。自明清以降，中国围棋格局有所谓"一点金，一堆银，一串铜钱闯龙门"之说。"一点金"：北方围棋不振，唯有京城高手云集，其中多为官宦和贵族子弟，都是绣金戴玉吃皇粮的；"一堆银"：江南是富庶风雅之地，爱棋的名士多为不愁温饱的缙绅子弟，可以供养得起棋手，甚至能够悬赏重金邀请高手来献技，比如著名的"当湖十局"就是湖州一个财主出资主办的；"一串铜钱"：四川也是围棋重镇，但是下棋者多为江湖艺人，为了糊口在街头摆摊，下一局的赌注往往就是一串铜钱。由此可见，围棋在江浙一带具有深厚的群众基础。作为一个为家乡赢得了荣誉的知名国手，省里对薛新雨特别关照，已经同意安排他去青少年文化宫工作，除了定期为中小学生进行表演和讲解外，还负责放电影——这可是眼下最受女孩子青睐的工作。即使将来文化馆也关闭了，最不济的话，凭他绘画的功底，还可以进陶瓷厂去当一个美工。

现在，薛新雨最要紧的任务是回东华观办理关系转移工作。这几个月来，薛新雨一直靠吃父亲的粮本过日子，眼看家里的米缸就要见底了。

"我们父子在北方漂泊了这么几年，现在总算可以安顿下来了。将来等你再找个好姑娘做媳妇，一切就算是圆满了。"薛平湖对现在的生活十分满意。集训队的解散固然让人扼腕，但是也让他唯一的担心烟消云散。时间是感情的磨刀石，也是感情的粉碎机。可想而知，只要儿子肯老老实实在青少年宫上班，史家的女儿将人如其姓，迟早要成为过去的一部分。

于是，在岁末的寒风中，薛新雨坐上了去北京的火车。可是欲速则不达，到了徐州之后，因故又停留了整整一天。不耐烦的乘客们开始纷纷骂娘了，薛新雨没有娘可骂，只好沉默以待。自从获得全运会冠军之后，似乎福气已经消耗殆尽，一切都在和自己作对，反而让他不愿意过早回到东华观。似乎只要拖下去，就能让残酷的现实延后一刻。

一直到了第四天下午，他才回到了东华观。这时候，整个道观已经人去楼空，只有檐角的铃铛还在风中作响，而雪地上几只觅食的麻雀更增加了凄凉之感。薛新雨正在茫无目的地乱走，却一头撞见了张乘龙。原来，集训队中只剩下了他一人，连看守锦鳞阁的老甘头也走了。

张乘龙拉他来到了自己住的厢房中，拿出了一沓信给他。薛新雨匆匆翻了一下，才知道戚玉秀跟着黄子武回了四川，虽然集训队解散了，但省围棋队却得到了保留，这在全国范围内可是绝无仅有的一例；同样，李爱琴也跟着冯晓白回了江西；林家亮回海南老家继续上中学，而王富军也回到了天津去当海员了。一通看下来，最后一封是陈主任留下的，叫他到京后马上来找自己办理手续。薛新雨没有见到自己最想看到的那个人的留言，甚至平素关系最亲昵的舒梅竟然也将自己忘掉了，心里十分失落，转而问起了张乘龙：

"你什么时候走呢？"

"我不走了，以后就在东华观过日子了！"张乘龙露出了坚定的神态，这可真是一个让人惊诧的回答。

"那你以后怎么办？"薛新雨顿时睁大了眼睛，"我的意思是，这里连个人影子也看不见，你以后不娶老婆生孩子了？再说了，集训队解散后，粮食关系也停了，你吃什么呢？"

对于他的第一点疑问，张乘龙避而不谈。他是集训队中典型的工人阶级出身，人高马大、棋艺高超又喜欢研究哲学理论，连冯晓白都甘拜下风，在女队员中颇受关注，至少张红芳就很欣赏他，托戚玉秀牵过线，可是他竟然借口同姓不婚，一口就拒绝了。于是，很多人都传言他是不是有什么毛病，一个年届三十的人还不近女色，实在太不正常了。而对于今后的生活，张乘龙却大谈特谈，显然早就盘算好了。原来，香火鼎盛的道观大多都有自己的田产，东华观的后山就有十多亩梯田，虽然荒废已久，但复耕很容易。除了种粮种菜之外，还可以养花，反正水源方便，至于居住那就更不成问题了。薛新雨听了点头称是，说观里的庭院也不少，可以养几头猪，一群鸡，逢年过节打打牙祭。他想起了往事，又好意提醒他泉眼下的清潭中可以捉鱼。见张乘龙神色怪异，对自己的建议不肯接茬，薛新雨突然明白了过来：

"你的意思是——你真要出家当道士了？"

张乘龙点了点头，就出去给薛新雨张罗晚餐了——当然全是素的。两人吃饭的时候，薛新雨问他今后还下棋吗？回答说随缘吧。薛新雨知道他已经心如死灰，不免深为可惜。同时，他一直想打听史幽红的近况。可是，在一个已经厌弃红尘的人面前打听意中人的芳踪，总是不太好开口，就转而问起了史瑞虎和陆德言这两位领导的去向。

张乘龙说全运会结束之后，史瑞虎自觉年纪大了要退休，让女儿顶替了自己原来在印刷厂的工作。如此一来，史幽红就当上了一名图书排版员；陆德言机关算尽一场空，黯然回了山西老家；可是，他的儿子陆鸣却飞黄腾达，成功留在了北京这个比登天还难进入的城市。究其原因，不是因为陆鸣创造了新的车轮战世界纪录，而是因为他像个炮手一样，接连发表了一系列切合当前形势的重磅文章，尤其是那篇《不容用专业化来否定革命化——深入揭批围棋战线上暗藏的逆流》，让他声名大噪，并进入了国内仅存的一家体育杂志社。

薛新雨听了半晌不语。看来，人家才是全运会真正的赢家，自己不过又当了一回挨枪的靶子。王富军曾经告诉过伙伴们一个有趣的现象：一条船究竟有没有漏水，船上的老鼠竟然比人还要清楚。如果海轮到港靠岸后，发现甲板上有老鼠拼命往岸上蹿，那就要格外小心了。看来，陆鸣就是这种嗅觉灵敏的俊杰，自己这个只知道埋头下棋的呆子是万万比不上的。此时的薛新雨还蒙在鼓中，不知道正是因为史幽红当面痛斥了陆鸣的陷害，使得那份毒箭一样的检举信没有射出，自己才侥幸逃过了一劫。否则的话，不要说最后披金戴银了，连能否逃过披枷带锁的牢狱之灾都难说了。

回到东华观的第二天上午，薛新雨挨个房间转了一圈，尤其是最令人缱绻不已的玉仙庵。以前这里是不容踏足的禁地，如今却门窗大开，桌椅凌乱，不但香泽无处寻觅，连那幅油画《竞赛之后》也不见了，只留下了一条边角的残片还沾在墙上。显然，那是有人撕扯的时候太用力了，不小心划拉开的。那么厚的画纸，正是垫行李箱的绝好材料。

当天下午，薛新雨将自己的床铺收拾完毕后，就和张乘龙道别，离开了东华观。不过，他并没有如父亲所愿回到家乡杭州，而是转而投奔了附近的红莲公社。作为一名最新出炉的插队知青，他准备在这里安家落户。

薛新雨的举动让红莲公社当下炸了锅。在知青们惊讶的眼神中，他不是投笔从戎志在边疆的班超，而是《西游记》中那个投错了胎的天蓬元帅。

这是一个沸腾的时代。薛新雨很快就发现，自己来到了一个沸腾的集体中。身边的每个人都在抱怨劳动的辛苦，每个人都在感慨青春的流逝，每个人都在寻找一切可能的门路早日回城。他们口中津津乐道的不是插秧能手，不是堆肥大王，更不是薛新雨这个全国冠军，而是那些留在城市中的同龄人，也就是当年最让人瞧不起的胆小鬼、娇小姐、恋家分子。可是如今人家进厂的进厂，提干的提干，吃的都是商品粮，而自己却天天面朝黄土背朝天，成为了社会学意义上的返祖活化石。

在热火朝天的表面下，充斥着友情与出卖，忠贞与背叛、扯风和转舵、离情与别恋。为了争取到一个推荐上大学的名额，同乡之间、同学之间、同室之间不惜像麻雀一样告密，像水獭一样拆台，像螃蟹一样扯腿。至此，薛新雨才明白为什么宋大洋宁可跑到集训队中当一个不入流的选手，也不愿意继续在农场中当一个光荣的拓荒者。

这样一个藏风窝火的群体，固然让薛新雨心怀戒意，也让公社的牛书记头痛不已。作为一个典型的冀北农民，他已经在这块土地上耕作了将近半个世纪，连田埂上的蜊蜊蛄都认得那张满是褶子的黑脸。即使一头老黄牛，也有颐养天年的时候，可是牛书记还要向着夕阳奋蹄前行，因为他要赶在入土之前，将这些四体不勤的城市青年训练成能够使用农具的新农民，尽管那些农具的样式从宋朝之后就没有什么变化。先秦的韩非子曾将学者、纵横客、方士、游侠、商人列为祸害社会的蠹虫，而牛书记也将浪费粮食、拈轻怕重、偷鸡摸狗、不务正业、谈情说爱这五种恶行当做了无根的毒草，非要锄之而后快。

可想而知，落到了这么一个人手中，薛新雨的日子该有多么难过。第一天，当他把那一堆大红烫金的证书像雁翅一样摆在了牛书记面前时，却被人家手臂一挥，就打成了一群惊散的鸭子。

"琴棋书画又不能当饭吃当衣穿，我这里只认工分！要想让我承认你是条汉子，就把流下来的汗过过秤！"

薛新雨把自己的家底全亮出来，倒不是为了炫耀，而是涉及很现实的利益。因为按照国家规定，像他这样等级的运动员，每月的口粮标准和一个举重运动员一样，都是五十六斤，而普通的知青只能和村民一起均分口粮，平均每个月连三十斤都达不到，而且大部分是粗粮甚至红薯。但是，薛新雨并不想和牛书记争辩，而是默默把那些证书放回了自己的箱底。很快，他就尝到了什么叫做"煺毛的凤凰不如鸡"。在棋盘上，薛新雨可以屠龙伏虎，翻天倒海，可是面对着一个半人高的磨盘，他连吃奶的劲儿都使出来了，却不能让它挪动分毫。这一下，他更成了大伙儿的笑料了。倒霉的人总不希望别人得意，看到这个云中仙人也跌落到了凡间，当然要好好奚落一番了。其实，早在几年前，他们同样对那个磨盘一筹莫展。

人的心态就是如此微妙。当初薛新雨第一来红莲公社的时候，知青们对他高接远送，攀拉关系，大半是为了在同伴们面前抢风头抬身价。可是现在情况完全不同了，薛新雨已经从一个可以为自己加分的外人，变成了一张从自己口中夺食的竞争者，甚至是潜在的情敌。哪怕他手无缚鸡之力，哪怕他满身都沾满牛粪，依然会成为女知青眼中的白马王子。每每想到这一点，就让一些人心生醋意。

这样的处境，当然绝不是薛新雨寻求的。那么，他会懊悔不迭吗？似乎没有。薛新雨知道世事多艰又多变，不会认为红莲公社是一个世外桃源。那么，他为什么要做出这个让人惊讶的决定呢？他自己也说不清楚，甚至在来京的火车上，这个念头甚至还没有出现在他的脑海中。可是，玉仙庵人去楼空的景象，让薛新雨突然明白了，集训队虽然解散了，可是他心头郁结的疙瘩反而更加沉重了。他知道如果自己就此离去，一切都会烟消云散，一切都会抱憾终身。所以，如果不付出这个代价，他无法说服自己为什么要放弃。

那么，那个让他甘愿流浪在京郊山野中的人究竟是谁呢？薛新雨也同样感到了迷惘。到今天为止，他的心中始终存在两个女性的影子。她们是那么不同，一个明媚如春，一个清婉如秋；一个如火花般闪亮，一个如水波般轻柔；一个笑靥宛然在目，一个浑然隐身雾中。唯一的共同点，就是她们似乎都触手可及，实际上却遥不可及。

薛新雨不知道该去找谁。他知道史幽红的家庭地址，甚至连她的工作单位也打听清楚了。但是，在红莲公社安顿下来后，薛新雨做的第一件事，却是给冬清写了一封信。

以前给她写信，薛新雨总是信手拈来，从不打底稿。可是这次却犯了难，不知道该如何向她解释自己这么做的动机。如果明说了，两人之间的那层窗户纸可就捅破了，必须回答"是"或者"不是"了，一点儿回旋的空间也没有了；而不明说呢，又有点儿不甘心，因为自己毕竟承受了这么多的委屈。

最后，薛新雨还是用了含混的语句表达了自己的心情。按照以往的情况，不过三天他就能够收到冬清的回信。可是，这一次却延迟了十天左右。拆开一看，她先是抱歉自己前一段时间陪同父亲去上海了，昨天才回到北京。然后她谈了沿途的景观，尤其是外滩宾馆里让人不忍心踩上去的崭新红地毯。最后才看似无意地提了一句，说她准备下星期天来看望他，具体接站时间会临时通知他的。

薛新雨看了来信，心中的恐慌竟然远远超过了欢喜。她长得漂亮还是普通？她的性情温柔还是泼辣？她是个大龄姑娘还是个黄毛丫头？每个问题都值得遐想和担心，而真正让薛新雨害怕的是：只要她一露面，自己今后的人生就会骤然定格，其他的一切可能性都将不复存在。

可事已至此，薛新雨已经别无选择，他面临着一个人生中前所未有的一个重大关口。而与此同时，牛书记也正准备给知青们一个严峻的考验。

常言道：春耕，夏管，秋收，冬藏。在北方，冬天一般来说是最清闲的一个季节，大家可以像猫一样蜷缩在墙角晒太阳。可是，牛书记却像武术老师一样要把"冬藏"改为"冬炼"。诸多活计中，最让人难堪的就是收集"冰粪"了。所谓"冰粪"，其实就是凝结的各种秽物和生活垃圾，开春后可以给庄稼做底肥。这个活儿干起来不容易，天寒地冻，一镐头下去，渣滓四处飞溅，不小心进了口，就能让你知道"满口喷粪"是什么意思。脏一点儿倒还罢了，真正让人无法接受的，是必须到北京城里去收集。

在动员会上，看到知青们推三阻四，个个嗫嚅不前，牛书记顿时发起了大火：" '庄稼一枝花，全靠粪当家。'主席他老人家都愿意和淘粪工人握手，你们这是什么态度，瞧不起劳动人们咋的？"

谁想他这么一吼，不但没有压制住听众，下面反而叽叽喳喳吵成一片，尤其那些北京当地的知青更是叫苦连天，说自己当初离家时，车站上可是红旗招展，锣鼓喧天，个个表决心拍胸脯要到广阔天地中干一番大事业的，如今怎么倒钻回茅坑里掏大粪来了？万一让街坊邻居看见了，祖宗十八代的脸可不都丢光了？

这一闹起来，一向独断专行惯了的牛书记也弹压不住，最后搞了一个折中的办法,决定让外地的知青去干这个"丢脸"的活儿。这个决定当然又引发了另一波不满,但最终还是抗议无效。于是,第二天一早,薛新雨就夹杂在一群骂骂咧咧的同伴当中,乘坐拖拉机出发了。

客串了几天清洁工之后,这天,薛新雨所在的小组来到了复兴门外的一个大院里。这里连门牌也没有,但光看哨兵警惕的目光,就知道是一家保密单位。可越是戒备森严的地方,越是流浪猫狗的乐园,所以空地上积聚的粪便越多。干了不一会儿,就装了满满一车。时间还早,几个人坐在大楼前的台阶上休息。其他人在抽烟说笑,薛新雨也像个老农一样将双手拢在了棉衣袖子中,享受着冬日阳光的喧暖。他闻了一下身上的味道,提醒自己在回去的路上一定不要忘记买一块香皂。后天就是星期天了,他要和冬清见面了,明天一定要好好洗个澡,把自己弄得干净清爽一点儿才好,不要让人家误以为自己是个猪倌。

正在此时,一辆黑色的红旗轿车缓缓驰入了大门,稳稳停在了门前。车门打开了,款款走出了一位年轻的女子。首先映入薛新雨眼帘的是一双款式精巧的皮靴,以及长裤也掩盖不住曲线的秀气小腿。他忍不住抬起了眼皮,看到了齐腰的短大衣,带暗锁的公文包,佩戴像章的领口,白色的丝质围巾,以及烫了小波浪的乌发下那一张美丽又苍白的脸庞。当然,还没有漏掉臂上缠的一道黑纱。

几个同伴像害了红眼病一样死死盯着她,口中还发出抽水烟般的嘶嘶声,一个说:"今天真开眼了,见了一个公主。"一个说:"你哪懂得好看?老人们说'要想俏,穿重孝',看来还真不是瞎说。"离她最近的薛新雨更是完全呆住了,嘴巴张开后半天都合不上。因为,就在这一瞬间,他突然认出了她是谁了!可是,她的变化之大却让薛新雨几乎不敢相信自己的眼睛。因为,那个卖火柴的可怜小女孩,如今已经变成了月宫中皎洁的素女。

舒梅在肆无忌惮的目光包围中感觉很不自在,她微微皱起了眉头,从包中拿出了一个信封,快步走到了楼门前的邮筒前,小心塞了进去。薛新雨平常自诩长了一对明察秋毫的眼睛,现在却恨不能将它们剜出来。因为就在这一瞬间,他分明看到得清清楚楚:那信封的颜色和落款,和冬清发给自己的一模一样！

原来，所谓"冬清"者，就是梅花也！

不过，要说薛新雨缺乏人文修养也太过苛刻，因为在这个时代，连四大名著也是扬弃的对象，只有苏俄文学作品才是一代人精神上的灯塔。在著名小说《钢铁是怎样炼成的》中，让青年读者们最怅惘难过的一段，就是保尔和冬妮娅这对曾经的纯真恋人，经过多年以后，当他们在寒冬郊外的筑路工地上意外相逢时，一个成了珠光宝气的贵妇人，一个是泥水满身的普通工人。可是，今天的薛新雨连保尔的待遇也求之不得，因为舒梅根本就没有认出他来。她的目光从他那灰黄不分的厚重棉帽子上漠然掠过，转身走上了台阶，消失在了众人的视线中。

薛新雨跟着大车，失魂落魄地离开了这个庄严的建筑。现在，一场意外的相逢，让他提前弄清楚了"冬清"的真实身份。很显然，舒梅的棋手生涯已经结束了；可是，作为一名前程远大的女干部，她才刚刚起航。以前，薛新雨和她是一个锅里吃饭的队友；可如今天悬地隔，不可同日而语了。看来，每个人都过上了好日子，唯有自己沦落到了社会的最底层。至此，薛新雨终于明白了"冠盖满京华，斯人独憔悴"是什么滋味了。

将舒梅从泥沼中拉到云霄的，当然是她复出的父亲。在那个最讲究成分的年代，一个红色革命家庭与一个灰色小资家庭联姻，几乎是不可想象的；而攀登高门的难度，又让一向喜欢平视他人的薛新雨望而却步。即使两人能够冲破一切阻力成为眷属，舒梅的前程也一定会受到自己的拖累。即使她心甘情愿，薛新雨也绝对不愿意接受爱人做出这样惨重的牺牲。

更重要的是，在过去的几年中，虽然两人亲密无间，但薛新雨从来都把舒梅当做一个可亲可爱可怜的小妹妹，从来也没有把她摄入追求的准星上。在爱情的字典里，"没想过"这个词和史幽红当初说过的"不喜欢"一样具有致命的杀伤力。人世之无可奈何，以斯为甚。

而真正要命的一点是，当"冬清"终于浮出水面的那一刻，薛新雨突然意识到了：无论她是不是舒梅，自己都无法接受她从暗处走到明处。因为，如此一来，她就会挤占另一个人的位置。而那个人，在薛新雨的心中才是唯一的。

薛新雨心乱如麻,但一个更紧迫的问题摆在了面前:明天,舒梅发出的那封信就要到达红莲公社;后天,当她出现在自己面前时,那一个"不"字怎能说出口呢?为了不伤害她,必须立即取消这场约会。薛新雨情急之下,只好跑到了最近的一个邮电局中发一份加急电报给她。但是,等他拿到电报纸后,头脑中却一片空白,想来想去找不到一个合适的句子。"请你不要来了!"这还算人话吗?"我真的配不上你。"谁又能看上你呀?琢磨来琢磨去,最后,他只好勉强写了一句:

"我们还是继续做笔友吧!"

薛新雨果然没有看花眼,第二天一早,他就收到了昨天曾经目睹过的那份信。第三天天还没亮,他来到了距离公社最近的一个铁路岔道口,这是约定的见面地点。可是一直到了黄昏,都没有见到她的影子。之后几天,薛新雨一直在深深的歉疚、胡乱的猜测和暗藏的庆幸中度过。她为什么不来,是病了?生气了?还是反悔了?几天之后,他终于又收到了一封回信。这次只有薄薄的一页纸,上面写了一段话:

"在我给你写第一封信的时候,我就知道,迟早有一天,你会发现真相,因为我不可能永远就这样藏在镜子背后。而到了那一天,我们不但不会成为恋人,甚至连继续做笔友的可能性也没有了。也许,这就是所谓的命运吧!这一切都是我自找的,你不必为此感到内疚,更不必费心企图来弥补什么。祝你早日找到自己的幸福。舒梅。"

之后,她似乎言犹未尽,在下面又加上了一行:

"我真的很羡慕她。有些东西,你求之不得,而她却偏偏身在福中不知福。如果你有机会再见到她,请替我转告三个字:多珍惜。"

薛新雨赶紧写了一封回信。这一次,满篇都是自责和宽慰,还恳求舒梅彻底忘记这一段插曲,就当两人之间玩儿了一个无伤大雅的小游戏,重新回到以前两小无猜的状态。可是,从此之后,薛新雨就再也没有收到她的来信。

遭此重创之后,薛新雨几乎无法从失落中缓过气来。幸好,随着春天脚步的到来,数不清的农活儿摆在了他的面前,不容他有伤心难过的空当。

惊蛰之后，大地依然积雪皑皑，凝结如铁，可春耕的准备工作就已经开始了。在当时的农村中，最时髦的事情是学哲学、写诗歌、学样板戏，牛书记大字不识一箩筐，玩儿不起那样的高深学问，就喜欢给农活儿起一个符合政策的新名字。比如，薛新雨和伙伴们一起去铲地，除了平整田垄外，尤其要清除掉去年残留的作物根茬子，所以，牛书记把这项工作叫做"挖私根"就再贴切不过了。可是，知青们却对此怕得要死，他们私下嘀咕说长时间九十度弯腰会伤肾，弄不好连命根子也保不住了。点种的时候，要挖一排排小坑，将麦种播下去，牛书记管这叫"种红心"。这也不轻松，腿脚酸麻不说，血糖低的人可能会晕过去，甚至有人说恨不能将自己也种进去，然后埋上土一了百了。施肥的时候，每人脖子上挂一个几十斤重的粪筐，在田中一边走，一边用双手交替抓起粪便撒在两边。牛书记当然不会认为这是"天女散花"，而起了个别致的名字叫"臭变香"，因为没有粪水臭，哪来饭菜香？这时候，薛新雨竟然有点儿羡慕那些挨批斗的"坏分子"了，因为他们脖子上的那个木牌要轻多了，而且只是站着示众，并不怎么走动挪窝。

一个月下来，除了掌中平添了几个血泡之外，薛新雨也知道为什么"一个汗珠掉地摔八瓣儿"了。简而言之，就像道家的太极分两仪、两仪分四象、四象分八卦一样，对知青们来说，就是一颗汗珠儿摔成了两颗泪珠儿，两颗泪珠儿摔成了四颗血珠儿，四颗血珠儿摔成了八瓣心肝儿。那种心碎的感觉，只有同伴能够理解，连自己的亲爹亲娘都不能告诉。现在，当薛新雨终于明白了他们的苦楚，才觉得自己当初看这个不顺眼，看那个太下作，实在是太刻薄太苛求了。

再繁重的劳动，也有休息的时候，薛新雨自然要将这些时间用来打谱。可是，生活在这样一个几乎没有隐私可言的集体中，人人都喜欢凑热闹，不管懂不懂，总是你说一句，我说一句，你总不好意思不搭话吧。薛新雨不胜其扰，干脆和他们下起了让子棋。

一开始，薛新雨感到索然无味，就像宫廷的御厨天天在街头卖馒头。不过，情况逐渐就发生了变化。据说远古帝尧发明围棋的目的，是为了让愚鲁的儿子丹朱开窍。与那个不成器的小子相比，知青们虽然学业半途而废,却个个智商不低,悟性不错,所以,一旦明白了做活、打劫、吃子、算气等基本要领之后,其他的战术说到底无外乎就是趋利避害、死里逃生、借力打力、仗势欺人了——这些尔虞我诈的招数,他们早就在社会这个大课堂上学会了,足够反过来教导薛新雨了。而围棋又有个绰号叫"木狐禅",意思是棋具虽然是木头做的,可是,它却像狐狸精一样迷死人。

果然,不到一个月,红莲公社的知青们就有一半成了薛新雨的学生,其中几个进步最快的可以达到业余二段水平了。下棋的人太多,而乡村里买不到棋具,他们干脆因陋就简,在白纸上划好棋盘,用圆圈和交叉来代表黑白子。下棋的时候,一人拿一支铅笔轮流涂抹,结束后再用橡皮擦掉,还可以循环利用。

牛书记注意到知青们近来安生了不少,盗窃和酗酒事件直线下降,连和本地青年打架的次数也少了许多,感到有点儿意外。可是,当他明白了原委之后,不但不认为薛新雨是个安定团结的好帮手,反而意识到一个更大的威胁在向自己逼来。

你可以骗亲娘骗姑娘,可是你就是不能欺骗土地娘娘。出多少力就产多少粮食,是不容一丝含糊的。一个理想中的壮劳力,应该是声如洪钟,力如蛮牛,心如竹竿直到底;可是,这些年轻人一旦迷上了围棋,却个个坐如石钟,行如蜗牛,连手指也变成了纤巧的葫芦藤,岂不成了绣花的大姑娘?而更重要的是,知青们看似在围棋中忘却了想家的悲伤、劳作的苦痛、对未来的绝望,但实际上,它却在某种程度上充当了连接昔日城市生活的纽带。而这些残余的记忆,正是牛书记要想尽一切办法抹去的。

这一天中午,薛新雨正坐在炕上和一个同伴下棋,牛书记突然闯了进来,二话不说,"哗啦"一声就将小桌子掀翻了,棋子撒得四散。非但如此,他一扬手,还将棋盘丢到了窗户外面去了。大家都惊呆了,片刻之后,薛新雨才想起来提醒牛书记:现在是午休时间。

"在我的地盘上,不要说午休了,就是半夜里做梦,也不许想与劳动无关的乱七八糟的玩意儿!"

薛新雨一听,一股火气直冲了上来。在知青点待久了,他也染上了说粗话的坏毛病,当下张口就讽刺了一句:

"要是我半夜里想女人了，你总不能把我那翘起的玩意儿也给割了吧？"

知青们听了哄然大笑，牛书记气得黑脸都变白了，脖子上的青筋也像蚯蚓一样扭来扭去，可是一句话也说不出来。薛新雨知道自己得罪了这个最不该得罪的人，干脆什么也不管了，坐在那里也不上下午的工。果然，隔了一天，处罚的通知下来了，他被安排去放羊。

听到了这个消息，同室的二十几个知青个个倒抽冷气。有人拿出了自己珍藏的图书；有人拿出了家里寄来的罐头；有的拿出了一双崭新的解放鞋；有人硬要将自己都舍不得抽的"大前门"塞给他，尽管薛新雨闻了烟味就胃痛；还有一个人什么也不做，单单把那条看粮库的大黑狗给牵来了，让他抓紧时间喂点肉，培养一下彼此的感情。

薛新雨很不以为然，放羊有什么呀？不就是和明朝的宰相张居正一样实行"一条鞭法"吗？在以后的日子里，他才深深体会到了众人的一片好心。

于是，次日一早，在数十双神色复杂的目光注视下，薛新雨背了一个大毡包，带着一条狗，赶着三百多只羊离开了红莲公社。之后的一个多月里，他都要在荒山草原上度过。

13 茂陵秋雨病相如

从五行理论来看,春天属木,颜色尚青。所以,春季放羊,一切就都跟"青"有关。薛新雨赶着羊离开了红莲公社,沿着燕山余脉北行,就进入了一大片芦苇滩。清明前后,北方依然寒风呼啸,满眼一片灰黄。经过了一冬缺料少食的煎熬,羊儿的体质普遍又瘦又弱,一旦嗅到了土中悄悄探头的嫩芽味道,不愿意继续咀嚼那又干又硬又没有多少水分的枯草,这就是"捡青"。可是,因为新草还没有长齐,无法填饱它们的肚子;而如果嫩芽都被啃光了之后,又会破坏夏秋季的牧草供应,因此,必须拢住羊群,不能任其胡乱走动,这就是"躲青"。除此之外,新草的生长也有规律,阳坡长得快,阴坡长得慢,先吃哪一块也是有讲究的,这就是"选青"。

一开始,薛新雨哪里懂得这些青红皂白,只知道任羊儿乱跑成满天星,反而那条黑狗像个真正的羊倌,不停地东跑西颠将它们赶成一团。饶是如此,不过三天,还是跑丢了几只,不知是钻了山沟还是掉进了地洞。有了惨痛的教训之后,薛新雨也开始认真琢磨起来了。他发现放羊看起来轻松,实际上门道很多,甚至要上知天文下知地理。

放羊有"三怕":一怕风雨。人在野外的时候,收音机也收不到天气预报,哪天有风有雨,全靠自己来判断,而草原上气候变化又快,上午还是艳阳高照,下午就飞沙走石了。所以,薛新雨一路走眼睛不能闲着,要随时观察附近有没有窝风的山洞可以躲藏。二怕狼群。虽然携带了一支猎枪,但是真的遇到了饥饿的狼群,薛新雨不要说保护羊了,连自己恐怕也要填了人家的牙缝。所以,放牧的时候要小心选择线路,尽量不要远离大道和有人烟的地方。三怕喝酒。这一次放牧时间很长,携带的粮食只能吃一个星期,免不了要和蒙古牧民交换物品了,甚至可以换到漂亮的靴子和锋利的腰刀。但是，蒙古人最热情好客了，而他们认为最好的招待方式就是将客人灌个酩酊大醉。棋手大多能饮，而薛新雨更拥有南方人少见的好酒量，但也架不住大碗大碗地灌。以至于到了后来，薛新雨见了蒙古包头疼，出了蒙古包也头疼。

同样，放羊也有"三苦"：一是腿脚之苦。每天一走就是十多个小时，有时候腿肿得坐都坐不下来了，到后来就练成一种绝技，几乎可以和牛马一样走着就睡着了，掉到了沟里才醒过来。二是干渴之苦。天天日晒风吹，整张脸都起了皮，像《水浒》中的那个"旱地忽律"；而更要命的是春天的草原上严重缺水，而且不是什么水都能喝的，像那种死水泡子就绝对不能碰，弄不好人畜都会没命的。有一天，他突发奇想，觉得自己真是太蠢了，放着眼前新鲜又充沛的羊奶不喝，干吗非要喝车辙中的泥水呢？但一尝之下，才发现生羊奶的腥味太重了。每次喝完之后，他都下决心这辈子再也不碰奶制品了，可是下一次渴得实在忍不住了，又不得不重新破戒。三是寂寞之苦。一开始，薛新雨觉得自己虽然遭到了贬斥，但也获得了期盼已久的安宁，心中多少有点儿窃喜。可是没过几天，"风吹草低见牛羊"的景象就找不到一丝浪漫了，而变成了一种让人心寒的孤独。走在一望无际的旷野中，他有时甚至会产生幻觉，以为自己是地球上仅剩的最后一个人。每天，如果不扯直了嗓子吼几声，他觉得自己要变成个哑巴了。偶尔碰上了一个过路的蒙古牧民，虽然言语不通，可是还要拉住人家比划着说上半天，否则连听力也要衰退了。

至此，薛新雨才理解为什么军队中把关禁闭当做一种严厉的惩罚，才明白伙伴们为什么最怕揽上放羊这个差事。

为了防止思维生锈，薛新雨想尽一切办法不让自己有发呆的时候。走路的时候，他就大声朗诵自己曾经学过的课文，每次念叨《三打白骨精》时，他就下意识拿鞭杆子敲打那头不听话的头羊；休息的时候，他就拿出了铅笔和草纸来写生，没有颜料就素描，反正草原上阴晴朝夕都有不同的景象，永远也不会重样。

围棋有"千古无同局"之说，在羊群中待久了，薛新雨发现羊也没有两只完全相同的，不要说大小肥瘦脾性了，光是毛色就有很多的差别。同样是白羊，老羊是涩白，公羊是青白，母羊是乳白，小羊是丝白。到了最后，薛新雨的反应变得有些迟钝了，但是想象力却异常丰富。每当羊儿停在了一片草场，薛新雨都要爬到了高坡上俯瞰它们，将这些牲畜想象成为黑白两色的棋子。你看，那头黑公羊霸占住了泉边的鲜草，不让其他羊靠近，就像抢占了一个大场；那两只小羊正斗得欢，一只被母羊叫走了，另一只怅然无趣地四顾，就像是脱先；老羊走不动路，一到地头就缩成一堆晒太阳，像弃子；为了寻求杀大龙的刺激，薛新雨甚至想挑动公羊们来一场大规模的角斗，可现在还不到交配季节，而那些小公羊连犄角也没有长结实。

一个月之后，薛新雨终于赶着羊群来到了闪电河边的正蓝旗，这是本次放牧的终点。回程就顺利多了，一是路熟了，走起来自然轻快。二是草熟了，不过一两个星期，青草都长到了膝盖高，可以让羊儿敞开吃了。三是羊也熟了，薛新雨还根据其特征，按照一百单八将的绰号，给羊起了不少名字。遗憾的是，他麾下的公羊太少了，连"美髯公"这样的好名字都没有找到主儿。而母羊又没有得罪他，总不能冠以潘金莲之类坏女人呼来喝去。

幸好，牛书记不是匈奴单于，不想把薛新雨逼成一个现代的苏武。于是，当薛新雨回到了红莲公社之后，他只是心疼丢失了的羊，骂了两句脏话，又看了看薛新雨脸上鳞次栉比的角质层，叹息了一句：

"你这样一糟蹋，起码两个姑娘嫁不出去了！"

薛新雨听了差点儿晕过去，因为在任何现代中文语句中，"糟蹋"和"姑娘"联系在一起，都是挨枪子儿的死罪，何况还是两个！后来才知道，自己完全误解了牛书记的意思。原来，羊是当地姑娘的主要陪嫁品。吃喜酒的人都知道，数一数花轿后面牵着的绵羊头数，就知道娘家的殷实程度了。

薛新雨回到了知青点，如同再世为人。走惯了起伏的草坡之后，他脚下仿佛装上了弹簧，踩在哪里都觉得软绵绵的，每过一道门槛就是一个趔趄。全身的器官都退化了，唯有眼睛变得敏锐无比，像盘旋在草原的一只秃鹰。

薛新雨要做的第一件事,就是翻阅了积压了一个多月的报纸,重点当然在体育版面。突然,看到了一条不起眼的简讯,让他心头一惊。原来,就在几天前,第二届"希望杯"已经在上海结束了。这一次,黄子武继妻子戚玉秀之后荣获冠军。显然,相对安稳的环境和幸福的家庭生活,是他能够登顶的一个重要因素。对于好友的成功,薛新雨并不感到妒忌,但依然有点儿烧心。因为如此重要的比赛,自己竟然在浑然不觉中就错过了,这比在赛场上让人击败更憋屈。报纸上没有更多信息,薛新雨又将自己订阅的体育杂志翻了个遍,可是依然没有找到一张"希望杯"的棋谱。事实上,自从全运会结束之后,这家体育杂志就不再刊登围棋的消息了,更不要说介绍日本围棋最新动态了。

薛新雨怀疑这是陆鸣在暗中捣鬼,又觉得自己胡乱猜测,因为谁也不相信一个入门不久的小编辑能有这么大的能量。但是,从那篇未署名的社论《要集中精力发展群众喜闻乐见的体育运动》中,他依然看出了陆鸣特有的笔调。虽然没有明言,但字里行间,显然将围棋打入了"封资修"的另类之中。薛新雨越想越气愤:作为一名集训队中成长起来的新闻工作者,如此过河拆桥,是不是有点儿太绝情了?同时他又感到奇怪了,就算是陆鸣要绝了自己的前程,可是他难道不怕自己的未婚妻生气吗?在史幽红面前,他可是一向乖得像条摇尾巴的哈巴狗。想到这里,薛新雨突然心头一动,查阅了一下参赛人员的名单。果然,史幽红不在其中。她为什么不来呢?看来,能够让她放弃如此重要比赛的理由只有一个,那就是嫁人后改行了!想到这里,薛新雨只觉得眼前一黑,几乎要从椅子上栽下去。

薛新雨自觉万念俱灰,可是他想不到的是,还有一个人比自己更沮丧。这一个月来,薛平湖给儿子写了不下十封信,他不再苦劝薛新雨回家乡了,因为原先安排的那个好工作已经被人顶替了,而是责备儿子为什么不报名参加"希望杯"。与全运会不同,"希望杯"是以个人名义参赛的,因此,所有的专业棋手都会收到组委会的邀请函。

薛新雨才感到了蹊跷,因为他压根儿就没有接到一丁点儿消息,虽然自己是国内唯一的七段。同样,除了史幽红之外,自己以往的很多队友都缺席了。张乘龙已经出家了;王富军可能出海了;林家亮可能是路途太远，没有出现在赛场上；舒梅也没有参加——这是可想而知的，作为一名年轻的女干部，她不需要再把青春年华浪费在寂寞的黑白世界中。更重要的是，薛新雨已经伤透了她的心，她不愿意出现在任何一个可能碰面的场合中。

现在，薛新雨终于知道了自己最大的敌人是谁了，不是新科状元黄子武，不是死脑壳牛书记，更不是暗中作梗的陆鸣，而是自己眼前没有可以匹敌的对手。他知道，自己的水平和心气一样，正在飞速滑向一个深不见底的黑洞。

围棋和任何学说、技能、艺术一样，都需要在交流中发展，在碰撞中提升，在竞争中创变，否则就会成为一柄锈蚀的古剑，一节腐烂的朽木，一摊发臭的死水。那种"躲入深林数十春，一朝出手天下惊"之类的故事，其实全是武侠小说家的谰言而已。

虽然才当了不过半年的知青，可是薛新雨学到的社会知识却比集训队四年的总和还要多。今天，他突然意识到了一个事实：除了下棋，自己几乎什么也不会！古代的职业分为士农工商四种，如今掐头去尾，只剩下了入厂做工和下地务农两种选择。薛新雨无技术、无体力、无门路，离开了二尺纹枰，他就是个彻头彻尾的低能儿。

薛新雨还没有从失意中缓过劲儿来，第二天早上，他就听到了外面闹成一团，似乎出了什么大事。出来一看，他发现一群人押着一个披头散发的男人回到了知青点。薛新雨霍然发现，那竟然是立志要当道士的张乘龙！

原来，东华观从行政区划上隶属于红莲公社。集训队散了之后，它就一直空在了那里。最近，公社唯一的一所小学要复课了，因这一茬孩子太多，桌椅板凳不够，牛书记突然想起来东华观中多得是香案竹席，就派了十几个知青去搬运。在大家的想象中，东华观早就是一个鸟鼠狐兔的乐园。可是到了才发现，这里竟然门庭清洁，香烟缭绕，简直是一座洞天仙府。更让他们惊异的是，迎面而来的居然是一个袍服齐整的道士！村里的那些"坏分子"已经斗腻味了，突然碰上了这样一个异端，简直像古生物学家在自家的后花园中碰到了一头活恐龙。于是，他们立即扭住道士的胳膊，打散他的发髻，撕裂他的道袍，而张乘龙这个前火车司机竟然一点儿脾气也没有，就任由他们抓了回来。这一下，全知青点的青年都兴奋了。大家奔走相告，似乎又回到了几年前那个捣毁一切的年代。此时谁都忘记了，那股浪潮形成的反作用力，也曾让他们每个人深受内伤。

　　眼看张乘龙就要挨打了，薛新雨立即冲上去救人。听说这个专政对象竟然是全运会的围棋季军，还曾经击败过日本的高手，现场立即变得肃然了，那高昂起的鞭子也垂了下来。这时候，老甘头也闻讯赶来了，连说："你们不要乱来，这个年轻人我认得，脑子有点儿毛病，连送上门的女人都不碰，所以领导决定把他一个人关在破庙里。"贫下中农的话自然比薛新雨的更有力，于是，绑在张乘龙身上的绳子松开了。当然，最后一锤定音的还是牛书记，他虽然是个基层党务工作者，但毕竟是农村人，而东华观是祖祖辈辈心目中的圣地，所以思想中多少有点儿"仙家法大"的残余。更重要的是，东华观的那几亩薄田没有什么价值，收回来也没人愿意去耕种。于是，一番先兵后礼，张乘龙又重获了自由。当然，在走之前，牛书记严厉告诫他不许搞什么封建迷信活动，更不许招揽信徒，诱骗妇孺，收取香金。

　　薛新雨送张乘龙回到了东华观。果然，这里已经洒扫一新，只是断垣残像不是光靠一个人就能修复的。吃了一顿素食午餐之后，两人在张乘龙新搭的葡萄架下喝起了茶。

　　"真没想到，你今天差点儿被大家当成了一个反动分子。"薛新雨感慨道。不过，张乘龙看上去倒平静得很，因为道家的老祖宗早在几千年前就预料到徒孙们会遇到今天的磨难。他说：

　　"《老子》云：反者道之动。你看到钟摆了吗？事物总要向它相反的方向发展，这是大自然的真理，是不以人的意志为转移的。"

　　"可是如果我不求情，你就要吃皮肉之苦了。所以，至少在批斗谁不批斗谁的问题上，是以人的意志——某些人的意志为转移的。昨天的英雄好汉，可能就是今天的牛鬼蛇神；今天的残渣余孽，可能就是明天的红人新贵。"薛新雨不愿意和他探究哲学问题，只是想开一开玩笑。毕竟，他好久都不知道笑是什么滋味了。

"你在偷换概念，把一个矛盾的转换问题偷换成了动态平衡的问题。"张乘龙根本不为之所动，他的全身上下似乎没有一个幽默细胞。

"没错，我就是要讨论平衡的问题！"薛新雨恨他太古板，一点儿也不识逗，怪不得要当个没老婆的牛鼻子道士呢！

"比如，咱们下围棋的时候，最让人想不透的就是外势与实地的关系，求外势就会实地受损，捞实地就外势受制，怎样才能做到平衡呢？"

"真正的平衡，不是你所说的那种静态的平衡，而应该是动态的平衡，也就是《海底两万里》中尼摩船长最推崇的'动中之静'。"张乘龙说了一句玄而又玄的话之后，却破天荒地举出了一个再鲜活不过的例子，"就拿我们谁都没有赢过的两大日本高手来说吧！你看宫田荣树这个人多么豪放，他只管高处落子，对边边角角根本就不屑一顾，可是终盘一算，实地丝毫也不落后，就像暴雨从天而降，最终都流到了江河湖海池洞沟壑这些最低洼的地方；梅泽志博看起来谨小慎微，似乎只对蝇头小利感兴趣，可是，不知不觉间，你就发现他已经获得了全局的控制权，就像春草不见其长，无意中却染了个青天绿地。"

薛新雨听得瞠目结舌，半天才说这样精妙的感悟，你怎么藏着掖着，不早拿出来与大家分享呀？张乘龙听了，顿时苦笑起来：

"下棋的那会儿，我满脑子都是腾挪扑打，压根儿就没往这个角度想！不下棋的时候，反而无意中就全明白了。人家说旁观者清，可能就是这个意思吧！"

分手时，薛新雨主动向张乘龙提出：以后每到周日，要来东华观帮忙当义务油漆工，给那些神像、雕梁、壁画上色。张乘龙听了很高兴，又担心他的手艺不精，把太上老君涂成了黑脸灶君。事实证明，他的担心纯粹多余，因为薛新雨马上就爽约了。随着夏天的到来，农村中的各种活计忙得不可开交，连一天也不得空闲。

一般来说，农村中有四大重体力活儿：脱坯、打墙、抹房、拔麦。前三项都和修建房屋有关，不但需要强壮的体魄，也要有一定的技术，薛新雨这样的轻劳力只能给伙伴们打打下手。到了6月下旬，地里的麦子全变成了金黄色，沉重的穗子在风中摇曳，看上去十分喜人。可是，这一段时间天气变幻莫测，万一遇上了冰雹，一年的辛苦可就全泡汤了。所以，牛书记一声抢收令下，公社的男女老少全体上阵，那阵势就像打一场攸关生死的大决战。薛新雨也夹杂在其中，他一手拿镰刀，一手将麦穗拢住，然后"咔嚓"一声割下来。虽然头戴草帽，但头顶的骄阳依然让他汗流浃背；虽然身穿长袖，但胳膊依然伤痕累累，现在，他才知道"针尖对麦芒"什么意思了。虽然竭尽全力，但是依然被伙伴们拉下了一大截。于是，薛新雨不断受到牛书记的讽刺训斥，那脏话也是花样百出的：

"镰刀又不是尿壶，你举那么远干什么？麦子又不是女人，你搂那么紧干什么？割又不是砍，你使那么大劲儿干什么？小心把你的命根子给弄没了！"

听了这些伤人的话，薛新雨只是紧咬牙关从不回嘴。一是汲取了上次被罚放羊的教训；二是人家说得有理，自己确实比不上旁人那么熟练；三是口干舌燥，嘴巴全用来喘气了，根本就没有余力说话。

作为一名新人，薛新雨不招牛书记喜欢固然在情理之中。可是，那些来了好几年的老三届知青们，虽然干起活儿来个个都是好把式，生活习惯仍然与农村青年格格不入。尤其是天生的爱美之心，就像田垄上的杂草，无论如何践踏，一有机会就会冒出头来。男知青们再邋遢，出门前总要仔细梳一下头发，个别人还留了大鬓角，甚至打上了发蜡；而女知青们就更不用说了，除了要家里寄香皂、洗发精、美白粉之外，她们还在葡萄架外的空地上偷偷种了一片凤仙花。花开的时候，就采下来捣成碎末，然后小心用布裹在手指上。几天之后打开，十指红艳艳的，用水都洗不掉，还故意在劳动的时候显露出来，晃亮了男知青们的眼睛；当然，也像红布一样，激怒了牛性子的牛书记。于是，他破口大骂了：

"以前的女人裹脚，现在的女人包手，都把自己当姑奶奶了！"

可是，与噤若寒蝉的男知青们相比，女知青在牛书记面前就活泼放肆多了，因为她们早就摸清了他那刀子嘴下的豆腐心：

"哎呀，您老人家这么说可真不公平！我们这么做，只算是毛毛雨了。您忘了，过年的时候村里唱大戏，您的小女儿硬要登台演貂蝉，嘴巴抹得像猴屁股就不说了，连那张青瓜脸也涂成了白面饼！"

好不容易完成了麦收，可还没有歇气，牛书记又要搭建一个牲口棚。自从知青们插队之后，公社的土地没有增加一亩，倒多出来了上百张能吃能喝的嘴，不搞点儿副业怎么过活？这天中午，伙伴们都去吃饭了，只有薛新雨还在棚顶上忙活，因为还有一堆草垛子没有压好。这时候，突然狂风骤起，飞沙走石，将屋顶吹得东摇西晃。抬头一看，一片乌云不知何时已经涌到了头顶；向下一看，梯子早就不知去向。薛新雨看到了摇曳的电光，知道必须马上离开这个险境，可是又不敢从两丈多高的地方跳下来。这时，牛书记已经闻讯带人赶来了，远远看见他缩成一团，马上大吼了一声：

"猪脑子！不要跳，往上爬！钻到草垛子里躲起来不就行了吗？"

听他这么一喝，薛新雨不知怎么就像中了邪一样，不但没有往上爬，反而傻乎乎地挺身站了起来。这时候，鸡蛋一样大小的冰雹就劈头盖脸地砸下来了。随即一声霹雳，在众人的惊呼声中，他突然一个倒栽葱掉了下来。

牛书记心中叫苦，急忙招呼人把薛新雨抬到了旁边的磨房中。一阵忙乱之后，发现他虽然晕了过去，但是呼吸正常，心跳均匀，似乎没什么大碍。众人不放心，又将衣服解开仔细检查，只见到了多处皮肉擦伤。大家这才感到庆幸，个个长出了一口气。这个从小到大从不听父亲话的忤逆子，竟然也逃过了雷公的惩罚。

可是，受此惊吓之后，薛新雨连续发了三天高烧，之后一个星期也不能下地干活。碰上了这样一个轻不得重不得的宝贝，牛书记心中恼火，可是又怕出什么岔头，也不敢太过威逼。因此，薛新雨倒是享受了难得的清闲。但是，要说他乘机偷懒也不是事实。他真的病了，说不出什么原因，只觉得浑身乏力，冷汗直冒，一躺到床上就不想起来。除了吃饭，薛新雨几乎不再开口，连室友问话也只是回个简单的手势。非但如此，他还希望自己变成一个瞎子，什么也看不见，甚至想象自己死了，就这样孤零零地埋在了异乡的荒野中。

"对了，要在坟前立一个石碑，让张乘龙给我写墓志铭，那小子的古文功底不错。如何来评价我这可怜的一生呢？'生不逢时'是绝对不行的，而'潦倒终身'似乎也不大光彩……"

薛新雨还没有想停当,突然感到喧闹无比的宿舍不知什么时候安静了下来。他正要张开眼睛,一阵清风拂过,一只柔软的手已经轻轻抚在他的额头上。

"出了这么多汗,也不知道把被子盖好,着凉了怎么办?"

听到这半怜半爱的声音,薛新雨以为自己在做梦。可是慢慢将眼睛睁开后,没错,那个坐在身边的人确实就是史幽红。大半年不见,她变得比自己想象得还要美丽。一堆室友们或远或近地望着她,个个像捏住了脖子的鹅,那目光中有惊奇,有艳羡,有迷茫,但更多的却是一种类似膜拜的神情,仿佛来的不是一个秀色照人的美女,而是一个不可方物的女神。

桌子上放了一个大网兜,史幽红从中翻出了麦乳精、肉罐头、咸鸭蛋、花生糖,有的是带给薛新雨补身体的,有的是给室友做见面礼的。也许是工作了的原因吧,她的举止中多了几分飒爽气息,随意指挥这个毛头小子去倒水,那个去削苹果,而他们个个服服帖帖,唯唯诺诺,如同一群幼儿园的乖孩子。

薛新雨眼角发潮,喉头发硬,勉强说了一句话,竟然是:"你没有嫁人吗?"

史幽红秀眉一扬,几乎以为自己听错了,随即又气又好笑地说道:"烧都退了,还说什么胡话呢?我还没到晚婚的年龄,就算着急想嫁人,厂里怎么会批准呢?"之后,她又瞟了薛新雨一眼,语气变得幽幽了,"再说了,我连心上人也没有找到,和谁去结婚呢?"

早在广州参加全运会的时候,薛新雨就明显感觉到了她对自己的态度发生了急剧转变。究竟原因何在,薛新雨并不全然明白。但是,今天看到史幽红的那一瞬间,他已经做出了一个再正确不过的判断:她已经和陆鸣彻底掰了。同时,薛新雨也明白她来看望自己究竟意味着什么。这本来是梦寐以求的结果,可是,现在的薛新雨已经不是当初那个不知道天高地厚的轻狂少年了。如果接受了她,史幽红恐怕一辈子都要受自己拖累了,至少从经济的角度看,一个人的工资要分成两半花了;再往前想一步,即使两人冲破各种阻力结合,将来总要生儿育女的,可是,按照落户从低不从高的原则，那个孩子注定一生下来就是个乡下娃子。薛新雨自诩是个负责任的男子汉，怎能容忍如此惨淡的事情发生呢？

薛新雨这么想并不是杞人忧天，因为有很多活生生的悲剧摆在自己面前。牛书记希望每一个知青都能在红莲公社落地生根，可是，任何一个有头脑的知青宁可和农村的同龄人结怨，也绝不愿意和他（她）们结缘。这不是什么城乡观念问题，也不是生活方式不同的问题，更不是歧视不歧视的问题，只是双方都承担不起那个沉重的后果。

薛新雨并不知道，在来找自己之前，史幽红也做了长时间的痛苦挣扎，甚至像祝英台一样进行了顽强的抗争。回到北京后，陆鸣就像什么事情也没有发生一样，继续像块膏药一样紧贴着她不放。每天下班，他都从报社跑到印刷厂的大门外等她；到了周日，他更是成了史家的座上宾，甚至兼任了保姆和厨师的工作。厂里见到的同事都夸这个小伙子帅气、懂事又痴情，还有一份普通人求之不得好工作，不明白干吗要拒之千里呢？史幽红不好把真相吐露出来，只好对他干瞪眼。可是，陆鸣吃准了她的顾虑，反而更加肆无忌惮了，甚至公然以男友的名头走亲访友。可是，史幽红也不是个任人摆布的女子，苦思冥想之后，终于有了一个妙招。又到了下班的时候，厂门口人头攒动，车潮涌起。正在闹哄哄的时候，史幽红突然出现在了陆鸣面前，很平静地对他说了一句：

"要想和我好，其实也很容易，你只要做到一件事就可以了。"

陆鸣听了又惊又喜，没想到事情的发展竟然柳暗花明。可见自己判断得没错，女人都是水性子，只要你能下工夫死磨软泡，总有回心转意的一天。于是，他立即做了百分之一万的表态。史幽红冷笑了一声，说："你不要答应得这么爽快，真要做起来，怕是舍不得吧！"然后接着说：

"从今天起，你不要再和王小刚腻在一起了！从山西到广州，从广州到北京，你们两个男生形影不离，连睡觉都不分床，还共用碗筷和裤衩，让人想一想就恶心得要吐！"

此言一出，就像在厂门口投下了一颗重磅炸弹。每个人都不敢相信自己的耳朵，这个帅气的小伙子竟然有那种"毛病"，这可真让人开了眼，怪不得咱们厂花死活不肯答应他的追求呢！在那个年代，一个人的性取向异于常人，那简直和人长了一对驴耳朵一样让人不齿。史幽红说完这一句，听到了周围嗡嗡蜂起的议论声，知道这个屎盆子扣准了，他就是把自己丢进洗衣机也洗不干净了。所以她连陆鸣的表情都没看一眼，立马转身就走了。果然，陆鸣从此就销声匿迹了。

与之相比，自己的父亲就不好应付了。从北京回来之后，史瑞虎一是因为女儿输给了死对头的儿子，二是和陆德言的亲家没结成，气得大病了一场。史幽红知道自己伤透了老父的心，于是又恢复了孝女的本色，天天捧药端饭，梳头洗脚，对他照顾得无微不至。史瑞虎的心逐渐暖了过来，可是史幽红却愁肠百结。尤其是有一天，当她突然得知薛新雨并没有回到杭州，而就落脚在附近的红莲公社时，她的心旌就不是动摇可以形容了，简直揉成了一团碎麻。

他为什么不回到天堂般的西子湖畔，而要待在那个穷乡僻壤？这原因连想都不用想；自己要不要去见他？那倒要好好想一想。对史幽红来说，她绝对不容许自己再错一次了。就在犹疑的时候，她突然想起了自己以前曾经问过戚玉秀，为什么舍弃了喜欢的冯晓白而选择了找不到感觉的黄子武？戚玉秀回答说和冯晓白在一起的时候，有说不完的有趣话题，但是到了关键的时候，这个人恐怕靠不住；而黄子武这个人确实没什么意思，但是他不在身边的时候，才知道心里是多么的空虚。

没错，在集训队的这几个青年男子当中，黄子武是厚重的岩石，冯晓白是流动的溪水，至于那个陆鸣呢，他就是一个藏垢纳污的沼泽，不小心陷了进去，他能把你连皮带骨都吞了，可是表面上连一个印记都不会留下来。

那么，薛新雨究竟像什么呢？像一个炸弹——坏了的定时炸弹，冷不防就让人吓一跳；像一个药葫芦，看起来没有棱角，但内心自有主张；也许，他更像一座孤峰，距离远的人崇拜他，距离近的人却怪他傲慢，但谁也不能无视他的存在。

史幽红还没有找到一个最佳的比拟物，却已经打定了主意，要做那朵傲立在悬崖上的雪绒花，而不做点缀在沼泽上的艳丽蘑菇。可是她没有想到的是，薛新雨也暗下了决心，不给她任何攀登的机会。

眼下，在众目睽睽的宿舍中，两人除了嘘寒问暖之外，没有任何谈私情的机会。史幽红所能做的，只是将薛新雨积压下来的一堆脏衣服洗了。之后几天，薛新雨煞费苦心，怎样才能不伤她的面子，又能让她明白自己的一片苦心呢？盘算了好久，决定唱一出空城计。于是，当下一个周日到来时，史幽红又来到他的宿舍，只看到了空空的床铺。她问旁人自己的男友上哪里去了，他们却个个挤眉弄眼，就是不吐一字。史幽红心念一转，马上就明白了。于是，她盈盈一笑，柔声说道：

"我知道，小薛在跟我玩儿捉迷藏。他不让你们说，你们都是讲义气的好汉，当然要守口如瓶了。不过，我也不求你们开口，只希望给我一个小小的暗示，这样做不算违约吧？"

于是，不过几秒钟，她就听到此起彼伏的"咩咩"叫。史幽红道了谢，立马转身来到了新盖好不久的牲口棚。她从窗户探头望去，只见薛新雨正呆坐在一堆高高的干草上。

"你跑呀！我看你还能跑到哪里去？有本事，你就变只小羊钻到母羊的肚子里去！"

见她已经发现了自己的藏身之处，薛新雨只好讪讪地跳了下来。在门口，他正要开口说出自己的苦衷——那些话已经在腹中憋了好几天，都快酝酿出酒味来了。可是，就像当初在回京的火车上一样，史幽红才不会给他这样的机会呢！她说：

"当初喜欢人家的时候，我丢给你一张没用的破纸，你也当圣旨一样藏起来。现在我来了，你倒像叶公一样躲起来了！你有什么可害怕的呢？还记得吗？那年在杭州过端午节的时候，我曾经对你说过：你要是倒霉了，我也承担一半。现在，我说到做到了。可是你呢？几年来闹得满城风雨，甚至还提出了什么痴心论了妄想论了，唯恐没人知道你是个没有灭绝的情种。可是追了一半，就丢下人家不管了，可见当初压根儿就不是真心实意的！"

"我怎么不是真心的了？"薛新雨急忙反驳道。可是他话一出口，见史幽红满脸的得意之色，就知道又上当了。于是，这场本以为漫长的反向追逐赛以闪电般的速度结束了。薛新雨乖乖跟着史幽红走了，把全部的现实顾虑和自我牺牲精神都丢在了身后的羊圈中。

太阳落山了，薛新雨才将史幽红送上了回城的班车。当晚，他躺在床上想来想去，终于明白自己喜欢她的另一个原因了，那就是她足够坚决，认准了的人绝不放过。而舒梅却截然相反，总是多愁善感，蹑手束脚。半年之前，即使"冬清"的真实身份薛新雨已经知道了，可是，到了双方约定的那个星期天，如果舒梅什么都不管不顾，毅然决然地出现在薛新雨的面前，凭他对女性的柔心软肠，十之八九会将她揽在怀中，从此断绝了对史幽红的一切幻想。想到这里，薛新雨不觉叹了一口气。无论过去经历了多少波折，自己总算得到了梦寐以求的意中人，只祈愿她也早日找到自己的归宿。

但是，对一对堕入爱情漩涡的情人来说，如果想在集体宿舍中耳鬓厮磨，总是不大方便。而史幽红厂里的女工宿舍就更不能考虑了，一旦有风声吹到了史瑞虎的耳朵里，两人来之不易的爱情就立即面临被封杀的危险。于是，薛新雨想起来一个绝佳的幽会场所。下一个周日，他早早来到了公交车站，接了史幽红，两人顺着那条山路，兴高采烈地走向了东华观。

张乘龙见了昔日的同伴，神情似乎有点儿不大自在。见他没有表现出应有的欢迎态度，史幽红悄悄问了薛新雨一句：

"他是不是认为我们这么——这么亲密，有点儿亵渎神灵？"

"绝对不是。当初小黄和小戚还在这里做恩爱夫妻呢，也没人说什么。"薛新雨笑着否认了，"我猜，他原以为我是来画仙女的，没想到竟然带了个真仙女来了！"

史幽红说："你可真够贫嘴的，当初日本参访团来东华观的时候，我死活也不肯扮演什么道姑，就怕自己终身冷清，可是没想到现在还是不小心被你给攀上了。"

为了不让张乘龙看了刺眼，更是为了弥补某种缺憾，两人将自己的临时住所安置在了玉仙庵中。清理杂物，洒扫地面，挂上窗帘，关好门窗，两人惬意地躺在了新铺的凉席上。薛新雨有点儿遗憾地说："那幅油画《竞赛之后》不见了，虽然当初名义上是完成组织上下达的任务，其实就是送给你一个人看的。"

史幽红说："没关系，你今后有的是机会给我画画，只怕你不肯用心了。什么东西都一样，得到了之后，就不会再珍惜了。"

薛新雨向天花板发誓："自己的心和恒星一样千古不损分毫。"史幽红听了笑个不停。女人说这种话，十之八九不是真的有什么担心，而是为了给对方一个表忠心的机会。同时，出于女性的天然敏感和妒忌，她的眼前又浮现出了另一个娇小的身影。

"以后，你就是我一个人的了，谁也休想再骑到你的头上——不，是我的头上去了！"

听到那酸中带甜的话语，看到那朝霞般的笑靥，薛新雨心血上涌，忍不住翻身扑了过去，在她粉红的面颊上亲了一下。那种滑腻如丝光洁如玉的感觉，让他如醉如痴。可是，当他将目标对准她那玫瑰花瓣一样鲜润的嘴唇时，史幽红却温柔又坚决地制止了薛新雨的冲动：

"我们在一起的日子还长着呢，现在只能到此为止。要不然的话，我都有点儿瞧不起自己了。"

薛新雨对她敬若神明，立即刹住了车，勉强才让自己的激情平息了下来。谈情说爱的时间是最经不起消磨的，一个上午不知不觉间就过去了。午饭是史幽红从家里带来的。两人你夹我让之际，薛新雨突然想起了一件事情：

"你为什么没有参加今年的'希望杯'呢？"

史幽红说印刷厂从德国进口了一批新机器，作为单位仅有的几位懂点英语的员工，她被派去参加机械工业部举办的培训班了。薛新雨听了既为之骄傲又自惭形秽，说："你快要当工程师了，我还是一个只知道从土里刨食的二等劳力。"史幽红说："你可没么差，就凭你自创的'水浒式养羊法'，也许过不了几年就成了全国著名的养羊模范了。"两人笑了一阵，薛新雨又奇怪了，问她怎么知道自己来到了红莲公社呢？史幽红让他猜，薛新雨先想到的是昔日的队友，随即又否定了，因为全运会后大家就没有联系过；他又想到了张乘龙，可那家伙从来不管人间的闲花草；难道，是公社中的北京知青们回家探亲无意中传开的，而他们的七大姑八大姨正好是史幽红的邻居或同事？见他越扯越离奇，史幽红笑着说："好了好了，不用乱猜了，反正这是个秘密，一个你打破脑袋也想不到的秘密。"

午饭后，两人就在房间中摆开了棋盘。从今天起，两人每周都要对弈一局，这是史幽红要求的，她担心薛新雨的棋艺退步，更担心他的意志消沉下去。一局下完，不觉红日映在西窗。薛新雨送她回去，此时，炎夏还没有过去，蝉声依然喧嚣，柳条已然枯涩。走过泉水下的清潭边，薛新雨说："以后你还可以像以前那样在水中洗澡，有我在旁边守卫，绝对万无一失。"史幽红笑着说："你真是个傻子，厂里每个星期都发洗浴票，干吗还要像以前那样躲躲藏藏？再说了，让你来给我把风，那不等于塞条咸鱼给馋猫当枕头吗？万一你那双眼睛又不老实了怎么办？"

看到她那娇嗔的神态，薛新雨才意识到，原来东华观真正的神仙不是三清四御，不是半路出家的张乘龙，而是因祸得福的自己。

14 李将军是故将军

从此之后,薛新雨和史幽红定期在玉仙庵约会。这一方小小的天地,就是他们的全部世界。不过,两人在一起的情景,似乎不像普通热恋中的情人,倒有点儿像小孩过家家,每次都搬一点儿新东西进来:一束菊花、一个保温瓶,甚至路上捡到的一个牛角。史幽红拥有一个才女所需要的容貌、气质、学识、文采,唯独在女红方面一窍不通;而南方的男子大多心灵手巧,是天生的裁缝、木匠和花鸟画师。于是,当薛新雨为她补袖口的时候,她就枕在他的膝头上,眼睛一眨不眨地盯着看。

薛新雨明知故问她在看什么,史幽红调皮地回答说:

"从这个角度看上去,你真像一只忙着织网的大蜘蛛!"

薛新雨假装发怒,拿起针作势要刺她的眼睛。史幽红不闪不避,笑嘻嘻地说:"反正我已经自投罗网了,你还舍得下手吗?"听她这么一说,薛新雨自己的心倒像被扎疼了一样,赶紧丢开了手中的活计,将她揽入了怀中。两人相偎相依如胶似漆,似乎永远也不分开了。

薛新雨希望这样的日子永远延续下去,尽管理智告诉自己不可能。果然,还没到中秋节,打破平静的那一天就到来了。可是谁也没有想到,坏了薛、史二人好事的人,并不是奇怪女儿每个周末都要去加班的史瑞虎,也不是对薛新雨又恢复了焕然神采感到诧异的牛书记,而是久未谋面的陈主任。

一年不见,薛新雨几乎快认不出他来了。就在红莲公社的办公室里,这个温文尔雅的前领导已经变成了一头咆哮的狮子:

"已经给你们发了两次借调函,为什么一次也不回复?上次'希望杯'的事就算过去了,毕竟那是国内比赛。可这次不同了,你瞧清楚了:这是参加第三届中日围棋对抗赛!外国人都闯到家里挑战了,小薛是中国第一高手,他不上场谁上场?要是再耽误了,就凭你一个小小的公社书记,能负起这个责任吗?"

在他的面前,是低着脑袋闷头抽烟的牛书记。作为一个从不读书看报的老农民,他第一看到自己麾下小青年的名字竟然变成了粗黑的铅字。看来,那些城市来的小伙子们说得没有错,这个小薛虽然干活不怎么样,的确来头不小。当然,这里家庭有背景的孩子也不少,不时会有人递条子给他要求照顾;一旦有了上学和招工的名额,那就更热闹了,连送手表自行车的都有。可是,毕竟都是些摆不到桌面上的勾当,而下文指名道姓来借调的,倒是破天荒第一次。

牛书记依稀记得开春的时候,公社确实收到了一份公函。当时,他正被薛新雨顶撞得差点儿气死过去,拆开一看,是邀请那小子参加什么围棋比赛的,立马冷笑一声,把它撕成了碎片。现在才知道,如果得了冠军,光是分配给单位的奖金一项,薛新雨就能为公社多添两头耕牛!与之相比,那几只跑丢了的绵羊算得了什么?

一想到自己差点儿成为了民族罪人,又一想到无意中给公社造成了这么大的经济损失,牛书记胆战又心痛,用颤抖的手取出了公章,小心翼翼地在借调函的空白处盖了下去。陈主任收了起来,也不再说什么,招呼正默默站在一旁的薛新雨跟自己走。薛新雨心情复杂地走出了办公室,他恨牛书记蛮横剥夺了自己参加"希望杯"的权利,但又不愿意让这突如其来的比赛打破自己甜蜜的生活。

于是,在几百双眼睛的注视,薛新雨上了吉普车。随着一阵尘土飞扬,红莲公社渐渐远去,薛新雨正向后凝望着这个让自己爱恨交加的地方。车子开出去了一段,陈主任才拿出了手绢,使劲地擦拭自己额头上的汗水。

"小薛,你知道吗?我刚才那么呵斥牛书记,其实全是在演戏!幸好他没见过世面,被我吓唬住了。你不知道,他虽然只是一个公社书记,可实际权力比我这个处级干部还要大。他只要在来函上写一句'表现不好'的评语,我们根本拿他没有办法!"

作为一名外事人员,陈主任没有说出口的是:在历史上,希特勒和墨索里尼最喜欢用这种方式来恐吓小国了。随即，他又看了看薛新雨长满了茧子的手掌，有点儿痛惜地说：

"这一年来，你一定没有好好下棋吧？我了解了一下，其他人的情况也和你差不多。前几年，我们中国围棋有了很大起色，可现在又退回去了。比赛马上就要举行了，你们连临阵磨枪也来不及了。只能寄希望于你们超常发挥，千万不要再被对方剃光头了！"

可是，薛新雨眼前发愁的不是自己的竞技水平，而是如何给史幽红报个信，告诉她自己的新去向。可是随即他就知道这种担心纯属多余，因为中方出战队员的名单上，她的名字也霍然在列。没错，作为全运会的亚军，她没有理由不入选；除此之外，"希望杯"的三甲黄子武、冯晓白和戚玉秀也悉数上阵；剩余的两个名额，则由王富军和张红芳分占了。

薛新雨奇怪为什么林家亮没有来，陈主任说那个少年已经出国去了。原来，他的叔公是东南亚著名的橡胶大王，去世后没有子嗣，遗言让已经回国的侄子来继承家业。由于这位老前辈曾经为建国后突破外贸封锁做出过重大贡献，因此有关方面深为体恤，林家亮就跟随父母一起回到了南洋，过起了肥马轻裘的豪门生活。

薛新雨听了，心中九分高兴，又有一点儿惋惜，因为林家亮天分极高，又勤奋好学，只要假以时日，本可以成为未来中国围棋的顶梁柱。

来到了比赛的驻地后，薛新雨看到了一大堆专业资料，就像一个孩子钻进了糖果车间里一样，真有目不暇接之感。当然，他最关注的依然是日本围棋的最新动向。其中最吸引人眼球的，就是今年的"天元战"五番决胜中，梅泽志博挑战成功，不但击败了师兄宫田荣树，还获得了一个"猎爪流"的美称。大意是他的棋就像老练的猎人一样，以静制动，不动声色，让敌人像雪天里的兔子一样乱跑，跑得越快，跑得越远，长腿上粘连的泥巴就越多，最终自己把自己给累倒了，猎人不费吹灰之力就取得了胜利。

没错，不战而屈人之兵，让对手不断主动放大自己的错误，可谓是兵法中的极致了。但是，薛新雨仔细研究了棋谱，发现梅泽之所以能够赢，其实靠的也是深水炸弹式的打入方式。不过，他的算路实在太精准了，就像一台超级计算机。每个人的修为重点不同，宫田这样的人，官子是天然的弱项，就像豪客不算细账一样，碰到这样的对手，中后盘自然要吃亏，绝不意味着"猎爪流"就压倒了"太空流"。

藤原正雄曾经说过，我们可能都是历史的过客，只有宫田的棋才可能流芳百世。所以，如果中国棋手不能在中腹大战中彻底摧毁"太空流"，就谈不上真正的崛起，更无法改变精神上对日本围棋的仰视。这一点儿，其实日本人的感悟可能比中国人更强烈。因为就在当下，他们的组织管理、劳动效率、工艺精度都超过了西方世界中的霸主美国。可是，只要创新的源头依然来自于硅谷而不是筑波，那么在全球经济格局中，他们就永远低人一等。

可是，即使薛新雨有逆转的野心，至少眼下是没有机会了。因为，这一次不要说藤原正雄和冈村保义了，连宫田荣树也没有来。看了今年中国"希望杯"的比赛棋谱之后，日方得出了这样一个结论：原以为中国围棋只落后自己二十年，现在看来又退回到了半个世纪前。所以，没有必要再派出顶冠戴冕的第一流棋手了。

之后，队友们相继来到北京报到了。宾馆里热闹异常，每个新来的去串门，都会引发一阵惊呼。没错，一年不见，他们确实都快认不出对方来了。薛新雨见冯晓白胖了一圈，打趣说不知道李爱琴喂他吃了什么好东西；黄子武听薛新雨说了一年来的遭遇，吐舌说怪不得他看上去像条黑鱼呢，干的活儿一点儿也不比自己关在劳教所的时候少；王富军随船经停香港时，有幸见到了秦双河，老领导还请他吃了一顿饭；唯有张红芳得知张乘龙的近况后有点儿伤心，毕竟，当初她曾真心喜欢过对方。

"不要难过了，道士又不是和尚，也是可以结婚的——何况，他还只是一个假道士呢！"戚玉秀这样安慰道。

史幽红是离家最近的，却最晚一个来。次日一早，薛新雨草草吃完早餐后，就在门外徘徊。才几天不见，他却感觉就像隔了一个世纪一样。左等右等，薛新雨却见她和同室的戚玉秀一起手拉手走了出来，两人还不时嘀咕几句。一见到他，就停住了脚步。薛新雨见史幽红的俏脸红扑扑的，知道她已经忍不住将恋情透露给了好友，可还是假装出了一副又惊又喜的样子：

"你们好！好久不见了，真没想到，你们还像亲姐妹一样！"

戚玉秀一听，白了他一眼，说道：

"人都让你亲过了，还装什么大尾巴狼呢？这话应该由我来说：'你们好！好久不见了，真没想到，你们这对见了面就吵架的冤家，竟然成了两口子！'"

史幽红听了，用小拳头使劲捣她的腰背。薛新雨也尴尬不已，又好奇地问："你们刚才在说什么？"戚玉秀一听更皱起了眉头，说："我们女人之间的悄悄话，怎么能让你这个臭男人知道？"随即，她又转身看了史幽红一眼，笑着将她拉了出来，推到了薛新雨的面前。

"快去吧！太阳都要出来了，我可不想当个讨人厌的'灯泡'！"

当然，薛新雨也见到了一些自己不喜欢的人，尤其是负责行政后勤的袁招娣。不过，由于陆鸣已经飞黄腾达，没了奥援，她这条泥鳅也掀不起什么浪花来。

人员到齐之后，就抓紧时间进行了练习。陈主任虽然在围棋上是外行，但是接触久了，也能看出点儿门道来。两天下来，他就禁不住摇头，果然不出所料，大家的退步都很明显，尤其是薛、史二人，一个可能是放羊久了，落子散漫不成章法，全然不见了以往的筋骨；一个可能受了印刷机的影响，虽然步幅严谨，计算细密，但灵气也没了大半。

而更让人忧心的是，自从全运会结束之后，围棋热潮昙花一现，专业选手更呈现出了青黄不接的颓势。除了集训队中出了这一批尖子之外，后面完全断了线。现在，不要说搞梯队建设了，连基本的段位晋升赛也不能正常举行。而具有段位证书的几十人中，至少有一半已经流失了，甚至还有改行去下象棋的，毕竟那一行出路广，又是上下都无异议的大众体育活动，前途比身份暧昧的围棋要光明多了。

年轻的中国队依然是旧面孔出战，可是，老牌的日本代表团却换了一拨人，老中青一应俱全。领头的熊谷一通九段，是关西棋院的当家主将。几十年前，日本棋院发生一场内讧，几名高手愤而出走大阪，形成了一个类似于中国"南少林"的独立门派。日方这么安排，显然是出于平衡考虑。当然，从另一个角度来理解，也充分证明了这是一支"偏师"。

　　想到这一点儿，薛新雨决心给对手一点儿颜色看。但是，他毕竟很久没有经历过真刀真枪的实战了，一开局就艰涩生疏，几乎找不到以往那种流畅的感觉。而关西派棋手当初之所以要出走，就是对新布局的潮流不满，认为违反了格杀为主线的传统，实属大逆不道。所以，他们对边角战斗的研究非常深入。一开局，熊谷就摆开了一个诡异的妖刀之型。这个定式并非第一次在比赛中使用，但如何应对才能不吃亏，中国棋手根本无从得知。薛新雨小心落子，但最终还是堕入了圈套，不但扭断的二子被吃，还被对手压在了二路上喘不过气来。进入中盘之后，对方的力量丝毫也没有减弱，一记记重拳打得薛新雨眼冒金星，而他最擅长的转换却没有丝毫施展的余地。最后，他眼看差距已经无法弥补，只好弃子认输了。

　　史幽红今天运气最好，她碰到的是对方唯一的女棋手，也是"女流本因坊"的新得主青山光子四段。但是，上场之后才发现这竟然是一张熟面孔。原来，她就是自己曾经赢过的野田光子二段，嫁人后就随了夫姓。一想到自己曾将对手杀得找不到北，史幽红就信心暴涨。可是落子之后，她才发现别说"士隔三日当刮目相看"，连生了孩子的女人也会由猫变成了虎。一番昏天黑地杀下来，史幽红的一条大龙虽然侥幸逃生，但一个角也被对方冲了个七零八落，最终以三又四分之一子的大差告负。

　　同样的命运也落在了其他队友的头上。今天，他们纷纷祭出了在全运会和"希望杯"上大出风头的"三环刀"。可是，今天的日本什么都变了，唯独对中国情报的搜集工作从甲午战争以来就从未有过一刻的放松，当然早就知道了中方的这一独门绝技。经过了研究后，他们得出的结论和薛新雨如出一辙：这不是一种能够带来胜利的布局，因为死守的结局只能守死。

　　"三环刀"既然成了明日黄花，中方的溃败就变得无可避免。但事先谁也没有想到，最后竟然是七局全败！

　　这样的一幕，曾经发生在第一届对抗赛的首轮。那时候，他们个个痛不欲生，可现在却仿佛麻木了一样，连一口气也叹不出来。天晚了，赛会人员都散去了，七个人还呆坐在休息室中。最后，还是史幽红勉强站了起来，笑着说："不要太难过了，比赛前不是已经说好了吗？今天我尽地主之谊，请大家去看电影——不是样板戏，而是一部外国片。"于是，几个人强打起精神，跟着她来到了电影院。

今天的片子是新引进的南斯拉夫战争影片《桥》。电影开演了，一开始也没什么，但是当《啊，朋友再见》的插曲响起的时候，每个人都突然触动了心事，忍不住潸然泪下。没错，围棋是一项个人比赛，从进入东华观的那一天起，他们就知道彼此是竞争对手。可是，经过了一年天南地北的漂泊之后，才知道谁才是最知心的人。而此次相聚匆匆不过半月，不知道下一次要到什么时候了。

而更让人伤感的是，几年过去了，一切都已经物是人非。可是，中国围棋依然还在原地踏步，就像钻进了一条看不到丝毫光亮的隧道。而作为这一重大使命的承载者，他们第一次感到自己是如此无能、无力和无助。

电影看完了，大家又循原路返回。快到宾馆了，薛新雨终于打破了沉默：

"一年来，我们虽然没有机会打比赛，但是相信没有人真的忘记了围棋。不论做什么工作，总会有一些心得的。我有一些新的想法，今晚摆出来请大家指教。同样，也请大家都把各自压箱底的货色拿出来共享吧！谁是谁的就不要分那么清楚了。反正已经到了这个地步，就当这是我们一辈子下的最后几盘棋，明天豁出去算了！"

这正是每个人心中想要说的话，"皮之不存毛将焉附"，要是中国围棋完蛋了，守着自己那点儿小九九又有什么意思呢？回到了宾馆后，他们又聚在了一起，在棋盘上摆来摆去，议论不休，直到凌晨才勉强打了个盹儿。

薛新雨的第二个敌手是八岛勇次九段，年轻的时候曾被誉为藤原门下"三羽鸟"之一，一度与冈村保义齐名，至今仍是活跃在循环圈中的宿将。来华之前，师弟宫田荣树给他饯行的时候，特地提到了中国有一个名字带水的棋手非常厉害，已经有不少人栽在了他的手下，一定要多加小心。八岛勇次来华之后，果然对薛新雨分外注意。可是，当他看了对手与熊谷的比赛棋谱之后，却觉得宫田言过其实。一个连定式基本功都不过关的对手,无论他玩什么花样,自信都可以轻松拿下。

果然,执黑的薛新雨一上来就先下了星位,然后又是一个小目。眼看又要摆出"三环刀"的架势,八岛心中一阵冷笑。昨天黄子武也同样使出了这一招,可是,八岛采取了隔而不攻、步步为营的策略,像蜘蛛对付一只带刺的蜜蜂一样,绝不进行近身肉搏,而是或远或近用丝线将它软缠紧缚,直到无法挣扎,就让这个中国队中公认的"力量之王"破了功。看来,中国棋手除了这三板斧,真是黔驴技穷了。于是,他立即应以"逐月式",先打牢根基再施展长缨。

但是,让他意想不到的是,薛新雨第三手并没有下在星位右下角,而是轻轻往上挪了一位。八岛一见,顿时愣住了,这是什么意思?这个布局看上去像一个倾斜了的"三连星",但其意似在外势,又兼顾实地。现在,如果八岛照例在外侧挂角,由于黑棋中央一子的位置突然高出了一格,分投之后,白棋下一步无论是选择进角还是跳起,都将变得非常艰难。就像那只蜜蜂突然长出来了一个蝎子尾巴,左右逢源,上下交会,足以将最坚韧的蛛网扯出个大窟窿。

原来,薛新雨虽然在对局中从不使用"三环刀"布局,但是,却从未停止对它的思考。他认为,"三环刀"充分考虑到了棋盘的宽度,具有一定的合理性,不能因为它缺乏攻击性就弃若敝屣。可是如何扬长避短,却苦思冥想不得其解。没想到,今年夏天那场突如其来的暴风雨,却给他带来了的答案。当时,他正在牲口棚顶不知所措,牛书记大声叫喊不要后退,而要向前钻到顶棚上的草垛中时,他的头脑中突然灵光一闪:没错,人们都说退一步海阔天空;那么,为什么进一步就不能云开雾散呢?

于是,薛新雨试着将中央一子往上抬高了一位。虽然这只是一个小小的改变,但正如兵器中"一寸长一寸强"的道理一样,突然之间,"三环刀"就起了脱胎换骨的变化。之前偏重实地,现在变成了内外兼顾;之前是守株待兔,现在变成了张网捕鱼;之前是一枚不碰不响的水雷,现在变成了八面开弓的鱼雷。

不过,任何新布局都像设计一款新飞机一样,不是画几张草图就可以定型了,必须经过大量的、反复的甚至是痛苦的测试、修改、论证,甚至要不断推倒重来，才能最终一飞冲天。因此，薛新雨本来不准备在这次比赛中和盘托出，但是现在已经没有了退路，还不如拿这个强悍的八岛勇次来当试金石吧。

果然，八岛也是识货之人，马上就意识到了这一新布局蕴含着不测的威力。就像老虎面对一条常山之蛇，他从头看到尾，从尾看到头，始终想不出该如何下口。但是，八岛毕竟在藤原门下砥砺多年，临战经验极为丰富。根据"敌之所欲就是我之急所"的原则，他判断薛新雨下一步一定会大飞一手，以便扩张在中腹的势力，于是抢先占据了这个位置。

可是万没想到，这正中了薛新雨的下怀。黑子立即托了一手，白棋下压，黑棋毫不迟疑就予以分断。双方一开局就在五线的高位上扭打，那架势就像是两位电工在高空作业时打起了架。所不同的是，凭借着中央一子，薛新雨相当于坐在了电线杆上，而八岛却整个儿挂在了电线上，即使不被打死也会被电死。八岛一次次退后，却始终无法压制住薛新雨腾飞的势头。眼见半个棋盘已经是乌云滚滚，无奈之下，八岛放手一搏，决定打入黑角以求活。要是按照以往的情况，在优势情况下薛新雨会主动收一收，今天却得理不饶人，干脆也点了白棋的"三三"。一番绞尽脑汁的苦斗之后，两个角部竟然都做成了劫活。没奈何，双方只能各自消劫。如此一来，黑棋虽然在这一轮对杀中得小于失，但是盘面却变得简明了。于是，薛新雨稳稳将优势转化为胜势，最终以二又四分之三子拿了下来。

非但如此，中方其他三盘采取了这种高位"三环刀"布局的也赢下了两局。大家高兴之下，为了好区分，干脆给它起了个更有杀伤力的名字——"三叉戟"。

中国队今天的不俗战绩，不但让队员们的信心大增，原本已经垂头丧气的陈主任，也将事先已经写好的闭幕词改了不少，如"巨大的差距"改为"较大的差距"，"从零开始"改为"从新的起点上开始"。他还不知道，这仅仅只是开始，之后他还要一改再改，直到那篇文章面目全非，除了抬头的称呼敬语之外，完全找不到初稿的影子了。

薛新雨的第三个对手是佐藤兆民九段。此人在十几年前也曾风光一时，甚至拿过一次"王座"头衔，如今却是一个有点儿迟暮的中年棋手。

不过，他现在还兼任了日本棋院的司库，与商界人士过往频繁，而家乡正是著名的日立电视的产地——也就是本次对抗赛的赞助商。

两人一交手，对"三叉戟"毫无思想准备的佐藤就吃了一个大瘪子，他贸然从内侧挂角，就像历史上那支著名的钻入了峡谷的辎重队，立即遭到了拦头、截尾、斩腰的全方位打击，不但让薛新雨坐实了一个大角，本方还形成了两片互不相连的孤棋。之后，薛新雨追亡逐北，不给对手从容整形的机会，很快就建立了不可动摇的优势。佐藤眼看无力回天，就推枰认输了。

薛新雨平白捡了一个软柿子。可是，他的下一个对手井上猛八段可就非同寻常了。之所以这么说，倒不仅仅因为他今年创下了循环圈连胜十三盘的最佳纪录，而是身份非常特殊，他是日本幕府时代著名的四大宗派中唯一还活跃在棋坛的嫡系后代。一个半世纪前，井上玄庵为了和本因坊秀和争夺名人宝座，双方恶战九天一夜，井上玄庵先后吐血三次，仍然坚持比赛，虽然最后失利，但由于此局精彩绝伦，被称为"吐血之名局"，其坚毅卓绝之家风可见一斑。

果然，面对薛新雨祭出的"三叉戟"，井上猛改变了前两位失败者投机取巧的侥幸心理，而是直面中央那诡异的一子，一上来就来了个两肋插刀，企图分割它与左右两角的联系。在对方先行的凌厉攻势之下，薛新雨并不强接硬挡，而是左尖右跳，团成了一个酷似灯笼的活形，轻轻巧巧就卸去了对方的力道，犹如一个暴风雨袭击下的海岸灯塔。井上猛的连番扑击没了准头，干脆顺势侵入了薛新雨下方的边角。这时候，白棋就像一个被压到了极限的弹簧一样全力反击了。在薛新雨的强力压迫之下，井上猛不得不委屈做活。薛新雨掌握了脱先的权利，立即抢占了上方的大场。到中午封盘的时候，基本形成了两分的局面。

下午续弈，井上猛发现虽然自己的实地领先，但是白棋上下两片已经遥遥呼应，即将形成合围之势。于是，他就深入一子进行浅削。这时候，下方那个白色的"灯笼"却仿佛一个守候已久的蟾蜍，向着飞蛾吐出了长长的舌头。井上猛开始腾挪治孤，但是，上下白棋均坚实无比，几乎没有任何可资利用的破绽。井上猛发现即使能够逃出去，也必然要付出惨重的代价，干脆以这条半死不活的大龙为筹码与薛新雨打劫。

下围棋的人都知道，人家喂给你的肉，是绝对不能吃的。可是，薛新雨这个平常脑筋最活泛的人，今天却偏偏变成了个死心眼，非要把这条大龙吞下肚子不可。眼看局势又变得混沌了起来，井上猛心中大喜，一心一意算起了各自劫材的多少，因为这种缓气劫不是一两手就能解决掉的。果然，薛新雨先切断了大龙与左边黑棋的联系，然后在右下方远封了一手，而井上猛也将一个有余味的白角搅成了一锅沸腾的麻辣烫。正在交换的紧要时刻，白棋突然在角上自补一手。井上猛乍以为他下错了，再一看就惊呆了。因为这一手就像壁虎断尾一样，黑棋虽然能够吞下外围的十来个白子，但是白棋依然能够活下一个小角。他在角部固然占了大便宜，可是如此一来，中腹的大龙就非要活出不可，否则得失加减，井上猛反而要倒赔出去十目不止。但此时大龙要再寻出路已为时太晚，所以双方又弈了十来手，大龙最终还是逃不了愤死的命运。

过了这一关，薛新雨心头振奋，这是自己第一次获得三连胜，何况赢下的对手都是日本的高段棋手。也许是命运为了犒劳他，最后一轮的对手竟然是最弱的青山光子四段。这一回，薛新雨可一点儿也不怜香惜玉了，上来就出狠招下杀手。可是，女棋手天生短于谋略长于计算，一来二去竟然拿不下来，形成了全盘混战之局。中午封盘之后，薛新雨重新调整了一下思路，不再拘泥于一城一地的争夺，而是以速度的变化打乱对方的节奏。果然，青山光子虽然如愿吃掉了薛新雨一片棋，但却失去了全局的主动权。进入官子阶段后，薛新雨上下搜刮，逼得对手步步后退，最终以五又四分之一子狂胜对手。复盘后，他马上跑到了史幽红的身边，笑着对她说：

"这一下，我可替你报仇了！"

史幽红听了似乎并不高兴，轻轻蹙了一下眉头：

"谁要你帮忙了？输了就输了，下次我保管再赢回来！"

薛新雨明白她的情绪为什么这么低落，因为中方所有参赛选手中，就数她的水平下滑得最厉害。除了赢下那个名不副实的佐藤兆民之外，其他四局全输了。这个当年与自己齐名的棋坛巾帼，如今已经风光不再。想到了这里，薛新雨突然感到非常内疚。没错，爱情对男人来说是事业的催化剂，而对女人来说却往往是腐蚀剂。

"都怪我，惹得你没法把心思放在下棋上。"

"不要自责了。"史幽红见他如此会心知意，心情也好了不少，轻声回答道，"看到你又恢复到了原来那副意气风发的样子，我心里别提有多高兴了。"

这一次对抗赛，中方以十六比十九告负。虽然依然延续了失败的记录，可是，这一次的性质却截然不同。因为在以往的较量中，无论从内容上还是精神上，中方都是一副诚惶诚恐的学习态度，生怕被对方拉得太远。可是本次比赛不但拿出了独创的布局，而且人人抱有雪耻的决心，就像逆境中开放的花朵，格外摄人心魂。而对薛新雨来说，更是名利双收。他一人独赢了四盘，继续捍卫了自己"外战内行"的名声。而更让人怦然心动的是，由于没有任何一名棋手获得全胜，所以他和八岛勇次九段一起分享了个人优胜奖。

作为负责人，陈主任也大喜过望。没想到在经历了如此大的波折之后，中方的成绩竟然一届比一届好，如今快到了平分秋色的地步了。而更引人注意的是，体育杂志社终于又开始刊登有关围棋的消息和棋谱了，包括一篇热情洋溢的点评。这一点儿也不奇怪，真正让人费解的是其中一段话："我们的棋手们扎根基层一样也能下好围棋，甚至成绩还有了大幅度提高，这说明了什么呢？"然后文章自问自答道："这充分说明，经过了劳动的锻炼和贫下中农的教育，棋手们在思想上重新武装起来了，获得了战胜一切敌人的强大精神动力，而下放最深入、改造最彻底、表现最出色的薛新雨同志就是广大知青们学习的榜样。"

史幽红看了之后，气愤得将它摔在了地上，"这哪里是在夸你？简直是要把你往死里整！这种杀人不见血的办法，也只有那个混蛋才能想得出来！"

薛新雨当然知道她说的是谁，叹了一口气，什么也不想说了。只觉得应付这些赛后的风波，竟然比比赛本身还要累人。但无论如何，中国围棋队这个已经失去了大半成员的小团体，如今又一次成了国人瞩目的中心。

至少在相当长的一段时间内，大家的处境会好一点儿。

谁也没有想到，现在，最开心的人不是薛新雨自己，不是史幽红、陈主任或队友，而是他的死对头牛书记。因为薛新雨这次给公社带回来的不是耕牛，而是一台铁牛。当然，即使薛新雨将分到手的奖金全交出去再添上一个零，也凑不够这个数字的。原来，为了表彰这名扎根农村的知青优秀代表，上级特地下拨了一笔生产补助经费。如今在红莲公社，只要那台收割机轰隆隆地响起来，谁都会提起薛新雨的大名，似乎那是它的商标一样。

炙手可热的时候，薛新雨突然感到了一丝后怕，"如果有一天，当中国围棋真的超越了日本的时候，会不会再也没有人关心围棋了？"

上次赴日比赛的时候，薛新雨曾好奇地问宫田是否从日本棋院领取工资，宫田回答说从未有过，甚至来棋院开会的午餐也要自己掏腰包。当然，宫田荣树毕竟是风云人物，光是获得一次"本因坊"的奖金——不，上缴给政府的税金，就足够养活十支中国围棋集训队了。薛新雨听了羡慕了好久，又说毕竟头衔太少，光靠奖金过活还是让人心虚。宫田说早在幕府时代，日本棋手也是由官府供养的，每月还可以领定额的禄米。可是明治维新之后，棋手们就失业了，人人都担心自己会饿死，可是从深宫大院走向民间之后，才发现普通人对围棋的向往有多么强烈。棋手们不再依托四大宗派的庇护，反而在思想上打破了藩篱，从而开启了一个辉煌天地。

薛新雨觉得这样也不错。国家和棋手的关系，就像父母和孩子一样。与其替儿女操心衣食住行，不如想办法让他们早日自立。现在，全国上下喜欢下围棋的人数以百万计，薛新雨自信每天给人下一盘指导棋，就能混个肚儿圆了。

比赛结束了，大家又要回到各自的单位去了。不过，这一次分离时间不会太长。因为按照计划，第四届中日围棋对抗赛明年春天将在日本的大阪举行。

闭幕式结束之后，照例要举办一场告别晚宴。这一段时间以来，薛新雨和史幽红忙着备战和比赛，除了偶尔碰面时眉目传情之外，几乎没有单独说话的机会。薛新雨已经盘算好了，晚宴结束之后，还有一段自由活动时间，两人要好好温存一番。明天一早，还要拉她去逛一逛王府井，买一件礼物送给她。晚宴开始了，薛新雨作为领奖人荣幸地坐到了主桌上，可是等主持人都已经致辞了，却看到中方队员那一桌上，单单就缺了史幽红一个人。他正在胡乱猜疑，这时候，一张条子悄悄递到了他的手中。这条子是戚玉秀写的，上面只有一句话，一句外人根本就看不懂的暗语：小红帽被老虎叼走了！

薛新雨一见，心中顿时一咯噔。看来，史瑞虎最终还是发现了女儿的私情。虽然纸包不住火，这一天终究要来的，可没想到竟然这样快。而史瑞虎不顾礼节，强行闯到宾馆将女儿拉走的举动，也将他的态度表露无遗。很显然，这次比赛固然让薛新雨像一只深埋地下不见天日的蛴螬，变成了蹲踞在树头上高吟的金蝉，也让他成了醒目的靶子和最佳的怀疑对象。史瑞虎只要翻一下报纸，就会明白女儿近来举止为什么这么神秘和反常。比如，平日晚饭她总在工厂的食堂解决，可周六一定会回家亲自下厨，不但分量够三四个人吃的，还总买北方人不怎么爱吃的莲藕和苦瓜；平常她一忙起来，即使粗服乱头也毫不在乎，可是每逢周日加班时，出门前一定要收拾得光艳夺目；平常她总说："我要伺候您老人家一辈子。"可是近来却有意无意试探："万一我嫁给了一个外地人该怎么办呢？"

把这些异常现象一归拢，就是一颗鹅卵石也知道水究竟要向哪个方向流了。在这之前，史幽红推翻了父亲一手安排的姻缘，也还算是情有可原。但是，她想要嫁给世仇之子，那可等于提前要为老爹送终了。

薛新雨见了纸条，第一反应就是冲进史家去，将自己的心上人救出来。可是他冷静下来，就知道这样做不但不能解决任何问题，反而会激化矛盾，除了让史幽红加倍痛苦之外，也彻底断绝了与未来翁婿之间的回旋余地。

更让薛新雨心乱如麻的是，比赛结束后，借调函的截止日期也到了，他必须先回红莲公社去销差。与一个月前火红的丰收景象相比，一路上映入眼帘的只是苍凉萧瑟，就像薛新雨此时的心情。不过，让人想不到的是，他在公社中的境况已经发生了天翻地覆的变化。现在，即使薛新雨洗心革面要当个合格的庄稼汉，牛书记也不需要他干重体力活了，连禁止下围棋的规定也在不知不觉间取消了。牛书记并不比普通人更势利,但绝对是个彻头彻尾的实用主义者。在他看来,只要薛新雨能够继续为红莲公社增光添彩(财),就是在东华观给他塑个金身供起来也不是不可以的。

获得了意外的人身自由后,薛新雨立即想办法和史幽红见面。可是,史瑞虎像一条嗅觉灵敏的警犬,警惕一切可能出现的危险,连女儿上下班也要亲自接送,周日更是不许私自外出。同事们都笑这个老史太荒唐,这样紧盯严管,不要说一个花骨朵般的大姑娘了,就是一朵花也要蔫了。可是谁也知道劝说无用,厂里的老人们都清楚记得,当年史幽红的母亲忍心丢下襁褓中的女儿远走高飞,就是受不了丈夫的蛮横和犟脾气。

到后来,史瑞虎为了断绝女儿的念想,竟然张罗着要给她找对象了。这要是搁在从前,史家的门槛一定要磨平了,因为光是厂里爱慕史幽红的小伙子就能凑一个加强连。可是,自从听说了薛新雨这个名字之后,他们当中七成人就打了退堂鼓;两成人虽然迷恋史幽红的人美才高,可是担心自己降服不了她,也就知难而退;剩下一成条件颇佳的也瞻前顾后,觉得先不论人家姑娘怎么想,光这个岳丈就不好相处,还是不要造次为好;而个别胆子极大而脸皮又极厚的,当面向史幽红表白,也挨了她的白眼。

史瑞虎还没有物色到合适的女婿,薛新雨也没有找到合适的见面途径。他在史幽红所有可能出现的地点转悠了好久,头脑中也转了无数个主意,甚至连放风筝的招数也想出来了,可如今正值寒冬腊月,只有神经病才会那么做。他也曾写信给史幽红,可是全被史瑞虎给截获了。当年在东华观的时候,他就敢侵犯女儿的隐私权,何况今日在自家的地盘上呢!

最后,倒是聪明的史幽红找到了联系的办法。她写了一份给薛新雨的信,私下请一位要好的同事发到了红莲公社。薛新雨收到后,也如法炮制寄出了回信。于是,通过这个好心的中继站,两人建立了新的隐秘通道。不过,与以往薛新雨与冬清的通信相比,这些信的内容显得十分单调。它们就像留声机一样,重复着彼此口中发出的誓言;可是,它们又像热水袋一样,唯有每天抱在怀中,才能感觉到彼此的温暖,才能熬过寒风彻骨的每一天。

但是,老人们和秋天的落叶一样,看起来四散飘飞,最后总会凑到一堆。薛新雨正在承受着相思的煎熬，他的父亲薛平湖却突然来到了北京。薛新雨接到了接站的电报，心中顿时着了慌，父亲一定也知道了自己和史幽红的恋情，要给自己一个两面夹击。

可他根本没有料到，薛平湖此行的目的并不是来拆散鸳鸯的，反而牵扯出了多年以前的另一场风流孽债。

薛平湖说："你不是一直想知道，为什么史瑞虎一直恨我们薛家吗？现在，我就把全部真相都告诉你。"

15　今人不见古时月

"当年你爷爷和史胜东的那场北海大战，的确出了人命！"薛平湖劈头一句话，就把儿子给唬住了。

原来，这场比赛一开始只是两位顶尖高手的瑜亮之争，用棋手们的常用语就是"气合"，与"契合"的意思正好相反。但是，不知怎么经人一宣扬，就演变成了南北地域之争，而薛鉴水下榻的钱塘会馆更是煽风点火。当然，事后它也差点儿被人烧成了白地。而京城的报纸也不会放过任何刺激的消息，借机大肆渲染。到最后，简直到了盛唐时代牡丹花开举城若狂的地步，甚至那些不三不四的帮会黑道也卷进来了，把它当做了赌博的绝佳工具。无论高官富商，贩夫走卒，落魄旗人，学堂教师，都忍不住解囊下注，甚至连全聚德的伙计也押上了自己的血汗钱。

"比赛到了白热化的地步，给两个当事人的压力可想而知。当时在北京，有三种人最怕被人暗算，一是军阀，二是名角，三是武馆教头，而你爷爷也忝居其中，吃饭时还要先拿一双银筷子插一下食物，看有没有被人下毒。当然，这些开销根本不用他自己掏腰包，自愿为他保驾护航的人多着呢！甚至出门的时候，都有了专门的保镖，防止在路上被人打了黑枪！"

薛新雨如同听天方夜谭一样，嘴巴半天也合不上。他又问比赛之后的情景，薛平湖的脸上露出了不忍之色，但还是实话实说了：

"当晚，就有人跳河了。幸好那时候北京还没有高楼，否则的话那就等着看下饺子吧！"

没错，这一场比赛让很多人倾家荡产，史胜东输了棋，将几代人营造的大宅院也卖掉了，依然欠了一屁股债。说实话，如果不是新中国成立后政府宣布旧社会的赌账、卖身契、高利贷一笔勾销，史瑞虎连讨老婆的钱也没有，当然更不会生下一个女儿。

薛新雨感到了后怕，没想到爷爷的胜利竟然差点儿让孙子打了光棍。看来，过去下棋可不是什么温良恭谨让的雅事，而是刀口上舔血的营生。于是，薛新雨突然有点儿明白了，为什么父亲这些年遭到了很多不公平的待遇，却始终愿意把事情往好的一面去看，还总对自己说光明比黑暗多。以前薛新雨总以为他胆小怯懦，言不由衷，现在才知道确为心声。

"我们把人家打入了十八层地狱，难怪史家爷爷咽不下这口气。"有了史幽红这一层关系，薛新雨也开始攀起了亲戚。

"下棋有输赢，自然会结怨。赌场上也有一句话，叫做认赌服输。所以，真正让史胜东死不瞑目的，倒不是因为输了棋，而是为什么输了。"薛平湖说了一句听起来充满玄机的话，之后才缓缓透露了一个关键细节：

"决战那天下午，双方已经斗到了分际。史胜东在右下边摆了一个'秋蝉饮露式'——这一招今天看来平淡无奇，可当时谁也没有见过，因为那是史家祖传的绝招，就像杀手锏，不到性命攸关之时是不会施展出来的。眼看你爷爷就要落入了圈套，可是，就在他落子的那一瞬间，旁边有个人轻轻咳嗽了一声。"

"那个人是谁？"薛新雨的心一下子跳到了嗓子眼中。

"史胜东心头一惊，他抬眼望去，却发现打破寂静的不过是一个提着茶壶的八九岁孩童，他当时正站在你爷爷身后，一双黑眼睛滴溜溜地在棋盘上东瞅西望。那时候有名望的棋手都喜欢讲排场，所以双方各安排了一个年幼子弟来伺候家主下棋。史胜东瞪了那个孩子一眼，就继续凝神看你爷爷如何应对。"

"可是，这意外的咳嗽声，却像一声晴空霹雳，让你爷爷的全部动作都停住了。那几乎要落下的一子又缓缓缩了回去，然后他陷入了长考之中。一个时辰之后，他才慎重投下了一子。这一子也不是最佳的应手，但是至少跳出了陷阱，让史胜东一鼓而胜的如意算盘彻底落了空！"

薛新雨听了默然不语，下围棋就像坐过山车，悲喜交替只在一瞬之间。显然，薛平湖的侥幸逃逸让史胜东的心理受到了严重影响。之后，他的招法就逐渐开始散乱急躁，而薛鉴水却如有神助，满盘白子如同水银泻地，最终拿下了决胜之局。

"可是，输了如此重大的比赛，总不能赖在一个嗓子不舒服的孩子头上吧？"薛新雨觉得史胜东把输棋的原因归结到这样一个无关紧要的事件，纯粹是迁怒于人，未免不够气量。

薛平湖连连摇头，说当时在场的人无论裁判还是史胜东自己，倒也真没有说什么题外话。史胜东输棋后的心情可想而知，但复盘时侃侃而谈，神态自若，不愧为一代宗师。但是，北海决战之后，薛鉴水虽然在北京红得发紫，但日子过得犹如握蛇骑虎，知道这里不是久留之地，就悄然南下了。他一走，史胜东又逐渐恢复了一点儿生气。这件事本来该告一段落了，可是，不过五年，这事竟然又被重新翻出来了。

"他们之间是不是又举行了比赛吗？"薛新雨问道。

"没有，而是那个伊东道平又来了。他这次访华，既不是来讨教的，也不是来炫耀的，而是代表日本棋院来华招收留学生的。"

原来，日本人做什么都讲究一板一眼。清末民初，为了救亡图存，中国兴起了一股留学日本的热潮，学习的科目包罗万象，从思想政治、军事到教育、医学、美术，几乎无一遗漏。日本人俨然觉得自己成了亚洲唯一的开化之邦，开始全方位居高临下指导中国了。既然要过一把老师的瘾，围棋界自然也觉得不能缺席这一盛事。于是，伊东道平从北到南，听闻哪里有聪颖棋童就招来摆上几手。可是他一路看来，竟然没有一个人法眼的。他的最后一站是杭州，一来拜会旧友薛鉴水，二来欣赏一下名闻天下的西湖风光。可是，就在雷峰塔下的一个小亭子中，他在让先的情况下，竟然输给了一个年仅十来岁的少年！

"他——他就是那个当年提茶壶的小孩？"薛新雨结结巴巴地说不成句子了。

薛平湖神色凝重地点了点头，说道："没错，他就是我的师兄，也是你爷爷的大弟子何道非。就是你曾经见过的那个何伯伯！"

"您说的是那个老头——上次帮咱们买猪的？"薛新雨几乎不相信自己的耳朵。在他的印象中，那个老头满脸的沧桑苦难，自己永远想象不出他年轻时是什么样子。

"没错。这件事传开之后轰动一时，人们纷纷称其为'天才少年'，将复兴中国围棋的希望全寄托到了他的身上。当然,这股风声也传到了北京,传到了史胜东的耳朵里去了。"

于是,回想起几年前的那场对决,史胜东心中疑窦丛生。等仔细研究了伊东道平与何道非的比赛棋谱之后,他认定无论自己还是薛鉴水,都远远不是这个小子的对手。于是,史胜东断定当初是何道非帮助了自己的师父赢了棋。可是,一切都已经时过境迁,就像木已成舟,你这时候才挑出了虫蛀的洞眼又有什么用呢?他越想越恨,加上家业败落,诸事不顺,终于一病不起,撒手归西了。

薛新雨听了黯然不语。可想而知,史胜东死时一定会将这些过节全部告诉儿子史瑞虎,同时留下报仇雪恨的遗言。原来,这就是两家不共戴天的真正根源。

明白了这一节,薛新雨的思路又回到了故事的新主轴上来了。他问:

"那个何道非——何伯伯他去日本了吗?"

薛平湖点点头,说"当然去了"。当时国内军阀混战,民不聊生,几乎没有一个能将棋盘安放下来的角落。更重要的是,当时的何道非虽然年幼,但在国内已经无人能敌,连自己的师父薛鉴水也甘拜下风,急需在一个更高水平的环境中磨砺和提升。所以,在征得薛鉴水同意之后,伊东道平就带何道非去日本了:

薛新雨听到了这里,突然想起了什么,刹那间脸色大变。薛平湖看到了儿子的表情,缓缓点了点头。

"没错,你从林家亮那里听来的那个故事是真的,的确有个中国人曾经横扫日本棋坛,而这个人正是你的师伯何道非。而且,他做到的还远远不止这些。"

何道非刚到达日本时,就参加了当年的职业段位赛。按照日方的安排,中方棋手不论年龄资历如何,一律要参加初段比赛。可是何道非虽然年纪幼小,却心气极高,一张口就要日本棋院授予自己三段。这个要求引起了一片大哗,当然遭到了断然拒绝。不过,为了教训一下这个不知天高地厚的中国少年,日本围棋第一人本因坊秀正特地选了一位与何道非年纪相仿的初段选手,让两人下三番棋,声言何道非如能赢一盘就加一段,如果三盘全负就滚回去。可是没想到的是,何道非竟然将对手杀得溃不成军,一气获得了三连胜,如愿拿到了三段证书。

"那个手下败将,也曾经与你在对抗赛中交过手。"薛平湖提醒道。

"您说的是北村孝服九段?"薛新雨想起了上次访日,当他亮出那柄写有"非常道"三字的扇子时,现场日本人惊骇莫名的神态,突然间明白了什么。他问道:

"那把扇子,也是何老伯平常随身带的?"

薛平湖点点头。不过,何道非虽然一鸣惊人,也如愿以偿地进入日本棋院研修。一年年过去了,中国国势依然积弱,可是何道非的棋艺却突飞猛进,不过几年就跻身日本第一流棋手之列。但是,由于他是中国人,所以不能参加日本的职业围棋赛,而只能以邀请赛的名义,与日方的名手举行一对一的番棋赛。

可是,那些称王顶冠的高手却不断栽倒在了他的脚下。到后来,谁能战胜何道非,几乎都成了日本人的一个心病了。每冒出一个强手,就赶紧拉来较量一番。可是,结果无外乎铩羽而归。在十年之间,他先后参加了十七次十番赛,九次六番赛,十一次三番赛,结果只在三番赛上输了一次。但是,在随后举行的十番赛上,却将那个对手打成了让先。

"不过,这些成绩与后来的一场比赛相比,根本就算不了什么。你知道吗?在一次秘密举行的比赛中,他战胜了本因坊秀正!"

薛新雨只觉得头脑中轰然一声,似乎招待所的屋顶塌了。薛平湖以为儿子不信,又特地强调了几句:

"没错。他是赢了,而且没有让子,也没有让先,还是后手执白!"

三十多年前,一个中国人就将日本围棋踩在了脚下?这是真的吗?可是,父亲那无比坚定的神色,让他知道自己不是在梦中。

原来,在战前的日本,围棋九段历来只允许有一人,而这个人必须是众望所归的第一高手。可是,本因坊秀正随着年事已高,已经越来越少参加比赛了。于是,一个问题就浮现出来了:在他之后,谁将成为下一个九段呢?按道理,所有注册的六段以上的高手都可以参与竞争。但是,这样一来,何道非也获得了登上这个至高无上的圣坛的机会。难道,日本下一个九段将是一个中国人吗？现在，有些人就悔不当初将这个克星引进门来了。

日本棋院踌躇不下，最后还是决定把这个烫手的山芋丢给本因坊秀正本人，让他自行决定。于是，经过一番折冲，秀正决定与何道非进行一对一的角斗。双方各自写了保证书，输赢绝对不能让外人知道，也不能将棋谱外传，甚至比赛也不安排人进行记录。

为了避免干扰，这场惊世大战的地点，选择在了人烟稀少的北海道地狱谷。薛平湖解释说：

"这个名字听上去吓人，其实是一个著名的温泉疗养胜地。说一句题外话，在北海道有很多个头硕大的猕猴，它们冬天经常成群结队地在温泉中洗浴。当地人看到猴子不长毛的屁股红彤彤的，还以为是长时间泡在热水中的结果。去了外地才知道，原来天下的猴子都是一样的！"

在此关键时刻，从不说笑话的薛平湖却偏偏幽了一默。可是，薛新雨听了丝毫也不觉得好笑，反而每根汗毛都竖起来了，像一只寒风中哆嗦的猴子。

这一场对局究竟是如何进展的，其实薛平湖也不甚了然，只是从父亲和师兄后来交谈的只言片语中，猜出了大致的梗概。据说，何道非一上手就摆出了一个极其怪异的布局，甚至有一子下在了"五六"之位，企图压制对手的星位，那感觉就像在金銮殿上建鸽子窝，令本因坊秀正大为震怒，认为是对自己的大不敬。可是，这种完全颠覆了传统的布局，看似无理可循，一旦启动起来，却如钱塘江潮一样恣肆奔放，不可阻挡。而且，何道非每一手都是信手拈来，几乎不假思索，而本因坊秀正却举步维艰，甚至不得不多次宣布打挂暂停，回到内室苦思对策。这局棋足足进行了六天六夜，本因坊秀正使出来浑身解数，可最后何道非依然赢了一目半。本因坊秀正数十年不败的金身，竟然被一个年轻人用一连串的"无理手"给打破了。

"那是一种什么样的感觉呢？现场有一个人目睹了何道非的风采，曾感叹地说道：'就像你站在深夜的山崖上，突然，一道闪电划破了无边的黑暗。可是，当你终于看清楚它的真容的时候，灼热的电流已经将你的身躯烧成了灰烬！'"

遥想当年地狱谷中，寒风呜咽，松枝狰狞；热泉奔涌，猱猿跳跃。暖堂之上，一人长衣如旗，手指如戟；挥洒之间，枭雄错愕，山河变色。薛新雨心驰神往了良久，又有了新的疑问：

"您不是说对局不许外人进入，怎么会有人在一边观战呢？"

"没错，双方是这么约定的，也是严格遵守的。可是，现场除了对弈二人之外，总得安排一个计时员吧？"

"他是谁呢？一定是双方都觉得可以信赖的人吧？"薛新雨猜测道。

"没错，他就是本因坊秀正的弟子藤原正雄！"

薛新雨耸然动容了。因为，一个更加让人心惊的疑问出现在了他的脑海中：难道，地狱谷之战，就是新布局这场浩荡风暴的策源地吗？

"实事求是地说，藤原正雄遵守了双方的要求，直到今天也没有泄露任何比赛的细节。他只是这样评价道：'这是旧布局的最后一战，也是新布局的第一战！'"薛平湖给了他一个没有肯定但胜似肯定的答复。

正是从这两位绝世高手的过招中，藤原正雄突然领悟到了围棋未来的发展方向。于是，他纠合同好，广采众长，以争夺全局控制权为唯一的目标，创立了一系列完全不受局部得失羁绊和暂时利益制约的新定式。从此，新布局开始风行天下，藤原正雄也由此成就了一代霸主，并建立了可以与本因坊世家相媲美的藤原道场。

这局棋就像一个下金蛋的母鸡一样，非但为藤原提供了创新的灵感，而且还对围棋规则的改变做出了重大贡献。从对弈过程中，藤原发现日本旧有的比赛仪轨弊端重重，尤其令人不能容忍的是：上手可以随意打挂，然后无限期闭门思考甚至召集门徒来商议，而下手却只能茫然等待。于是，他想出了一个两全其美的法子：首先限定每局的对弈时间，之后就必须在一分钟之内下一手，不能再耗到地老天荒；其次，到了暂停的时候，轮到一方要将拟下那一步写在一张纸上，然后交给裁判保管；等到比赛重新开始之时，裁判就将那一步先摆上去。如此一来，就可以最大程度地维护双方的平等了。

本因坊秀正突然隐退，是当代的一大奇案。可是，他这么做的原因竟然是输给了一个中国青年，却闻所未闻。而且，薛新雨看过的日本棋谱少说也有几百局了，怎么可能一丝痕迹也没有留下来呢？

这时候，薛新雨突然想起了父亲曾经谆谆告诫过自己的那句"前车之鉴"，于是脱口而出：

"难道，何老伯——是和一个女人有关？"

薛平湖叹了一口气，说："没错，师兄就是在这次比赛中，爱上了一个不该爱上的人。"

"你知道吗？为了照顾年老体弱的本因坊秀正，除了地狱谷当地的服务人员之外，还来了几位帮忙的亲眷，其中就有一位非常美丽温柔的女孩子。何道非在比赛间隙与她频频见面，于是产生了强烈的爱意，以至于神魂颠倒，不能自拔。"

"爱情是不分场合的，这算什么问题呢？"薛新雨撇了撇嘴，很是不以为然道。

"问题是，她是本因坊秀正的女儿。"

"您说的是梅泽荷子？"薛新雨惊讶极了。因为，他实在无法将一个古怪枯槁的市井老头与典雅端方的名门贵妇联系到一起。可是又不能不信，因为，那柄扇子显然是何道非的心爱之物，他偏偏让自己带给梅泽荷子，而她一眼就认出来了，显然两人当年确有不浅的情缘。

但无论如何，本因坊秀正是日本围棋的泰山北斗，不但出身贵族，而且获得过帝国政府授予的"金鸠"勋章。这样一个人如果招赘了中国女婿，难免要招来非议。何况，秀正本身就是军国主义的狂热支持者，战前与右翼军人组织过从甚密。他一生中唯一的一次访华，竟然是慰问日本侵占青岛的驻军。

"可是，爱情不分国界。无论她父亲是什么态度，两人都有自由恋爱的权利。"薛新雨强辩道。作为一个年轻人，他本能地站到了何道非和梅泽荷子一边。

薛平湖却脸色尴尬，似乎难以启齿，最后才吞吞吐吐地说了一句：

"你说得没错，爱情是不分场合也不分国界的，可还是要分年龄的。你知道吗？那个时候，梅泽荷子还不过十三四岁。"

你看看我，我看看你，不知道该说什么好。一个青年俊杰爱上了一个上中学的小女孩，这可不是什么自由恋爱，而是彻头彻尾的不伦之情，因为那个女孩还没有恋爱的资格。如果两人关系再进一步，那就更不是爱情而是犯罪了。真没想到，这位何老伯看上去举止冷漠，年轻的时候竟然如此狂放不羁。

薛新雨不禁又开始胡思乱想起来了，按照日本人的风俗，洗浴之时是不分内外不避男女的。也许，正是在温泉中目睹了那旖旎香艳的一幕，让何道非把持不住，开始心旌动摇了。薛平湖看到儿子想问又张不开口，知道他不是什么至诚君子，脑子里一定在转什么龌龊念头，于是连连摆手道：

"不要问我，我不知道他们之间究竟有没有发生什么——就算知道了也不能告诉你。反正，本因坊秀正得悉这一切后勃然大怒，第二天就将女儿送走了，并且不许他们两人再见面。"

薛新雨听了心情黯然，竟然大有物伤其类之感。虽然异国异代，但是在父辈们眼中，儿女之间的私情就像细菌一样，要么杀死，要么隔绝。联想到了当下自己与史幽红硬生生被史瑞虎拆开，不知不觉之间，他对何道非也产生了几分亲近感。

如此一来，一切就很好解释了。无论何道非和梅泽荷子之间发生了什么，中国人好面子，日本人重羞耻，双方都视之为不可告人的丑事，当然绝口不提了。本因坊秀正受到了双重打击，不但宣布隐退，还主动将相传了三百多年的"本因坊"尊号赠送给了日本棋院。而日本棋院在无从得知本因坊秀正的明确态度之后，为了避免让何道非独擅胜场，干脆打破传统，将包括他在内的六名八段棋手一并晋升为九段。当然，以年龄为顺序，何道非被特意安排在了最后一个。于是，那盘震古烁今、鬼哭神泣的名局就再也没有人知道了。

夜深了，薛平湖讲了这么多，已经有点儿疲倦了。可是，薛新雨却依然东追西问，因为何道非身上的谜团只解开了一半。而薛平湖也知道，如果不把头绪全部交代清楚，自己这一趟就算是白跑了。

"地狱谷之战结束了。何道非正当意气风发之时，日本却发动了全面侵华战争。"薛平湖说道。

中日开战,不是普通的两国交兵,而是涉及正义与邪恶、压迫与反抗、奴役与自由的大是大非的问题。敌寇铁蹄所至,祖国满目疮痍,同胞尸山血海,一个中国人却在樱花下悠然对弈,不见满目摇晃的太阳旗,不闻狂呼的"祝捷"声。这恐怕就不是定力有多高,而是腹中还有没有心肝的问题了。

"那一段时间,你师伯究竟是怎么想的,我们谁也不知道,也不愿意去揣测。但是,看到国内报章上指名道姓的谴责辱骂,你爷爷却因此气病了一场。在病榻之上,他常悔恨自己光着意于徒弟的才智提升,而忽视了忠孝才是立身之本。要知道,你师伯本是一个孤儿,自从到我们薛家之后,不但你爷爷在棋艺方面倾囊相授,一点儿也没有因为他是外姓而有所保留;你奶奶也对他爱怜有加,视如己出,饮食方面甚至比我这个亲生儿子还要好。但是令人气恼的是,虽然有养子之实,但你爷爷为了照顾你师伯的感情,始终让他保留了生父的姓氏。可是,你师伯在日本生活了一段时间之后,竟然给自己起了一个日本名字!"

可是,薛新雨听了之后,倒很不以为然,说:

"书上说了,孙中山先生当年为了逃避清廷的缉捕,不也把原名'孙文'给改了吗?师伯为了生活方便,给自己起了外国名字,这也不是他叛国的证据呀!"

"傻孩子,哪有那么简单呀?"薛平湖苦笑道,"你想一下,不要说好几个年头了,一个地下党员与组织失散了个把月,如今都难过审查关。何况,他还差点儿给自己留下一个永远也抹不掉的污点!"

原来,抗日战争爆发之后,东南亚华人积极支持国内抗战,掀起了筹款募捐的热潮,让日军恨之入骨。太平洋战争爆发之后,日本吞并了南洋。为了压制反抗,采取了双管齐下的方针,一是血腥屠杀爱国华侨,二是鼓吹亲善文化。于是,围棋作为一项在中日两国民间都具有重大影响的文化活动,理所当然就成了销蚀抵抗、粉饰太平的工具。日本占领新加坡之后,一个由当时的日本、朝鲜、伪满、汪伪沆瀣一气的慰问团就成立了,其中豁然出现了何道非的名字。

"他真的上了名单了吗？"薛新雨这才感到了事态的严重。

"没错。同时，他也就上了军统的暗杀名单。如果不是我们动手快，他不是死在了南洋锄奸队的手中，就得死在战后南京郊外的刑场上！"

薛新雨不知道，自古以来，中国人对投降外族的尺度就松紧不一。政客可以投敌，如有言在先的中行说；将领可以投敌，如兵败无援的李陵；可是人才绝对不能投敌，否则就万劫不复，骂名千载。日方慰问团从北平出发之后先到达了香港，然后就将跨海到达第一站新加坡。对何道非来说，只要他踏上了那个热带小岛一步，即使不落一子在棋盘，一个汉奸的罪名跳进马六甲海峡也洗不净了。而在此时，中方的一个营救小组也悄然隐藏在了下榻的赤柱军营附近，其中就包括了薛家父子。当然，在行动过程中，如果何道非流露出丝毫的抗拒，那么，营救小组可以立马改名为刺杀小组。

"您当时才不过是个中学生，怎么也去参加这么危险的行动了呢？"薛新雨一听心就揪起来了，尽管现在担心已经毫无必要。

"我还非去不可呢！你知道吗？我可是营救计划中的最关键一个棋子！"薛平湖笑着说道。平生第一次，他在儿子面前露出了得意洋洋的神情。

军营四周戒备森严，显然，日本人这样安排，也是为了防止意外发生。行动小组勘察了几天，终于发现了一条不易察觉的下水道可以逃出，而这时恰好有慰问团成员因不耐南方的酷暑生病了，需要每天从药店送特制的凉茶。几条线索一勾连，一个营救方案就出台了。现在唯一的难点，就在于接应的人选。第一，这个人进出军营不易引起日本人的怀疑；第二，何道非要认识这个人，并且相信让自己回国是师父薛鉴水的命令。如此一来，薛平湖就是当然的唯一人选了。他从小就在药铺中帮忙，扮个送药的小伙计一点儿问题也没有；而师母去世之时，何道非曾专程从日本赶杭州奔丧，师兄弟二人曾有一面之缘。如今虽然有十年未见，但基本的轮廓并没有走样，一报名就能认出来。于是，薛平湖就怀揣着父亲的亲笔信，成功混入了赤柱军营。

"看了爷爷的信之后，他肯跟你走吗？"薛新雨紧张地问道。

"我连信都没来得及掏出来给他看，他一听你爷爷叫他回去，一个字也没多问,一秒钟也没犹豫,就要跟着我走!"

之后那些心惊肉跳的情节就不必细述了。最终,何道非跟着师弟逃出了住处,上了早就等在港汊中的小船,然后顺着珠江一路上溯,直到见到了芦苇丛中接应的游击队。至此,薛平湖才知道,当时很多文化名人都是循这条国共合作的路线逃离香港的。说来也让人唏嘘,他们北撤的路线竟然与几十年后宋大洋外逃的路径几乎完全一样,只不过是方向相反而已。

何道非的突然失踪,让日本人茫然失措,只得发布了一份可笑的声明,谴责中国安全部门在自己的国土上绑架了一名中国公民。与之相比,慰问团的其他人就没有那么幸运了。一个月之后,在前往雅加达的游艇上,一个备用的游泳圈突然爆炸了,迅速引发了一场大火,将游轮上的全部乘客烧成了一团团烤肉。这两个消息在南洋流传,不知怎么以讹传讹,何道非就被渲染成了一个宁死不屈的烈士。

"这么说来,何伯伯虽然表面上看不出,但他的骨子里还是爱国的。"薛新雨长出了一口气。

"可是见面后,你爷爷就扇了他一记耳光!"薛平湖苦笑道,"原因很简单,他头上梳着武士的发髻,上身是露臂的短袍,腰间系了一条及踝的长裙,脚上还穿了一双木屐。你爷爷骂他全身上下看不见一丝中国人的味道,简直成了为虎作伥的败类!"

"爷爷太敏感了,木屐本来就是中国古人发明的,东晋的名相谢安就穿着木屐走来走去。何伯伯在日本生活久了,一时半刻也改不过来吧!"薛新雨嘴上这么说,心里其实也不大接受这样一个长辈。

"这还不算什么!更糟糕的是,我们很快就发现,你师伯简直成了一个棋呆子。他并不知道日本军人在中国干了什么,以前我们总安慰自己,他一定是受到了敌人的蒙蔽。现在才发现,他根本就不关心这场战争!当然,他也不关心美国人为什么将东京烧成了火海,因为这也与围棋无关。总之,除了围棋之外,他什么都不在乎。如果有人告诉他阎王爷是个顶尖高手,他甚至不怕下十八层地狱!"

薛新雨听了瞠目结舌,求道到了如此地步,不知升华到了仙佛的境界,还是堕入了魔障?

回到大后方之后，由于担心国人不能谅解何道非的行为，薛鉴水就给他改名为何潜以避风头。在兵荒马乱的年代，没有棋手生存的空间。于是，在辗转于蜀道的颠沛日子里，何道非干脆跟着师父又学起了中医，以便有个糊口的营生。聪明人总是一通百通，不过两年，他就将几百张验方背得滚瓜烂熟。

"说来也奇怪，可能师兄天生就是个情种吧，我们薛家历来以治疗伤寒杂症闻名，而他竟然在妇科方面独有心得，连自己的儿子也是他亲手接生的。"

"您说何伯伯有个儿子，我怎么从没见过他？也没听您提起过？"薛新雨很好奇地问道。见父亲满脸怅然之色，他突然间明白了过来。

"难道，难道他就是梅泽志博？"

薛平湖点了点头。日本投降那一年，薛鉴水带着徒弟和儿子回到了杭州。他们重整门户之后，恰好本地有个商人愿意拿出一笔钱来与薛家在北京合办一个药铺。作为师父兼掌柜的薛鉴水已经盘算好了，徒弟已经老大不小了，而儿子将来也要当门立户，因此需要早点儿给他们划定各自的发展空间，以免将来产生矛盾。可是，何道非还没有走成，倒有人找上门来了。

暌违了八九年之后，如今的梅泽荷子已经长成为一个粉白黛绿的大家闺秀。现在，父亲本因坊秀正已经过世，而她依然没有忘记那个曾经对自己深情款款的中国男子，竟然抛家舍业，远渡重洋来到异国寻找何道非的下落。茫茫大海上，自西向东是狼狈不堪的各色遣返人群，自东向西是一个孤零零的充满憧憬的妙龄少女，这是多么奇特的一副场景！

薛鉴水虽然痛恨弟子胡乱留情，可是又为梅泽荷子的举动所感动。至少，这个异国女子比自己的徒弟更有情有义。于是，在给两人举办了婚礼之后，就打发这对新人去了北京。临别之际，薛鉴水给徒弟最后的忠告，就是严禁他下棋——至少是公开下棋。他嘴上说是怕耽误了生意，其实，是担心他一时手痒，忍不住又踩了史家的盘子。

何道非和梅泽荷子来到了北京之后，生活十分美满。何道非的医术颇为高明，不久就成了右安门外最出名的医生。不过，几年之后，因为时局的变化，梅泽荷子不得不带着还在襁褓中的儿子回国去了。

何道非为什么没有跟着妻子一起回到他生活更习惯的日本呢？薛新雨无暇去关心这个问题，而是被一个事实震惊得半天也缓不过劲儿来：梅泽志博竟然是一半的中国血统！按照东亚民族以父系为主的传统，他是个不折不扣的中国人！

联想到不久前日本棋坛刚刚发生的一起颠覆性大事，薛新雨更加心跳眼花。因为，就在今年的"棋圣战"中，梅泽志博异军突起，以四比一的绝对优势，一举从恩师藤原正雄手中夺走了这一日本最大的棋战冠军，从而凌驾于师兄冈村保义和宫田荣树之上，成为了当今日本棋坛当之无愧的第一人！换句话来说，半个世纪以来，威震日本棋坛的两位领军人物，竟然是一对中国父子！这是一件多么让人不可思议的事情。

半天之后，薛新雨才勉强将自己心中的狂澜抚平。直到现在，他终于明白了父亲的来意：

"上次您让我带着何老伯的扇子去见梅泽荷子，其实目的有两个，一个是向她传递自己还平安的信息，另一个就是有话要转告给自己的儿子梅泽志博。"

见父亲颔首同意，薛新雨又觉得这个前辈的举动太迂了。他说：

"做父亲的想见儿子一面，这是天经地义的事情，干吗还躲躲藏藏的？上次梅泽志博来北京的时候，为什么他不大大方方出面呢？反而要您帮他拍那么多的照片，真是多此一举。"

薛平湖张张嘴说不出话来，似乎其中有什么难言之隐。半晌之后，才说了一句：

"这父子之间的感情，外人也无从揣测。不过，你师伯这么做的真实用意，却不仅仅为了和儿子相聚，而是想让梅泽志博回到中国，替自己的国家出力！"

听他这么一说，薛新雨也恍然大悟了：

"怪不得呢？他一个字也没写给梅泽荷子，却在扇子的背后画了一棵桂树。原来，'桂'就是'归'的谐音！"

没错，自从上次何道非看了梅泽志博的棋之后，就知道儿子已经成了气候。眼见中国围棋还在艰难地爬坡，就准备召他回国。可是，薛新雨回想起了当初拜访梅泽家的场景。看到了夫君的信物,梅泽荷子马上就收下了扇子。可是第二天一早,她又忙不迭地将它退了回来。如此看来,答案只有一个,那就是儿子梅泽志博拒绝了父亲的要求!

一想到这一点儿,薛新雨心中竟然有点儿找到了垫背的快乐。原来,在父辈们的孩子当中,最不听话的人并非自己。

当然,梅泽志博这么做,也未必就一定要扣上一个不爱国不敬老的帽子。作为一粒种子,他可能对自己生根发芽的地方更有感情。同时,从现实环境来看,两国经济发展和生活条件有天壤之别,要他舍弃荣华富贵回来受苦也有点儿不近情理。何况,即使他回来,连个能专心下棋的环境也没有,总不能到红莲公社和薛新雨做伴吧?

"您这次来的用意,是想让我明年第二次去日本的时候,直接和梅泽志博谈一下?"薛新雨迟疑着问了一句。没错,梅泽志博既然不再来华访问,那么只有自己找上门当面和他交谈了。

薛平湖没说什么,他拿出了一封厚厚的信,交给了儿子。他说:

"这是你何老伯写给儿子的亲笔信,你找个机会交给梅泽志博。切记,不要通过第三人转手,否则对大家都不好!"

薛新雨小心收起来之后,父子俩又聊了一会儿分手之后各自的情况。薛新雨发现父亲一反常理,对自己的个人问题避而不谈,干脆就将自己和史幽红的交往过程原原本本说了出来,并声明将来非她不娶。其实儿子这点心思,薛平湖在他决定留在红莲公社时就明白了。原本还幻想着史家的女儿另有所爱,让儿子知难而归。没想到最后两人还真黏糊到了一起,这可真是前世的冤孽啊!想到这里,薛平湖不由得苦笑了起来。

"没想到,我们薛家门下两个下棋最高明的人,却偏偏都为情所困!"

"我和何伯伯可不一样!"薛新雨立即表示了反对,"您一向都通情达理,为什么一定要反对我和幽红来往呢?"

"我不反对你们交往。在东华观也一起住了好几年,史家那个姑娘从头到脚,没有一丝可挑剔的。但是,婚姻毕竟是一生一世的大事,你们总得考虑现实吧?"薛平湖嘴上说不反对,可是在很多语境下,"不反对"和"不赞同"其实就是一个意思。

16　楚天云雨尽堪疑

薛新雨送走父亲之后，很快又到了一个春节。红莲公社里虽然张灯结彩，杀猪宰羊，但喜气洋洋的表面掩盖不住暗中流淌的悲愁。小伙子们还好说，有的借酒浇愁，有的打牌耗时，有的佯狂寻衅；姑娘们就难熬了，除夕之夜躲在被窝中哭成一团的不在少数。

大年初一，大家纷纷外出拜亲访友，薛新雨也跟着一起来到了北京城中。几乎没有看路，他的脚就自动找到了史家所在的那条胡同。依然是晴空如洗，依然是腊梅飘香，但是，今天的巷道中却不似上次那样冷清，人进人出，笑语不断。薛新雨徘徊了良久，知道这样干站着不会有什么奇迹发生。反正迟早要面对史瑞虎这个专横的长辈，不如现在就说个一清二白，不管雷劈刀砍，总比这样生不如死的吊着要痛快得多。何况，今天是大年初一，按照老北京人的风俗，是迎福进门的日子，双方好歹还有昔日师徒的名分，史瑞虎总不能拉下脸将自己一脚踢出来吧？

于是，薛新雨鼓足了勇气，轻轻敲了敲最南面的那扇院门。片刻之后，传来了一阵轻快的脚步声。薛新雨知道来者是谁，顿时心跳如鼓。门开了，果然是史幽红。她没想到薛新雨竟然敢这样大胆找上门来，一时间悲喜交集，一句话也说不出来。这时候，正在屋子里的史瑞虎也听到了动静，问女儿："是不是你的表哥来了，还不快将人家领进来？"史幽红回过神来，赶紧回头说："是对门的大婶来借一下火钳，人已经走了。"瞒过父亲之后，她马上将薛新雨拉到了门外的僻静处。

"快点儿离开这里，躲在巷子口的那个电线杆下等我。千万不要让我爹看见了！"

薛新雨依言等了个把小时，才见史幽红搀扶着一位老太太经过了自己面前。听说那是女友的姑妈，薛新雨赶紧上前致意。老太太见突然蹦出了个小伙子，倒也不大惊奇，只是笑着问外甥女这是谁呀？薛新雨窘得不知道该怎么说，史幽红却很干脆，说这可不是外人，而是您的外甥女婿呀！薛新雨心中一热，可是老太太耳背听不清楚，又絮叨了半天：

"我早就劝过弟弟了：女大多作怪，该跟谁走就跟谁走吧！要不弄出是非来，那可不是闹着玩儿的。可他偏不信。你瞧，这不一眨眼，连电线杆子也成精了，变成了一个俊后生！"

到了大道口，正碰上史幽红的表哥骑着自行车来接娘。这位交通警察冷冷端详了薛新雨几眼，就像那是一辆闯了红灯的驴车，才对表妹说了一句：

"还不错，看起来不像个坏人，没舅舅说得那么离谱！"

薛新雨一听反而来精神了，笑着问："史老师平常都说我什么了？"大表哥是个直筒子，一股脑就全抖搂出来了：

"舅舅说你爷爷是只田鼠，就知道偷人家的东西；你爹是个兔子，胆子小鬼主意多；你是个黄鼠狼，尽迷惑人家的大姑娘。总而言之，你们一家子都是钻地洞的！"

他还没说完，就挨了后座上母亲的一记，说什么猫啊狗啊的，今天大年初一，只能说祝福人的好话，不兴摆弄这些闲话。两下分手之后，薛新雨的心情当然好不到哪里去，又不想让史幽红看出来，勉强笑了一声：

"真没想到，你姑妈和你爹都是从一个娘胎里生出来的，可性情却差别那么大。你爹就像头公牛，什么都直来直去的，受不得一点儿刺激；可是她老人家就像个牛皮灯笼，表面上装糊涂，可心里明镜似的，一言一行都不会离了范儿。"

史幽红叹了一口气，说道："没错。你也看见了，我现在连她老人家都搬出来了，可也没什么用。看来，我爹是铁了心非拆散咱们不可了！"

能够和她见上一面，薛新雨的心早就飞起来了，才不愿意去想那些烦心的事呢。两人躲到了一棵大槐树后面，眉眼相对，手臂相交，口唇相接，恨不能将自己化为对方身体的一部分。可又不敢太忘情，怕邻居看见了说闲话。史幽红仰起了下巴，让薛新雨亲吻自己雪光洁白的脖颈，一边喃喃说了一句：

"虽然我不敢让你去见爹,但是你正大光明找上门来,说明我真的没有看错人。"

一阵缠绵之后,薛新雨突然想起了什么,赶紧从口袋中掏出了一个盒子,拿出了早就买好的手表,戴在了史幽红的手腕上。她的眼圈刹那间红了,眼帘上更是挂起了串串泪珠。默然片刻之后,史幽红突然说了一句:

"我本来还想还怕那的,连亲都不让你亲个够。早知道这样,我们在东华观约会的时候,干脆什么都不管不顾了。到那时候,看爹还能把我们怎么样?"

虽然是数九寒天,可是薛新雨听了她的话后,却突然间脸红耳赤,热汗直冒。和这个心爱的女子结合在一起,是薛新雨这辈子最大的心愿。可是,那一天还隔着云山雾海,层峦叠嶂,似乎比登上世界围棋第一人宝座还要渺茫。

但无论如何,自从这次见面之后,薛新雨虽然未能打破史瑞虎摆下的铁桶阵,但毕竟和恋人见上了一面,心中的相思之苦稍微消解了一点儿。何况,第四届中日围棋对抗赛举行在即,薛、史二人都在当选之列。到那时候,就算史瑞虎再蛮横,总不能把盯梢工作做到日本去吧?

可即使如此,想要让这位固执的父亲放手,也不是那么容易的事情。薛新雨又熬了一个多月,终于盼到中方代表团成立了,陈主任发出的召集令也到了红莲公社。这一次,薛新雨根本不用担心牛书记会刁难自己。非但如此,牛书记甚至专门在知青点搞了一个小型的欢送仪式,现场敲锣打鼓不算,薛新雨还像劳模一样戴了大红花,坐上拖拉机直达了集结点。

报到之后,薛新雨就盼星星盼月亮一样等待着是史幽红的出现。可是一直到了出发那一天,她的身影才姗姗出现,可同时落在薛新雨眼中的还有老而固执的史瑞虎。当着众人的面,史瑞虎就像一个移交犯人的狱卒一样,叮嘱这个严禁那个,恨不能将女儿打包上封条。面对史瑞虎的要求,陈主任十分尴尬,他当然知道队中这两个青年人之间的关系,也知道不应该干涉恋爱自由。不过看在昔日同仁的脸面,总不好当面拒绝,只得含笑敷衍了几句,说大家是集体行动,幽红又不是第一次出国了,干吗还这么不放心?而旁边的队员们却个个暗笑不已,薛新雨在集训队中就是出了名的鬼灵精,你就是把史幽红装到了罐头里,他照样也能给你撬出来。

就像印证他们的判断一样,一上了飞机,两人果然凑到了一起,还毫无顾忌地嬉笑厮磨,似乎旁人根本不存在一样。尤其是史幽红更过分,竟然在薛新雨的脸上打了一个响亮的啵,弄得后者倒害羞了。带队的陈主任觉得有碍观瞻,就轻轻咳嗽了一声以示提醒。可是史幽红明欺他面软心善,竟然笑嘻嘻地转过头来了:

"您是不是嗓子痒了?我这段时间都快被爹爹逼疯了,所以不管到哪里,包里总带着泻火的药,等一会儿让小薛从行李中拿给您。不管是嘴巴还是眼睛不舒服,飞机这么颠簸,您总得忍一会儿不是?"

看她如此肆无忌惮,陈主任只好苦笑作罢。这时候,坐在他旁边的袁招娣却不干了,她冷笑了一声,说:"怪不得你爹不放心呢,原来你真不害臊,竟然在大庭广众之下打情骂俏,还说出这样没皮没脸的话。"史幽红似乎早就等着她发难,立即将自己一肚子的火气发泄到了这个不招人,特别是男人待见的前队友头上。她冷笑着说:

"我是没皮没脸,有人倒是有头有脸。不过可惜了,我的悄悄话只给自己的爱人听,你却喜欢把悄悄话说给一个根本瞧不上你的人听!"

袁招娣一听脸色发白了,质问她是什么意思。眼看众人的目光都集中到了自己的身上,史幽红才慢悠悠地说道:

"我本来只想点到为止,可是你偏要刨根究底,非让我把话说明白了不可。好吧,那我就只问你一句:你是不是在给姓陆的那个混蛋当眼线?我们谁要是不小心犯了什么忌讳,你一定会马上记下来吧?"

此言一出,团员们顿时一片哗然。片刻之后,大家你一言我一语,都说怪不得呢?以前那么隐秘的事,陆鸣竟然都知道得一清二楚,还以为他长了千里眼顺风耳呢?现在才知道在身边安放了一个活动录音机。袁招娣知道陆鸣是大家眼中的公敌,只得竭力撇清,说自己只是答应他给体育杂志当几天临时的通讯员,谁要是有了什么先进事迹和闪光语言,一定会登报的。她不说犹可,这一说反而印证了史幽红所言非虚。从此之后,袁招娣就像只黄鼠狼一样,走到哪里都让人皱眉捂鼻子。

眼看心中这根刺终于被拔了出来,史幽红松了一口气,反而不再像刚才那样作兴了，而是倚在薛新雨的肩膀上沉沉睡去了。她虽然是一介弱女子，可是睚眦必报，谁要是敢在她的眼中揉沙子，非要泼对方一脸石灰粉不可。从这个角度上看，陆鸣没能攀折到这支带刺的玫瑰，反而是他自己的造化。

到了东京之后，这次代表团没有下榻上次的酒店，而是住进了新宿区的一个小楼中。据说，这里最初是清朝驻日教育管理机构办公地，而今成为了中国留学生的宿舍。从收益比来看，这可能是中国有史以来最划算的一笔海外投资了，因为附近早就开发成为了寸土寸金的闹市。

入住之后，薛新雨立即找到了最近几期的《棋道》，他竟然在上面又见到了一个久违的名字——福山秋一郎。作为杂志的总编，他亲自撰写了一篇长文，说最近在中国流行的"三叉戟"布局，看起来非常新颖，也取得了不错的战绩。但是究其根源，却并非中国人首创，因为在日本古代棋谱中曾有类似的手法，尤其是16世纪在京都举行的首次御城棋赛中，中村道硕在对垒安井仙角时，就曾经下出几乎完全一致的布局，只不过第三手的位置稍有不同而已。但其中所蕴含的攻守兼备、势利均衡、轻重相宜的特点，几百年前的两位高手已经了然在胸了。

薛新雨看了很兴奋，他的同伴们也觉得很新鲜，只有陈主任坐在一边微笑不语。张红芳发现了，问他在笑什么，陈主任却反问大家怎么看待这篇文章。有的表示高兴，说："看来日本人对'三叉戟'的评价也很高，说明我们不是异想天开。"也有的表示佩服，说："日本人做事就是认真，为了寻找一个布局的渊源，竟然能把积累如山的古物翻检一遍，这很值得我们学习。"也有的表示担心，说："日本人肯这么下工夫，一定已经将'三叉戟'研究透了，恐怕这次比赛我们讨不了好。"

陈主任听了直摇头，与两位前任相比，他既不具备秦双河的精明强干，也丝毫没有陆德言的圆滑巧诈，却有着外交人员典型的知彼而不知己。袁招娣隐藏在肘腋之下，他竟然茫然不知；可是还没有与日方谋面，他就将对手的心态分析得入木三分。

"你们这群小年轻，真是太天真了！让我告诉你吧，这篇文章说明，日本棋手心里已经有点儿慌了！面对我们的'三叉戟'，他们至今还没有找到任何破解的办法，所以才会抛出这股酸溜溜的调子来！"

听了陈主任的话，众人才恍然大悟。没错，如果不是上次比赛吃了"三叉戟"大亏，日本人怎么会如此重视呢？想到这里，不少人平生第一次产生了"彼可取而代之"的豪情。但冷静下来之后，谁都知道围棋是综合素质的全面对抗，光靠一招鲜是无法逾越那几座大山的，而其中有一座依然还在长高。

原来，如今的日本棋坛，已经形成了新的"三家分晋"的局面。从师父藤原正雄手中夺取了"棋圣"之后，梅泽志博挟战胜之威，又从师兄宫田荣树手中拿下了"十段"称号。至此，除了冈村保义的"名人"和宫田荣树的"本因坊"之外，他已经卷走了六大冠军中的四个，成了日本棋坛当之无愧的新一代盟主。由于藤原门下这三位弟子的水准已经达到了普通的一流高手们难以望其项背的境地，加上他们的名字中恰巧都有包含了一个"木"，所以，日本棋坛尊称之为"森一流"。

但是，中国棋手这一次依然无缘与他们交手，理由当然还是与国内棋战的赛程冲突。这不奇怪，真正让人惊讶的是，日方这一次出场的七名棋手竟然全是四段以下的新锐，最大的年龄不超过二十岁，最小的才是十三四岁的初段。日方这么做，乍一看似乎有点儿轻慢，但其实用心十分良苦。一是光靠老棋手的资历和名气，已经撑不住场子了；二是学习中方的经验之道，让年轻人上阵挑大梁，也好早日熟悉一下这些注定将成为长远敌人的异国对手。

可是，面对日方的这一突然变阵，中方却有猝不及防之感。对手不再是皓首老者苍髯丈夫，而是清一色的豆芽菜，大家反而变得束手束脚，不知道该怎么下了。第一轮结束了，中方竟然以三比四落败。赛后一总结，连输了棋的人都说不是对手水平高，而是自己的心态有点儿放不下来了，甚至感觉有点儿滑稽。几年前，当他们勇斗那些名头赫赫的日方高段棋手时，个个堪称初生牛犊不怕虎；可是今天呢，一群犍牛面对着几只连爪牙也没长齐的小老虎，却一时顶不得踢不得也跑不得。

而让薛新雨高兴的是，史幽红的水平却获得了明显地回升。在被父亲禁锢期间，她的确获得了更多安静下棋的时间。薛新雨看她赢下了一盘，十分高兴地说道：

"可见坏事也能变成好事。要不然的话，你这次要是成绩太差了，下次我们连见面的机会也没有了！"

"我才不在乎能不能入选代表团呢！"史幽红没好气地说了一句，然后幽幽说了一句，"好吧，既然你喜欢我赢棋。那么，为了各自获得好成绩，我们从此再也不见面了！"

薛新雨知道自己说错了，连连向她道歉，好不容易才抚慰过来了，但是史幽红还是不怎么开心。不但她心事重重，连薛新雨也有一种感觉如鲠在喉，只是不知道该不该当面说破。因为，这已经不是史幽红第一次流露出放弃下棋的想法了。一开始，薛新雨还以为她从小就被父亲关在了黑白世界中，偶尔发发怨气而已；后来两人相恋之后，又以为这是她自愿牺牲自己的事业而成全男友；直到现在才知道，她真的对围棋已经没有了什么兴趣。

非但如此，她以前还喜欢写点儿文字，经常发表一些不让人痛苦也不让人痛快的小诗，可现在几乎不拿钢笔了，倒喜欢拿个铅笔在画纸上勾勾挑挑，似乎受到了薛新雨的影响，要改行去当个女画家了。可是即使如此，薛新雨还是吃不准，因为她还连带着迷恋上了最不擅长的裁剪缝纫，还特意给男友做了一个没有任何实际用途的荷包，似乎提前准备做一个贤妻良母了。

薛新雨在来到东华观之前，以为自己有很多的选择，可是集训队解散后却不知道何去何从；史幽红一生下来就注定了下棋的宿命，可是她现在路子却越走越宽广，连薛新雨都有点儿捉摸不透女友的心思了。

从第二轮开始，中方选手调整了心态，开始显示自己的真实实力了，果然扭转了局势，而且不断扩大优势，最终以二十一比十四的压倒性比分，首次获得了中日围棋对抗赛的胜利。参赛的七名日本青年棋手都堪称俊彦，其中一半以上还出自藤原道场。但是，除了那个名叫相马觉人的三段还不错之外，薛新雨总感觉他们身上似乎少了点儿什么，不但缺乏冈村保义的霸气、宫田荣树的狂放、梅泽志博的诡异，甚至连一点儿野性也没有，就像标准化车间生产出来的部件，尺寸大小完全一致，甚至连鞠躬的角度都不会相差一分。

看清楚了日本围棋的下一代，薛新雨眼下并不知道中方的下一代在哪里，也不知道该为他们感到庆幸还是惋惜，就像生在这样一个繁星满天的时代，他也不知道该为自己感到庆幸还是惋惜一样。

但无论头脑中有多少遐想，薛新雨手下却毫不留情，一气获得了五连胜。现在，不但日本围棋杂志连篇累牍登载他的经历，连在红莲公社放羊的轶事也没有遗漏，甚至《读卖新闻》这样的大报也惊呼他为"旋风"，并称之为中国近代以来最强者，也是当前最有可能达到"森一流"的棋手。

"如果我是最强者，那么何道非摆到哪里去呢？"薛新雨自嘲了一句。他又想起了当初父亲自夸薛家祖孙两人都是抗日英雄的时候，突然间戛然而止的一幕。看来，患了健忘症的人还不止一个。

但是这一次，惦记薛新雨的人却不止一个。为中方的胜利所震惊，藤原正雄亲自披挂上阵，指名道姓要来会一会薛新雨的"三叉戟"。当然，这只是个人之间的非正式比赛，不在团体赛的总分之列。而且，考虑到中方日程安排安排已满，明天晚上就要回北京去了，所以建议采取快棋方式一决胜负。

日方的这一突然提议，显然是面子上有点儿过不去，所以要请出藤原正雄这尊神来，煞一煞薛新雨的威风。作为中方代表团的负责人，陈主任准备见好就收，不愿意画蛇添足。更何况，下快棋对年老体衰的藤原正雄非常有利。但是，薛新雨本人却跃跃欲试，说这样的机会太难得了，不和这位传奇人物过过招，我们就永远不知道老虎的屁股上肉多还是筋多。

为了让薛新雨能够精心准备比赛，陈主任调整了房间，将他安置到了顶楼唯一的单间中。这里视野开阔，设施齐备，平常很少开放。从窗户向外望去，春光融融，落阳沉沉，天际的峰峦上依然白雪皑皑，让人浑然忘却了身在闹市之中。薛新雨心情愉快，打了一会儿谱，就下来吃晚饭了。同伴们见了他，都打趣说来了一个"独夫"，这不仅是因为他享受了独居一间的待遇，还暗示他是当前男团员中硕果仅存的童子鸡。当然，薛新雨也反唇相讥，说："你们也强不到哪里去，即便老婆在身边，也只能当个鳏夫。"原来，这次赴日比赛，代表团管理工作非常严格，不但男女团员被隔在不同楼层居住，连戚玉秀和黄子武这对明媒正娶的夫妻也不得不暂时分居了。之所以如此紧张，固然是汲取了以前宋大洋外逃的教训，但更重要的是，随着中国围棋水平的日益提高，它的影响力已经远远超出了本行业，甚至挑动了海外某些政治势力的神经。这也是代表团为什么不选择住酒店，而决定搬进留学生宿舍的真正原因。但即使如此，有时候团员们依然会发现，不知什么时候门缝中就塞进来了乱七八糟的纸片。

此时传来了女团员们的笑声，大家赶紧打住了。和以往一样，薛新雨依然和史幽红坐在了一起。不过，今天他们之间几乎没有任何交谈。薛新雨还在想棋谱中的着法，而史幽红也若有所思，全不像平常那样活泼。饭后两人一起散步，从走廊的这一头走到了另一头，眼看天色已经变黑，史幽红知道该放他回去了。可是，两人道别后刚要转身，她却突然轻声说了一句："今天晚上，你不要睡得太早了。"

薛新雨一听很是奇怪，因为从关心身体健康的角度出发，她应该叮嘱自己早点儿休息，怎么会说出完全相反的话呢？薛新雨仔细看了她的脸色，这才注意到上面似乎蒙了一层非红非白的薄纱，就像盛开的荷花沉浸在夏夜朦胧的月色中。他突然明白了她的意思，胸口一窒，几乎喘不过气来了。

薛新雨昏头昏脑地回到了自己的房间，心思就一点儿也放不到棋盘上了。他渴望着那一刻的到来，因为谁都知道，今夜是两人仅有的独处机会。回到了北京之后，又将是漫长得能让人发疯的煎熬。同时，他又担心自己猜错了史幽红的意思，也许她根本就没有这个想法，尽管心里明白这样疯狂的事情她能做得出来。

可是，薛新雨万没想到，这本来是个绝密又幽静的约会，没想到竟然变得分外热闹。这一晚上，总有不相干的人找上门来。

不一会儿，房间的电话响了，说楼下有人找他。薛新雨嘀咕了两句，很不情愿地下去了，才发现来者竟然是久违了的宫田荣树，专门请他吃饭的。上次来日本薛新雨已经叨扰了人家一次，一直没有机会回请，怎么好意思再承情呢？何况，足不出户是团里定下的铁纪律，没有人敢违反的。

除此之外，即使薛新雨有心又有闲，现在也是囊中羞涩。不要说他了，就连工作了三十年的陈主任也感慨说东京的物价实在太高了，自己把团里节余的经费全拿出来，也不够请日本棋院的同行们喝一次咖啡的。

的确，自从打破了西方国家的长期经济封锁之后，中国外贸呈现出了井喷的态势。但是，出口的除了能源外和一千多年前的唐朝差不多，照旧是丝绸、茶叶、瓷器这老三样打头阵；而需要进口的东西就太多了，大到龙门吊，小到粮食种子，仿佛什么都需要更新换代，尤其是日本生产的电子产品正如潮水一样涌入中国市场，成为了年轻人追捧的新宠。光是薛新雨就接到了不少红莲公社知青朋友的请托，让他一定要帮忙带几块时髦的电子表回去。

才一见面，宫田荣树先是惊讶于他变黑变粗了，转而抱怨说自己近来饿瘦了不少。薛新雨奇怪了，说："你不是最注意健身吗？每周至少要打一场高尔夫，用得着减肥吗？"宫田听了直摇头，说："你不知道，我虽然没有参加本次对抗赛，可是这几天并没有闲着，天天关在藤原道场中和师兄弟们开研讨会。那里清汤寡水的，连师父最喜欢的酒也没有品到一口——老人家破天荒地戒酒了。今天刚被放了出来，可巧你来了，我们要好好撮一顿。"

听了他的牢骚，薛新雨既感到好笑又佩服。你看，师父一声召唤，连宫田荣树这样早就单飞的顶尖高手也得乖乖归队，可见藤原道场能有今天的盛况绝非浪得虚名。不过，他关心的却是另一个人。他问道：

"既然你去了藤原道场，那么，梅泽志博也一定去了吧？"

宫田说："当然了，他是师父的宠儿，什么事能少了他的参与？"薛新雨从中听出了一丝妒意。他知道早在四大宗派的时代，师兄弟们为了获得继承人的位置你争我夺，上演了无数悲喜剧，其惨烈程度丝毫不亚于中国古代的宫廷斗争。时至今日，虽然同属一门之下，但丝毫没有相亲相爱之意，甚至以欺凌弱小为乐事。更让人觉得不可思议的是，他们今晚可以关起门来群殴，明天起床照常行礼如仪。

薛新雨知道自己无法亲手将何道非的信交给梅泽志博，更不可能像上次那样溜出去见梅泽荷子。虽然宫田荣树看上去不大喜欢那个夺了自己风头的师弟，但眼下也别无选择，只好拜托他当个传信人了。宫田荣树接受了他的郑重嘱托，心里却觉得真是多此一举，因为如今的东京已经建立了完善的快递网络。于是，出门之后他来到了最近的一个报摊，填写了一张表单之后，要求邮递员在三个小时之内把信件送达目的地，就优哉游哉去泡酒吧了。

和宫田荣树道别之后，薛新雨见时间已经不早了，回到了房间后马上洗了个澡。看着能够随意调节温度的淋浴头，他突然明白了什么。宫田这人是个典型的马大哈，他对藤原门下这个聚会的内容守口如瓶，却无意中把结果透露给了薛新雨。看来，藤原正雄一定是找到了破解"三叉戟"的法子，所以要急不可耐地与薛新雨较量一下。

将全身的皮肤都快洗皱了，薛新雨才穿上了一件没有一丝折皱的新衬衣。已经到了初春四月，但是晚上温度还很低，而他却不想再添加任何衣物。坐在窗前，看着停滞不前的钟表，全身止不住一阵阵战栗。突然，房门一下子推开了，他几乎从椅子上跳了起来，却发现来者是陈主任。他先是责备薛新雨不该忘了关好房门，随即又夸他的精神状态不错，对于藤原正雄这个张牙舞爪的纸老虎，我们应该在战略上藐视他，在战术上重视他。薛新雨听了哭笑不得，明天的那一关固然不好过，可今晚究竟会怎么，想一想就让人透不过气来。

陈主任好不容易才把思想工作做完了，可是他前脚刚走，袁招娣后脚又进来了，要他在伙食报销单上签字。自从在飞机上被史幽红剋了一顿，她一直在众人面前夹着尾巴做人。可是薛新雨见了她，依然感觉芒刺在背。

半夜时分，看到周围的灯光已经黯淡了，薛新雨既怕再有人来拜访，犹豫了片刻，还是决定熄灯了。悄然站在门口，凝视着漆黑寂静的走廊，他的耳朵几乎直立了起来。可是，最先发现目标的却是自己的嗅觉。一缕幽香袭来，才看到那张月光一样皎洁的脸庞。关上了房门之后，薛新雨才发现史幽红根本就没穿鞋。原来，老式的木制地板是最原始的报警器，一踩上去就会咯吱作响。于是，她干脆光着双脚走了上来，就像一只轻捷的灵猫，竟然没有发出一丝声息。

肌肤相接的一瞬间,薛新雨的第一感觉是自己变成了一个刚出炉的酥油麻饼。于是,没有任何彷徨,他就像一只贪吃的蜜蜂,要拼命钻进那朵红艳艳的花蕾中。史幽红和他一样紧张,可是作为一个女性,她知道要做好准备工作,起码要在床单上铺一条干净的毛巾,否则的话明早就无法收场了。女性在风情方面天然早熟,而她的年龄又比薛新雨大两岁,虽然没有母亲的传授,但身边还有戚玉秀这样的成熟少妇,少不得要教给她初夜的全部知识,包括那些安全防范措施。

　　于是,她颤抖着引导薛新雨进入了自己的身体。仿佛台风袭来,先是一道撕裂天地的闪电,之后是弥漫无际的狂风骤雨,最后一个霹雳轰然炸裂,就是肆虐过后的宁静和狼藉。看到薛新雨满头大汗喘息着伏在自己的胸口,史幽红心中突然涌起一股说不出的伤感。就在几天之前,她根本不会想到一向矜持的自己会如此失控,甚至冒着身败名裂的危险半夜来投怀送抱。看到她满脸的泪光,听到了微微的抽泣声,薛新雨心中万分爱怜,小心替她擦拭了一番,才轻声问她是不是害怕了。史幽红摇了摇头,反问他是不是担心了,薛新雨点了点头说:

　　"要是你爹知道了今晚的事情,他一定会暴跳如雷的,那时你一定又要受罪了!可是我又不可能每时每刻都守在你的身边。否则的话,任他要剐要杀,我就是不要脑袋了,也绝对不能让你伤了一根头发丝!"

　　听了男友的铮铮誓言,史幽红心里感动,又反过来劝慰他了:

　　"你不用发愁,我肯这么做,一是要给你一个交代,今生今世就是你的人了;二是要让我爹明白,我有自由选择的权利,绝对不会为了他那些执拗的想法再牺牲自己了!"

　　史幽红在与父亲日复一日的斗争中,逐渐总结出了一条规律:自己越顺从于他,就离自己想要的东西越远。于是,她决定破釜沉舟了。当然,在史瑞虎看来,这绝对是破罐子破摔。

　　"当初父母离异的原因很多,但导火索就是爹硬要逼我放弃学业跟他学棋。妈妈自然竭力反对,可是我怕爸爸生气,就主动说自己很喜欢。现在我真后悔,如果当时我勇敢地站在了妈妈一边,也许爹也会知难而退,而妈妈就不会走了。"

"不要难过了，也许有一天，我们会找到你母亲，而她一定会站在我们这一边的。到那时三比一，你爹可就撑不住了！"天上突然掉下了一个同盟军，尽管不知道掉在了哪个旮旯里，也让薛新雨多了几分空幻的指望。

之后，两人又缠绵了一次又一次，似乎精力和激情像海眼一样永不枯竭。可是，史幽红知道这里不可久留，又突然想起了明天薛新雨还有比赛，就硬起心肠起身离去了。出门的一刻，回头看到薛新雨不舍又不忍的神情，她笑了起来，吻了他一下。

"你安静睡一会儿吧。明天一早起来，就当什么也没有发生。放心好了，我们的好日子还长着呢！"

她消失了很久，薛新雨才像梦游一样回到了房中。今晚发生的一切，给他的人生赋予了全新的意义。他从仰慕者变成了拥有者，从幻想者变成了实行者，从保护者变成了主宰者，当然，更有可能从自由人变成了"清道夫"。

清代学者王国维先生曾经说，古来成大事业大学问者都要经历三重境界。他不知道，一个男人得到了梦寐以求的女人后，也会有三重精神体验。第一重是"万里云"，疲惫的亢奋，满足的快乐，全身犹如飘在了九霄之外；之后是"百炼钢"，薛新雨突然感到什么都不怕了，在他眼中，史瑞虎这头猛虎变成了病猫，陆鸣这只毒蝎变成了臭虫，袁招娣这只八哥变成了鹌鹑，甚至连藤原师徒们也变成了草芥；最后是"千般愿"，薛新雨决定，等拿到了奖金之后，他要买一辆漂亮的"凤凰"自行车送给史幽红；等再次拿到全国冠军之后，他要带她去西双版纳骑大象——也许那一趟就是新婚之旅了；等打败了"森一流"之后，他要建立中国第一所围棋学校。不过，自己的儿女将来要不要再走进这个黑白世界，可得全听孩子他妈的。根据他对史幽红的了解，估计九成是不可能的了。眼见或者说"预见"更准确，如此优秀的基因被白白浪费了，真够可惜的。

一直到了天色微微发白的时候，薛新雨才勉强打了一个盹。不过，当天上午，他依然精神抖擞地出现在了日本棋院的对局室中。出人意料的是，藤原正雄竟然早就到了。而且他一反常态，正襟危坐，全然不见了往日的气势。落座之后，也没有什么过多的寒暄，比赛就开始了。

因为是快棋赛，所以双方没有长考的时间，片刻之间就落下了几十手。薛新雨依旧使用了熟悉的"三叉戟"布局。在这之前，如何应对它无外乎就是两种方式：要么力求扼杀于摇篮之中，一上手就是乱战，让对方不能顺利布阵；要么针锋相对，以硬对硬，在激烈的搏杀中争取胜机。可是，今天的藤原正雄很奇怪，他对薛新雨祭起的那把刀叉干脆来了个置之不理，大有"你走你的阳关道，我走我的独木桥"的架势。非但如此，他的落子也显得平淡无奇，全然没有了往日的华丽峻拔，任由薛新雨在棋盘上像江河一样恣肆奔流，像白云一样自由舒卷。

但是，百手之后，薛新雨却突然发现自己看起来要风得风要雨得雨，似乎占尽了上风，但实际上并没有多少实际所得；而藤原正雄也不是穷于应付，而是有步骤有计划地在退却。但是，他每退一步，薛新雨的力道就弱了一分，而自己积蓄的反击力量就厚了一分。这一幕场景，颇像朝鲜战场中美国人最自诩的"磁性战术"，不怕你来攻，甚至主动引诱你来攻。可是，当一阵子痛快劲儿过去之后，就有你痛苦不堪的时候了。

见此情景，薛新雨突然想起了一件往事：在五六岁的时候，每到梅雨季，他就浑身长红疙瘩，又痛又痒，比蚊子咬了还难受。薛平湖虽然也懂医术，但对儿科不在行，请了几个老医生看了，都说是这孩子火太大了，开了一大堆金银花、黄连、荷叶等，就是不见效。薛平湖写信向北京的何道非求助，不久之后就接到了回信，里面还夹了一个草药方子。薛平湖看了大为惊异，因为上面罗列的都是发热活血的药物，诸如当归、黄芪、柴胡等。他的第一反应是师兄发错了方子，可何道非在信中却说孩子是胎里热毒，如果单用凉药来解，那就等于是用水龙头去浇着了火的油井，不流个火漫金山才怪呢！不妨反其道而行之，干脆把火引出来，等毒性彻底发过了劲儿就好了。薛平湖看了还是将信将疑，将分量减半后熬了给儿子喝。没想到，还真是立竿见影。到了上学那一年，就一个红点也不发了。

现在的"三叉戟"似乎就是童年热毒的翻版，在藤原正雄的精心诱导之下，获得了充分发挥的空间之后，终于暴露出了后劲乏力的毛病，就像眼下正风靡欧美市场，让消费者拍手称好而让同行叫苦不迭的日系轿车。

它们看上去时尚前卫，用起来节能省油，价格还分外便宜。可是，如果你把它开上了达喀尔汽车拉力赛，却非要在撒哈拉沙漠中散了架子不可。

看来，经过了几天的集思广益，藤原正雄终于找到了"三叉戟"的命门。果然，到了中盘之后，他终于开始全力反击了。只见棋盘上刀光闪闪，杀机重重，藤原正雄精湛的绞杀功夫显露无遗，将薛新雨犀利的三叉戟削磨成了一根打不死人的烧火棍。薛新雨虽然在官子阶段拼命争夺，可藤原虽然年老了，照样弈得滴水不漏，没有给这个年轻人任何翻盘的机会。最终，薛新雨还是输了三目半。

藤原正雄终于扳回了日本职业棋手的声誉，心情十分愉悦，又恢复了往日嬉笑怒骂的做派，说中国古代有句成语叫做"强弩之末，不穿鲁缟"，我今天就是用这一原理来驯服对手的。而在他的四周，也聚拢了大批日本棋院的职员和弟子，听了这一高见，他们纷纷发出了"果然还是藤原君高明啊！"的赞叹。可是，失败的一方却并不灰心丧气。薛新雨心里很明白，藤原今天之所以能够获胜，全凭着多年打熬的高超功力和积淀的丰厚底蕴，否则根本无法驾驭这几近弄险的复杂航程。而拥有这样底气的棋手，举世不过半打而已。所以，一场失败，反而让薛新雨看到了漫漫长夜中升起的点点光亮。

不过，薛新雨当时并不知道，那光亮其实并非黎明的曙光，而是冰河上的极光，甚至是飘浮在坟墓上的磷光。

17　我有迷魂招不得

比赛结束之后，时间已经到了下午。简单复盘之后，薛新雨就匆匆向外走去，代表团的大巴已经停在门口等他了。刚走出了对局室，突然一头撞见了梅泽志博。现在，薛新雨已经知道了他的真实身世，两人之间虽然没有血缘关系，却有棠棣之情。可是，今天没有时间交谈了，而梅泽志博似乎也并没有和他攀亲的意思，只是递过来一封信，就闪到一边去了。薛新雨也没细看，只是一眼瞥见了封面上"何君敬启"四个字，又见梅泽志博脸上冷冰冰的全无热气，突然一股子火气冲了上来，也不管他还能不能听懂中文，张口就骂了一句：

"你真是个混蛋！有这样称呼自家老子的吗？"

薛新雨气鼓鼓上了车，一屁股坐在了史幽红的身边。她已经知道了比赛的结果，正在为昨晚的情欲冲动而自责，又见他脸色通红，心中更加难受。车上不好说话，一直到了机场之后，两人才在候机厅的角落中获得了独处的机会。薛新雨一张口就骂起了梅泽志博，说他早晚要好好教训一下这个不知礼数的小子。史幽红知道了他恼怒的原委，吁了一口气说："原来如此，我还真以为自己是害你输了棋的祸水呢！"薛新雨见她双目含泪，脸颊流霞，每一寸肌肤都透出了妩媚的春意，全然不见了少女的酸涩。又听到了呢喃的软语，贴心的温言，终于体会到了什么叫做"最难消受美人恩"，感动得眼泪都快掉下来了：

"要是你是祸水，我宁愿每天在里面淹死一百次！"

"没错，我们就是一条线上的蚂蚱，谁也休想把我们分开！"史幽红也加上了一句，似乎是专门说给自己的父亲听的。

两人在一起喁喁私语的时候，薛新雨无意中发现有一个人在暗中盯着自己。他抬眼看去，发现是袁招娣。不过，她的眼神怪怪的，全然不像昨晚那么乖乖的，似乎吃了什么壮胆的补药。史幽红上次在飞机上对她横挑竖砍无比自信，这一次心中却有点儿发怯了。她告诉薛新雨，说："刚才出发的时候，我们大家早就上了大巴，等了好久袁招娣才最后一个上来，而且满脸得意，还特别瞅了自己一眼，莫不是她查房的时候，发现了什么马脚？"薛新雨听了拼命摇头，说："我大清早就按照你的叮嘱将床铺的每一个角落都清理得一干二净，就差再用舌头舔一遍了，绝对不会有任何差池。"

两人就这样猜疑了一路。飞机抵达北京机场之后，所有人员排成一列，将自己的随身行李打开，等待海关人员依次验看。史幽红磨蹭了一会儿，才将旅行包的拉链打开。这时，她身后的袁招娣就像一只窥伺已久的鱼鹰一样，突然一探手，从中抽出了一本报纸包着的厚书。她三下五除二扯掉了封皮之后，就露出了花花绿绿的颜色来。

"乖乖不得了啊！这是什么？这是淫秽杂志啊！哎呀，可真看不出来啊，一个外表一本正经的大姑娘，竟然干出这样不害臊的事情来！"袁招娣故意大声嚷道。

听她这么一叫，众人的目光全集聚了在了袁招娣的手上。原来，这是一本大开本的彩页杂志，纸质之精美，色泽之艳丽，国内当下的水平望尘莫及。作为一个印刷厂的技术员，喜欢它也无可厚非。可是，真正让人血压陡增的，却是充斥在内页中的让人脸红心跳的女性胴体，其中不乏身穿比基尼、吊带衫、三角裤等大尺度照片。日本人性观念本来就比中国人放浪，所以那些女模特们曲线婀娜，凹凸分明，一个个都像是半圆球的复合体，透露出无穷的性感妖娆。

"你心里龌龊，就不要血口喷人！"史幽红见她揭穿了自己的秘密，心中反而一宽：幸好，袁招娣并没有发现自己昨晚的行踪。于是，她指着封面上的《裳の华》三个斜体字，大声反驳道："你看清楚了，这是时装设计书。不懂日文就算了，不要告诉我们你是个文盲，连这几个汉字都不认识！"

原来，比赛这段时间，大家都不能外出，所有的采购都集中在了楼下的一个超市中。史幽红在买零食的时候，无意中看到了这本时装杂志，实在爱不释手，就拿出了自己的全部津贴买了下来。她以为这件事情无人知晓，可是按照与代表团的约定，超市是统一结账的，而日本人做事又是一根筋，依然将它列入了中方的总费用之内，然后在"应予扣除"一栏中将这笔费用单列了出来。所以，谁要是看到了发票，一定会注意到这一笔交易的。而代表团管财务的不是别人，正是袁招娣。

这时候，排在后面的薛新雨也挤了进来。女友受困，他当然要挺身而出了：

"上次幽红说你是个特务，可能还有人不信，这下可不是铁证如山了吗？一本杂志你都能小题大做，我们每个人包里都有从日本买的电器，你总不会说我们都是走私犯吧？"

袁招娣知道薛新雨要将她推到众人的对立面，马上冷笑一声，故作神秘地说道：

"黄狗追猫，撵出只耗子来。你们两个究竟什么关系，嘿嘿，我就不说了！"

听她这么含沙射影的一说，旁边的同伴们反倒过来劝解薛新雨，因为按照惯例，下一秒钟他就要动粗了。可是，薛新雨今天倒斯文得很，他知道，人们只对暧昧含混的风流韵事感兴趣。你越是想撇清，越招人猜疑和联想；可你要是公开承认了，他们反倒认为你在吹牛。于是，薛新雨笑了一下，反而把袁招娣的意思直白地说了出来：

"没错，我和幽红好上了，好得都钻了一个被窝了。气死你这个倒贴也没人要的狗皮膏药！"

眼见现场乱成了一团，陈主任当机立断，将那本肇事的杂志夺了过来，丢到了垃圾桶中。可是，凭往日对袁招娣的了解，薛、史二人都知道事情不会就此平息的。

到达北京的时候，时间已近午夜。可是，眼前的场景让代表团的每一个成员都深感震撼。从未见过这么多的人，仿佛机场变成了火车站；从未见过这么热烈的情绪，尽管实际上只是战胜了一支日本青年队——但也可以理解，因为劣势一方总喜欢放大胜利；从未见过这么多的鲜花，连袁招娣也沾光捧了五六束。合影的时候，每人都有点儿不堪重负，像一群展示样品的花农。

在这喧嚣的人潮中,全胜而归的薛新雨无疑是激起最多浪花的那块礁石。不过现场的人中,并不是每个人都愿意簇拥在他的身边。至少在来接女儿回家的史瑞虎眼中,这个小子不是一颗冉冉上升的金星,而是一记让人眼冒金星的重锤。可是,即使早就一眼瞥见了角落中父亲的那张黑脸,史幽红也不松开与薛新雨紧拉着的手。也许是被现场的气氛震住了,也许从未想到女儿会如此胆大泼辣,史瑞虎一时竟也有点儿不知所措。两人在花团锦簇中来到了他的面前,史幽红甜甜地向父亲问候,史瑞虎只是绷着脸"嗯"了一声;薛新雨态度恭谨地向曾经的老师问好,他却转头假装没看见,只是一个劲儿叫女儿赶紧跟着自己回家。史幽红当然不愿意了,说:"代表团还没有正式解散,我们要集体行动,怎么能随便脱队呢?"可是,薛新雨却站在了未来的老丈人一边,催促她先回家休息,还特意加上了一句:

"你放心。后天就是星期天,我一定会登门去看你的!"

除了史幽红之外,代表团全体成员都集中到了工人俱乐部。既然取得了如此佳绩,少不了要总结表彰一番,至少要放松一下。第二天,薛新雨抽空去找何道非,可是他出诊去了。在院门口等了一个下午,才在苍茫的暮色中见到了那个瘦长的身影。乍然见到了薛新雨,何道非的脸上看不出丝毫惊奇。他接过了梅泽志博的信,就打发薛新雨去买点儿吃的。薛新雨知道,下棋到了一定的境界,有的人会显得越发高深莫测,喜怒不形于色。梅泽志博是小样,冈村保义是大样;而有的却返老还童,行为滑稽,甚至放浪形骸,藤原正雄就是一个典型,也是宫田荣树的未来式。何道非不让自己待在眼前,正是因为他第一次接到了亲生儿子的来信,心情激动得无法自控,所以不想让外人在场。而薛新雨与梅泽志博先碰了一面,已经隐隐猜出信中内容与何道非的期望相差太远,甚至连父子之名分也未必能重建,因此也不忍看到他的表情,正好借机出去一会儿。于是,在外面溜达了大半个小时,薛新雨才拿着两包熏鱼、花生米和一瓶二锅头回来了。此时,何道非早已将信收起来了,坐在灯下一个人出神。

两人默默对酌了几杯,薛新雨脑子里转来转去想找个话头。没想到的是，何道非倒先找到了：

"你知道吗？你没回来的时候，我一直在笑。"何道非开口了，见薛新雨满脸不信的神色，自顾自地说了下去，"因为我想起了一个笑话：从前，有一个小孩子去日本学棋，可是总受人欺负。他想知道原因，人家告诉他：因为你棋力太差。于是，他就勤学苦练打败了所有的对手；人家又说：因为你体质太差。于是，他就努力拿到了柔道黑带；人家又说：因为你的名字一看就是个外国人。于是，他就起了一个日本名字；人家又说：因为你没有日本国籍。于是，他抛弃了自己的祖国，变成了一个日本国民。可即使如此，境况依然没有什么改观，因为人家又说：我们日本人是认血统的，你的父亲不是一个日本人。于是，他突然想起了自己已经很多年没有见到父亲了，于是返回了自己的祖国。可是，到了家乡才知道，他的父亲已经被日本军警杀死了！"

何道非说完笑得快喘不过气来，似乎这是一个多么让人开心的故事。突然，他呛了一下，几乎喘不过气来，满脸憋得通红。可是薛新雨却听得寒毛直立，胆战心惊。他暗中猜疑了半天，何道非说的前半部分似乎就是他自己的经历——当然安在梅泽志博的头上也说得过去。可是，后半部分却丝毫也对不上了。因为何道非在进入薛家前就是一个孤儿，而梅泽志博虽然来过中国，可是压根儿就没有动过来见父亲的念头。

"不要瞎猜了。这是几十年前我刚到日本时，听到一个自杀的韩国棋手的故事。"何道非现在已经不咳不喘了，脸色倒显得柔和了一些。

"人老了，什么事都要看得开。儿子不肯认祖归国，就由他去吧。庄子云：与其相濡以沫，不如忘之于江海。现在，我终于明白什么意思了！"

何道非的语气看似解脱，可是薛新雨却从中听出了凄凉之感。当晚，薛新雨就留宿在了何道非家中。星期天一大早，他先回到了工人俱乐部，想拿点儿钱去买礼物再上史家。可是，他发现这里冷清得有点儿不正常。偶有工作人员在窃窃私语，可是一见到棋手出来就立即打住了。陈主任不知去哪里了，留下话让大家等他回来，谁也不许随便外出。薛新雨心中隐隐知道不妙。果不其然，当天的报纸送来后，本该大张旗鼓加以宣传的胜利变成了一小条简讯，不要说配发图片和贺信了，连字数都吝啬得相当于一条天气预报。

　　薛新雨和队友们并不知道,昨天一早,也就是代表团回国后的第二天,由几个部门组成的调查组就来到了史幽红工作的印刷厂,除了面谈之外,还向厂里的领导和同事详细了解她一贯的思想和最近的言行。显然,杂志事件已经压不下去了。陈主任也是调查组成员之一,他在现场严肃批评了史幽红一顿,要求她写一份深刻的检讨书。可是后者却一脸坦然地拒绝了,说自己买那本杂志,仅仅是出于喜欢剪裁而已,没有任何其他动机,更没有污染广大群众纯洁精神的想法。可是,这只是她一厢情愿的想法而已,从调查组其他成员的反应来看,陈主任知道凶多吉少,最轻也逃不脱一个"严重违反外事纪律"。而任何人安上了这个罪名,这辈子就不用办护照了。

　　失去了这样一位优秀的女子棋手,让陈主任心中颇为痛惜。现在,他唯一能做的就是舍车保帅,将史幽红与其他队员尤其是薛新雨切割开来,千万不能再影响到全队的利益。几年前,一个边角余料宋大洋三段的外逃行为,就导致了整个集训队的解散;而这次核心队员在出访过程中犯了错,如果不株连队友,那就要烧高香了。

　　为了争取主动,从印刷厂回来后,陈主任将大伙儿都召集了起来,在会议室中开了整整一天的闭门会议。为了撇清关系,他要求每个队员都写一封公开信,明天一早就贴在工人俱乐部的外墙上,核心思想当然是谴责庸俗腐朽的审美观和无组织无纪律的散漫行为。在陈主任苦口婆心地劝说下,队员们个个默默无言,自寻纸笔面壁构思去了。唯有焦点人物薛新雨看上去无动于衷,丝毫不见抵触、恼怒和痛苦,反而令人格外担心。在陈主任连催带逼下,薛新雨最终才勉强表了一个态:

　　"我一定会写的。不一定能让大家都满意,但一定能让有些人彻底放心。"

　　这一个晚上,会议室中灯火通明。其中,最感无奈和难堪的要数戚玉秀了。作为好友,她当然同情史幽红的处境,可是却不敢引火烧身。何况,史幽红那晚神秘的外出,作为同室的她虽然从来没问一个字,可是凭借女性的敏感,已经猜了个八九不离十。她万一再把这个娄子捅出来,史幽红可就万劫不复了。

就在同一天，回到了家中的史幽红也浸泡在了苦水中。在调查组面前，她表现得足够倔强无畏；可一旦在人背后，她却感到自己堕入了无底的黑洞中，心中仅有一根维系的线。自从和薛新雨相恋以来，每次到了关键的时刻，都是她采取主动。可是今天，她发现自己本质上还是一个软弱的女人，需要一个可以依赖可以支撑的主心骨。可是，从黎明到黄昏，史家的门口连个鬼影子也没有出现。

现在，史瑞虎已经知道女儿闯了大祸，满腔的怒火早已化成了满天的愁云。就在昨天，薛新雨在他眼中还是一个即将上门的灾星；可是今天，一切都变了，就算那小子当不了救星，起码也可以当个镇星，安慰一下落难的女儿。眼见他竟然食言了，史瑞虎不禁火冒三丈：

"这小子和姓陆的一样，也是个势利小人！我看啊，他一定是怕你耽误了自己的锦绣前程，心里反悔了，不敢来见你了！"

"您错了，他不是那样的人，我心中有数。"史幽红嘴上这么说，心里却酸苦无比。他究竟怎么了？为什么在自己最需要的时候，他没有出现在自己的身边？难道，自己为他付出的代价还不够大吗？

星期一一大早，史幽红来到了工人俱乐部。调查组的结论已经出来了，无外乎就是"证据确凿"、"性质严重"、"影响恶劣"等等。在正式处分宣布之前，她暂时被"调离"围棋队，并禁止参加国内外一切比赛。这一结果，早就在史幽红的意料之内。但可笑的是，她本次对抗赛的成绩竟然也被取消了。如果日方得知，一定以为天上掉下了馅饼。因为史幽红的战绩全部判定为负的话，本次对抗赛的结果就反过来了。

走出了俱乐部，史幽红只觉得眼前一晃。阳光照耀在墙外一长溜白色的大纸上，那些批判字眼一个个争着要往她的眼睛里跳。她微笑着逐一看去，尤其留意落款的姓名。这时候，她突然发现了一个奇特的现象：人们的目光并不在自己身上，它们全都落在了最后的一张白纸上。史幽红仿佛预感到了什么，急忙望了过去。她的心慌得厉害，先看到了下面熟悉的三个字，然后才看到了上面简短的一行字：

"本人特此声明：即日起退出围棋队。薛新雨。"

史幽红至此才知道昨天薛新雨为什么没有来。她哭了，喜极而泣，痛极而泣。她明白这句话代表了什么样的牺牲。从这个角度上讲，她是成功的，因为她找对了男人。当然，要说最成功的人，恐怕还要算他们的死对头陆鸣，因为他终于达到了自己的目的。当初在集训队时，薛新雨一次次公开羞辱他，不就是仗着自己棋力高吗？甚至连女朋友也被抢走了。现在，还有什么比情敌自废武功更让人高兴的呢？

史幽红抹干了眼泪，一转身就看到了墙角正对着自己笑的薛新雨。她扑上去，倒在了他的怀中，像只小狮子一样不停咬他，踢他，骂他：

"你这个傻子！你为什么要这么做？你难道不知道，这等于自己把路给绝了吗？"

"我如果不傻，你怎么会看上我呢？"薛新雨笑着回答她，可是自己的眼角也泛起了泪光。

两人像疯子一样忽笑忽哭，连抱带扯着消失在了众人的视线中。他们一起来到了史家，连院门也不敲就撞进去了。在父亲面前，史幽红一把鼻涕一把眼泪地说个不休，而薛新雨看着呆若木鸡的史瑞虎，只说了一句：

"我们两家本来无冤无仇，全是围棋害的。现在好了，我和幽红都不下棋了，就算是给您和先辈们一个交代吧！"

可是薛新雨并不知道，下棋固然并不容易，可是，想不下棋也不是那么容易的事情。你是想退出了，可是，人家能容许你就这么逍遥自由地退出吗？那一纸声明贴出之日，一切就由不得自己了。在这个比围棋还要黑白分明的时代，史幽红的错误尚属于违纪范畴，而薛新雨主动退出为国争光的围棋队，这可是前所未有的严重问题，简直可归于逃兵之列了。于是，一纸开除令下，薛新雨不但被褫夺了曾经获得的全部荣誉，连他的七段证书也被吊销了。也就是说，从今往后，中国围棋界就再也没有薛新雨这一号人了！

薛、史二人虽然是同命鸳鸯，可是，他们在各自单位得到的待遇却是冰火两重天。牛书记也是个厚道人，眼见这只下金蛋的鹅变成了一个跛脚的毛驴，虽然十分惋惜，但薛新雨毕竟为公社立过大功，总不好意思翻脸不认人吧？于是，薛新雨就担任了公社的专职宣传队员，除了刷语录、写墙报、绘新图之外，只需要每天清晨放高音喇叭叫大伙儿出工。但在印刷厂这边，史幽红却成了众矢之的。同事们看她的眼神，就像是虔诚贞洁的修道院中突然闯进来了一个不检点的歌女。更严重的是，随着舆论的进一步升级，她的工作眼看也保不住了。史瑞虎知道情况不妙，动用自己的一切关系要保住女儿的饭碗，可也无济于事。负责人事的老朋友偷偷告诉他，顶多只能把"开除"的措辞改为"辞退"。可是，这就等于把绞刑变成安乐死一样，并不能让人感到欣慰。

面对唉声叹气的父亲，史幽红倒平静得多，想得也简单得多，大不了和薛新雨一起去红莲公社种地呗。果然有一天，印刷厂负责组织工作的领导找她谈话。史幽红已经做好了被扫地出门的心理准备，可是让她大感意外的是，这位领导不但态度和蔼，绝口不提那些破事，反而热心安慰她要安心工作，不要有什么思想包袱，更不要在意那些流言蜚语。史幽红感动无比，欣喜无比，也奇怪无比。因为，她虽然平常表现努力尽责，可毕竟不是厂里不可或缺的技术高手，上面犯得着为了保护自己这样一个小角色而承担巨大的压力吗？

更让她意外的是，没过几天，她被调离了技术部门，转而担任了仓库的保管员，而原工资和待遇保持不变。这是一项很轻松的工作，一个会背乘法表的小学生就可以胜任，何况一位神机妙算的巾帼棋手。如果这就是惩罚的话，那也未免太让人舒坦了。

这个意外代表了某种转折的征兆。果然，连篇累牍的炮轰突然间戛然而止，就像积雨云被一阵狂风驱散，露出了虽不晴朗但至少让人看了舒心的天空。更有意思的是，调查组再也没有找过史幽红，连处分决定也没有了下文。也就是说，从理论上讲，史幽红甚至保留了重返围棋队的可能性。虽然不知道这一切究竟是如何演变的，史幽红和薛新雨却都明白，人生中最险恶的一关，已经在无声无息中度过去了。

现在，每到星期天，薛新雨都要从红莲公社赶来看望史幽红。史瑞虎虽然还是不让他进门，可也不再阻拦女儿外出。不过，在婚姻大事上，他依然绝不松口。而没有单位的介绍信和户口本，派出所也不会给他们办理手续。事情发展到了这一步，史瑞虎对薛家的敌意已经消退了大半，可是，为了女儿的幸福，他绝不答应将她嫁给一个新时代的农民。

眼看强攻不得，薛新雨决定采取迂回战术，先将外围的阵地拿下来再说。于是，在史幽红的带领下，他依次拜见了七姑八姨。见到了这个名闻遐迩的情种，她们的款待可打一百分，客气可打十分，热情只有五分，祝福连半分也没有。眼看奔波一番依然不得要领，有一天，薛新雨突然想起来了"来而不往非礼也"这句话，自家在北京也不是没有长辈，到现在史幽红还没有见过呢！何况，虽然之前他早就将两人的关系原原本本告诉了薛平湖，可是父亲却故意避而不谈，显然还是心存芥蒂。但是，只要何道非肯为两人说一句话，薛平湖这个师弟就只剩下乖乖听的份儿了。

于是，他将这个想法告诉了史幽红，顺便把何道非的底细也透露了出来。当然，那些叱咤风云的战绩就按下不表了。可即使如此，史幽红也感到万分惊骇，说："那更糟了，万一我爹知道他就是让爷爷饮恨而终的仇人，非要拿把菜刀上门讨个说法不可。"薛新雨："说不用担心，何老伯已经在京城行医几十年了，如果他自己不说，谁也不会相信这个糟老头就是当年那个支招的小茶童。"

"何况，下棋赌博在任何时代都是违法的。咱们两家的祖宗在乱世中胡作非为，就不要迁怒到旁人头上去了！"

史幽红点头称是。于是，到了约定的那一天，她梳洗一新，跟着薛新雨来到了何道非的宅上。何道非虽然年事已高，又不善烹饪，但是为了表示郑重其事，竟然请了饭店的厨师做了满满一桌酒菜。京城的丫头天生嘴巴甜，史幽红又善于在长辈面前讨巧，所以，菜还没吃几口，何道非就乐得合不拢嘴巴，当即表态认下了这个侄媳妇。非但如此，他还要为两人置办一个新房。

"小两口要有自己的小窝，不能总在公园马路上晃悠。我的院子虽小，可还有一间干净的厢房空着，就让给你们了。"

史幽红听了自然欢喜，于是一个劲儿给薛新雨使眼色，要他赶紧答应下来。薛新雨当然明白她的心思，也听懂了何道非的言外之意：既然妻儿已经不可能再回来了，你们就是我最近的亲人了。想到这里，他感动之余，又迟疑了起来：

"我们还没有登记，住到一起不太好吧？左邻右舍知道了，恐怕会说闲话的。"

"那有什么？我没证还行医呢！大家都管我叫'何大夫'，也没让人扭送到派出所去！"何道非听了，当即大笑了起来。

"那可不同，您的医术这一片谁不知道？谁要是敢来挑刺儿，那不是等着将来断子绝孙吗？"薛新雨还是摇起了头。

"有什么不同？你们俩闹腾出来的动静，京城有几个人不知道？"何道非听了更加不以为然了，"你爹说你性子像我一样，可在我看来，你倒更像他，骨子里一点儿也不潇洒。"

话已至此，薛新雨除了点头，可真没什么话可说了。谁能想到，这个老伯年纪如此大了，竟然比年轻人还要不羁。当年有多荒唐，可就没法子想象了。

有了新的幽会场所，当然可以放松身心，尽情亲昵。可是，史幽红却再也不给薛新雨享受鱼水之欢的机会了，也从不在这里过夜。不过，这并不妨碍她像蚂蚁搬家一样，将自己的妆奁一点点地带过来。有一天，她看上去格外兴奋，喜滋滋地在桌子上展开了一张色泽斑驳的方布。

"你快看一看，我拿来了什么？"

"不就是一块台布吗？看上去很旧了，我们干脆买一块新的算了！"正躺在窗下看书的薛新雨抬起了眼皮，懒洋洋地应了一句。

史幽红很不满意他的反应，撅着嘴走了过来，揪着薛新雨的耳朵，硬将他拽到了桌子前。薛新雨只扫了一样，立马忘记了耳郭的疼痛，惊叫了两声：

"怎么会是它？它怎么会落到了你的手中？"

原来，这就是当年他画的那幅《竞赛之后》！只是这么多年过去了，它的一切都陈旧和黯淡了，唯有画中那个明眸皓齿的女主角，如今却变得更加美艳动人了。

"这不就是你下的聘礼吗？我不带走，难道还要留给别人吗？"史幽红还没说完，蓦然想起了往事，自己的眼圈先红了。原来，当初集训队散伙之时，东华观中一片末日景象；玉仙庵中，几个要好的姐妹抱头痛哭，难舍难分。队友们风流云散之后,史幽红一人在宿舍徘徊,迟迟不想离去。就在此时,她意外地看到了那幅被人遗忘了的油画。她第一次发现,画中的自己竟然如此美丽,而画自己的那个人竟然如此痴心。于是,她立即将它揭了下来,小心藏在了皮箱中,就像薛新雨当初对待她借出的那一张没用的废纸一样。

薛新雨仔细端详了片刻,又发现了异常。他使劲眨了眨眼睛,以确认不是自己的幻觉:

"可是,这只蝴蝶怎么会落到了你的头发上呢?我记得很清楚,它本来应该在你们头顶的上方盘旋,就像一个小小的轰炸机。"

"你没有看错,它真的就落在了我的头发上。"史幽红微微一笑。薛新雨又认真看去,才发现这是一只小巧秀美的粉蝶,而不是当初那只硕大如盘的凤蝶。而且,它的颜色也从暗紫色变成了嫣红色。

原来,史幽红当时将画往下揭的时候,由于胶水粘得很牢,所以一不小心将左上边的一角撕掉了,那只凤蝶恰巧就被留在了墙上;她心里正在懊恼,可祸不单行的是,手指又被一颗钉子刮破了一道伤口,等她感到疼痛的时候,画布上已经滴上了鲜血。回家之后,她一有空就打开看,总感到美中不足。于是,干脆找来颜料,在发际间新涂了一只蝴蝶,刚好盖住了血渍。

史幽红说完之后,很为自己的心灵手巧而得意,薛新雨当然猛赞了一通,可是心里却想哭又想笑,不相信冥冥间竟有这样的巧合:自己偶然发了一个异想天开的愿,蝴蝶竟然就真的"落"下来了。当然,他没有把这个秘密告诉史幽红,因为按照迷信的说法,泄露天机是要倒霉的。

既然一切都尘埃落定了,薛新雨觉得自己也应该有一个长远的考虑了,尤其是作为一个即将成家的男人,他应该有一个稳定的营生。现在,除了红莲公社提供的一份不足的口粮,他连一个钢镚儿也挣不来。好在眼下有一个现成的师傅,可以教给自己糊口的本事。

不过,没等他自己提出来,何道非倒先开口了,说行医本来就是薛家的正业,可不能在你的手上断了线。于是,薛新雨就整天琢磨岐黄之术;而何道非也经常带着他去出诊,手把手教他切脉。每次开方之后,总能收到几张粮票或钞票，甚至鸡蛋布匹之类的实物。何道非的态度是多少不拘，从不与人计较。但即使如此，按照当时的规定，这种行为也是不合法的。不过，何道非就是抱着祖宗的老规矩不放，死活不愿进入公家开办的卫生所去，一定要病人家属直接来请才肯出诊。一来二去，人家也只能睁一只眼闭一只眼了，毕竟人总有三病六灾，谁也不愿意和救命的医生过不去。于是，这些年来，何道非就像不入飞禽走兽的蝙蝠一样，不吃公粮，不事稼穑，居然过得颇为滋润，甚至能疏通各种关系，上次帮助集训队买猪就是一例。

　　薛新雨心思一静，学习的进度飞快。唯一让他尴尬的是，何道非的主顾大多是育龄妇女。一个还没有结婚的年轻男人混在里头，未免不太好意思。史幽红知道后，虽然嘴上不说什么，腹中难免酸水上泛。一天，薛新雨处理了一起产妇血崩的病例，回来后连晚饭也吃不下去了。史幽红刚发了工资，今天特意炖了一锅南方人爱喝的笋丝老鸭汤。见他一点儿胃口也没有，她心中又恼又怜，拿筷子敲着碗数落道：

　　"当初我在清潭洗澡时，你看见了就说看见了，我早已不怪你了。可是你偏要像这只鸭子一样嘴硬，说什么也没看到。现在报应来了，罚你每天看个够！"

　　薛新雨听了哭笑不得。女人心中一旦留下了影子，一辈子都会疑神疑鬼的。又见她如此费心张罗，他心中着实感动。眼下市面上不要说鸭子了，光是做配料的火腿和鲜笋就不容易见到。于是，他勉强喝了一碗，笑嘻嘻地说道：

　　"你就当我是为你做的演习好不好？等你生儿子的时候，我一定会好好伺候的，保证不让你受一丁点儿委屈。"

　　"谁要给你生儿子？"史幽红白了他一眼，心中甜蜜，嘴巴却抹了黄连，"我偏要生一个女儿，而且让她随史家的姓，好好替我爹我爷爷出一口气！"

　　"好好，一切都依你。你看，我连咱们女儿的名字都起好了，就叫'史莹雪'。一是希望她长得和妈妈一样雪肤月貌；二是谐音，表示你们史家经过了三代人的不懈努力，终于把我们薛家连根带底都赢了个精光！九泉下的那位老爷爷要是知道了，还不乐得活了过来？"

薛新雨逐渐发现，中医和围棋之间竟然也有颇多相似之处。阴阳等同于外势和实地，经络如行棋的次序，其他如气、穴、消、补、侵、引等名词，竟然也都一一对应。他越想越觉得有趣，忍不住想和别人交流一下自己的心得。可是眼前懂围棋的寥寥数人之中，史幽红一听就掩上了耳朵，东华观的张道士也心不在焉。于是，他将目标转移到了何道非身上，同时也想探个虚实：这个父亲口中的天外飞仙，究竟在围棋的修为方面达到了何等高妙的境界？

不过，相处了一段时间，他压根儿就没见到何道非与人对弈，甚至在他的房间中连一丝与围棋有关的物件也找不到。光看外表，说他是个算命先生可能更有人信。

这几天，何道非要求薛新雨认真揣摩《黄帝内经》，遇到不明白的地方还要亲自点拨一下。今天恰好讲到了《阴阳应象大论》一篇，这是中医的理论核心，所以何道非特意要他逐句翻给自己听。其中有一句"阴在内，阳之守也；阳在外，阴之使也"，薛新雨按照词义解释为："阴在内部，阳保护着它；阳在外，阴支持着它。"何道非听了很不满意，说这样解释太肤浅了，它们之所以一个在内一个在外，纯粹是斗争的结果，可不像你们小两口子过日子"男主外女主内"那么和和美美。

"正确的解释应该是：阴之所以不能外泄，是因为阳压制了它；阳之所以不能内侵，是因为阴驱逐了它。"

薛新雨听了很不服气，更不明白这个外表恬淡的老人为什么一肚子杀伐之气，开口反驳道："哲学书上说，事物都是相互依存又相互转化的，福可以变成祸，得可以变成失，您为什么非要死死揪住相互对立的一面不放呢？"

"你说得不错，可惜没有抓住精髓，反而陷入了玄学的泥沼之中。"何道非摇头叹息道，"很多人都这么说：胜负无所谓，因为有人胜就有人负；生死无所谓，因为有人死就有人生；眼前吃亏无所谓，以后可以占大便宜；今天错了没关系，三百年后可能就变成了正确的。这些自以为空灵的调子，无论用在下棋还是行医上，都是大错特错！"

薛新雨心头一震，因为第一次从他嘴里听到"下棋"二字，心想这下可终于切到正题了。但是，何道非就像蜻蜓点水一样，马上又绕回本行上去了。

"道理归道理，实际归实际。病人不是猫，没有九条命可供你辩证治疗。碰到急诊，立马先要掐人中、敲百会、捶胸膛，先让他喘气了再说。否则的话，等你一番慢条斯理地望闻问切之后，人早就见阎王去了，就算你已经把他的五脏六腑都看了个透明，又有什么用呢？"

薛新雨听了，心下一片茫然。何道非耐心等了一会儿，见他还不开窍，干脆挑明了了：

"你知道自己错在哪里吗？所谓'得就是失，失就是得'，在无限的宇宙中固然是成立的。但是人生有涯，不可能与自然相始终，一个蹉跌就要抱憾终天了；围棋只有三百六十一个交叉点，不像蜘蛛网一样千丝万结，不容你好整以暇从长计议。否则的话，等你想要'得'的时候，早就已经没有落子的余地了！"

薛新雨一听，顿如醍醐灌顶之感：

"您说得真对！就拿羊来打比方吧。来北方之前，我只知道羊肉味道很鲜美；可是到了红莲公社放羊之后，我天天光顾着琢磨它们的生长规律，选好场，择嫩草，喂清水，压根儿忘了它们不过是一堆堆会动的羊排；可是，到了秋天该出栏的时候，你必须赶出一头头大肥羊来，否则就是一个不称职的羊倌。"

何道非听了这个别致的例证，不觉哑然失笑，说："你这小子还真会举一反三。不过，听你这么一说，倒让我也想起了一个关于山水的著名禅宗段子。我们一开始'看山是山，看水是水'，是因为浮于表面；当我们深入探究时，满脑子都是地质名词和化学符号，自然'看山不是山，看水不是水'；可是，我们为什么要关心山水呢？那是因为它们是我们利用、开发、观赏、保护的对象。舍此之外，岂有它哉？所以，这就是为什么最后我们还要回到'山还是山，水还是水'的原因。"

说到这里，何道非意犹未尽，又加上了一句，"当然，这不是绝不是简单意义上的重复。围棋也是如此。普通的棋手争强好胜，沉溺在锱铢必较的计算中不能自拔；一些高明的人士摆脱了输赢意识，却拘泥于各种各样的'棋理'，变成了空头理论家、定式收藏家、棋形鉴赏家；只有冲破了这一束缚，化无限于有限之中，才能成为真正的千古宗师！"

薛新雨听了佩服得五体投地，连说："我爹当初就不该招我去集训队浪费时间，干脆投到您的门下得了，也少走这么多弯路了。"何道非听后呆了片刻，最后苦笑了一声说道：

"学我干什么？我年轻的时候很自负，以为只要身怀绝艺，就足以横行一世。可是，老来一算，这一辈子只干了四件事，那就是背国、逆师、负妻、误子而已！自己都惭愧得不得了，哪里还有资格当你们年轻人的榜样？"

18 海外徒闻更九州

虽然未来还有无数看不清也绕不过的阻碍，但是薛新雨身边有玉人相伴，早已感天谢地，一心只想接过何道非的药箱，就这样混迹在市井之间了此一生。可是，谁也没有想到，在接下来的这一个龙年里，世事变迁如翻天覆地，人事更替如沧海桑田，命运又一次将他抛出了原有的轨道，或者说丢到了最初的起点上。

历史学家回首这大悲大喜的一年，一定会产生节气错乱的感觉。元旦之后，天寒地冻，北风肆虐，可是，雨水却提前到来，在人们的眼眶中滂沱奔涌；清明之际，阳和景明，草木葱茏，可是，人心却仿佛坠入了大寒，个个噤声无言；炎夏之中，花香四溢，瓜果上市，可是一场大地震却如霜降，让无数生命之树落叶飘飞；初冬时分，原野死寂，水落石出，一声突如其来的巨雷，却像惊蛰一样唤醒了沉睡的万物。不过，这些都是大气候，对薛新雨个人来说，无论悲喜祸福，这些日子都可以用"别离"一词来概括。

先是何道非的离世。这些年来，他的身体每况愈下，今年为了防震，又在小院中临时搭建的窝棚中住了几个月，寒暑交侵之下，终于爬不起来了。拖了一段时间，他就呜呼哀哉了。

薛新雨号啕大哭了一场，披麻戴孝操办起了丧事。何道非的妻儿远在异国，无法送达噩耗，只好先将烧化的骨灰寄放起来，等有机会再带回南方老家入土。何道非虽然生前孑然独处，但他的丧事却并不冷清，街坊邻居都来吊唁不说，甚至城外十里八乡也派来了祭奠的代表。薛新雨既要充孝子又要当司仪，实在忙不过来，而史幽红又不能不上班，只好把东华观的张乘龙拉来帮忙了。

可是，张乘龙来了之后，反而生出了许多疑惑。比如，灵位和灵幡上该写什么,何道非去世前早就已经拟好了,后人只管照着一笔一画誊写就是了。可是,张乘龙左看右看不满意,说其中错讹甚多,拿出去让人看了会笑话。

"你看这个'南冠何氏道非之灵位'。古人所说的'南冠',可不是什么好话,而是囚徒的意思。"

薛新雨"哎呀"惊叫一声,说:"不怕你笑话,我真是不学无术,还以为'南冠'说的是'南方来的冠军'呢!"之后,又觉得何道非实在太谦虚自抑了,你纵横棋坛数十年无敌手,又在抗战中毅然归国,即使达不到国士的高度,一个棋士或义士还是当得起的,最起码也是一个风流名士,何必把自己当做罪犯呢!

张乘龙为难了半天,说死者最大,他非要这么写,我们也只能顺从了。好在"南冠"也可以理解为"南州冠冕"的缩写,是三国时司马徽称赞庞统的话,也不算太牵强。如此一来,两人都感觉松了一口气。不过,他们却没想到"南冠"也可以让人联想到"南面称帝加冕",要是放在古代,这可是大逆不道的罪行,何道非要开馆戮尸,张乘龙和薛新雨也逃不了发配充军的下场。

"这一节就算过去了,灵幡上的问题就大了去了。我仔细一看,八句中竟然没有一句不是诳语!"张乘龙一边摇头,一边指给薛新雨看,"先看前两句,'群蛇纵横兮凡鸟争鸣,龙凤一现兮山海澄清。驽马齐驾兮安步循辙,骐骥落寞兮不合于群。'这口气也太大了,不是一个医生应有的本分,恐怕华佗重生也不敢这么牛气!"

可是薛新雨却觉得恰如其分,只是不想让外人知道何道非的真实身份,所以他支吾了两句就混过去了。

张乘龙又详细分析了接下来的"临邛听琴兮河梁起舞,芙蓉涉江兮芝兰当道"两句,说其中包含了四个典故:"临邛听琴"是卓文君和司马相如私奔,"河梁起舞"是苏武与李陵北海诀别;"涉江"的屈原算得上死得其所,可"当道"的芝兰可就惨了,要被人连根锄起的。如此一看,张乘龙觉得问题来了:何道非自己要死,却将这些才子佳人、良臣名将、狷客介士丢到了一个火锅中,真是不知所云。也许,这是熬制"忠孝节义汤"

的秘方？可是他话到了嘴边，又觉得对死者不尊，就忍住不说了。

薛新雨听了，也无法将它们与何道非生前的事迹一一对应，唯有地狱谷恋上梅泽荷子是确凿无疑的。这也很正常，在对儿子讲述长辈的轶事时，其中一些不雅之处，薛平湖一定会多做保留的。何况，何道非的很多隐私，连他自己也未必知晓呢！

"这位老先生把自己比作古圣先贤已经很离谱了，竟然最后连神仙也不放过！"身为一名道士，张乘龙更加愤愤不平了，"你瞧这最后两句：'逐日屠日兮功罪难辨，国手国医兮是非各半。'他把自己比喻成了夸父和后羿，真是太疯癫了！怪不得名字叫'道非'呢！"

隔日，史幽红来了，薛新雨鹦鹉学舌把张乘龙的话复述了一遍。史幽红听了抿嘴微笑，说张乘龙一向自命清高，其实他说得也不全对。"南冠"的本意是不忘故国，"涉江采芙蓉"也与屈大夫无关，而是出自《古诗十九首》，内容是一个丈夫怀念远方的妻子，结尾的两句是"同心而离居，忧伤以终老"。说完之后，她和薛新雨相看无语，心中都感到一阵恻然。

办完丧事之后，光凭自己这一两年学到的皮毛，薛新雨当然无法支撑起这个名医门庭。不过，这并不妨碍他继承了何道非的全部遗产，其中就包括了那把去而复返的扇子。薛新雨时常拿出来摇两下，装出一副高深莫测的样子。史幽红调侃说北京已经是隆冬了，难道你要学诸葛孔明借东风吗？薛新雨听了笑而不答。

这天中午，薛新雨看书有了倦意，随手就把扇子覆盖到了脸上。一觉醒来后，恍惚之间，只觉得眼前繁星闪烁，稀疏有致，心中一惊，以为自己睡过了头，已经到了夜晚。身体一动，扇子掉了下去，才发现下午的阳光依然明亮，而史幽红还没有织完毛衣的那只袖子。薛新雨明白不是自己产生了幻觉。于是，他又捡起了扇子。果然，那些或明或暗的光点，就是扇面上桂树花叶投下的影子。

这个不足挂齿的光学现象，却像定身法一样，让薛新雨眼瞪口张，似乎看到了什么不可思议的事情。史幽红以为他不小心中了风，走过来关切地摸了摸脸，却听薛新雨提起了一件非常遥远的旧事：

"幽红，你还记得吗？当初我们一起走山道回东华观的时候，我曾经对你说过，围棋看上去就像天上的星星一样？"

史幽红心中的遐思被勾起来了，又见他说得蹊跷，也顺着薛新雨的目光向扇子看去。片刻之后，她突然惊叫了一声：

"扇子上画的不是一棵桂树，而是一局棋谱！"

没错，扁圆的树叶是黑子，绽放的桂花是白子，纵横的枝条构成了棋盘上的格子。史幽红正为如何辨别先后次序而犯愁，却发现那些花叶间夹杂着绵密的绒毛，它们弯曲成了一个个阿拉伯数字，不仔细看根本就发现不了。

一刻也没有犹豫，薛新雨立即将它摆了出来。这是一场什么样的对局啊！仿佛京剧大杂烩，生旦净末丑一起登场，各擅胜场。一时高山滚石，一时骤雨打荷，一时兔走乌飞，匪夷所思的构想，妙到毫巅的腾挪，含而不露的杀机，甚至还夹杂着很多上不得台盘的大俗手和大损招。不过，薛新雨现在已经明白了，无理手本身就是围棋不可或缺的一部分，往往点中了职业棋手的定式思维的盲点，甚至是某种伟大突破的先兆。

何道非去世之后，薛新雨知道已经没有任何隐瞒的必要，就将他的故事一丝不漏地告诉了史幽红。现在，发现了扇子上的秘密之后，她当然也明白了，这一定是何道非一生中最得意的名局。这时候，薛新雨喃喃说了一句，声音很轻，落在了她的耳朵中，却不啻为一声惊雷：

"没错，这就是当年何道非在地狱谷大战本因坊秀正的那局棋！"

现在的薛新雨仿佛是一个回到了远古的孩子，沉浸在剑齿虎与猛犸象的恶斗中，浑然忘记了自己是谁，只有看到了酣畅之处，才禁不住拍腿大叫。看他如此入迷，史幽红一言不发，远远避开，似乎那把扇子是个不祥之物。突然，她开口说了一句：

"你能发现扇子中的秘密，我想那个梅泽志博一定也能发现！"

薛新雨一惊。没错，藤原正雄正是从这一对局中领悟到了现代围棋的发展方向。难道，梅泽志博近年来的异军突起，也是因为他从外祖父和父亲的较量中得到了启发吗？薛新雨对此无法确定，因为要想探知底细，除非与梅泽再次过招。

薛新雨不能整天把自己关在围棋的方寸之地，因为在这个小小的院落之外，整个中国正像结束了冰河期的长江一样，要将积蓄已久的能量向全世界喷射出来。

过去的那个时代落幕了，谁也不知道即将开启的这个新时代究竟意味着什么。但是，历史自有其规律，当你无法看清楚祸福的时候，就只管承受了。很快，第一波大潮就冲上来了，"卷起千堆雪"。知青们返城了，像他们来时那样激动、仓促而坚定。漫长的路途、超载的火车、疲倦的身体，那些未来的科学家、企业家、捧国际大奖的导演、赚大钱的操盘手、摇滚歌星、行为艺术家，当然，还有无数潜在的下岗分流人员，他们拥挤推搡，携包带裹，凄凄惶惶地离开了留下梦想、洒下汗水甚至遗下后代的地方，向着那已经陌生到带有敌意的城市涌去。

红莲公社的知青点已经解散了，薛新雨却还没有离开。上次，他像个掉队的士兵，好不容易才赶上了末班车；这一次，却像一个遗留在战场上的伤兵，留不得，也走不得。如果回到了杭州，与史幽红只能当翻版的牛郎织女。何况，现在城市的待业青年太多了，找个公家饭碗比登天还难。至少在这里，借着何道非的遗德，他可以混个肚儿圆。不过，形势的发展太快了，马上就给了他一个新的选择。

又一波大潮冲过来了，惊起千万只鸥鹭。现在，图书馆取代了广场，成为了年轻人聚集的中心。人人都像患了文字崇拜症，见了印刷字体的纸片就要抢，毕昇要是今天活过来，一定也会乐死过去的。自从恢复高考的通知传达之后，薛新雨和史幽红突然发现，这真是一个天赐的改变命运的机会，甚至是礼堂传来的结婚钟声。显然，如果两人能够考到一处，将来就可以分配到一起了。当然，这又带来了一个新的难题，那就是无论如何，总要有一头的老父亲要被儿女无情抛下。薛新雨觉得这是展现自我牺牲精神的时候，可是没想到的是，史瑞虎却给他们开了一个大大的绿灯，主动提出让两人考到南方去，理由当然是明摆着的：北京的高校分数太高，薛新雨肚子里的那点儿墨水恐怕应付不来。当然，也可以理解为他终于明白了"女大不中留"的道理，加上女儿这几年来事故不断，让他也产生了眼不见为净的念头。

于是，两人开始潜心复习备考。好在史幽红的功底扎实，而薛新雨虽然不读书看报，但毕竟长期从事脑力劳动，比那些天天捏锄头的老三届考生要占不少优势。饶是如此，昏头昏脑地走出考场之后，薛新雨还是以为自己完蛋了，脸色难看得像霜打的冬瓜。史幽红看了，安慰说："你可不要太丧气了，交卷的时候我扫了考场一眼，发现大半的卷面是空白的，有的人连四则运算也不会，你好歹还解出了两个二元一次方程。"薛新雨听了，这才感觉稍微好了一点儿。

报考志愿的时候，两人都填写了杭州的学校，除此之外一概不理，甚至在"是否同意调配"一栏中明确写上了"否"。好不容易等到了成绩公布的日子，果然两人都稳稳上线了，不过一个是重点线，一个是专科线。一个星期之后，史幽红就接到了名牌学府的录取通知书；而直到一个月之后，薛新雨才拿到医学院寄出的那张薄薄的红纸片。那一刻，他们和所有的幸运儿一样傻笑、痛哭、尖叫，甚至互相撕咬，差点儿就放火把房子烧了。

这次高考给了无数年轻人一个朦胧的意识，那就是从今之后，一种新的规则将主宰自己的生活。以往一切都是纵向的，是定性的。你本人是谁毫不重要，重要的是你来自什么样的家庭，来自什么样的地方，就会遇到相应的障碍或通道。而现在一切都是横向的，是定量的。你本人是谁依然毫不重要，重要的是你有多少技能，多少资本，就给你提供多少机会和报酬。而考试的分数，只是很多指标中的一个而已。

薛新雨又来到了红莲公社。虽然正是麦收时节，田野里却冷冷清清的，全然没有了昔日的热闹景象。办完了关系转移之后，牛书记还特意杀了自家的一只鸡来为他践行。喝酒之前，他还特意强调了一句：

"你是最后一个来的，也是最后一个走的。"

对于这样一个类似于"善始善终"的评价，薛新雨却愧不敢当。刚才在公社中溜达了一趟，他发现了那条跟随自己放牧的黑狗已经不见了，听说在返城的前夜，被知青中的几个刺头杀了泄愤；收割机也用不到了，闲置在了一个角落中积灰，因为很快就要分田包干了，每家就那么几亩地，几天就收割完了，用不着这个耗油的大家伙；也正因为如此，知青们走了之后，除了牛书记之外，绝大多数村民还是很高兴的，只是不愿意在脸上表现出来。

"你知道我为什么对你们那么狠吗?"牛书记喝多了之后,竟然呜咽了起来,"我把你们当做了自己的孩子。公社的田就这么多,一下子来了上百个知青,要吃要喝,将来还要生娃娃,干农活不过关,我怕你们将来挨饿啊!"

薛新雨听了十分感动,赶紧安慰道:"您老人家的心意,其实他们也明白,只是遇到了这么大的变化,难免要发点儿邪火。我相信,有一天他们一定会回来看您的,还会带着自己的儿女。毕竟,他们怨恨的不是您,不是乡亲,也不是红莲公社这个地方。"

听了薛新雨的劝慰,牛书记感觉舒心了一点儿,说:"我本来要把知青住过的院落改作堆放化肥的仓库,现在改主意了,就拾掇干净空在那里好了,也算当个念想。"

之后,薛新雨又顺道造访了东华观与张乘龙告别。后者见了他很高兴,因为国家的宗教政策也开始落实了。作为京郊著名的古建筑,重修东华观的报告已经得到了批复。"等你下次来时,也许就可以看到一座烟火鼎盛的道观了。"

薛新雨却感到有点儿失落,说:"如此一来,我们集训队的痕迹就荡然无存了。"

张乘龙说:"这还要你担心吗?我可不是傻瓜,那块破牌子证明了东华观就是中国现代围棋的襁褓,将来少不得成群的游客来瞻仰呢!"

两人分手之时,张乘龙才告诉薛新雨老领队秦双河眼下也来到了北京,正在参加一个非常重要的工作会议。于是,薛新雨和史幽红一起去看望他。秦双河见了他们高兴之余,又感慨地说过去的那个年代真是不堪回首,人与人之间都像是隔了一层,什么真心话也不能说,又把当年的很多隐事透露了出来。薛新雨这才惊讶地知道,当年在东华观中打薛平湖小报告的人中间,冯晓白这个爱徒竟然也有份儿,可见人性的复杂。

薛新雨正感到五味杂陈,可是马上就急火烧心了。秦双河听说两人已经准备登记了,就开玩笑说集训队虽然没有培养出一位世界冠军,可是却也成就了好几对新人。你们是一对,戚玉秀和黄子武是一对,冯晓白和李爱琴是一对，现在，连舒梅和陆鸣也要喜结连理了！

薛、史二人一听惊诧万分，急问详情。原来，秦双河抵京后抽空去看望自己当年的顶头上司，在家中意外见到了陆鸣，才知道他即将成为部长大人的乘龙快婿。舒部长很喜欢这个头脑灵活、笔头出色又手勤脚快的青年，得知女儿落难之际得到了他的鼎力救助，几年来嘘寒问暖从不间断，更是满心欢悦，立即定下了翁婿的名分。可是，他并不知道陆鸣这么做，不过是出于狡兔三窟、多方下注的本性。果然，凭借这个未来的老丈人的垂青，在清算"三种人"之时，陆鸣成功逃过了一劫，甚至行情见涨，当上了一家社科单位的办公室主任。

出门之后，薛新雨就直叫："那可不行，我一定不能让那个恶人得逞。"

史幽红白了他一眼，说："知道你和舒梅一向关系好，可也不用急得跳脚吧？"

"还是我一个人去好了，毕竟女人之间好说话。何况，我还要当面好好感谢人家呢！"

感谢什么？薛新雨不明白，心想我和舒梅可不是单纯的队友关系，只是史幽红并不知道有关"冬清"的那一段隐情，现在当然更没有提的必要了。何况，自己曾经生硬地拒绝了舒梅，现在却劝阻别人追求她，是不是太不厚道了？虽然陆鸣不是一个好人，但未必就不是一个好丈夫。历史上那些祸国殃民的大奸巨恶，大半倒不是负心人。

薛新雨压根儿不知道，史幽红阻止他去见舒梅，其实也另有衷曲。两人一见面，史幽红就发现几年不见，舒梅已经完全变了模样。谁都知道，她的性子温良如羊，只是从一只失哺的小绵羊变成了一块让人爱不释手的羊脂玉。两相比较，史幽红自信在容貌方面不落下风，但在气质风韵方面就明显不如了。毕竟，国库的稽查员和厂库的保管员所处的环境不可同日而语。舒梅没想到她会突然出现在自己面前，惊愕之下，连寒暄问候的礼节都忘记了。史幽红也不管这些，一把拉住她的手就不放了：

"我真不知道该怎么感谢你！集训队解散之后，要不是你写信给我，我做梦也想不到小薛就躲在红莲公社当知青！你知道他那个性子，一会儿像猴,什么都敢干;一会儿又像牛,什么也不肯说。如果不是你自愿当这个红娘,我哪里知道他就是冲着我来的?"

舒梅一听忙说不过是凑巧而已,又笑着说以后可不要再提这一茬了,你们的缘分是老天注定的,走到一起不过是早晚的事情,我夹在中间纯属多余。史幽红没有听出弦外之音,因为还有一个更大的事项需要当面求证呢!

她问道:"前几天我去厂里转关系时,组织部的朋友偷偷告诉我说,当初我犯了那么大的错,可是竟然没有被厂里开除,全是因为你父亲给厂里的领导打了招呼的缘故。是不是这样?"

舒梅点了点头,承认确是自己所为。见史幽红脸色半是感激半是惭愧,又笑着说:"那件事闹得满城风雨,连司里的同事也跑来向我打听你究竟是何许人也。我一看苗头不好,就去求了爸爸,说当初在东华观的时候,你和薛大哥都拿我当小妹妹照顾。现在落难了,咱们可不能袖手旁观。爸爸最听我的话了,而印刷厂不过是他属下的一个不起眼的小单位,当然一个电话过去,一切就风平浪静了。"

前事既明,史幽红该切入主题了。可是人家帮了自己天大的忙,自己却巴巴地跑来砸人家的喜宴,实在有点儿开不了口。两人你看看我,我看看你,神情都有点儿尴尬。不过,史幽红毕竟不是一个喜欢隔靴搔痒的人,干脆敞开说出来了。

"我听人说——你不要问那人是谁,反正你就告诉我一句话:是不是真的要嫁给陆鸣?"

舒梅说:"没错,婚礼就定在下个月的十一举行。当然,因为你们要去南方读书了,所以没有下请柬。"史幽红打断了她的话,说:"你好糊涂啊!什么男人不好嫁,偏要嫁给一个白眼狼!"于是,一股脑儿将陆鸣的劣迹倒了出来。可是,等她说完之后,发现舒梅脸上丝毫不见惊奇,自己反而咋舌了。看来,陆鸣早就防备了这一手,早就按照自己的逻辑对那些问题一一做了解释,舒梅既然信任他,自然会以为这不过都是误解而已。

眼见史幽红还不死心,舒梅止住了她的话头:"史姐姐,谢谢你来提醒我。不过,我压根儿就不想知道谁对谁错。以前,我的世界中除了黑就是白——我说的可不是围棋。人家都这么告诉我,这个绝对正确,那个完全错误。可是,今天绝对错误的可能明天就变成了完全正确,英雄变成狗熊,不过是一句话而已。我已经太累了,不想去分辨了。我只知道,他一向对我好,不管是否另有所图,我已经认命了。"

舒梅说不出口的另一个原因,是自己的父亲近来又准备娶一个新妻子。如此一来,她就不好再和父亲住在一起了。长达十年的隔绝,在她最重要的生命历程中,父亲都不在身边,父女之间的陌生感难以避免。尽管父亲恨不能将自己的肉也挖出来补偿给她,可是,她心中的伤口是永远不可能弥合的。

史幽红知道无法说服她,只好改口说了些祝福的话。告辞之后,走在回去的路上,她心里总觉得有点儿奇怪,舒梅又不是那种一见男人就热昏了头的蠢女人,这样浅显的证据,她怎么会视而不见呢?又想一定是因为自己当初曾经和陆鸣有过一段恋情,舒梅心里存有疙瘩,以为自己借机报复。设身处地想一下,如果薛新雨与舒梅之间也曾经擦出过什么火花的话,自己一定也会妒忌又提防的。史幽红如此一想,心里也就泰然了。

又忙了几天之后,两人终于踏上了南下的火车。一路上,薛新雨快乐得像一只出笼的小鸟,而史幽红却喜忧参半,一想起老父,就难免愁肠百结。这一段时间,薛平湖收到了儿子的连番喜讯,高兴得晚上睡不着觉。现在,只要儿子肯回到身边,不要说带一个世仇的女儿了,就是带一条白蛇精回来也认了。

火车中午才到,他天没亮就跑到了车站。见面后,虽然大家都不是陌生人,可是史幽红见了前主教练,还是有点儿腼腆,提出自己要搬到学校去住。薛新雨当然不答应,可是薛平湖却说不在乎这几天,反正你们马上要结婚了。史幽红毕竟是个女人,千里远嫁心思重,既然已经委身于薛新雨了,也怕夜长梦多,同时又考虑到学校分配时,如果是夫妻的话能够给予一定的照顾,就赧然答应了。

开学之后,生活变得平静又匆忙。到了元旦,两人的婚礼就举行了。之后,史幽红就名正言顺搬了过来。薛家已经几十年没有女人味了,突然来了一个馨香玉人,仿佛一部黑白片翻转成了彩色片,惊喜之外,一时还不大适应。不过美中不足的是，这可不是一个宽银幕，因为薛家只有内外两间房。为了起居方便，更为了保护小两口的私密，还需要把这个螺蛳壳里分割成蜂巢。史幽红天生就喜欢布置，硬是把这区区三十平方米变成了回廊曲巷。薛新雨抱怨说回家就像进入了一个微型迷宫，她却回答说："洞房本来就该这样嘛！"

不过，史幽红不但是一罐增色剂，还是一个定心丸。在传统社会，女子要柔顺得像孟光一样举案齐眉，可是她在家中扮演的却是女孟德，因为这对父子一个像袁绍一样多谋无断，一个像孙策一样冲动少虑，没有她来拿主意可不行。有时候，甚至要充当一个调节器的作用，每当父子为了一点儿小事怄气的时候，她总能戏言笑语把气氛缓和下来。

不过几年，第三波大潮也涌来了。不过，在这个下海经商为旗帜的潮头上，还翻腾着无数的小浪头：南下热、跳舞热、诗歌热、英语热、出国热、武侠热，不一而足，当然，也催生了一个离婚热。

薛新雨曾经认为，在一个物资匮乏的时代，清高不能顶饭吃；现在才知道，在一个物资丰富的时代，清高同样也不能顶饭吃。他为什么会发出这样的感慨呢？毕业之后，薛新雨如愿在医学院的附属医院当上了医生。不过，让他心态有点儿不平衡的是，自己只能挣干巴巴的一点儿工资，而妻子的收入却高出十倍不止。还没踏出校门的时候，史幽红就拿到了全国服装设计大赛的银奖。随着江浙一带轻纺工业的复兴，大量的民办企业如雨后春笋一样冒了出来，急需各种新潮的款式，以满足那些不再满足于一条裙子过夏天的姑娘们的需要。人们现在才知道，原来衣服的价格不是由布料的数量决定的，甚至相反，有时候少一粒纽扣或低一分领口，销量竟然会抬高十倍。于是，厂家抢着请她去指点，没有一次是空手回来的，反倒是薛新雨顾忌名声，连一个病人的红包也不敢收。现在，薛家已经找不到一处可以放置家电家具的空地了，连薛新雨上下班也骑上了当时还很罕见的摩托车。只是他一副顶白盔戴墨镜的样子，不像个救死扶伤的医生，倒像香港电影里的夺命杀手。

有一天深夜，看到史幽红还在灯下勾勾画画，剪剪裁裁，他终于忍不住嘟囔了起来：

"你可要小心点呀！天天和那些暴发户混在一起，一个个吆五喝六，财大气粗的，我可看不惯！"

史幽红嗤笑一声，跑过来捏住了他的鼻子，说："这话本来该我来说才对呀，怎么让你给抢先了呢？"

"你才该小心点儿呢！天天被那些小护士包围着，一个个白白嫩嫩，莺莺燕燕的，我可要吃醋了！"

见妻子酸中带甜的娇俏样子，薛新雨心中爱怜，嘴上却说："我不是那种见不得老婆比自己强的人，只是不愿意把你累坏了。"史幽红一听，马上就顺梯子爬上来了：

"好吧，既然你关心我，就帮我把这些草图都誊一遍吧！反正你当初也是喜欢画画的，现在又学了医，人体结构再熟悉不过了。"

薛新雨听了，头摇得像拨浪鼓一样：

"那绝对不行，我现在已经习惯了画人体解剖图，不要说服装设计了，就是再让我来画那一幅《竞赛之后》，八成也会将你勾勒成一个圆颅宽额、塌鼻高颧、扁脸细眼的蒙古人种女性标本！"

史幽红吐了一下舌头，说："科学真可怕，用 X 光照一下，无论西施、东施全成了一副骨架。"

薛新雨接口说："你还真说对了，我昨天偷看了一下你买的时尚杂志，发现当前国际上最新流行的模特就是所谓的'骨感美女'，个个像会动的骷髅一样，连胸前的肋骨数目都能数得一清二楚。用我们医生的眼光一看，全有营养不良、阳亏体虚、贫血闭经的症状。"史幽红笑他胡说八道，却不知道该如何反驳，因为她自己也不喜欢那种芦柴棒一样的女人。

甜蜜的小日子就这样过下去了，也希望就这样永远过下去，可是总有人来打扰他们，反而是该来的史瑞虎一次也不来，害得小两口每逢过年不得不在南北两地往来奔波。对于这个计划外的女婿，史瑞虎依然视若空气。他的注意力全在女儿的肚皮上，一是天天不重样地给它喂各种久违了的北方美食；二是希望它早点隆起来，让自己一圆当外公的梦。

这天下班之后，薛新雨刚骑着摩托拐进巷道口，就被警察拦了下来。他远远看见家门口停了一长溜豪华轿车，心中大惊，不知道出了什么事情。等他深一脚浅一脚走进了家门，才发现鸽子笼一样狭小的客厅里，根本就没有什么大人物，不过是三个人正坐在一起拉家常。除了老父和妻子之外，就是一个二十出头的年轻人，满口嫂子长嫂子短的，对史幽红亲热得不得了。薛新雨略一端详，顿时惊呆了。原来，来者竟然是久已失去音讯的林家亮。林家亮看到了他，一时也说不出话来。两人拥抱之后，眼圈都红了。

略略交谈了几句，薛新雨才知道，这个集训队中最贫寒的孩子如今已经成了一个炙手可热的善财童子。此次回国，从海南岛一路北上，他援建了不少文教和福利设施，成了各地媒体争先报道的人物。不过，由于他的大名已经改成了更气派的"林嘉元"，所以薛新雨并没有意识到，这个海外赤子竟然就是当年喜欢打赤脚的同窗。

不过林家亮这次来访，却是自己特意安排的行程。在当年的队友中，唯有薛新雨与自己交情深厚，所以还没到达杭州，他就请地方上帮忙查找对方的下落。薛家在杭州也算是老字号了，得知住址当然不费吹灰之力。可是没想到登门之后，他见到的第一个人不是薛家父子，却是昔日的师姐史幽红，心中顿有"水桶终究掉井中"的感慨。林家亮当天就走了，临走前给了薛新雨一个小小的"建议"：是否可以考虑主持一个完全由民间集资兴办的中医院？薛新雨当然明白他的意思，这样利人利己利社会的大好事，谁会不愿意呢？

不过，薛新雨正忙着中医院的筹备工作，从北京打来的一个电话，却让他不得不去见一个人。原来，随着中国日益开放，梅泽荷子终于得到了访华的许可。可是，等她踏上了暌违三十年的旧宅，才知道何道非已经去世好几年了，只剩下了一座空荡荡的庭院。两人见面之后，不免相对悲泣一番。薛新雨移交了何道非的全部物品，又半是遗憾半是为难地告诉她，按照师伯的遗愿，已将他的骨灰埋在了薛家的祖坟中了。梅泽荷子听了十分伤心，但薛新雨察颜鉴色，疑心她早就知道了这个安排。薛新雨一向以为自己和史幽红的所作所为已经足够骇人听闻了，可是与这对夫妻相比，简直是小巫见大巫。他的头脑中存在很多疑问，虽然知道这不是满足好奇心的时候，但依然开口了。

其中最难以索解的一个疑团,就是当初何道非为什么不和她一起回日本?

原来,这还要从当初在香港营救何道非的往事说起。当初薛门师徒三人逃出兵营之后,一路上并非风平浪静。谁也没有想到,对何道非的生命构成最大威胁的竟然不是围追阻截的日本兵,而是身边的军统特务们。每当遇到险境的时候,他们都忍不住要打一下算盘:如果救出了这个棋手,固然名利双收,可是弄不好要搭上自己的性命;如果为了保险起见,不如干掉这个累赘,反正也有赏钱可拿,顶多找个理由如抗拒不从而已。于是在一夜之间,何道非的头衔从"义士"到"叛徒"变了好几回。这时候,就像戏剧一样的情节发生了,救星突然杀到了,他们遇到了东江游击队。一路上交火数次,终于硬突出去了。游击队损失了好几个人,可是谁也没有吐露半句怨言。芦苇丛中的这一幕,给何道非留下了刻骨铭心的印象。于是,新中国成立之后,他放弃了去日本的机会,而是抱着某种赎罪的心态留了下来。

薛新雨想不到真实的历史竟然如此曲折复杂。因为在过去的接触中,何道非给他的印象,与其说是新社会的拥护者,不如说更像一个顽固抗拒的前清遗老。于是,这一新发现的事实,又勾起了他的无限心事。

现在,所有人都说春天到来了。可是,中国围棋依然一派萧瑟的景象,没有开出一朵花来。自从对峙了三代的"南薛北史"以两个年轻人决绝的举动戛然而止之后,迎来了新的"黄白时代"。在近年来举行的一系列国内比赛中,黄子武与冯晓白平分秋色,又同时晋升了九段,可谓风光无限。可是令人尴尬的是,在此期间举行的中日围棋对抗赛中,中方的成绩反不如初。尤其与"森一流"交手共计十二次,中国棋手全部以失败而告终。

在国人眼中,围棋队的形象和足球队一样,都是阳痿的代名词。可是,要说队员们没有尽力也不是事实。尤其是初创于林家亮而完善于薛新雨的"三叉戟",大家依然进行了锲而不舍的研究,已经将它发展出了不同的亚流,就差变成三头六臂了。可是,在日方的高手眼中,它们统统都是"三板斧"!只要远走高飞,你就一筹莫展了。这就像国际空军最新流行的"超视距"概念一样,哪怕你是一只金刚鸟,可是还没看到对方的影子,自己就成了锁定的靶子了。

于是,中日双方第三次拉开了距离。不过,"森一流"们嘴上不说,心里却都明白,中国还有一条冬眠的潜龙,只要他还有一双"执子之手",自己就休想安枕入眠。这种心情,就像梅泽荷子将何道非的死讯带回东瀛之后,很多半截都埋到土里了的老棋士才纷纷松了一口气一样。

从北京归来之后,薛新雨就像提前进入了更年期,脾气变得焦躁易怒,还时不时给人脸色看。他的一切变化,当然瞒不过史幽红。有一天,薛新雨又为一件小事大发雷霆,连一向宽厚无边的薛平湖都有点儿看不下去了,数落了儿子几句,赌气出门去了。等父子俩都没声了,史幽红才捡起了摔碎的茶杯,静静地说了一句:

"我知道你想干什么。以前在北方的时候,我总觉得南方人都像麦芽糖一样又软又粘,一动拳头就后缩的主儿,可是嫁到了这里才知道,原来还有个说法叫做'杭铁头'。可是,中医院的事情怎么办?你既然已经答应了小林子,总不能轻易食言吧?说实话,这可是人家捧着银子送上门来的,不是欠了你的。"

被她说中了心事,薛新雨立即就烟消火灭了。

"是我错了,我不该借题发挥。"沉默了半晌,他的脸上露出了一丝痛苦的神情,"可是,在心甘情愿当一辈子医生之前,我一定要再拼一次。否则老了的时候,想起了今天,我自己都不会原谅自己的。"

史幽红知道命该如此,任是天王老子也无法让他改主意了,叹了一口气,说道:"我知道,过去大家满嘴都是这个精神那个精神的时候,你会认为每天多吃一片肉比什么都重要;可是,现在大家都忙着捞钱的时候,你却愿意为了那些看不见摸不着的东西拼命,是不是太可笑了?"

说完之后,她摸了摸丈夫的头发,突然又笑了起来:

"可这才是真正的你,我最终会无怨无悔爱上的那个你。"

19　草萤有耀终非火

每一个瞻仰过杭州岳王庙的人都知道，为国效力并不是一件容易的事情。当然，拿一代名将岳武穆与小儿科大夫薛新雨相比，简直是辱没先贤。何况，前者是莫须有的千古奇冤，而薛新雨的处分却是他自讨的，怨不得别人。所以，薛新雨要求重返围棋队的申请报了上去，落个泥牛入海的结果也就毫不意外了。公正说来，没有人刻意要与薛新雨作对。何况，对他关心有加的陈主任已经升任了棋牌总会的副主席，没有理由不帮忙。可是，没有人说"不"，也并不意味着有人敢说一个"是"。实际上，没有人知道该拿薛新雨怎么办。骂他是逃兵固然过分，因为薛新雨虽然像吴三桂一样"冲冠一怒为红颜"，可在棋盘上并没有放日本人过关。可是，国家队毕竟不是公共厕所，谁想来就来想走就走，一旦撤销了开除令，那么以后还怎么管队伍呢？何况，眼下全国等待处理的冤假错案堆积如山，体育界也是重灾区，很多家喻户晓的大明星至今还死不瞑目呢！像薛新雨这样不痛不痒的风流杂症，根本就排不上号。

薛新雨对此一筹莫展。幸运的是，他娶了一个情商远比自己高出十倍的老婆；当然不幸的是，她施展的手段也让自己患心肌梗死的几率增加了十倍。史幽红既然决心支持丈夫重返棋坛，自然懂得其中的诀窍，那就是与其求人，不如让人自动找台阶下。于是，盘算了一下手中掌握的全部资源，她很快就圈定了几个关键人物。有的在明处，有的在暗处；有的在内地，有的在海外；有的当面开炮，有的背后放火。

今年恰逢江淮战役胜利四十周年，报纸上少不了要开辟纪念沈老将军的专栏了。如此一来，作为沈老将军生前曾亲手颁奖的围棋冠军，咸玉秀代表全体运动员写了一篇回忆文章。在深情回顾了一番之后，她话锋一转，说沈老将军最让人感动还是他一贯实事求是的精神，包括在队员个人问题的处理上。围棋与其他体育运动相比，最大的差异不在运动器官，而是运动的周期。因此，如何平衡事业和婚恋之间的关系，是困扰每个棋手的难题。在沈老将军的亲自过问之下，自己的个人问题获得了圆满的结果。与之相比，在老人家去世之后，由于极端思潮的影响，导致成绩远比自己优秀的另一对选手受到了不公正待遇，不得不过早结束了运动生涯。

就像巧合似的，在同版的另一篇秦双河撰写的纪念文章中，明确点出了薛新雨和史幽红的名字，还称之为"棋坛双星"。拿到了报样之后，史幽红立即复印了无数份，连同薛新雨的申诉书一并发到了她能找到的所有报纸，果然引发了强烈的反响。陆续有记者找上门来采访这对昔日的国手，史幽红事先编排了一番说辞，保证让他们每个人带着疑惑而来，抱着同情甚至愤慨而去，并饱蘸笔墨奋笔疾书，代表读者发出了这样的质问："为什么一个全运会的冠军，一个至今保持着对日优胜战绩的棋手，竟然因为一点儿纤介之过，就失去了为国争光的机会？"

下面既然起火了，上面就该吹风了。现在，林家亮简直变成了一个活动的广告牌，不管到了哪里，不管见了哪一层面的官员，他都要提起薛新雨的大名和冤屈，不明就里的领导看他那副痛心疾首的样子，安慰不迭之余，还以为那个姓薛的是一个已经作古了的老家伙呢！非但如此，林家亮还将风吹到了海外，让薛新雨的大名第一次出现在了华人世界的报纸上。

薛新雨觉得这也闹得太离谱了，同时对妻子将他当木偶一样摆弄表示了强烈的不满。可是，史幽红却说道：

"办丧事的时候，你不哭个昏天黑地，别人怎么会陪着一起掉泪呢？这时候，谁管你平日究竟是不是个孝子呢？"

薛新雨听了不吱声了。没错，连眼下正流行的伤痕文学，作者不把自己弄成个血淋淋的苦人儿，出版社的编辑都不会瞅一眼稿子的。可这还没完，史幽红竟然又想出了一个奇招：要他去参加在上海举行的世界业余围棋锦标赛。反正薛新雨已经是个白身，自然具有参赛的权利。

薛新雨一听就瞪眼跳脚了，说我要去参加这样的比赛，等于飞机设计师参加中学生航模比赛，还要不要脸了？史幽红笑着说的确有点儿丢脸，不过，丢的可不是你的脸。

"你的脸皮是烧了一点儿,可那些装聋作哑的老爷们的屁股下可要火山爆发了!"史幽红说。

薛新雨架不住她的催促,只好勉强去报名了。他一路胜之不武,擒下了全部对手,顺利拿到了那个纸糊的王冠。但是,无论什么样的世界冠军,在全国体育成绩榜上都要提一笔的,何况这是围棋界多年来唯一的国际比赛金牌,哪怕它的含金量只有一毫克。如此一来,薛新雨的一只脚已经踩在了室内的地毯上,你要硬说门外没人,就未免有点儿自欺欺人了。

至此,史幽红终于把一锅冷水烧开了。至于里面放的是不是真材实料,就全看薛新雨自己的表现了。果然,这样的时机很快就出现了。第四届"希望杯"即将在武汉举行,在很多人的疏通下,薛新雨的名字终于出现在了参赛选手的名单上。当然,他可不是种子选手,需要从第一轮开始往上打。

薛新雨已经几年没有摸棋子了,心中未免忐忑,生怕一上场就被淘汰出局,那可就贻笑大方了。等到了开赛之后才知道自己多虑了,这些年来国内涌现的新人多如过江之鲫,但水平参差不齐,主要是缺乏系统性的训练。于是,他顺利进入了第二轮。现在,终于碰到了专业棋手。薛新雨小心应对,不过,可能是很久没有经历这样高水准的比赛了,难免出现一些疑问手。对方一见他露出了破绽,立即抓住猛攻,但是一来二去,自己反而陷入了迷魂阵中,稀里糊涂就输掉了。下来之后,他们口中没有一个服气的,都说薛新雨名头虽大,但一交手也没有什么了不起的,不过是自己中了邪,才把一盘大优的局面送了出去!连一旁观战的黄子武似乎也颇为失望,沉吟了良久,才对薛新雨说了一句:

"老弟,看来我这次是还不了你的情喽!"

进入决赛圈之后,薛新雨扫了一眼,发现除了黄子武、冯晓白两人之外,还有王富军和张红芳这两位老熟人。不过,当他正要去找他们叙叙旧之时,却一下子撞见了一个冤家。几年不见,袁招娣已经当了母亲,对人的态度也谦恭了许多。她主动对薛新雨的遭遇表示了歉意,说自己也没想到会把事情闹这么大,请他们不要怀恨在心。薛新雨听了微微一笑,说道:

"我为什么要恨你呢？你又没说什么假话！在水库工地干活的时候，你说幽红被爸爸打了一记耳光，后来她果然挨了一记；在广州全运会的时候，你说大宋逃走了，他果然游到了香港；去日本比赛时，你说我和幽红的关系很暧昧，我们果然成了夫妻。唯一的区别是，有人编假话害人，你是说真话伤人。"

　　在张红芳那里，薛新雨却意外见到了李爱琴，就打趣说："你怎么也来了，难道对冯哥放心不下吗？"李爱琴一听脸色变得很不自然，连眼圈都有点儿红了。薛新雨这才注意到旁边的张红芳一个劲儿给自己使眼色。他正感到莫名其妙，从门外跑进来了一个十岁左右的小男孩，张红芳将他拉了过来，说："你知道这是谁吗？这就是你一向崇拜的薛叔叔！"原来，这是戚玉秀的堂侄儿，现在已经是三段了。薛新雨夸赞长沙戚家果然人才辈出，又听说他也闯入了八强，就笑着说："这么一看，我都成了出土的文物了。"张红芳说："你可不要装傻，你这几天下的棋我们都看了，比以前来说只进不退，要说你私下没琢磨出什么厉害的招数来，怕是鬼也不信。"

　　次日，比赛就正式开始了。薛新雨循环赛的第一战竟然对上了最难啃的冯晓白，心情显得非常复杂。可是冯晓白却心无旁骛，一心一意要给这个曾经的师弟迎头痛击。因为他很清楚，如果这次让薛新雨咸鱼翻身，自己怕是永远要顶个"万年老二"的帽子了。现在，经过了反复的淬炼，冯晓白已经将"三叉戟"改造成了一把三尖两刃刀，挑劈刺砍无一不能，高下远近无一不及。两人一专一散，一精一粗，本来应该高下立判。可是，薛新雨竟然迎难而上，在枪尖刀锋上跳跃翻腾，以无厚入有间，侵入了对方的腹地。冯晓白毕竟功力精湛，在中盘展开了对敌手的全面围剿。到了这个地步，双方都丝毫没有回旋的余地，必须硬碰硬了。谁也没有想到，两人恶斗到了终局，竟然打成了罕见的和棋。

　　这盘棋似乎是个预兆，表明了中国围棋界的双子对峙将演变为新的大三角。七轮战罢，积分最高的三人竟然打成了连环套。谁是冠军，只好靠小分来决定了。如此一算，薛新雨运气不好，只落得个探花郎。不过，对于一个待罪之人来说，这个成绩已经足够了。

于是，在颁奖仪式举行之后，全队并没有解散，而是召开了一个扩大的检讨会。在陈主席的亲手指点下，薛新雨连夜写了一份洋洋千字的检讨，表明了自己痛改前非的态度。其中，"失去才知道珍贵"这句话，最容易引起了这个时代青年人的共鸣；而"从哪里跌倒就从哪里爬起来"，看在有心人眼中，却以为他要讨回自己被剥夺了的段位。

检讨会结束之后，薛新雨回到了杭州。又焦急等待了大半个月之后，他才拿到了正式的批复。只见一张薄薄的签发单上，写满了批注，累累如古画上的题跋鉴章。薛新雨越看越心惊，没想到自己的这点儿破事，竟然惊动了这么多的高层人士。相比之下，决议的正文倒简洁多了，首先肯定薛新雨犯错在先，但"情有可原"，所以经过集体研究，决定将"开除"改为"严重警告"，并加上了"留用察看，以观后效"的字句。薛新雨看了也无所谓，因为当年他刚踏入东华观的时候，待遇比这还不如呢。

有了这一道敕书，薛新雨就顺理成章入选了新组建的国家队，还成了教练组成员。而大家的第一项任务，就是准备年底在厦门举行的第十届中日围棋对抗赛。想到自己年纪轻轻就与父亲并肩，薛新雨颇为自得。可是，他很快就发现，这是一项吃力不讨好的苦差事。

在东华观期间，除了薛、史两家的积怨之外，全队堪称团结和睦；可是，在这个新落成的围棋中心，队员们之间的感情却淡漠多了，尤其是黄子武与冯晓白仗着老资格各拉山头，互别苗头，而一向与人为善的陈主席只能夹在中间和稀泥。当初入选集训队的队员知道机会难得，所以尽管起点较低，可是在训练中无不全力以赴；可是，今天棋手基础好了，出路多了，收入高了，抵御诱惑的能力却下降了，很多人把这里当做了考学、经商、出国的中途驿站。薛新雨还发现，队中的很多年轻人只比自己小几岁，却像是从另一个星球上来的，什么都以自我为中心。至于纪律作风什么的，薛新雨就更不好说什么了，因为自己当年也不是个道德楷模。而最让他难过的，是那种集思广益的研究气氛已经荡然无存了。不要说交流经验了，就算你把黑白子拿反了，也没人会主动指出来，宁可站在一边看笑话。

而最让人不可容忍的，是弥漫在队伍中的失败主义情绪。有人说认命吧，中国人什么都不如日本人，就恨不能说人家坐榻榻米的姿态都比我们要标准了！每次听到这些丧气的言论，薛新雨都当面严加痛斥，事后却痛苦不已，因为自己也不是"森一流"的对手，有什么资格在众人面前充好汉呢？

这些年来，随着中日交往的日益加深，对抗赛的规模也在不断扩大，这一次确定各上十六名选手。天气渐冷了，中方代表团也像候鸟一样飞往了南方。这一行人中，除了三五名老将外，已经是清一色的少年军了。到达厦门之后，薛新雨意外地见到了秦双河，原来人家已经从特区转任本地的一把手。比赛将在鼓浪屿举行，因此，秦双河特意在岛上著名的皓月园中举行了欢迎宴会。

在举杯畅饮之前，秦双河照例要讲一番话。他回顾了当年集训队的岁月，说那是自己人生中一段非常有意义的经历。又说无论在什么样的环境中，都需要一种艰苦奋斗的精神。他说得面面俱到，听得人却面面相觑。最后，秦双河高举起了酒杯，大声说道：

"明天就面对强敌了。年轻的同志们，你们有没有战胜他们的信心？"

回答他的是稀稀拉拉的掌声，甚至是隐约的笑声，似乎在听白鹿洞中朱老夫子的玄学。薛新雨见此情景，心中暗叫不好，没有谁比他更清楚这个老游击队员的脾性了。果然，秦双河脸色一寒，"啪"一声将手中的杯子摔到了地上，溅起的碎片四处乱飞。

队员们一惊，个个毛骨悚然。秦双河见了他们惶然的神情，心中更加愠怒。他用手指扫了一圈，厉声叫道：

"看你们一个个的脓包样！技不如人，不过一场比赛输了；精神上不如人，就一辈子当孬种！我们那一代，穷得连人手一把菜刀都没有，还不是照样把小鬼子打跑了？你们的兄长那一代，每天少吃一顿饭，还不是照样把大桥大坝建起来了？你们现在吃饱了，穿暖了，有玩儿的有乐的了，毛病也跟着见涨了，倒是志气一点儿也没有了！"

队员们听了满脸愧色，浑身战栗，不知道谁先站了起来，一下子呼啦啦立起了一大片。秦双河气发过了，见他们毕竟都是孩子，心又软了，摆手叫他们都坐下来。说："你们不要羡慕别人，有一天，我们一定会有世界上最大的钢厂、最大的港口、最大的发电厂、最大的汽车厂、最大的计算机中心,甚至最大规模的围棋比赛。可是,在这之前,我们需要度过这一段最难熬的时光。体育不是兴奋剂,不是润滑剂,更不是麻醉剂。体育是最原始的竞争,它能够时刻提醒那些落后的一方:从本质上讲,我们和任何人种、民族、国家、个人都是在一条水平线上的!"

说到这里,他的目光落到了薛新雨等老队员的身上:

"过去,我们走了很多弯路,你们也受了很多苦。但是无论如何,现在你们已经站在了最前列。不管脊背上有多少伤痕,你一定要迎风挺起自己的胸膛。家贫出孝子,国弱思良将。在很多人都觉得没有什么盼头的时候,总要有人站出来说:跟我上!"

这一怒一骂一压,一下子点燃了年轻人心中的那把火。他们争先表态,甚至声泪俱下,连黄子武和冯晓白这对死对头也摒弃了前嫌,发誓要"放弃小我,成就大我"。他们那副惺惺相惜样子,让陈主席大喜过望,可是一边的戚玉秀见了却十分不舒服。

薛新雨本来也有很多话要说,可是却一个字也说不出口,只是不住口地喝酒,似乎那种高粱烧酒是白开水。在很多人眼中,他天生就是一个叛逆的精灵,讨厌任何人世间的束缚。可是连薛新雨自己也没有想到,一生中仅有的两次感动,竟然都发生在了这种普通人眼中走过场一样的动员会上。而且,前有沈老将军后有秦双河,打动他的主讲人竟然都是军人。难道围棋真的像很多人所说的那样,是不见硝烟的战争?或者反过来说,作为一项文弱人士最喜欢的运动,它天然缺乏一种铁血的基因,所以需要不时进行充血补气?也许,从另一个角度来看,当你在一种完全依靠个人才智的领域中发挥到了极致的时候,就会突然发现,自己越发需要得到某种整体的、宏观的、集体的力量来支撑。

想到了这里,薛新雨颇感遗憾,因为能够给予他指导的何道非已经不在了。否则的话,一定会跷起大拇指说一声"孺子可教"。当然,秦双河的一番发作并不能解决代表团现存的问题,但是,他至少触动了很多人的心灵,就像一九三七年夏天的中国,虽然矛盾依然错综复杂,但是同仇敌忾的气势已经压倒了一切。

几天之后，庞大的日本代表团终于登岛了。合影的那一刻，不少人都觉得奇怪，为什么中方棋手脸上不见一丝笑容，而且齐刷刷地脱掉了定制的西装，露出了里面的白衬衣，像一群本市著名的候鸟鸥鹭。当然，也让人联想起易水送别的那一幕。双方团长致辞之后，棋手代表照例要发表一下感想。日方这次领衔的是井上猛九段，一通敬语之后，他表达了延续历史的愿望，这一点竟然与中方的思路不谋而合。在发言中，薛新雨没有提及眼前的大战，却从本地的历史渊源说起，说当年郑成功就是以厦门为基地与清朝抗衡的，言外之意，我们也抱定了"分庭抗礼"的决心。

首轮比赛中，薛新雨没有碰上高段棋手，倒遇见了一个年轻的二段，而他的师父正是当年有名的"尺子"北村孝服。于是，作为故人，薛新雨决定替他好好考查一下学生的成色。三下五除二，他就轻取对手。出来之后，发现竟然有好几盘比赛都结束了，那些小子们见了教练还说杀得不过瘾。这一天，中方以十一比五获胜，唯一付出的代价就是好几个人感冒了。要知道，厦门虽然濒临南海，但隆冬的气候十分阴冷，海风尤为刺骨。

接下来的几天，中方的斗志始终如八月的潮头一样高。最后，一个让人意想不到的结果出现了：五十七对二十三。在时隔七年之后，中方再一次取得了胜利，而且比分是如此畅快淋漓。

比赛结束之后，秦双河当然要大摆筵席为大伙儿庆功了。这一次气氛可完全不同了，连一向滴酒不沾的冯晓白也喝得烂醉如泥，还死拽着黄子武的脖领不放，说："真羡慕你啊，我就是一个倒霉蛋，什么好事也轮不到我头上。"薛新雨已经从昔日的队友那里得知，他和李爱琴结婚之后，似乎感情出了点儿问题，但既然都有孩子了，还是和为贵。

隔日，薛新雨又专程去向秦双河告辞兼道谢，因为在自己重归国家队的问题上，老领队发挥了不少作用。两人闲谈了一会儿，薛新雨想借机问一下舒梅的近况，尤其是她嫁给陆鸣之后是否幸福，可怎么也不好开口。秦双河倒是提起了自己最近一次到舒家的见闻，不过他的话头却全集中在了舒梅的父亲身上：

"真是想象不到啊！当年拿一支枪就能打出一片根据地的秀才司令，

如今竟然变成了一块生锈的废铁！"

秦双河提起了舒父当年的骁勇善战，机智灵活，又感慨他现在和九斤老太太一样，看什么也不顺眼，看什么都觉得有毛病。可是，在个人的生活上，他却比谁都时髦，竟然娶了一个和女儿一样大的服务员做妻子，不但头发染黑了，皱皮拉平了，还托秦双河从境外给自己买强肾功能的药品。薛新雨听了，也替舒梅感到尴尬。这时，秦双河又想起了另一个久违了的故人来。

他说："你知道吗？我离开深圳之前，竟然见到了宋大洋那个贼小子！"

原来，秦双河在负责开发区招商工作之时，第一批前来投资的港客中竟然就有宋大洋。虽然他的本钱小，仅仅办了一个货车的配件加工厂，但举国上下当前对外资的需求十分渴望，拾到篮子里的都是菜。所以，秦双河对他的恼恨情绪大减。而且，宋大洋见了老领导竟然像个孩子一样痛哭流涕，说自己当时实在是没有什么出路了，才出此下策，绝没有做过对不起人的事情。秦双河说到这里，加上了一句结语：

"也好，坏典型也变成了一个好典型。"

这句话落在了薛新雨的耳朵里，第一反应是在说自己。随即他又觉得宋大洋这家伙还是旧习不改，随口撒谎。如果没有出卖金鱼，就凭他那几刷子，哪能短短几年就当老板？不过，对于那个大师兄，他心中的难过多于痛恨。虽然同样心口不一，言清行浊，但是宋大洋和陆鸣显然不是一类人，因为他的所作所为只是为了自己快活，并不把害人当乐事。

离开厦门之后，眼看年关将至，薛新雨干脆随队一起回到了北京。没过几天，史幽红就从杭州赶来了。会合之后，两人就一起去她那没娘的家过春节。史瑞虎见了女儿笑开了花，对薛新雨依然熟视无睹。史幽红告诉老父亲，小两口已经在杭州分了新房，劝他跟着一起去南方养老。和预料的一样，史瑞虎一口就拒绝了，说自己一辈子都待在皇城根下，不想老来挪窝了。薛新雨见他依然抱有陈腐的地域观念，忍不住插口说杭州也是六大古都之一，未必就不如北京舒适。史瑞虎白了他一眼，说正统和偏安能一样吗？薛新雨没听明白，说无论到了哪边，您还不都是一言九鼎的老爷子?见史幽红向自己连使眼色,才知道会错了意。

"你不知道,我们史家几代人吃的都是朝廷的俸禄,骨子里也把自己当做了高高在上的官。你别看我爹对你爱答不理的,其实心里别提多看重了,因为你现在不但顶着个国手的名号,还担任了县团级的主教练,这可相当于过去的五品棋待诏!"说到了这里,史幽红突然脸红了,说我爹不肯走,其实还有另一个原因。

"他说过好多次了,等咱们的孩子生下来,他一定要抢过去抚养,将来一定要教他学围棋。如此一来,史家的香火就有了继承人了。"

薛新雨一听,马上缠住了妻子,说:"你看我们什么都比别人慢半拍。瞧人家黄子武和戚玉秀,不但结婚早,现在又赶在计划生育政策出台之前抢着生了两个胖小子,一家子其乐融融好不羡煞人。"史幽红点了一下他的鼻子,笑着说:"你以前不是总嫌有个孩子是累赘,怎么现在又变了主意?"其实两人心里都清楚,婚后几年一是忙于奔波申诉,二是一家三代同堂太不方便了,总该给下一代创造一个更好的环境才是。现在既然万事俱备,就该安排佳时了。于是两人约定,等薛新雨率队访日之后,就让爱情回到它的原始功能上去。

可没想到的是,这一造人计划却彻底落空了——因为,中日围棋对抗赛停办了!

对此,日方提出了一个奇怪的理由:因为是团体作战,所以在中间休息的时候,一方的棋手们可以相互交流甚至支招,所以并不公平。言外之意,就是中方占了便宜,因为日方棋手不实行集训制度。薛新雨听了只觉好笑,不过还是佩服日本人的严谨细致。同时也明白了,日方在遭此惨败之后,不得不把最后的王牌亮出来了。

于是,中日双方开始酝酿一种全新的比赛方式。很快,就达成了一致:采取古代打擂台的规则。双方派出同等数额的选手,一对一对决,打掉一个就上一个,直到一方全部出局为止。在日方看来,有了三位"森一流"高手做保险,加上老将藤原正雄稳坐中军帐,日方等于未战就先处于不败的地位了。而在中方看来,新旧两种赛制相比,等于将电路中的并联变成了串联,电阻一下子增加了好几倍。要想连续战胜这四大高手,其难度不亚于上天入地。唯一的希望，就是士气正盛，可以冲击一下。

赛程敲定之后，一切都按部就班展开了。可是事到临头，大家才发现比赛的名称倒成了一个难题。日本人认为强大就是王道，所以抛出了一个"争霸赛"，中方当然不同意，理由是我们无论赢了还是输了，都永远不称霸；而中方认为谁耗到最后才是真英雄，提议起名为"斗志赛"，也遭到了拒绝。双方一边翻汉语字典一边打传真官司，最后，倒是宫田荣树这个半拉子亲华派灵机一动，说就叫"中日围棋争先赛"吧。此言一出，皆大欢喜。

随后，就是各自排兵布阵了。果然，日方的名单一公布，几乎就是一张封神榜。除了藤原正雄之外，"森一流"高手悉数在列，其余六人也无一不是当代名流，包括了"中部王冠"八岛勇次九段、"全日空杯快棋冠军"坂田正平八段、"鹤圣"竹内康夫七段、有"对华常胜将军"之称的井上猛九段，以及年轻一代中的翘楚相马觉人六段和"亚洲女子第一人"安西美惠子五段。不过，别看阵容如此显赫，却没有几个人把胜负当一回事。藤原正雄说自己只是个拿教鞭的，绝不会挥鞭上阵；而冈村保义虽然不再提让中国棋手二子的旧话了，却说了一句狠话："如果日方输了，全体队员一起剃光头向国民谢罪！"却没想到这可能给安西美惠子出了一个难题；梅泽志博照例表现得很低调，只是拜托队友们千万不要放水，因为他的头衔太多了，实在抽不出时间；而宫田荣树的态度却正好相反，他希望前面的队友不要太积极，否则的话，自己就没有当终结者的机会了。

中方自然也是精英全出。其中，实力最强的"铁三角"薛新雨、黄子武、冯晓白被寄予了厚望，当然也就成了压阵的法宝。统计历史战绩，薛新雨因为在对抗赛上取得了十连胜，因此荣登主帅之位。其实，从内心来说，他并不愿意当个守门员，而更希望当个冲锋陷阵的突将。何况，吃菜都要先吃白菜心，谁也没有规定必须遵循由弱到强的排序方式，我们为什么要跟着敌人的步点走呢？

大赛尚未开张，两国的舆论已经热翻了天。在这种赛制下，棋手们犹如两鼠相斗于穴中，有进无退，显然更加刺激人们的神经，而对中国人来说尤为如此，它勾起了人们记忆中的"最危险的时候"。双方的报章连篇累牍地发表分析文章，提出了各种推测结果，日方经过了严密的数据计算，认定本届比赛将"到坂田正平为止"；而中方内部经过了沙盘推算之后，也得出了一个让人丧气的结论，那就是"请出宫田荣树就算超额完成了任务"。不过，为了鼓舞士气，也为了给棋迷一个交代，又喊出了一个"狭路相逢勇者胜"的口号。

春暖花开时节，这场大战终于拉开了序幕。不过说来有趣，打仗的时候都是妇孺退后，可是这场角斗先登场的却是名副其实的娘子军和童子军。而中方第一轮的两名选手更是招人关注，因为他们竟然是一对姑侄。

从大赛的进程来看，开局阶段倒和象棋非常相似，一上来就兑子，你吃掉我一个我也敲掉你一个。戚玉秀旗开得胜，拿下了安西美惠子，可是却败给了相马觉人；她的堂侄儿人小志气大，马上就替姑姑报了仇，一箭射落了这颗日本的希望之星，爆出了第一个冷门。可是，他的好运也到此为止，随即就栽在了棋风严谨的竹内康夫手下。进入第二阶段之后，好像又下起了跳棋。你一走就是好几步，我也还以连环跳。竹内康夫一连挑落了中方的四员战将，王富军立即还了个三比零，连日方视为休止符的坂田正平也成了他的刀下鬼。至此，双方的人员都折损过半，比赛陷入了胶着状态。眼见没有出现最可怕的一边倒局面，陈主席大喜过望之余，也感到有点儿后悔，因为大家这才发现，当初薛新雨看似荒唐的建议是合理的。俗话说，得势狸猫胜似虎。这种擂台赛，最怕的就是那种打疯了的角色，反正干掉一个已经够本了，以后就是赚多赚少的问题了，所以屡有超水平发挥。

但进入第三阶段之后风云突变，尤其是"森一流"出场之后，中方几乎彻底崩盘。先是王富军挑战八岛勇次未果，黄子武虽然搬掉了这个横亘在"森一流"前的最后一道屏障，却在宫田荣树的乾坤炉上撞了个鼻青脸肿。之后出场的冯晓白虽然竭尽全力，像地老鼠一样拼命钻孔，可是也没能够创造奇迹。至此，中方只剩下了一个光杆司令了，而日方的四大天王依然岿然不动。

队友的败报传来之时，所有人的目光都集中在了薛新雨的身上。形势岌岌可危，可是他的嘴巴却变得咄咄逼人。在接受媒体的采访时，记者说："不考虑实力因素，中方翻盘的概率不到百分之七，不知你作何感想？"薛新雨却回答说："你算错了，我觉得概率还是百分之五十，毕竟围棋不是打群架，要一个接一个来的。"这句戏言很快就传开了，很多人夸他有"灭此朝食"的气势，可是队友和亲人却捏了一把汗，因为这样等于把自己逼到了风口浪尖上。一旦侥幸成功，它就是登上教科书的名言；可是如果失败了，它就会变成万千口能淹死你的浓痰。

金秋十月，正是江南桂香蟹肥的季节。薛新雨来到了南京，在他的身后，宁沪杭一带的万千棋迷如潮水一般涌来。为了方便观战，主办方干脆将比赛放在了体育场，并在中央的足球场画线为棋盘，组织了几百名青少年身披黑白两色斗篷充当棋子。次日，这场大战就在二楼的贵宾室中拉开了序幕。

按照惯例，比赛之前双方要交谈几句。薛新雨和宫田谈起了新引进中国的一部日本电影《追捕》，感慨现在的女孩子都喜欢粗犷健壮的男士，不喜欢文质彬彬的奶油小生，庆幸自己结婚得早。宫田瞪大了眼，说："自己和高仓健熟得很，甚至在这部电影中客串了一个小角色，难道你们没看出来吗？"谈笑之间，比赛开始了。薛新雨运气不好，猜到了白棋。宫田荣树依然用万年不变的"三连星"开局，薛新雨还以普通的"星月式"。从第一手开始，宫田就主动脱离了角部的缠斗，潇洒地起飞了，仿佛大鹏展翅因风起，扶摇直上九万里。薛新雨也不甘示弱，立即紧随而上。刹那间，两人各自打出了十来手小飞，将阵势从星位一直蔓延到了天元。

可是仔细一看，力道就相差太远了。一个是蛟龙出海，矫健洒脱，还衔住了白棋一个孤子，如同口中衔了一颗水晶珠；一个是长蛇伏草，行迹断断续续，首尾是脱节；一个是长虹贯日，气象森严；一个是孤烟直上，飘摇不定。见此情景，中方人员个个摇头，薛新雨这是怎么了，竟然与宫田荣树斗起了外势，这不是找死吗？日方人员却个个喜形于色，甚至打听起了闭幕式的安排。

就在此时，白棋已入敌口的那一子却突然动了起来。一长一跳，竟然如一条泥鳅一样从黑泥中钻了出来。宫田荣树立即展开了擒拿，并试图在攻击中将白棋的长蛇阵斩为寸寸柔肠。可是，以这一子为枢纽，薛新雨那些看似松散的白子竟然个个焕发了活力，不但没有在黑棋的攻击中崩溃，反而连缀成串，并嵌入了宫田的天幕之中。面对这一根根扎入咽喉的利刺，黑棋一时间竟然束手无策，局势顿时陷入了混乱当中。

观战的棋手们看得心惊肉跳，谁也不明白这一切究竟是如何发生的。这时候，早就已经淡出棋坛，如今连十来岁的职业初段都下不过的老朽薛平湖却突然惊叫了一声：

"天啊，这是'荆轲刺秦'式！"

此言一出，群情耸动。谁不知道，"荆轲刺秦"正是中国古代围棋中著名的二十四式之一。当秦王将荆轲献上的地图延展到尽头的时候，那把要命的匕首就出现了；当对方将自己的气势发挥到了极致的时候，它的要害也就暴露在了敌人的眼前。不过，古谱中的"荆轲刺秦"只是一个角部的杀气手段，随着现代围棋定式的发展，如今早就已经如纺车一样废弃无用了。

一个古法中的局部死活问题，竟然演变成为了一个新的破解"太空流"的思路，那就等于将北京人在瓦罐中斗蟋蟀的技巧运用到了西班牙广场上的斗牛中去了。其意义之大，就像原本属于战术骚扰行为的游击战，在现代战争条件下却成了驱逐侵略者的利器。而更令人深思的是，它又从一个侧面说明，中国古代"座子制"中所蕴含的思想今天未必就已经盖棺论定了。

对局室内，宫田荣树见对手竟然使出如此匪夷所思的一招来，反而精神一振。"太空流"自从出道以来，遏制者有之，趋避者有之，但还没有一个人妄想将它撕裂。于是，他立即施展开了自己最得意的"半空斩"，也就是俗称的中腹攻击术。双方缠绕在一起，如同跳起了一场空中芭蕾。可是，这场芭蕾却夹杂了风雷之音，玄黄血色。一时间，鹰隼扑击在苍穹，打落了片片羽毛；一时间，彗星撞上了木星，划开了一道疤痕；一时间，黑洞吞噬了星云，无数粒子倾泻而下；一时间，超新星爆发，耀眼的光芒散去，留下了一片散碎杂乱的残体。

盘上的棋子兔起鹘落，球场上的"棋子"也是此起彼伏。观战的棋手们看得心胆俱裂，瞠目结舌；体育场的看台上却是人声鼎沸，热闹非凡。黄昏将至，体育场打开了夜灯，期待双方挑灯夜战。可是，进入官子阶段之后，双方却突然失去了杀气，只顾偃旗息鼓，鸣金收兵了。当最后一子落下时，只听戛然一声，万籁无声。

一片死寂中，一些懂棋的人在紧张计算双方细微的差距，看白棋似乎多一点儿，顿时欣喜若狂；见黑棋似乎好一些，又跌入了冰窖。而更多的人则翘首期望，心中祈祷胜利的天平倒向自己的一方。终于，一星灯火出现在了体育场漆黑的楼台上，报告了一个最后的结果：薛新雨胜了四分之一子！

在千呼万唤之中，薛新雨终于一脸沧桑地出现在了高台上。面对着千万条挥舞的手臂、衬衣、手绢甚至袜子，他像渡过了台伯河的恺撒一样，发表了自己的三段式演说：

"今后，我们不再是下手，而是上手；今后，我们不再是看客，而是常客；今后，我们不再是笑话，而是神话！"

胜利的消息像风一样传遍了石头城。顷刻之间，钟山之巅，雨花台上，玄武湖畔，一支支焰火冲向了云霄。硝烟散尽后，道道黑色的光柱还残留在了空中，像无数的魂灵在袅袅升天，连月色也变得苍白黯淡了。

不过，再次回到休息室，看到呆若木鸡的宫田荣树之时，薛新雨却拒绝承认自己的胜利：

"你不必感到难受，我其实并没有打败你。"

宫田荣树是个绝顶聪明之人，呆了一会儿，也点了点头，同意薛新雨的观点："没错，'太空流'毕竟不是真正的'自然流'啊！"

两人可谓知音人，都明白"道法自然"是一切文明的基础。没有人能够打败自然。反过来说，能够被打败的，必然都是人力穿凿而为。不过也幸好如此，围棋才没有止境，没有边界，向着一个人类永远无法预知的方向发展。

20　万里云罗一雁飞

直到午夜时分，薛新雨才回到了下榻的宾馆。史幽红现在几乎认不出自己的丈夫了，以为闯进来了一头火烧尾巴的公牛。薛新雨以为她也会为自己史无前例的重大突破而欣喜若狂，可是史幽红却觉得他做人有问题，劈头就是一句：

"你今天实在太狂妄了！怎么能说出那样的话来呢？你以为你是谁？知道的人说你打破了'太空流'，不知道的人还以为你上了太空了呢！你听到了外面的鞭炮声吗？不要会错意了，那可不是为你放的！今天晚上，中国女排获得了秘鲁世界杯的冠军！"

薛新雨被这盆凉水一浇，顿时呆在那里作声不得。史幽红一见，顿时心疼得不知道怎么才好。因为就在他推门进来的前一秒钟，她绝对没有想到自己会说出这样刺耳的话来。其实整整一个下午，她除了关注电视上直播的比赛进程之外，都在精心梳洗打扮，还准备了漂亮的丝质睡衣。无论输赢，她都要将一个女人最美好的东西奉献给自己的爱人。

"我之所以这么说，是因为比赛并没有结束，后面的困难只会越来越大，怕你太得意忘形了。再说了，宫田荣树好歹也是你的朋友，没有必要当众羞辱人家！"

于是，就像以前多次发生的情形一样，在她的贴心抚慰之下，薛新雨又变成了一个做了错事的孩子，伏在了她的膝盖上，将脑袋探进了妻子温软的怀中。

"我知道自己太做作了，可是，观众们需要胜利，需要狂欢，需要一种刺激。我和他们一样，也憋得太久了。如果硬忍住不发泄一次，一定会发疯的。"

于是，他们开始进入了另一种意义上的发泄。与以往几年的夫妻生活不同的是，这一次，他们全身的每一个器官之间都没有了任何隔膜。凌晨时分，当窗外隐隐透出白色的时候，史幽红才像梦呓一样喃喃说了一句：

"我们会有孩子吗？"

薛新雨沉声说："当然了，说不定还会是一双呢！那样的话，两家的老人就都摆平了。"史幽红说："那样的话可就惨了，以后这俩孩子要是被爷爷们逼着学了围棋，那可就要骨肉相残了。"

第二天一早，印有套红标题的报纸就直接送到了房间中。之后的几个月，是名目繁多的社会活动。无论走到哪里，薛新雨都满脸堆笑如一尊弥勒佛，可是心中直叫救苦救难天尊，因为现在他最需要的是休整和备战；而史幽红也神情倦怠，什么都不爱吃，每早起来还要忍不住吐几口酸水。非但如此，连远在杭州的薛家也贺客盈门。薛平湖早就对围棋冷了心，临到暮年却享此殊荣，不禁感慨万千，还专程跑到薛鉴水和何道非的坟头烧了几炷香。一直到了年底，儿子、媳妇终于回了家，三人才坐在一起吃了一顿久违的团圆饭。薛平湖高兴之下，说："真是想不到，一个祸胎竟然也能变成福星。"这话一出口，薛新雨先不高兴了，不是嫌父亲还记着自己的丑事，而是怨他老眼昏花，竟然看不出儿媳已经微微隆起的小腹。不过，史幽红却并不在意，反而见缝插针地说："既然您老人家也有看走眼的时候，以后我们有了孩子，您可要宽容一点儿啊！"薛平湖正在兴头之上，不妨其中有诈，说："有了这样的亢子贤媳，孩子的教育问题当然轮不到我这个老朽插手了。"史幽红要的就是这一句话，马上说："这可是您老的意思，以后我们要是做了什么让您不顺心的事，可就请多多包涵了。"

当然，宫田荣树的意外败北，在日本引发了一阵哀声。毕竟，一个神话的结束，总会给凡人带来一些惆怅。不过，随着下一场比赛的临近，这种情绪很快就得到了扭转。评论家们要读者放心，说薛新雨的胜利不过是侥幸而已，强大的冈村保义就要将他打回原形了。

这一回，比赛移师到了四川青城山。之所以选择这个以幽静而著名的景点，是因为上次输棋之后，日方抱怨说体育场嘈杂的环境导致了宫田荣树的败北。实际上，宫田本人倒并没有这么说。但是，一路所见，给薛新雨留下的第一印象不是"幽"却是"油"。入蜀之后，先是油光麻辣的火锅，后是油彩崇光的变脸，已经让人惊叹不已。而登上青城山后，恰好一场雨后，山谷之中，夕照之下，红花绿叶，庙宇楼阁，一切看上去都像是镀了一层毫光，连云雾中都透出彩虹的光艳来，而天际伫立的雪山更像是涂了一层奶油。

穿过了古龙桥，就来到了三清观。一切都给薛新雨一种似曾相识的感觉，因为天下的道观都是从一个模子出来的。走在空寂无人的亭台阁楼之间，只有虫鸣啁啾打破宁静。原来，为了准备这场比赛，三清观一个星期前就谢绝香客进入了。不过，山下锦官城的茶水炉边，麻将桌上，火锅店里，这场大战已经成了一个烧光了引信的炸弹，随时都可以爆炸了。

当天下午，薛新雨见到了闻名已久却始终神龙不见首尾的冈村保义。在想象中，这该是一个多么嚣张跋扈的人物，髯如虬，鬣如狮，指如戟，口如盆。可是一见之下，却未免有点儿失望，因为这只是一个外表粗蛮的普通中年人，倒与照片上的本因坊秀正有几分相似。唯一引人注目的，就是他长了一双硕大的牛眼。不过，他的眼睛不像宫田那么清澈明朗，也不像梅泽那么忧郁阴沉，而是一种彻底的无神的空洞。

薛新雨一惊之下，顿时全身起了一层鸡皮疙瘩。原来，当今日本围棋的第二人，名扬天下的"名人战"冠军，竟然是一个双目失明的盲人！

薛新雨强压着心头的讶异，在对局室中坐了下来。这一次，薛新雨可没什么词了，人家早就与一切光电产品绝缘了，怎么聊呢？他不开口，冈村却兴致颇好，主动问起了此地的风光。薛新雨见如此秀山丽水，这位前辈竟然无从领略，心中不忍。于是，他就谈起了山门外的著名的降魔石，据说它的前身是一个恶魔，张天师用剑将它斩为三段，就留下了三个大小一致的巨岩。冈村听了很奇怪，说一剑杀妖就够了，为什么还要补一手？显然，日本人刨根究底的毛病又犯了。于是，薛新雨就像当年在东华观敷衍金鱼的龙须一样，胡乱编造说妖怪的确已经死了，连原形也露出来了，是一匹野马。可是，山风吹起了鬃毛，看起来似乎还要逃，于是天师又一剑砍断了它的脖子。如此一说，冈村才点了点头。

应付了这一关，薛新雨竟然觉得比赛本身都不算紧张了。片刻之后，道士献上山上名茶"紫背龙芽"，比赛时间就到了。拿起了一把棋子，薛新雨不知该如何猜先。象棋中有所谓的"盲棋"下法,双方将棋子码到一起,轮流报出自己的步数,并不是真得将双方的眼睛蒙上。在武侠小说中,盲人高手最擅长听音辨风,难道,冈村保义能从每一步落子的声音就判断出位置?他正在胡乱猜疑的时候,一位小巧玲珑的女子坐在了冈村的身边。她悄声将对手的落点报给他,然后将冈村的应招摆放在了棋盘上。事后薛新雨才知道,这项工作本来是由冈村的妻子承担的,她过世之后就由女儿代劳了。

如果说,在开局前薛新雨对冈村保义还心存怜悯的话,那么双方落子之后,他就觉得真正可怜的人倒是自己了。在日本棋坛,有"唯美的冈村"一说。所以,他的棋忽如美人步步生莲花,忽如梅花朵朵挂琼枝,看上去煞是好看。仅从外观来看,倒和山西陆家的"玲珑塔"有得一比。不过,后者是庙会上哄孩子的糖塔,而前者是埃菲尔铁塔罢了。

俗话说:大虫不吃伏食。很多日本人都说,有时候冈村宁可放弃唾手可得的利益,也不愿意下出难看的愚形。所以,按照《孙子兵法》的教诲,对于这种极端自恋又自大的人,唯一的办法就是一个字:辱。不过,薛新雨可不屑于用下三滥的招数来激怒他。无论冈村瞧不起中国棋手的那些传言是否真实,他也要用堂堂之阵来争取胜利。何况,能达到"森一流"境界的人,个个都是百炼成钢的人精,怎么可能轻易就中招呢?

这次轮到薛新雨执黑。他以"对月式"开局,冈村还以"逐月式"。显然,双方都摆出了一副谨慎初战的架势。薛新雨大飞挂角,冈村开拆一手。黑棋继续紧逼一步,按照定式,冈村小尖缔角即可,然后等黑棋跳起后,再从另一边夹击一手,黑棋还以一镇,如此就形成了两分的局面,谁也不吃亏。可是,冈村似乎觉得在敌人的进攻下退守不好看,偏要改变次序,先下了反向夹击的那一手。这一思路,就像两个拳师对垒,人家一拳打来,为了不示弱,一定要先还一拳,然后才考虑自身的防守一样。薛新雨心里有点儿好笑,觉得他纯粹多此一举。于是,自己还是照常应了一手跳。冈村又在角上补了一手,一切似乎没有任何异常。可是,当轮到薛新雨下子时,他才惊愕地发现,那一手镇是无论如何都下不去了!否则的话,白棋两边开拆的双子就会对它进行夹击,而此时要入角也失去了机会。原来，追求优美步幅的冈村，可不是宫廷宴会上随着雅乐翩跹起舞的斑马，而是热带草原上追杀羚羊的嗜血猎豹。

没想到在这样一个司空见惯的定式中，竟然也暗藏着凌厉的杀机。这精妙的招数，顿时让薛新雨陷入了被动。他苦思冥想之后，面对角上已经如虎口一样狰狞坚固的白子，转而攻击冈村右边那一颗孤零零的白子，心想失之东隅收之桑榆，怎么也不能让你把便宜全占尽吧？可是，面对他的这一压，冈村下扳一子，当薛新雨继续高压之时，深挖一手，等薛新雨要阻断之时，却突然向上破壁而去，留下一团攻不成势守不成团的黑子。这一连串行云流水般的手段，如同虎尾一扫，打得薛新雨满脸生疼。至此，他才知道"虎尾流"的真正厉害之处。

到了中午封盘的时候，双方才下了三四十手，可是黑棋已经陷入了被动。吃饭的时候，厨房特意准备了当地的几道名菜来招待贵客。其中有一道"白果炖鸡"最是汤浓味鲜，熬出来几乎和奶汁一样纯白，可是看在薛新雨眼中，却像是一张白卷或者一面高举的白旗。为了排遣心中的烦闷，他强打精神和送饭的小道士聊天，问对方"会下围棋吗？"小道士点点头；又问："能看懂今天我们下的棋吗？"回答说："不懂，而且我们是出家人，太过关心就堕入魔境了。"薛新雨说："既然如此，那你们为什么要大张旗鼓接待我们这些执迷不悟的人呢？"小道士答不上来，收拾碗筷出去了。片刻之后，他又回来了，说："师父说了，我们不是关心，只是在乎而已，这可是两个完全不同的概念。"

薛新雨听后笑了半天，不明白为什么相隔千里之遥，青城山的道士竟然和东华观的张乘龙一样，喜欢穷究概念的精确。

下午比赛继续进行。那块不好处理却必须处理的黑棋，就像一个被绑架的孩子，不但是自己的心头肉，也是对方的要价筹码。放任不管，就只能坐等撕票；如果一心逃生，以冈村的绞杀功力，怕是跑了和尚丢了庙，结局还是个死字。于是，他干脆冒险了，在白棋的虎口中轻挖了一子。这一下，显然出乎了冈村的意料。听到女儿的报数之后，他竟然又要她重复了一次。然后，就不断摇头自语，显然不明白薛新雨为什么要白白送上一子。沉吟了一刻钟之后，才遥遥关了一手，看薛新雨下一步如何动作。薛新雨又是一冲，冈村一挡，黑棋却突然在白棋后方的"二二"轻轻一点。看来，黑棋这几步并不是为出逃做铺垫，而是要与角上的白棋决一死战！相通了这一节，冈村仔细计算了对杀的各种可能，觉得自己的胜算很大，于是安心自守一手以延气，然后坐等对方放马过来。可是，薛新雨却并不急于进攻，反而立下一手。这时冈村才恍然大悟，原来，薛新雨的前面都是虚招，真正的目的是切断角上白棋与边上的联系！就像虎腹是躯体中最薄弱的部分一样，白棋唯一的弱点被薛新雨准确抓住了。如此一看，冈村顿时悔恨不及，刚才自守那一子，等于是走了一步废棋！高手相争，只在毫厘之间，形势顿时变得复杂了起来。可是，冈村毕竟是老江湖了，并不马上打通联系，反而瞄准黑棋的眼位刺了一手。薛新雨当然明白这是声东击西，当即并了一手以增加己方的厚度，不与对方纠缠。可是，冈村却得寸进尺，又下扳了一子。薛新雨忍无可忍，当即封了两子的退路。可是，冈村施展了漂亮的手筋，竟然像泥鳅一样钻了出去，反而将黑棋冲成了两片孤棋。如此一来，薛新雨掏虎心不成，反而骑到了虎背上。而冈村也没有多少得意的资本，因为经过这一番恶斗，自己的两翼也遭到了猛烈冲击，尤其是角上的味道极恶。这个局面，让两人都寒毛直竖，汗流浃背。

隆冬季节，山中天色暗得分外早。对于冈村来说，黑夜与白昼根本就没有什么区别，反而更容易扰动心神。因为深山的夜晚，比白天更加热闹，甚至动物都能传达对局者沉默的心声。猫头鹰在笑，一声高一声低，像个诡计多端的权术家；杜鹃在哭，一声长一声短，像个呕心沥血的殉道者。一番转换之后，薛新雨弃掉了一片黑子，冈村的角也变成了打劫活。薛新雨抓住时机，抢占了最后一个大场后，已经掌握了主动权。现在，黑棋不像一只断尾求生的蜥蜴，倒像是一只褪去了尾巴的青蛙，变得轻灵敏捷。而冈村虽然并未落后，可是有了角部的顾虑，节奏却变得迟滞了起来。

月上时分，双方的大块都已安定，这局棋终于进入收官阶段。粗粗一算，黑棋在盘面上已经有了十目左右的领先优势。冈村将精巧的收官手段发挥到了淋漓尽致，可是依然未能弥补差距。而且，黑棋还幸运地粘上了最后一个单官。当裁判报出了薛新雨赢一又四分之三子的结果时，他抬眼一望,那个像缇萦一样热爱老父的女孩子固然成了泪人儿,而冈村的眼眶中竟然也泛起了光。可见,胜负的压力是如此之大,竟然从一口枯井中泵出了水。

简单复盘之后,棋手们就去了客房休息用餐了。而组织方这时才慌了手脚,原来一直把心思放在比赛上,却忘记了山上没有装电话,不能及时将胜利的消息发出去。没奈何,最后只好由熟悉山路的老道长带着徒儿一起去报喜。黑灯瞎火中走了一程,兴奋过度的老道长竟然摔到了沟底。对于关心自己安危的徒弟,他忘记了自己的玄机,大声疾呼"报信要紧,不要在乎我"!

小道士一口气跑到了山下最近的一个邮局。那里早就灯火通明,所有人都在焦急地等待着结果。不过一分钟,滴滴答答的信号就飞向了天南海北。消息传到北京,当天的新闻节目已经开始播放了,却破天荒地抽掉了一条简讯,将胜利的消息传到了千家万户。当天夜里,大学生们彻夜游街欢庆,烛火燎天,口号入云。每一个寝室的水暖瓶都遭了殃,每个人的心中都乐开了花:这个狂妄自大的冈村保义,竟然也有被我们踩在脚下的一天!

这一夜,三清观里的人几乎没有一个合眼,只是心情悲喜如霄壤之别。薛新雨看不到欢庆的场景,可是他已经可以想象到,中方在争先赛中的每一场胜利,都能够让棋迷的数量翻一番。而要是击破了"森一流",那个数字的后面可以直接加一个零。很多年以后,也许人们会说,这才是他对中国围棋最大的贡献。

次日一早下山,薛新雨的心情顺畅得像溜滑梯一样。出于晚辈的礼仪,他主动送冈村保义到机场。在那里,他竟然遇到了刚从香港飞来的林家亮。而跟着他一起出现的,是一个海外后援团,成员来自世界各地的华人。大家合影后叙谈时,薛新雨才知道,其中一个白发苍苍的商人来自美国,竟然是沈老将军当年的手下败将。他说:"当年在战场上输给了他,我不服气;今天见了你,我才真服气了。"

薛新雨读懂了他的潜台词:摧毁不是强者的象征,建设才是胜者的标尺。其后的半个月,他在天府之国享尽尊崇,地位几乎和大熊猫有得一比。在参加了一系列宣传和普及活动之后，薛新雨终于可以动身离开了。这天早上，薛新雨和史幽红一起去林家亮下榻的酒店道别。万没想到，在客厅中竟然见到了一位久未谋面的老熟人，而且是让人分外眼红的那一类。不过，今天的陆鸣可不是一副理论工作者的模样了，他不但架上了金丝眼镜，还蓄了胡子，像个虔诚的牧师。

见了三人的面，陆鸣表现得十分亲热，还着实恭维了薛新雨一通，仿佛以往的过节根本就没有发生过。当然了，他对腰缠万贯的林家亮就更加亲热了，一口一个小亮，让旁观的薛新雨倒起了一层鸡皮疙瘩。他当然不会忘记，当年正是陆鸣耍了诡计顶替了林家亮出国参赛的机会。

不过，薛新雨还是顺便问候了一下舒梅的近况。陆鸣只回答一个好字，就绝口不说了。薛新雨知道舒父已经退休了，可是不知道他的权威还能不能庇佑或者震慑这个女婿。他又听了一会儿，才知道陆鸣此来，是希望通过林家亮帮忙联系一个西方著名的基金会，准备出国当个访问学者。当然，如果林家亮能够捐一笔奖学金就更好了。为此，他不但印制了双语的名片，还给自己起了个洋名"路易"，还满口当下正流行的萨特的存在主义。薛新雨听不懂，心想："你的'存活主义'才厉害呢！"

要满足这个要求本是举手之劳，可林家亮虽然心地纯良，毕竟不是东郭先生。于是，他转而谈起了过去的艰难岁月，希望藉此唤起陆鸣的回忆，认清双方的真实关系。可是这么一说，反而把陆鸣的苦水全倒出来了。在控诉一番血统论和成分论之后，对自己的所作所为，他却轻描淡写说"一切都是时代的悲剧，我们大家都是受害者"的话。

这时候，一直静坐在一边的薛新雨并不同意，说："你可不一样，在任何一个时代，你都是领导眼中的香饽饽。"陆鸣听了很高兴，以为薛新雨在夸自己是个当代曹操，无论治世乱世都全天候得意。可是，没想到薛新雨却沉下脸来，加上了一句：

"可是，在任何一个时代，你都是老百姓眼中的臭狗屎！"

薛新雨说完之后，立即要拂袖而去。这时候，史幽红也站起来挽住了他的手臂，笑吟吟地对陆鸣说了一句：

"你可千万别见怪啊！小薛这个人什么都好，就是这一点不行，没有你那么有涵养。你看，脸都气成了紫茄子，嘴还呶得像熟透的石榴一样！"

回去之后，薛新雨不觉为舒梅而担心。史幽红至今依然不知道那个小师妹曾经扮演过影子情敌的角色，却说起了另一对怨偶。昨天和戚玉秀聊天，她说李爱琴跟着冯晓白去南昌之后，感情方面一直不如意。如今虽然结婚了，可冯晓白依然和很多女人纠缠不清。史幽红没有说出口的是：冯晓白现在到哪里都亮出九段的招牌，还逢人就说你的棋就是他手把手教的，就差把你的光环都套到他自己的头上去了。

"我这个师兄啊，真是个没福气的人！"薛新雨听后，叹了一口气。

成都真是一个风水宝地。薛新雨在这里战胜了敌人，邂逅了故人，奚落了仇人，末了竟然还找到了一个亲人。就在动身那天早上，突然来了一个苍老憔悴的退休女工，自称是史幽红的生母。验明正身之后，才知道当初她与史瑞虎离婚之后，就远赴三线工作了。如今，后一任丈夫已经去世了，自己又没有生育，难免又牵挂起了昔日的女儿，当然也包括红得发紫的女婿。

这一下，可不是吹皱了一池春水，而是掀起了一场家庭风暴。薛、史两家四口人之中，三个人的意见完全一致。史瑞虎拒绝她再进家门是可想而知的，薛平湖也站到了死对头一边，说好马不吃回头草，何况一个女人？一定是她老来乏人赡养，所以要靠到孩子们身上来；薛新雨的心态也懒懒的，因为他已经渡过了难关，不再需要盟友了，反怪她多事惹妻子伤心；唯有史幽红一方面恨母亲狠心丢下自己，一方面自己也要快做母亲了，不免千思万绪，柔肠百结。同时，史幽红眼前几个亲人都是粗线条的男人，唯有母亲可以照料自己坐月子。所以，她在狠狠数落了她母亲一番之后，还是接纳了她。薛新雨一向以妻子的话为圭臬，自然毫无异议。于是，三人就一起回到了杭州的新家。一路上，薛新雨都在想：人们都说成功的男人背后有一个伟大的女人，却不知道还藏着一个浪子回头的丈母娘。

春节到了，薛新雨依然忙着备战。史幽红安慰他说："梅泽志博虽然是当今日本围棋第一人，但未必就比宫田或冈村难对付。"薛新雨说："没错，世界上并没有什么难关，唯一的难关就是还没有过的那一关。何况，现在需要关心的并不是我一个人。本来说好要亲手为你接生的，可是预产期正好与赛程冲突，只好食言了。"

出发的那一天，薛新雨已经拿到了登机牌，可薛平湖还在身边絮叨个没完，又强调了一百零一遍平常心的重要。作为一名曾经的国手，他深知心态的重要性。在薛新雨上阵之前，国人对这次中日围棋争先赛已经绝望，根本不敢奢望奇迹出现；在击败了宫田荣树之后，觉得有逆转希望的人也不过十分之一；可是在击败了冈村之后，公众的信心却陡然爆棚，每一个人都产生了直捣黄龙的豪情。

薛新雨笑着说："您老人家真改变了许多。"薛平湖叹了口气，又说："虽然事关国家荣誉，但是梅泽志博毕竟也不是外人，无论输赢，都是你们兄弟间的事。"薛新雨听了，没说什么就走了。可是，他的脚步却越走越慢，到后来，竟然丢下了行李箱，转身疾步而回。薛平湖见他又折返了回来，还以为忘了拿护照什么的。可是薛新雨一把拉住了父亲，说："您可能没有想到，我也改变了许多。"不等父亲接口，他又说道：

"您知道师伯去世前最后的一句话是什么吗？他说：'如果没了输赢，那还叫围棋吗？'"

一句话说完，他就丢下惊愕的父亲，头也不回地走了。当天下午，飞机降落到了日本京都。宫田荣树从东京赶来迎接中方代表团，还特意请薛新雨坐在自己的车上。在路上，宫田感慨地说："这种比赛太折磨人了，上次南京输棋之后，我天天借酒浇愁，醉了半个月才缓过神来。"然后，又肯定地说："你能赢我，但绝对过不了师弟这一关。"薛新雨已经知道了，自己与日方副帅梅泽志博的这局棋非同小可，由于是双方最强者的对抗，所以被渲染成了"世纪大战"。在日方看来，梅泽近年的调子太顺了，不但手握四五个冠军，在循环赛中也罕有败绩。因为在对局的时候，他总是一副无色无相的模样，所以得到了一个"铁佛"的雅号。为了扩大宣传，赞助商还花巨资买下了国际卫星的转播时段，第一次向全世界上百个国家转播这场火星撞地球式的恶战。

比赛将在京都郊外著名的清水寺举行。这里瀑流飞湍，巉岩深涧，更有一个高出悬崖之外的平台。在日语中，"从清水的平台跳下去"等同

"万劫不复"。让人惊异的是，这个自杀者心目中的圣地，旁边却伫立着一个保佑妇女分娩顺利的平安寺。薛新雨从不信神，在东华观也没少干亵渎神灵的事儿。可是，今天他却虔诚地跪拜了一番，还献上了一份香金。

起身之后，走过了那个令人头晕目眩的平台，他的目光突然落在了楼阁边的一个老妇人身上。那竟然是梅泽荷子！只见她跪在那里，双手合十，口中低语。她在祈祷儿子的胜利吗？薛新雨不知道。对于这个神秘的女人，他只感到迷惘和伤感。她的父亲是一代雄杰，她的丈夫是旷古奇才，她的儿子是当世高手，可是这三个惊才绝艳的男人，似乎都没有给她带来幸福。这一生中，她究竟隐藏了多少真相，承担了多少痛苦，恐怕永远不会有人知道了。

可是，当他面对梅泽志博的时候，心情可就完全不同了。两人一落座，梅泽就饶有兴味地问起了他在公社放羊的旧事。薛新雨心中冷笑了一声，你不肯回来，不就是怕落得个和我一样上山下乡的命运吗？于是略带讽刺地说："放羊算什么呀，我这双手还挖过沟、播过种、掏过粪呢！"梅泽听了，口中更是啧啧出声，似乎那是多么有趣的事情。见他全无心肝，薛新雨怒火中烧，可是，还没等他想好回击的措辞，比赛就开始了。

这一突如其来的插曲，让薛新雨一时无法安静下来，心浮气躁之下，难免出现了旁人看来不该有的参差。开局之后，执黑先行的梅泽志博依然施展了家传的"秀正流"布局，连占了三个小目，看上去犹如西湖的名景"三潭印月"，空濛迷离，晴淡相宜。薛新雨不想一开始就落入了对方的步调，第一手下在星位后，立即大飞挂角，力图将战场放大。黑棋并不护角，反而在白棋外侧的拆二位置逼住一子。如此一来，白棋就有了两个选择，一是直接入角，二是反夹一手。可是，薛新雨却也如法炮制，在黑棋小目一子外侧分投了一子，看黑棋下一步怎么应对。双方看上去都很谦让，将决定权交给了敌人。可是心中都明白，对手在等待后发制人的机会。薛新雨终于忍不住了，点了"三三"。梅泽在二路小飞一手。正常情况下，白棋应当下挡一步，确保角地的眼位。可是，薛新雨却泛泛压了一手。此子一落，外面观棋室中顿时一片哗然。谁都知道梅泽在等待对手的失误，可是谁也没有想到白棋的失着竟然出现得如此之早！现在，黑棋只要继续二路爬一手，白棋的角部一定大损，整块棋就变得不安定了。可是，梅泽志博却不进反退，主动回缩了一手。角部的攻防尚未告一段落，薛新雨竟然脱先去抢占了上方的星位，全然不顾自己分投一子的虚弱。这时候，黑棋只要严厉高镇一手，白棋的边路眼看就要崩溃了。可是，梅泽志博依然不动声色，任由白棋逐渐变厚。之后，局势的焦点转向了下方。在白棋的星位附近展开了一番争夺后，白棋虽然得到了实地，却被压制到了三线之下，所以薛新雨顽强挺出了一头，试图削减黑棋的外势。可是，这一子远得有点儿过分，黑棋只要强行扭断，就可让对方的意图化为泡影。可是，梅泽依然视而不见。

三次间不容发的机会，可是梅泽志博都没有出手，也许，他还在等待更好的机会。可是高手相争，哪有那么多的破绽给你？日方的观摩人员发出了惋惜的叹息，只有宫田荣树一人在冷笑不已。当然，他不知道，对局室中的薛新雨也在感叹：这个梅泽志博果然是只狡猾的狐狸，竟然跳过了自己设置的一个个陷阱。谁都知道，"猎爪流"最可怕的地方，就在于它像一个影子，永远跟在人的后面，你总不能为了扎它一个窟窿，就朝自己的身体开一枪吧？它就像一个鬼魅，躲在了看不见的暗处，你总不能为了驱逐它，就放火烧了自己的庭院吧？它就像一个附骨之疽，藏在了筋骨之间，你总不能为了不受毒疮的折磨，就狠心砍掉自己的大腿吧？

之前，每个人与梅泽志博对阵之时，心中唯一的想法，就是尽可能减少破绽。但要想几百手弈得天衣无缝，那是神仙才有的本事。现在，薛新雨干脆反其道而行之，大开大合之间故意露出百般破绽，让对方主动来攻，然后反击得手。这个思路和种牛痘一样，先来一场可控的人工病毒感染，你就不怕真的天花了。但是，梅泽志博偏偏喜欢"顺佯敌之意"，一番将计就计之下，反而让薛新雨产生了无所适从之感。

围棋就有七项主要指标。在当今棋坛，大家公认布局以宫田荣树为第一，矫然天外，前无古人；力量以冈村保义为第一，虎虎风生，一击而毙；转换以薛新雨为第一，翻云覆雨，沧海桑田；判断以藤原正雄为第一，千年石猴，火眼金睛。四花各据一枝，争奇斗艳，可谓一时之豪杰。但是，梅泽志博却樱开三重，独占谋略、效率、收官三项第一。由此看来，如果薛新雨不能在中盘将他击倒，那么胜算就不多了。可是，双方落子七八十手，局面依然云遮雾罩，不见曦月。

这时候，梅泽突然出手了。面对白棋打入黑阵的一条大龙，他瞄准时机，在中间点了一子。这一子虽轻，却是一记典型的鬼手，结结实实砸到了大龙的腰眼上。薛新雨不得不竭尽全力治孤，可是，全盘之中想找到一个价值十目的劫都没有。看来，大龙为了活命，只能处于被动挨打的境地了。眼看胜利在望，日方的接待人员个个眉飞色舞，甚至在会议室公开挂出了"谢幕"字眼的横幅。只是在中方的强烈抗议之下，才暂时收了起来。可是谁都明白，那不过是争片刻的面子而已。可是，无数个片刻过去了，眼看平安塔已经敲起了暮钟，对局依然没有结束。

等大家再将目光投射到棋局中时，就个个傻眼了。只见那条大龙已经被吞了一大半，几乎没气了。可是，黑棋的营垒中也是烽火四起。从一开始，梅泽就提醒自己绝对不能占小便宜。可是，他做梦也没有想到，薛新雨的这条大龙竟然也是一个诱饵！而更要命的是，此消彼长之下，之前那些破绽百出的白子，竟然个个都变成了绝佳的强手。事已至此，梅泽志博的盯人战术完全失效，只能与对手短兵相接。一番中盘的恶斗结束之后，薛新雨的大龙固然死得其所，可是黑棋也变成了压碎的核桃壳。进入官子阶段之后，双方更是寸土不让。梅泽果然厉害，逆收了一个大空，从而挽回了颓势。可是之后百来手，无论双方如何殚精竭虑，盘面的差距始终在五目左右徘徊。最后一子落下之后，两人已经瘫软在了榻榻米上，只有瞪眼喘气的份儿了。为了慎重，裁判紧张地点了三遍，才宣布了最终的结果：白棋赢了半目。

消息传出，日方一片震恐。现在，他们才第一次感觉到失败已经迫在眉睫。而薛新雨昏头昏脑地回到了宾馆，连晚饭也没吃，只冲了一个热水澡。之后，他以为自己的眼花了，或者是浴室的体重秤坏了，因为他在春节期间进补的几斤重量全不翼而飞了。

几天后，薛新雨又来到了东京。这场万众瞩目的主帅决战，安排在了著名的藤原道场。这是它第一次对外国人开放，颇有点儿"蓬门今始为君开"的意思。在郊区东拐西绕之后，大家才来到了一个赛马场边。穿过了一个不起眼的小门，抬眼一看，是一排小格子间，有点儿像中国古代的贡院。可是，不见茂林修竹，不见时花飞莺，与之相比，连何道非的那个小院落也可称为洞府仙阆。听到了耳边传来的马嘶，客人们才恍然大悟。原来，道场只是赛马场马厩的一部分。谁能想到，这个天下棋手心目中的圣地，竟然是这样的一个寒碜角落！

感慨之后，薛新雨心中突然涌起了一个念头：莫非自己太多疑了？上次比赛之前，梅泽志博说的那些话，并没有什么幸灾乐祸的因素在里面，更没有炫耀"做出了正确选择"的意思？实际上，对于一个患有轻度社交恐惧症的人，他在面对薛新雨的时候，满脑子能想起来的唯一共同点，就是两人都曾经和牲畜打过交道而已！难道说，梅泽志博已经和当年自己的父亲一样，完全成了一个棋痴，丝毫也不关心围棋之外的世界？

想到这里，薛新雨心中一片茫然。可是，他的对手藤原正雄却显得老而弥坚，豪气干云。只是，当前日本的舆论界已经有点儿气馁了，甚至提出了藤原"百手之内天下无敌"的说法，言外之意是即使薛新雨赢了，那纯粹是占了年龄和体力的优势，属于胜之不武。当然，也有人提醒说当年正是这个老朽的藤原，让横行一时的"三叉戟"破了功。

这一回，又轮到了薛新雨执黑。他起手第一步就下在了"三三"上，藤原应以星位。薛新雨下一手却压在了"五六"上，就像一个人刚弯下腰系鞋带，随即又跃上了屋檐一样，前一手低得太谦卑，后一手高得太自傲。饶是藤原见惯了大风大浪，脸色也有点儿变了，思忖了良久，才选择了稳健的分投。这时候，薛新雨不假思索，"啪"的一手就打在了天元上。一刹那，藤原正雄的身躯微微抖动了一下。因为，薛新雨这匪夷所思的起手三步，正是当年地狱谷大战中何道非的布局！作为现存的唯一目击者，突然看到了昔年的喋血之局，怎么不悚然心惊？

薛新雨重翻旧案，是在提醒藤原这样一个事实：风行天下的"新布局"中，也包含了我们中国人血脉；而在藤原正雄眼中，薛新雨分明在羞辱自己：你那高不可攀的师尊，当年也曾经是我们中国人的手下败将！于是，他斗志一起，精气暴涨，仿佛突然间年轻了二十岁，每一个落子都有了铿锵之音。双方忽而齐头并进，忽而纠缠扭打，忽而各凑其趣，忽而各奔前程。转眼之间，百手已经过去了。从盘面上看，白棋依然如大雪漫天，芦花摇曳，气势甚至超过了先行的黑棋。见此情景，薛新雨心头突然闪过了一个可怕的念头：难道今天要功亏一篑吗？

午后续战，薛新雨不再犹豫，断然祭出了胜负手。围绕着角部的死活，双方又弈了上百手，局面始终在伯仲之间。可是，薛新雨分明已经能够感觉到，藤原毕竟过了黄金时代，他的那把老枪也越来越对不准焦距了。于是，他不容尘埃落定，再一次挑起了中腹的战斗。面对黑棋的攻击，藤原立即强硬地进行了扭断，绝不表现出任何退缩的苗头。可是如此一来，黑棋虽然没有占什么大便宜，局面却瞬间变得简明了。更让人咋舌的是，即使到了官子阶段，藤原依然四面开弓，全然不顾这样一来反而会拉大了差距。见此情景，薛新雨心中不由感叹万端：藤原真不愧为一代宗师也！要知道，中国的大师一旦处于下风，一定会大方认输，绝不会胡搅蛮缠，落得一个"让贤"的美名；而日本当师傅的，却要比徒弟还要拼命，即使无望也要死战到底，否则就不足为后生之表率。室内落子丁丁，室外无边的静谧中，突然一马长嘶，随即万马和鸣。漫漫长夜中，闻此萧萧之声，顿有英雄末路之凄凉。最终，当棋盘几乎都要填满了，这场决战才落下了帷幕。最终，薛新雨赢了三目半。

藤原早已经耗得双目如灯泡，可是依然强打精神复盘，数落着年轻后辈的失误。薛新雨心中百感交集，不仅为了这艰苦卓绝的胜利，更是因为他已经知道：这是人生中最辉煌的一刻，但也是转瞬即逝的一刻。没想到的是，蜂拥而入的记者们却让这一刻成为了永恒。次日，他那双手掩面潸然泣下的照片，就出现在了北海道的鱼市上，石库门外的油条摊上，槟榔屿的补习班上，唐人街的中药铺里。

又休息了一天，当薛新雨踏上回程时，日方参赛棋手倾巢出动为他送行。果然，他们个个都剃光了脑袋，连安西美惠子也用丝巾包了头。薛新雨逐一望去，觉得饶有趣味。宫田荣树像鲁智深，冈村保义像个算命的半仙，而梅泽志博看上去竟然像极了杭州人最讨厌的法海和尚。薛新雨知道，他们之所以这么做，一是言而有信，二是表达不服。不过在中国人的眼中，历史长得很，双方之间的恩怨情仇尽可以再延续个两千年。

薛新雨上了民航班机，随手拿到的一份报纸上，赫然就是六个大字："国运兴，棋运兴。"薛新雨看了很震撼很激动，但是心里又有些迷惑，这两者之间究竟是土与苗的关系？是锦与花的关系？还是鸡与蛋的关系？起飞后，民航机组为了表达敬意，特意请他来到了驾驶舱，这是元首级人士才享有的待遇。薛新雨第一次面对这上下四方无垠的天宇，思绪也如云絮一样凌乱。

有些事是想都不用去想的。回国之后，他要做的第一件事，是赶到医院去看望妻子和新生的女儿；之后，再选择一个吉日去八宝山革命公墓，在沈老将军的灵位前烧化这几局棋谱，告慰老人家的在天之灵；第三件事，则是将何道非的事迹和棋谱连缀成册，争取早日公布于世。

有些事是隐约可以想到的。薛新雨称霸棋坛的时间并不长，几年后就退出了一线棋手的行列，几乎从公众的视野中消失了。但是，数十年后，当中国的天才棋手们在国际比赛中横扫千军如卷席之际，那些目空一切的后生们依然恭称他为"起百年之衰"的"伟大的棋圣"！他们还说，正是扣人心弦的围棋争先赛在全国掀起的热潮，让无数父母将自己的孩子送上了这条光荣的荆棘之路。

有些事是不想去想的。史瑞虎要外孙女跟自己的姓，小夫妻倒无所谓，可薛平湖绝不答应，连亲家母也站在他这边帮腔，可见老史的死性子多招人恨。双方僵住了，说了无数天绝地灭的狠话，一点儿不关心孩子报户口都要耽误了。薛新雨夹在中间发愁，想要寻求一个皆大欢喜的结果，难度可超过了首届"希望杯"上的那个双输之局。

有些事是想不到的。陆鸣挖空心思想要出国，可是没想到妻子舒梅却捷足先登。不过从此之后，昔日的队友们就再也听不到她的一丝音信了。因为一个女记者的插入，冯晓白和李爱琴的婚姻也走到了尽头。李爱琴为了丈夫安心下棋，完全放弃了自己的事业，心甘情愿当个家庭主妇，最后竟然落得这样一个下场，真是让人心酸。而这样的事例，在围棋队中并非只有一例。

有些事是做梦也想不到的。宋大洋其实并没有卖掉那条金鱼，而是在码头当装卸工卖体力挣到了第一桶金。几年后，他以海外爱国人士的身份来京，宣称自己用重金购回了流失多年的国宝，交给了东华观的主持——当年的师弟张乘龙。当然，他也获得了相应的荣誉，这对他在内地开展业务大有裨益。

但最让人大跌眼镜的，却是多年以后，当历史的黄尘散尽，何道非的大名再一次熠熠生辉之时，梅泽志博竟然来华认祖归宗，所到之处引发一片轰动。更让薛新雨难以置信的是，他竟然操了一口标准的汉语，还授权文化公司以父子为原型拍一部电视连续剧，片名就叫《扶桑赤子心》。从这个角度上看，他可真不像个日本人，或者说，他可真像某一种类型的中国人。

且不管这些了。放眼窗外，红日西坠，祥云飞卷，鸿雁高翔。这是20世纪80年代的第四个春天，前景一片辉煌。